ro
ro
ro

Ursula Poznanski wurde 1968 in Wien geboren. Sie war viele Jahre als Journalistin für medizinische Zeitschriften tätig. Nach dem Erfolg ihrer Jugendromane «Erebos» und «Saeculum» schrieb sie eine Dystopie in drei Bänden: «Die Verratenen», «Die Verschworenen» und «Die Vernichteten». «Fünf» erschien 2012 und erstürmte sofort die Bestsellerliste. 2013 folgte «Blinde Vögel». «Stimmen» ist der dritte Fall des sympathischen Ermittlerduos Beatrice Kaspary und Florin Wenninger. Mit Arno Strobel schrieb sie den Psychothriller «Fremd». Ursula Poznanski lebt mit ihrer Familie im Süden von Wien.

Mehr zur Autorin: www.ursula-poznanski.at

Ursula Poznanski

STIMMEN

Thriller

Rowohlt Taschenbuch Verlag

4. Auflage Oktober 2026
Veröffentlicht im Rowohlt Taschenbuch Verlag,
Rowohlt Verlag GmbH, Kirchenallee 19, 20099 Hamburg
Zuerst veröffentlicht im Rowohlt Taschenbuch Verlag,
Reinbek bei Hamburg, März 2016

Umschlaggestaltung any.way, Hamburg
nach einem Entwurf von Büro Überland, München
Umschlagabbildungen plainpicture/
Vanessa Chambard; shutterstock.com
Satz Lino Letter PostScript, InDesign, bei
Pinkuin Satz und Datentechnik, Berlin
Printed in Germany
ISBN 978-3-499-26743-7

Kontaktadresse nach EU-Produktsicherheitsverordnung:
produktsicherheit@rowohlt.de

STIMMEN

Prolog

Er hatte die Zeichen gesehen. Er sah sie seit Jahren schon und hatte immer wieder versucht, die Menschen zu warnen, doch nie wollte jemand ihm glauben.

Jetzt war es passiert. Sie hatten ein Opfer dargebracht.

Er umkreiste vorsichtig die Liege, darauf bedacht, leise zu sein.

Auf keinen Fall durften sie ihn hören.

Sie wissen, wer du bist.

Er duckte sich unter dem bedrohlichen Flüstern, den scharfen Zischlauten. Schüttelte den Kopf, immer schneller, immer heftiger.

Was hast du getan?

«Nichts», murmelte er. Aber konnte er sicher sein? Es war Gift im Essen, man mischte ihm Drogen hinein, schon seit Monaten. Das waren *sie*.

Die Verborgenen. Die Unsichtbaren. Die ihn immer begleiteten, ohne sich zu erkennen zu geben.

Ich weiß genau, was du denkst.

Seine Unterlippe begann zu beben. Manchmal, wenn er weinte, verschwanden sie. Als hätten sie bekommen, was sie wollten.

Vorsichtig streckte er eine Hand aus und berührte das Bein in der weißen Hose –

Jetzt fasst er ihn an!

Echt. Leinen. Er strich leicht darüber, zog dann die Hand

zurück, als hätte ihn jemand schroff zurechtgewiesen. Dann schwiegen sie endlich. Sie.

Die Gesellschaft. Die geheimen Brüder.

Welche Angst ihm allein diese Worte einjagten.

Hosenscheißer, kleiner Hosenscheißer.

Sie wissen, wer du bist.

Wir wissen, wer du bist.

Jetzt fasst er ihn an.

Die Messer machten ihm zu schaffen. Sie ließen ihn zweifeln. War doch alles nur Einbildung? Bisher hatte er nur Dinge gehört, die angeblich nicht existierten. Vielleicht sah er sie nun auch.

Wahn, wie Dr. Plank das nannte. Eine Halluzination.

Ja, das wäre gut, diesmal. Halluzination.

Was hast du getan?

«Gar nichts», wimmerte er. «Überhaupt nichts habe ich getan, das müsst ihr doch gesehen haben.»

Da unten war Blut. Es hatte eine Spur gezogen, von der Wunde über den weißen Kittel hinweg, seitlich hinunter über die Liege und bis auf den Boden. Dort war jetzt ein See, ein kleiner See, dessen Ränder zu einem krustigen Ufer anzutrocknen begannen.

Wir wissen, wer du bist.

*Du nutzloser kleiner Hosensch*eißer.

Er starrte auf die Lache, dann wanderte sein Blick höher, blieb an dem Tropfen hängen, der sich am Rand der Liege bildete und voller, immer voller und schwerer wurde.

Bis er fiel. Ins Rot, ins tiefe Rot.

Leck es auf.

Plötzlich hatte er riesige Angst, dass er gehorchen würde.

Komm, mein Kleiner, leck es auf.

Die Stimme war schmeichelnd und herrisch zugleich. Er

kannte sie und fürchtete sie wie sonst fast nichts auf der Welt. Sie sprach nicht oft zu ihm, und noch seltener verlangte sie etwas, doch wenn sie es tat, konnte er sich ihr kaum widersetzen.

Er trat einen Schritt zur Seite, ans obere Ende der Liege. Konzentrierte sich auf den Kopf, der dort lag, das Gesicht mit dem offenen Mund und den halb geschlossenen Augen.

«Sie wissen, wer du bist», sagte er heiser. Es tat ihm gut, die Worte einmal selbst zu sprechen. «Sie haben dich geholt, und mich werden sie auch holen. Bald.»

Leck es auf. Jetzt.

Er drehte sich zur Seite, schlug sich die Hände gegen den Kopf, immer schneller, immer fester.

Leck. Es. Auf.

Langsam ging er in die Knie. Krabbelte folgsam auf den See zu. Erst als er direkt davor war, zögerte er. Der Geruch …

Gift.

Er fasste sich an den Hals. Diesmal würde er sterben, niemand war da, um ihm zu helfen. Sie würden ihn aus ihren Verstecken beobachten, ihm dabei zusehen, wie er zuckte und sich wand und vor Schmerzen brüllte, und sie würden lachen.

Und wenn er um Hilfe rief? Wenn er laut schrie, würde jemand kommen. Wer weiß, vielleicht würde man ihm erklären, dass das, was er sah, nicht existierte. Dass es eine neue Form von Wahn war, so wie nur er ganz allein hörte, was er hörte. Man würde seine Dosis erhöhen, aber das war besser, als zu tun, was diese eine, besondere Stimme von ihm verlangte.

Also hockte er sich hin, auf die Fersen, und holte tief Luft. Sein Schrei war erst ein dünnes Winseln, dann ein Röhren, dann ein Brüllen. Er schrie, bis er keine Luft mehr in den Lungen hatte und schwarze Punkte vor seinen Augen tanzten.

Hechelnd sah er sich um. Es war niemand gekommen.

Nur die Stimme war noch da, diese ganz spezielle Stimme. Sie sagte ihm, was zu tun war.

Schließlich gehorchte er.

1. Kapitel

Das Heft schwebte so dicht vor Beatrices Gesicht, dass sie einen Schritt zurücktreten musste, um in dem Gewirr aus Rot und Blau etwas erkennen zu können.

«So sieht jede seiner Arbeiten aus. Es muss sich etwas ändern, Frau Kaspary.» Die Lehrerin seufzte einen dieser geplagten Pädagogen-Seufzer. «In seinem Sozialverhalten hat Jakob sich wirklich gebessert, aber was Form und Ordnung angeht, braucht er noch sehr viel Hilfe.»

Beatrice griff sich das Heft und blätterte ein paar Seiten zurück. Ja, überall das gleiche Bild. Die vorgedruckten Zeilen schien Jakob für unverbindliche Vorschläge zu halten, manche Worte waren kaum zu entziffern.

Wahrscheinlich wäre es klüger gewesen, den Sonntag seinen Schulaufgaben zu widmen, statt eine Fahrradtour mit Picknick zu unternehmen.

Sie blickte hoch, die Klassentür stand offen. Da war er, gemeinsam mit Alex und Lukas. Jeder von ihnen hatte einen Stapel Sticker in der Hand. Es waren sichtlich harte Verhandlungen bezüglich möglicher Tauschgeschäfte im Gange.

«Ich werde mich bemühen, seine Aufgaben zu kontrollieren», sagte Beatrice. «Aber eigentlich hatte ich gehofft, das würde Melanie von der Nachmittagsbetreuung übernehmen. Wissen Sie, ich möchte mit meinen Kindern in ihrer Freizeit eigentlich lieber andere Dinge tun, als gemeinsam über Schulheften zu hängen.»

Das bemühte Lächeln der Lehrerin reduzierte sich um etwa die Hälfte. «Die Nachmittagsbetreuung kann nur ergänzen, die Eltern aber nicht ersetzen. Melanie muss sich um fünfzehn Kinder kümmern, und Jakob braucht mehr Förderung als andere. Ich weiß, Frau Kaspary, Sie haben einen sehr anstrengenden Beruf, aber …»

Beatrices Handy läutete. Jede Wette, das war der anstrengende Beruf, der sein Recht einforderte.

«… aber wenn Sie ein bisschen mehr auf Jakobs Arbeitsweise achten könnten, wäre das sehr gut. Was er jetzt verpasst, wird er später nur schwer aufholen können.»

Das Handy steckte in ihrer Tasche. Ein Blick hinein, und man wusste sofort, woher Jakob seinen Hang zum Chaos hatte.

«Florin», zeigte das Display an. «Entschuldigen Sie bitte einen Moment.» Beatrice wandte sich zur Seite. «Guten Morgen! Ist es wichtig? Ich bin gerade …»

«Hallo, Bea, tut mir leid. Ja. Wichtig. Die Psychiatrie des Klinikums Salzburg-Nord hat eben angerufen – es gibt dort einen Toten. Ziemlich sicher keine natürliche Todesursache. Soll ich dich holen, oder treffen wir uns da?»

Sie überlegte kurz. «Treffen wir uns direkt dort. Ich beeile mich.» Beatrice legte auf und hob der Lehrerin gegenüber bedauernd die Schultern. «Ich gebe mein Bestes, versprochen. Aber jetzt muss ich leider los.»

«Das habe ich schon verstanden», entgegnete die Frau ungnädig. «Na gut. Ich hoffe, ich habe mein Anliegen deutlich machen können.»

O ja, überdeutlich. Beatrice schüttelte der Lehrerin die Hand. «Wenn ich Jakob das nächste Mal in die Schule bringe, unterhalten wir uns weiter, ja?»

Dann ging sie, ohne eine Antwort abzuwarten. Weiteres

Futter für ihr schlechtes Gewissen war das Letzte, was sie jetzt noch gebrauchen konnte.

Sie liefen den schwarz-weiß gekachelten Gang entlang, knapp hinter dem Arzt her, der sie in Empfang genommen hatte.

Beatrice hatte Mühe, mit ihm Schritt zu halten. Sie war außer Atem, weil sie ihr Auto in der Nähe der Einfahrt geparkt und das weitläufige Krankenhausgelände danach laufend durchquert hatte, auf der Suche nach dem Psychiatriepavillon, der sich natürlich am äußersten Rand der Anlage befand. Ein weißes, vierstöckiges Gebäude.

Sie nahm sich zusammen und schloss zu dem Arzt auf, der beinahe rannte. Als könne er es gar nicht erwarten, ihnen zu zeigen, was er ihnen bereits am Telefon beschrieben hatte.

«Gerd?» Florin, der sich knapp neben ihr hielt, schien mit seinen Bemühungen, Drasche von der Spurensicherung zu erreichen, endlich Erfolg zu haben. «Ja, ich bin's. Hör zu, du musst ins Psychiatrische Therapiezentrum des Klinikums Salzburg-Nord kommen, wir haben hier einen Toten. Beeil dich. Wie bitte? Nein, natürlich halten wir uns zurück. Bis gleich.»

Er steckte das Handy in die Jackentasche und warf Beatrice einen schnellen Blick zu. «Zehn Minuten, sagt er, er ist gerade erst aufgestanden. Und ansonsten will er das Übliche.»

Dass sie nichts anfassten. Am besten nicht einmal atmeten, sobald sie sich dem Tatort näherten, um nur ja nichts zu verunreinigen.

Sie erkannten den Raum, um den es sich handeln musste, von weitem, schon an den vier uniformierten Kollegen, die sich rund um den Eingang postiert hatten. Trotzdem drehte sich der Arzt, dessen Namen Beatrice in der Eile nicht verstanden hatte, zu ihr um und deutete auf die Tür. «Da drin ist er.» In seinem Gesicht spiegelte sich eine merkwürdige Mischung aus Bedauern und Erwartung. «Mir fällt das nicht leicht, er war ein Kollege, den ich sehr geschätzt habe. Jung, talentiert, vielversprechend.»

Beatrice spürte Florins Blick. Er wartete darauf, dass sie nickte, dass sie ein Zeichen dafür gab, dass sie bereit war.

Sie räusperte sich. «Lassen Sie uns reingehen.»

Es war ein Untersuchungsraum, klein und fensterlos, aber in freundlichen Farben eingerichtet. Ein Stuhl, bespannt mit grünem Stoff, ein gelber Vorhang, um den Untersuchungsbereich bei Bedarf abzuschirmen.

Und … eine Liege.

Beatrice trat zwei Schritte näher. Der Mann, der dort ausgestreckt lag, war jung, höchstens Anfang dreißig. Sein weißer Kittel war blutgetränkt, vor allem an Kragen und Brust. Etwas Metallenes steckte in seinem Hals – kein Messer, nein. Es war ein dreikantiges Stück Stahl, das aussah wie ein Teil von etwas anderem. Wie etwas, das man im Baumarkt fand.

Das war das grausigste Detail an dem Bild, das sich ihnen bot, aber nicht das merkwürdigste. Viel seltsamer war das, was auf den Körper des toten Arztes drapiert worden war. Ein Kamm, der quer über seinem Bauch lag. Ein Kugelschreiber, der zwischen den Fingern seiner rechten Hand steckte, als sei er während des Schreibens gestorben. Und fünf quietschbunte, transparente …»

«Plastikmesser?», sagte Florin ungläubig.

Tatsächlich. Beatrice erlebte einen flüchtigen Moment der Unwirklichkeit, als ihr klarwurde, dass zu Hause, in irgendeinem Küchenschrank, die gleichen Messer lagen. Kindersicher, zum Verzweifeln stumpf und nur zum Streichen von Margarine oder Nutella geeignet.

Eines davon steckte im offenen Mund des Toten, zwei lagen überkreuzt auf seiner Brust, eines auf Nabelhöhe und das letzte in seinem Schritt. Rot, blau, gelb und grün.

Sie wollte eben fragen, ob der Arzt eine Erklärung für das Arrangement habe, da fiel ihr Blick auf ein weiteres verstörendes Detail.

Es war reichlich Blut geflossen, und einiges davon auf den Boden. Doch die Lache hatte die Form eines Halbmondes, es sah aus, als habe jemand versucht, sie wegzuwischen, und wäre dabei gestört worden.

Der Arzt war ihrem Blick gefolgt. «Ja, das erkläre ich Ihnen gleich. Ich möchte nur vorab etwas loswerden, das mir sehr wichtig ist.» Er legte die gefalteten Hände vor den Mund und schloss die Augen. «Wir sind hier in einer psychiatrischen Klinik, und damit wäre für achtundneunzig Prozent der Bevölkerung die Sachlage klar: Einer der Verrückten ist endgültig durchgedreht und hat seinen Arzt getötet.» Er schluckte und sah erst Florin, dann Bea bittend an. Seine Augen waren von einem so ungewöhnlich dunklen Blau, dass sie sich fragte, ob die Farbe echt war.

«Aber unsere Patienten sind nicht aggressiv. Keiner von ihnen hat eine kriminelle Vorgeschichte. Wenn sie je irgendwem etwas angetan haben, dann nur sich selbst. Ich halte es für ausgesprochen unwahrscheinlich, dass einer von ihnen Dr. Schlager getötet hat.»

Florin, der längst angefangen hatte, sich Notizen zu machen, blickte hoch. «Sie können davon ausgehen, dass wir uns nicht von Vorurteilen leiten lassen, Doktor Vasinski.»

Vasinski, genau, das war der Name gewesen. Beatrice sagte ihn sich in Gedanken vor, während sie das aus dem Hals ragende Stahlstück näher betrachtete. Noch etwas war hier merkwürdig …

«Florin?»

Er drehte sich zu ihr um, dieses leichte Lächeln auf den Lippen, das, wie sie beschlossen hatte, ihr allein gehörte. Er sah sonst niemanden so an. «Die Spuren», sagte er. «Nicht wahr?»

«Ja. Es sieht aus, als hätte er schon hier gelegen, als man ihm dieses Ding durch den Hals gebohrt hat. Nirgendwo sonst im Raum ist Blut.»

Eine Untersuchungsliege, die zur Schlachtbank geworden war. Vermutlich. Genaueres würde die Spurensicherung ihnen sagen können.

Wenn die eiligen Schritte, die sich über den Gang näherten, bereits Drasche gehörten, war er wirklich schnell. Doch der Mann, der mit Schwung den Raum betrat, ähnelte ihrem Kollegen überhaupt nicht.

Hochgewachsen, der kahle Schädel von einem dunklen Haarkranz umgeben, in dem sich bereits deutlich graue Strähnen abzeichneten. Grau auch die Augen, die Brauen darüber ungewöhnlich buschig.

Er schüttelte erst Beatrice, dann Florin die Hand. «Professor Alexander Klement. Ich bin der Leiter dieser Abteilung und stehe Ihnen selbstverständlich zur Verfügung. Doktor Christian Vasinski kennen Sie bereits? Er ist mein stationsführender Oberarzt.»

Er gab dem Genannten ein schnelles Zeichen, und dieser schloss die Tür.

«Ich habe die Station räumen lassen, deshalb bin ich auch jetzt erst hier. Aber Sie müssen verstehen, wir arbeiten hier mit Traumapatienten. Mit Menschen, die so furchtbare Dinge durchgemacht haben, dass sie nicht mehr imstande sind, ihr

Leben ohne Hilfe weiterzuführen.» Der Blick des Professors glitt kurz zu dem Körper auf der Liege hinüber. «Wir spezialisieren uns auf die schwersten Fälle. Wer hier behandelt wird, ist am Tiefpunkt angelangt. Ganz unten. Wir setzen unsere gesamte Expertise ein, um diesen Patienten wieder auf die Beine zu helfen, also kann ich keinesfalls riskieren, dass noch einer von ihnen den toten Dr. Schlager zu Gesicht bekommt.»

Beatrice öffnete den Mund zu einer Frage, doch Florin kam ihr zuvor. «Noch einer?»

«Ja.» Der Professor legte die Stirn in Falten. «Einer meiner Patienten hat die ... die Leiche gefunden. Es hat ihn außerordentlich mitgenommen, wie Sie sich vielleicht vorstellen können.»

Allerdings. Was Beatrice sich noch vorstellen konnte, war, dass der besagte Patient wohl kaum daran gedacht hatte, etwaig vorhandene Spuren nicht zu zerstören. Drasche würde toben, hoffentlich nur innerlich.

«Wo sind die Patienten jetzt?»

«In den Therapieräumen ein Stockwerk über uns. Sie sind gut betreut, und die wenigsten werden etwas mitbekommen haben. Manche von ihnen reagieren sehr empfindsam auf Veränderungen im Tagesablauf oder in der Atmosphäre, und beides wird sich nicht verhindern lassen.» Klement blickte kopfschüttelnd zu Boden. «Mein Gott. Ich begreife es nicht. Bevor Sie mich fragen – ich habe wirklich keine Erklärung für das, was passiert ist. Kollege Schlager ist ... er war noch nicht lange hier, hat sich aber als ausgesprochen kompetent und umgänglich erwiesen. Man braucht auch Talent für die Psychiatrie, wissen Sie? Er hatte es.»

Die Tür sprang auf, herein kam Drasche, bereits im weißen Overall und mit den blauen Schuhüberziehern an den Füßen. «Hier sind zu viele Leute», stellte er statt einer Begrüßung fest. Hinter ihm tauchte Ebner auf, ebenfalls in Schutzkleidung und mit Kameratasche.

«Wir sind gleich weg, Gerd.» Florin besah sich einige Sekunden lang den Kugelschreiber, den der Tote zwischen den Fingern hielt. Dann nickte er den beiden Ärzten zu. «Können wir uns draußen weiter unterhalten?»

«Selbstverständlich.» Professor Klement ließ Beatrice an der Tür den Vortritt. «Wir gehen in mein Büro.»

Ein lautstarkes Aufstöhnen ließ sie herumfahren. Unter anderen Umständen wäre Drasches entgeisterter Blick amüsant gewesen.

«Wer war das?»

Der Professor hob die Augenbrauen. «Wer war was?»

«Hat jemand sich bemüßigt gefühlt zu putzen?» Anklagend wies Drasches behandschuhter Zeigefinger auf die zur Hälfte weggewischte Blutlache. «Haben Sie hier übermotiviertes Reinigungspersonal? Verdammt, das darf doch nicht wahr sein.»

Beatrice fragte sich, ob Professor Klements überaus verständnisvoller Blick echt oder seiner beruflichen Routine geschuldet war. «Nein», erklärte er in ausgesucht höflichem Ton. «Das war keine Putzfrau, sondern einer unserer Patienten. Er hat Dr. Schlager gefunden, unglücklicherweise.» Der Professor hob die Schultern und ließ sie wieder fallen. «Bis jemand von uns hier war und ihn herausholen konnte, hatte er die Hälfte des Bluts schon aufgeleckt.»

2. Kapitel

Das Büro des Professors hätte auch das eines Firmenvorstands sein können. Cremefarbene Ledersofas, ein Teakschreibtisch von der Größe eines Segelbootes und moderne Gemälde in Weiß, Bronze und Erdtönen an den Wänden, farblich perfekt auf den Rest der Einrichtung abgestimmt.

Sie setzten sich, lehnten den angebotenen Kaffee ab und warteten, bis die Sekretärin das Zimmer wieder verlassen hatte.

«Erzählen Sie uns bitte, wann und wie genau der Tote gefunden wurde», begann Beatrice und wandte sich dabei an beide Ärzte gleichermaßen.

Professor Klement nickte Dr. Vasinski zu, der sich räusperte und mehrere Sekunden lang überlegte, bevor er zu sprechen begann. «Ich war im Dienstzimmer und hatte gerade meinen Computer eingeschaltet, da habe ich den Schrei gehört. Zuerst war ich nicht beunruhigt, es ist hier nicht ungewöhnlich, dass Patienten schreien, aber normalerweise ist sofort jemand dort, entweder Arzt oder Pflegepersonal, um sich zu kümmern.» Vasinski betrachtete seine ineinander verschränkten Hände. «Diesmal nicht. Also dachte ich, ich sehe selbst nach. Es hat länger gedauert, bis ich Trimmel gefunden habe, denn er hatte mittlerweile aufgehört zu schreien, und ich musste jeden Raum auf dem Gang absuchen.» Die blauen Augen des Arztes suchten Beatrices Blick und hielten ihn fest. «Da hatte er die Anweisungen schon fast zur Gänze ausgeführt.»

«Die Anweisungen?»

«Ja. Wissen Sie, kindliche Traumata können, wenn sie nicht behandelt werden und der Verlauf ungünstig ist, zu manifesten psychischen Erkrankungen führen. Im Fall von Walter Trimmel handelt es sich dabei um paranoide Schizophrenie.»

«Wahnvorstellungen?», hakte Florin ein.

«Ja. Er fühlt sich verfolgt, und er hört Stimmen, die ihm alles Mögliche einflüstern, unter anderem, dass man ihm hier das Essen vergiftet. Er kann nicht unterscheiden, ob wirklich jemand mit ihm spricht oder ob es eine akustische Halluzination ist.» Vasinski lehnte sich zurück und fuhr sich durchs Haar. «Diesmal hat eine der Stimmen ihm befohlen, das Blut aufzulecken. Er hat sich erst gesträubt, aber dann hat er es getan.»

Die Vorstellung ließ Beatrices Magen verkrampfen. Als Klement vorhin Drasche gegenüber erstmals erwähnt hatte, was mit dem Blut passiert war, war Beatrice davon überzeugt gewesen, der Betreffende habe das freiwillig getan, aus einem seiner Krankheit entspringenden Bedürfnis heraus.

Wie furchtbar musste es sein, zu so etwas gezwungen zu werden. Von Stimmen, die der eigene Kopf einem vorgaukelte.

«Wo ist Herr Trimmel jetzt? Bei den anderen Patienten?», fragte sie.

Nun ergriff wieder Klement das Wort. «Nein. Eine unserer Ärztinnen kümmert sich um ihn und bemüht sich um Schadensbegrenzung. Eigentlich hatten wir Herrn Trimmel nämlich in zwei Wochen wieder in seine Wohngemeinschaft zurückschicken wollen.» Eine Krankenschwester brachte ihnen die Personalunterlagen von Dr. Max Schlager. Dreiunddreißig war er erst gewesen. Noch ein knappes halbes Jahr hatte ihm gefehlt, dann hätte er seine Ausbildung zum Facharzt abschließen können. Auf dem Foto, das der Akte beigefügt war, wirkte Schlager sogar noch jünger, was vielleicht an einer widerspenstigen blonden Strähne lag, die über seine Stirn fiel.

«Was können Sie uns außerdem über ihn erzählen?» Florin sprach Klement und Vasinski zugleich an. «Dinge, die nicht in seiner Akte stehen?»

Vasinski kam seinem Chef mit der Antwort zuvor. «Er war sehr ehrgeizig. Kannte jede aktuelle Studie, knüpfte Kontakte zu anderen Zentren, arbeitete mehr, als von ihm verlangt wurde. Gleichzeitig lagen die Patienten ihm wirklich am Herzen, das war unübersehbar.»

«Ja, er hatte ein sehr gutes Gespür für die Menschen», meldete Klement sich zu Wort. «Sie schenkten ihm Vertrauen, was in unserem Beruf von größter Wichtigkeit ist.»

Also ein perfekter Jungpsychiater, dachte Beatrice. Dr. Vasinskis forschender Blick irritierte sie. Er sah sie schon die ganze Zeit unverwandt an. Fast als würde er sich an sie erinnern, aber nicht mehr genau wissen, woher.

Wenn das so war, irrte er sich. Sie vergaß keine Gesichter. Und seines hätte sie sich auf jeden Fall gemerkt, schon der Augen wegen.

«War Schlager beliebt unter seinen Kollegen?» Sie hatte sich an Dr. Vasinski gewandt und sah ihm demonstrativ in die Augen.

«Er hatte keine Feinde, wenn Sie das meinen. Auch keinen Streit, und er war noch zu jung, um den Oberärzten in die Quere zu kommen.» Vasinski schlug die Beine übereinander. «Ich denke, im Kollegenkreis werden Sie den Täter nicht finden.»

«Ein gutes Stichwort», warf Florin ein. «Wer hatte heute auf der Station Nachtdienst?»

«Das war ich.» Dr. Vasinski zuckte mit den Schultern. «Wenn Sie wissen wollen, ob ich ein Alibi habe – kein richtiges. Ich wurde zweimal zu Patienten gerufen, das können sowohl der Pfleger als auch die Schwester bezeugen, die ebenfalls Dienst hatten. Robert Erlacher und Tamara Fischer, ich bin sicher, beide stehen Ihnen gern Rede und Antwort.» Er seufzte bedauernd. «Aber dazwischen habe ich geschlafen, und egal, was man über uns Ärzte so sagt, ich war alleine.»

Er war glatt, dieser Vasinski, fand Beatrice. Und er fühlte sich eine Spur zu sicher.

Sie wandte sich an den Professor.

«Wir würden gern mit dem Mann sprechen, der Max Schlager gefunden hat», erklärte sie.

Wie erwartet war Klement nicht begeistert.

«Wir mussten ihn sedieren. Er war desorientiert und panisch – ich möchte nicht, dass sich sein Zustand durch eine zusätzliche Stresssituation weiter verschlechtert.»

Beatrice wechselte einen schnellen Blick mit Florin. Auf eine Befragung des Mannes zu verzichten hieße, gleich zu Beginn der Ermittlungen eine riesige Lücke zuzulassen.

«Und wenn Sie dabei wären?» Beatrice machte keinen Hehl daraus, wie dringend dieses Gespräch für sie war. «Bei der Vernehmung psychisch kranker Personen muss ohnehin eine Vertrauensperson anwesend sein. Meinetwegen auch gern zwei.»

Professor Klement schürzte die Lippen und richtete die Akte des toten jungen Arztes parallel zu den Tischkanten aus. «Gut», sagte er schließlich. «Wir versuchen es. Aber ich werde sofort unterbrechen, wenn ich den Eindruck habe, dass Sie die Grenzen des Verantwortbaren überschreiten, oder wenn ich sehe, dass es Herrn Trimmel schlechter geht.»

Das Zimmer lag auf der rechten Seite am Ende des Ganges. Vasinski ging voran, klopfte leise mit den Fingerknöcheln an die Tür und drückte sie auf. Wenige Sekunden später winkte er Beatrice und Florin herein.

«Herr Trimmel? Hier sind die beiden Polizisten, die gerne mit Ihnen sprechen möchten. Beatrice ...» Er stockte.

«Beatrice Kaspary», sprang sie ein. «Und das ist mein Kollege, Florin Wenninger.» Sie nahmen Trimmel gegenüber Platz, dessen Blick starr auf die Tischplatte gerichtet war, auf einen Punkt knapp vor seinen ineinandergekrampften Händen. Ein kleiner Mann mit schütterem Haar.

Die Ärztin, die zu seiner Rechten saß, lächelte erst Florin, dann Beatrice zu. «Es wird gehen, denke ich. Nicht wahr, Walter?»

Ihr Ton war bestärkend und warm, obwohl Beatrice nicht entging, dass ihre Hände zitterten, fast unmerklich, aber doch. Sie bemerkte Beatrices Blick, und ihr Lächeln vertiefte sich. «Mein Name ist Leonie Plank. Ich bin Walter Trimmels behandelnde Ärztin. Max Schlager und ich haben in den letzten Monaten eng zusammengearbeitet, mir geht sein Tod sehr nahe. Aber über all das werden wir später noch sprechen, denke ich.»

Sie rückte ihre Brille zurecht, deren Rahmen das Dunkelbraun ihres kurz geschnittenen Haars aufnahm. *Praktisch*, nannte Beatrices Mutter diese Art von Frisur.

«Walter? Meinst du, du kannst mit den Polizisten reden?» Plank legte eine Hand auf seinen Arm, und Trimmel erschauerte.

«Sie wissen, wer ich bin», murmelte er.

Beatrice war nicht sicher, ob sie richtig verstanden hatte, und suchte den Blick der Ärztin, die sanft den Kopf schüttelte.

«Sie wissen, wer ich bin», wiederholte Trimmel und sah

aus seinen wässrig blauen Augen auf. Seine Unterlippe bebte. Er fuhr mit der Zunge darüber, in kleinen, zuckenden Bewegungen.

Beatrice gelang es, nicht wegzusehen. «Wer weiß das, Herr Trimmel?»

Er zögerte, warf einen Seitenblick auf Plank, dann noch einen zu Klement und Vasinski, die sich im Hintergrund hielten. «Die geheimen Brüder», wisperte er. «Sie waren es, sie haben den Doktor umgebracht.»

Es fiel Beatrice nicht leicht, ihre Enttäuschung zu verbergen. Also nur die wahnhaften Vorstellungen eines kranken Menschen, der völlig in den Zerrbildern gefangen war, die sein Hirn ihm vorgaukelte.

Neben ihr beugte sich Florin ein Stück vor. Behutsam genug, damit Trimmel nicht zurückwich. «Warum sind Sie denn in den Behandlungsraum hineingegangen? Hatten Sie vorher etwas gesehen? Oder gehört?»

Der Mann schluckte. Seine Hände lösten sich voneinander, fuhren zu seinem Kopf, pressten sich gegen die Ohren. Zwei Sekunden lang, drei, dann sanken sie wieder zurück auf die Tischplatte.

«Ich habe Marie gesucht.» Seine Worte waren undeutlich und schwer zu verstehen. «Weil sie fort war. Manchmal versteckt sie sich. Aber vor mir hat sie keine Angst, und zweimal habe ich sie schon in dem Untersuchungszimmer gefunden, deshalb war ich dort …» Er hatte leiser und leiser gesprochen, das letzte Wort war kaum noch hörbar gewesen.

«Wer ist Marie?», erkundigte Beatrice sich, mehr an Doktor Plank gewandt als an Trimmel, dessen Hände eben wieder in Richtung Ohren wanderten.

«Eine unserer Langzeitpatientinnen.» War es Einbildung, oder schwang in der Antwort ein leichter Widerwille mit?

«Ich denke, über sie sprechen Sie besser mit Professor Klement.»

Bestätigendes Räuspern aus dem Hintergrund. Beatrice drehte sich nicht um, sie wollte den Blickkontakt zu Trimmel nicht verlieren. «Sie sind also in den Untersuchungsraum gegangen», nahm sie den Faden wieder auf. «Haben Sie dort jemanden gesehen?»

Erst nickte Trimmel, nur um sofort innezuhalten und den Kopf zu schütteln. Am Ende zuckte er mit den Schultern. «Dr. Schlager. Aber die anderen waren auch da.»

«Welche anderen?»

Er wollte es nicht sagen, sie konnte es ihm ansehen.

«Die geheimen Brüder?», soufflierte Florin.

Trimmels Augen leuchteten auf. «Ja! Hören Sie sie auch?»

Florin lauschte in den Raum. «Sind sie denn jetzt hier?»

Gequält verbarg Trimmel das Gesicht in den Händen. «Das sind sie immer. Immer.»

Sie ließen ihm Zeit. Nach mehr als einer Minute hob er den Kopf und atmete zitternd aus. «Ich höre sie jeden Tag, aber sie verstecken sich. Wenn Sie mich also fragen wollen, ob ich einen von ihnen gesehen habe – nein. Das habe ich nicht.»

Er hat Angst, dachte Beatrice. Wie furchtbar musste es sein, seinen eigenen Sinnen nicht trauen zu können. Dinge wahrzunehmen, die für niemanden sonst existierten.

«Aber Doktor Schlager haben Sie gesehen, nicht wahr?»

Er schloss matt die Augen. Nickte.

«Können Sie uns beschreiben, was Ihnen alles aufgefallen ist? Was genau?»

Für einen Moment verzog sich Trimmels Gesicht, als würde er gleich zu weinen beginnen. Doch als er sprach, war seine Stimme ruhig. «Sie haben ihn geopfert.»

Plank, die immer noch eine Hand auf dem Unterarm ihres Patienten liegen hatte, beugte sich ein Stück zu ihm. «Wer, Walter? Wer hat Doktor Schlager geopfert?»

«Na ... sie. Die geheimen Brüder. Sie haben ein ... Ritual mit ihm durchgeführt, und –» Er stockte. Sah an Beatrice vorbei, vermutlich nahm er Blickkontakt mit Professor Klement auf. «Blut», flüsterte er.

«Ja», assistierte Florin. «Da war Blut. Was ist Ihnen noch aufgefallen?»

In Trimmels Gesicht arbeitete es. «Unsere kleinen Streichmesser. Die für die Marmelade.»

«Haben Sie die dort hingelegt?»

Er sah Florin ängstlich an, als wäre das eine furchtbare Möglichkeit, die er selbst noch nicht in Erwägung gezogen hatte. «Nein», flüsterte er, schüttelte heftig den Kopf und wiederholte, lauter: «Nein!»

Hinter sich spürte Beatrice Unruhe. Die beiden Ärzte, die sich bisher völlig aus dem Gespräch herausgehalten hatten, würden es nun bald beenden.

«Fällt Ihnen sonst noch etwas ein?», fragte sie und schüttelte innerlich über ihren eigenen Ton den Kopf. Sie hörte sich an, als redete sie mit ihrem Achtjährigen über die Hausaufgaben.

Doch das schien Trimmel am wenigsten zu irritieren. Er knetete seine linke Hand mit der rechten, und sein Gesicht verzog sich wieder zu einer weinerlichen Grimasse.

«Sie war auch da. Und sie hat mir befohlen, ich soll es auflecken. Immer wieder. *Leck es auf*, hat sie gesagt.»

«Das Blut?»

«Ja.» Er presste die Lippen aufeinander, als wollte er den Befehl noch im Nachhinein verweigern.

Vielleicht war es nur eine der Stimmen gewesen, vielleicht aber auch eine reale Person. Kurz glitt Beatrices Blick zu Plank. «Keiner von den Brüdern, sondern eine Frau, ja? Kannten Sie sie, Herr Trimmel?»

«Natürlich», hauchte er.

«Können Sie mir ihren Namen sagen?»

Er nickte. Seine Lippen formten das Wort zweimal lautlos, bevor er es aussprach. «Mama.»

3. Kapitel

«Sie verstehen, dass ich über das Trauma, das zu Walter Trimmels Erkrankung geführt hat, nicht sprechen kann», erklärte Professor Klement, als sie das Zimmer verlassen hatten. «Das alles unterliegt der ärztlichen Schweigepflicht, aber möglicherweise können Sie sich ja die groben Umstände zusammenreimen.»

Ja, das konnte Beatrice. Auf jeden Fall würde sie sich aber nach polizeilichen Unterlagen umsehen, die es zu Trimmels Vorgeschichte vielleicht gab.

Mama. Sie steckte ihre Hände in die Jackentaschen und sah zu Florin auf, der schweigend neben ihr herging. Unterdrückte das Bedürfnis, ihm eine der widerspenstigen dunklen Strähnen glatt zu streichen, die immer kreuz und quer standen, nachdem er sich durchs Haar gefahren war.

Vor dem Büro des Professors wartete Drasche, nach wie vor im Schutzanzug, aber bereits ohne das blaue Häubchen auf dem Kopf.

«Wir sind fertig. Der Tote wird in Kürze abgeholt und auf die Gerichtsmedizin gebracht. Bin sehr gespannt auf die Todesursache.»

Er sah abschätzend in die Runde. «Dass es nicht die Stahlleiste in seinem Hals war, müsste jedem der Anwesenden klar sein. Wir sind hier Polizisten und Ärzte, nicht wahr?»

Natürlich hatte er recht. Beatrice war vor allem auf die ungewöhnlichen Begleiterscheinungen am Fundort konzentriert gewesen – die bunten Messer, das aufgeleckte Blut – und nur in zweiter Linie auf das, was *nicht* vorhanden war.

Spritzmuster an den Wänden, beispielsweise. Hätte der Täter Max Schlager das Metallstück in die Halsschlagader gerammt, als er noch am Leben war, hätte der Herzschlag das Blut in Fontänen herausgepumpt. Aber so war es auf den Boden unterhalb der Liege gelaufen, und der Rest des Raums war sauber geblieben.

Florin zog Beatrice und Drasche ein Stück von den Ärzten weg. «Was kannst du uns sonst noch sagen, Gerd?»

Drasche holte ein Taschentuch aus der Hosentasche und schnäuzte sich. «Diese Messerchen sind voll von Fingerabdrücken, dafür ist die Stahlleiste so blitzblank, als hätte man sie frisch aus der Verpackung geschält. Zumindest mit bloßem Auge finde ich da gar nichts, aber ich sehe sie mir später im Labor noch genauer an.» Er steckte das Taschentuch wieder ein.

«Ansonsten – perfekte Bedingungen. Hier wird ständig geputzt und jeder Putzgang dokumentiert. Wir wissen also, dass elf Stunden vor dem Leichenfund das letzte Mal sauber gemacht worden ist. Was wir an Haaren, Fasern und Abdrücken gefunden haben, müsste daher aus dem Zeitraum dazwischen stammen», erklärte Drasche sichtlich zufrieden.

«Okay.» Beatrice warf einen Blick über die Schulter zurück. Klement und Vasinski warteten immer noch vor der Tür zum Chefbüro. Sie unterhielten sich leise. «Wir machen hier alles fertig und kommen dann nach. Bis gleich.»

Im Büro des Klinikleiters war inzwischen Kaffee aufgetragen worden. Beatrice schüttete reichlich Milch und Zucker in ihre Tasse, nahm einen Schluck und lehnte sich zurück.

«Wir brauchen die Dienstpläne der letzten zwei Tage», sagte Florin gerade. «Ärzteschaft und Pflege. Außerdem eine Liste aller anderen Menschen, die Zutritt zur Abteilung hatten – Reinigungspersonal, Verwaltungsleute, Zulieferer, Besucher. Und natürlich Patienten. So vollständig wie irgend möglich.»

Dr. Vasinski blickte zur Seite, als würde er im Geiste schon erste Namen notieren, während Professor Klement sich die Stirn rieb.

«Die Besucher, die auf die Traumastation wollen, müssen sich anmelden. Das halten wir deshalb so, weil immer wieder die Personen Kontakt suchen, die das Trauma verursacht oder mitverursacht haben. Aber trotzdem ist es theoretisch denkbar, dass jemand von einer der anderen Stationen oder Abteilungen hier hereingekommen ist. Darüber haben wir keinen Überblick.»

«Deshalb meinte ich: so vollständig wie möglich», wiederholte Florin und warf einen Blick auf die Uhr. «Fürs Erste sind wir fertig, aber wir werden uns bald wieder melden, eventuell sogar noch heute.» Sie waren schon kurz vor dem Ausgang, als Beatrice einen Schrei hörte. Schrill, schmerzerfüllt, angstvoll. Beinahe wäre sie wieder umgekehrt.

Doch die beiden Schwestern, die ihnen entgegenkamen, wirkten nicht im Geringsten alarmiert. Sie grüßten freundlich und setzten ihre Unterhaltung so ungerührt fort, als hörten sie nicht, dass sich in unmittelbarer Nähe eine Frau die Seele aus dem Leib schrie.

Dann verebbte das Schreien. «Komm», sagte Florin. «Es ist schon spät, und wir haben noch eine Menge zu tun.»

Er bestand darauf, dass sie etwas aßen, wenigstens einen Imbiss in einem Café nahmen. Beatrice kämpfte mit ihrem Thunfischsandwich. Sie wusste, was ihnen gleich bevorstand, und es nahm ihr wie jedes Mal den Appetit. Die Toten ertrug sie, auch wenn der Anblick und die Vorstellung von ihren letzten Momenten ihr oft zusetzte. Doch der Schmerz der Lebenden war viel schlimmer. Hätte es einen Aspekt ihres Berufs gegeben, den sie hätte streichen dürfen, wäre es das gewesen, was heute noch vor ihr lag: Den Eltern die Nachricht vom Tod ihres Kindes zu überbringen.

Nach drei Bissen legte sie das Sandwich zurück und schob den Teller von sich. «Sorry. Geht nicht.»

Florin nahm ihre Hand und strich leicht mit dem Daumen über die Innenfläche. Die Geste war typisch für den Schwebezustand, in dem sie sich seit gut zwei Monaten befanden. Es war, als seien sie in ein Gewebe aus Blicken und Berührungen verstrickt, aus Aufmerksamkeiten und Andeutungen. Nichts, worauf man den Finger legen konnte, gleichzeitig so viel, dass es Beatrices Leben eine neue Farbe verlieh.

«Okay», sagte er dann. «Lass uns fahren.»

Die Adresse, unter der Rudolf und Lydia Schlager gemeldet waren, ließ eindeutige Schlüsse auf die Vermögensverhältnisse der Familie zu. Wer eine Villa in der direkt an Salzburg grenzenden Gemeinde Anif mieten oder sogar sein Eigen nennen konnte, gehörte zu den mehr als wohlhabenden Bürgern.

Florin parkte vor dem dunkelgrün lackierten Schmiedeeisenzaun ein, hinter dem sich ein großzügiger Garten mit alten Bäumen erstreckte. Das zweigeschossige Haus schimmerte weiß durch die herbstlich verfärbten Blätter.

Rudolf Schlager, Internist verkündete ein poliertes Messingschild neben dem Eingang, darunter waren die Ordinationszeiten angeführt. Wenn Schlager sich daran hielt, dann war er jetzt bei der Arbeit. Beatrice seufzte gegen ihre Nervosität an. Es würde noch schwieriger werden als gedacht.

Beim Drücken der Klingel sprang das Tor sofort auf. Sie durchquerten den Garten, ohne ein Wort zu wechseln. An der Art, wie Florin seine Schritte beschleunigte, meinte Beatrice zu erkennen, dass er das, was nun kam, ebenfalls möglichst schnell hinter sich bringen wollte. Und dass er es übernehmen würde, die Hiobsbotschaft zu überbringen.

Die Tür zur Ordination befand sich gut sichtbar auf der linken Seite des Hauses, die zu den privaten Bereichen vermutlich an der rechten Seitenfront. Dorthin führte ein Weg aus weißen Pflastersteinen. Florin wandte sich nach links und drückte leicht gegen die Ordinationstür, die sofort aufsprang.

Gleich, dachte Beatrice. Gleich schlagen wir in das Leben dieser zwei Menschen eine tiefe, nicht wieder zu heilende Scharte. Und sie wissen es noch nicht.

Die Sprechstundenhilfe lächelte ihnen verbindlich entgegen. «Sie haben einen Termin?»

«Nein.» Florin beugte sich über den Empfangstisch und senkte seine Stimme. «Wir kommen von der Polizei und müssten Dr. Schlager sprechen, es ist dringend.»

Die Frau reagierte nicht allzu beeindruckt. «Verstehe. Möchten Sie im Wartezimmer Platz nehmen? Ich sage dem Herrn Doktor Bescheid, aber es kann noch ein Weilchen dauern.»

«Nein.» Nur eine Silbe, doch die ließ keinen Widerspruch zu. «Es eilt leider. Am besten wäre es wahrscheinlich, Sie würden die wartenden Patienten nach Hause schicken und alle seine Termine für heute absagen.»

Nun wirkte die Sprechstundenhilfe verunsichert. «Was

ist denn passiert?», fragte sie. Gleichzeitig schien ihr klar zu sein, dass sie darauf wohl keine Antwort bekommen würde, denn sie stand auf, klopfte an die Tür zum Behandlungsraum und trat kurz darauf hinein.

Es dauerte höchstens eine Minute, bis sie wieder erschien, doch Beatrice kam es viel länger vor. Sie studierte eine Broschüre über Ernährung bei Diabetes und fand gleichzeitig, dass sie sich lieber auf die Aufgabe konzentrieren sollte, die vor ihr lag.

«Kommen Sie bitte mit mir», sagte die Sprechstundenhilfe und führte sie einen mit grünem Teppich ausgelegten Gang entlang zu einem ... Salon. Der Begriff *Zimmer* wäre völlig unangebracht gewesen. Stilmöbel, Gobelins, ein riesiger Kamin. «Dr. Schlager wird gleich bei Ihnen sein.»

Sie wollte gehen, doch Florin hielt sie zurück. «Ist Frau Schlager zu Hause, wissen Sie das zufällig?»

«Äh. Ich glaube schon.»

«Könnten Sie sie bitte ebenfalls holen?»

Die Schlüsse, die sie daraus zog, waren der Sprechstundenhilfe am Gesicht abzulesen. Sie schluckte, blinzelte und nickte. «Ich sage ihr Bescheid.»

Sie warteten. Eine antike Standuhr tickte ihnen lautstark jede einzelne Sekunde vor. Als wieder Schritte auf dem Gang zu hören waren, zog sich Beatrices Magen zusammen. '

«Guten Tag.» Doktor Schlager war ein mittelgroßer, leicht untersetzter Mann mit der Aura eines Befehlshabers. Seine Frau überragte ihn knapp. Sie war schön, auf eine Art, der man anmerkte, wie viel Aufwand und Mühe es sie kostete. Von Geld ganz abgesehen.

«Nehmen Sie doch bitte Platz.» Keine Aufforderung, sondern eine Anweisung. Trotzdem rührte Beatrice sich nicht von der Stelle. Florin trat einen Schritt auf den Arzt zu.

«Mein Name ist Wenninger, und das ist meine Kollegin, Beatrice Kaspary. Wir sind vom LKA Salzburg, Abteilung Leib und Leben. Es tut mir sehr leid, aber ich habe eine schlimme Nachricht für Sie.» Es fiel auch ihm nicht leicht, Beatrice sah, wie seine Brust sich unter einem schweren Atemzug hob.

«Ihr Sohn Max ist heute Morgen tot aufgefunden worden, in der Klinik. Wir haben allen Grund zu der Annahme, dass er einem Verbrechen zum Opfer gefallen ist.»

Beatrice war darauf vorbereitet gewesen, aber trotzdem war sie nicht schnell genug bei ihr, um die Frau zu stützen, als die Beine unter ihr nachgaben. Sie kniete auf dem Teppich, klammerte sich an die Couchlehne, ihr ganzer Körper zitterte, ohne dass sie einen Laut von sich gab.

«Kommen Sie», murmelte Beatrice. «Ich helfe Ihnen.»

Doch Lydia Schlager rührte sich nicht. Ihre Finger krallten sich in die Lehne, ihr Atem ging stoßweise. Beunruhigt stellte Beatrice fest, dass ihr Gesicht jede Farbe verloren hatte.

Sie holte ihr Handy hervor, ohne die Frau aus den Augen zu lassen. In Anbetracht der Situation war es nicht zu verantworten, dass Rudolf Schlager seine Frau selbst medizinisch versorgte. «Stefan? Hallo. Schick uns bitte einen Arzt nach Anif, Staufenweg 12.»

«Die Eltern des toten Psychiaters?»

«Genau.» Sie mochte vieles an Stefan; seine schnelle Auffassungsgabe war nur eine Eigenschaft davon.

Wenn sie Glück hatten, würde es fünfzehn Minuten dauern, wenn nicht, gut und gerne doppelt so lang. Lydia Schlager hatte endlich zu weinen begonnen, ihre Schluchzer kamen in krampfhaften, kurzen Stößen. Beatrice nahm sie in den Arm, gefasst auf eine heftige Reaktion, auf Schläge, die sie stellvertretend für das Schicksal würde einstecken müssen – es wäre nicht das erste Mal gewesen. Aber Schlager sah sie nicht einmal an, es war, als würde sie die Berührung überhaupt nicht wahrnehmen.

Ein kurzer Blick zum Vater des Opfers zeigte Beatrice einen völlig anderen Mann als noch bei der Begrüßung. Er war auf einen Stuhl gesunken und rang um Haltung. Florin war vor ihm in die Hocke gegangen und beantwortete offenbar seine Fragen, leise und sichtlich bedacht darauf, seine Worte nicht bis zu Lydia Schlager dringen zu lassen.

Beatrice schnappte einige Satzfetzen auf, die sich um die vermutliche Tatzeit drehten, dann begann die Frau in ihren Armen zu schreien. So laut, als hätte sie unerträgliche körperliche Schmerzen.

Ihr Mann sprang auf und zog sie aus Beatrices Griff, presste sie an sich und hielt sie, als sie in sich zusammensackte, als wäre etwas in ihr zerbrochen. In seinen Augen standen Tränen.

Es dauerte etwa zwanzig Minuten, bis der Arzt eintraf, Lydia Schlager ein Beruhigungsmittel injizierte und dafür sorgte, dass sie sich ins Bett legte.

«Dr. Schlager, wir wollen Sie nicht länger stören als unbedingt nötig», sagte Florin, als Ruhe eingekehrt war. «Aber wir müssen möglichst viel über die Lebensumstände Ihres Sohnes wissen. Hatte er eine Beziehung? Hatte er Streit mit jemandem? Gab es –»

«Max ist seinem Chef ein Dorn im Auge», fiel der Arzt Florin ins Wort. Seine Stimme schwankte, die letzten drei Worte waren kaum mehr hörbar. Beatrice beobachtete voll Mitgefühl, wie er Tränen wegzublinzeln versuchte und dabei scheiterte. «Er ist sehr – gewissenhaft, verstehen Sie? So haben wir ihn erzogen. Pflichtbewusst. Von klein auf habe ich ihm erklärt, dass für einen Mediziner nichts wichtiger sein darf als das Wohl seiner Patienten.» Schlager hatte den

Kampf gegen seine Trauer aufgegeben und weinte nun offen. «Immer wieder hat Max mir erzählt, dass in der Klinik nicht alles mit rechten Dingen zugehe. Einen Saustall hat er sie genannt.»

Das war ja interessant. «Ist er darauf genauer eingegangen?», hakte Beatrice nach.

In einer Geste, die sie an einen unglücklichen Fünfjährigen erinnerte, wischte Schlager sich das Gesicht mit dem Ärmel trocken. «Nein. Er wollte keinen Verdacht aussprechen, den er nicht auch beweisen konnte, aber es war ziemlich klar, was er dachte. Dass Klement Dreck am Stecken hat.» Mit unsicheren Schritten ging Schlager zum Fenster und lehnte seine Stirn gegen die Scheibe. «Das ist bei vielen leitenden Ärzten so. Es kommt nur fast nie ans Licht.» Er stieß zitternd die Luft aus. «Ich möchte meinen Sohn sehen.»

«Ja, natürlich», versicherte ihm Florin. «Sobald es möglich ist.»

Es war Schlager klar anzusehen, dass er begriff, was gemeint war. Gerichtsmedizin. Leichenöffnung. Er ließ sich auf den am nächsten stehenden Stuhl sinken und verbarg das Gesicht in den Händen.

«Wir halten Sie auf dem Laufenden.» Beatrice machte Florin ein Zeichen in Richtung Tür. «Und wir melden uns bald wegen der Liste von Max' Freunden und Bekannten.»

Schlager rührte sich nicht, aber sie war überzeugt davon, dass er sie verstanden hatte und diese Liste schreiben würde, sobald er wieder klar denken konnte. Mit dem gleichen Pflichtbewusstsein, das er seinem Sohn eingetrichtert hatte.

Erst als sie wieder auf der Straße standen, zückte Beatrice ihr Handy und warf einen Blick auf das Display. Drei entgangene Anrufe. Zwei von Achim, die konnten warten. Einer aus der Gerichtsmedizin. Von Vogt.

Florin war schon dabei, seine Sprachbox abzuhören. «Sie möchten uns bei der Obduktion sehen, wenigstens einen von uns.»

Vogt war bereits völlig in seinem Element, er winkte Beatrice und Florin nur kurz zu, während er weiter in sein Diktaphon sprach. Die Sichtung und Dokumentation der Kleidung des Toten musste er eben abgeschlossen haben, denn die beiden Sektionsassistenten waren nun damit beschäftigt, Max Schlager so vorsichtig wie möglich aus Arztkittel, Hemd und Hose zu schälen, dabei ragte die Metallschiene nach wie vor aus seinem Hals.

«Es handelt sich um einen Mann, dreiunddreißig Jahre alt, ein Meter zweiundachtzig groß, siebenundsiebzig Kilo schwer, athletischer Körperbau», diktierte Vogt in seinem typischen monotonen Singsang. «Ernährungszustand gut, Hautfarbe unauffällig.»

Während der Gerichtsmediziner einen Protokollpunkt nach dem anderen abhakte, betrachtete Beatrice das Gesicht des Toten. Sie musste den Gedanken verdrängen, dass Vogt in wenigen Minuten den Schädel aufsägen und das Gehirn herausnehmen würde, um es zu wiegen und zu vermessen. In den starren Zügen des Toten fand sie Ähnlichkeiten zu beiden Elternteilen, aber die Mutter hatte ihrem Sohn das gute Aussehen vererbt.

Beatrices Blick wanderte nach unten und blieb an der Schiene hängen. Max Schlagers Vater verdächtigte Professor Klement. Sie fragte sich, ob er dabei bleiben würde, wenn er wüsste, wie der Tote zugerichtet war. Dass Klement jemandem eine Stahlschiene durch die Kehle stieß, war für sie nur schwer vorstellbar. Aber natürlich trotzdem nicht unmöglich.

«Narbe einer Appendektomie, siehe Skizze», hörte sie Vogt sagen. «Außerdem sieben Zentimeter lange Narbe am linken Oberschenkel, siehe Skizze. Hämatom …»

Vogt stockte kurz. «Hämatom in der linken Armbeuge», fuhr er fort. «Frische Einstichstelle ebendort.» Mit einer Kopfbewegung winkte er Beatrice und Florin näher und hielt Schlagers Arm ein Stück hoch.

«Seht ihr das? Macht ganz den Eindruck, als hätte er sich noch schnell einen Schuss gesetzt, bevor er abgetreten ist. Die Einstichstelle zeigt keine Spuren einer beginnenden Wundheilung, eventuell ist also das Zeug, das er sich in die Vene gejagt hat, ursächlich für seinen Tod verantwortlich.»

Gewissenhaft. Pflichtbewusst. Hatte sein Vater sich so in Max Schlager getäuscht?

Vogt las Beatrice den Gedanken offenbar vom Gesicht ab. «Ungewöhnlich ist das nicht. Psychiater trinken fast so viel wie Chirurgen, und sie kommen noch viel leichter an die interessanten Pharmazeutika heran. Ich bin rasend gespannt, was die toxikologische Untersuchung zum Vorschein bringen wird.»

Der Einstich war sauber. Das ließ tatsächlich darauf schließen, dass Schlager sich selbst etwas injiziert hatte. Eine Vene zu treffen war schon unter normalen Umständen nicht immer leicht; wenn jemand sich wehrte, wurde es praktisch unmöglich. Und es gab nirgendwo Abwehrverletzungen. Keinerlei Anzeichen eines Kampfes.

«Meinetwegen, soll er sich am Medikamentenschrank bedient haben», meinte Florin nachdenklich. «Aber er hat sich ganz sicher nicht diese Stahlschiene in den Hals gerammt.»

«Oh, da bin ich Ihrer Meinung», stimmte Vogt gutmütig zu. «Könnte aber zweitrangig sein, zumal das vermutlich erst post mortem geschehen ist.»

Er schaltete sein Diktaphon wieder ein. «Rechter Arm unauffällig. Untere Extremitäten …»

Beatrice drehte sich um und steuerte einen der Stühle an, die an der Wand standen. Als *Saustall* hatte Max Schlager die Klinik seinen Eltern gegenüber bezeichnet – was, wenn er damit auf den saloppen Umgang mit psychogenen Substanzen angespielt hatte? Und nicht auf Professor Klements angebliche dunkle Machenschaften?

Während Vogt die Knochensäge zückte, tat Beatrice das Gleiche mit ihrem Handy. Ein guter Zeitpunkt, um Achim zurückrufen, schon um des lieben Friedens willen. Vielleicht konnte er morgen die Kinder nicht nehmen oder wollte ihr bloß eine organisatorische Kleinigkeit mitteilen.

Sie seufzte. Nein, dann hätte er sich mit einer SMS begnügt. Persönliche Gespräche suchte ihr Exmann nur, wenn er das dringende Bedürfnis danach hatte, ihr Vorwürfe zu machen.

Kreischend fraß das Sägeblatt sich in den Schädelknochen. Beatrice steckte ihr Handy wieder weg und schloss die Augen. Ihr Bedarf an Bedrückendem war für den Moment gedeckt. Achim würde warten müssen.

Mit einem schnellen Blick vergewisserte sie sich, dass Florin die Stellung beim Obduktionstisch hielt, dann lehnte sie sich zurück und ließ ihre Gedanken wandern.

Bunte Plastikmesser, ein Kamm und ein Kugelschreiber. Es war naheliegend, dass einer der Patienten Schlagers Leiche auf diese Weise verziert hatte, auch wenn Walter Trimmel behauptete, es nicht gewesen zu sein. Der Anblick hatte Beatrice daran erinnert, wie Jakob früher seine Sandburgen mit Muscheln geschmückt hatte. Ungeschickt, aber liebevoll.

Gedankenverloren beobachtete sie, wie Vogt das entnommene Hirn auf die Waage legte. Alles, was Schlager je erfahren, gelernt und gedacht hatte, war in diesem grauen Klumpen gespeichert gewesen. Und die geringste biochemische Störung in einem solchen Gehirn sorgte dafür, dass ein normales Leben nicht mehr möglich war. Wie bei Walter Trimmel.

Unwillkürlich fasste Beatrice sich an den eigenen Kopf, war sich dessen Inhalt und seiner Anfälligkeit auf einmal unangenehm bewusst.

Dieser Fall würde anders werden. Es war ein Spiel mit lauter Unbekannten. Vielleicht ging es diesmal gar nicht darum, ein Motiv zu finden, weil Schlagers Tod nur einem Ungleichgewicht an Botenstoffen im Hirn eines der Klinikpatienten geschuldet war.

Sie ließ den Rest der Leichenöffnung mit all ihren Geräuschen und Gerüchen an sich vorbeiziehen, im Geiste schon bei ihrem nächsten Schritt. Wenn nicht bereits Drasches Spuren eindeutige Schlüsse zuließen, dann würde Beatrice sich auf die Arzt-Patienten-Beziehungen in der Traumaklinik konzentrieren. Vielleicht irrte sie sich, aber dort witterte sie höheres Konfliktpotenzial als in Schlagers kompliziertem Verhältnis zu seinem Chef.

4. Kapitel

«Kein einziger Fingerabdruck auf der Schiene», eröffnete Drasche ihnen gleich zu Beginn. «Die wurde geradezu blank geputzt und danach nicht mehr mit bloßen Händen angefasst.»

Sie saßen in Beatrices und Florins Büro, durch dessen Fensterscheiben die Nachmittagssonne kraftlose Strahlen warf. Der Duft von Kaffee, der dem Raum in der letzten halben Stunde etwas wie Heimeligkeit verliehen hatte, war verflogen. Beatrice sah in Minutenabständen auf die Uhr. Sie hatte nicht mehr viel Zeit, um die Kinder aus der Betreuung abzuholen. Leider wirkte Drasche nicht so, als hätte er vor, sich mit seinem Bericht zu beeilen.

«Die Schiene war übrigens zur Befestigung eines Hängeschranks in der Schwesternküche gedacht», fuhr er nach einem genüsslichen Schluck aus seiner Kaffeetasse fort. «Ich habe mir das Gegenstück dazu angesehen. So richtig scharf sind die Kanten nicht. Wer auch immer es war, der dem Opfer das Ding in den Hals gerammt hat, er muss viel Kraft aufgewendet haben.»

Um jemanden zu durchbohren, der schon tot war. Ein symbolischer Akt?

Der nächste Blick auf die Uhr verriet ihr, dass sie in spätestens drei Minuten im Auto sitzen musste. «Wie sieht es sonst mit Spuren aus? Auf den Plastikmessern, zum Beispiel. Auch nichts?»

Drasche klopfte mit dem Kaffeelöffel gegen den Tassenrand. «Doch. Jede Menge sogar, auf jedem einzelnen davon. Und in ganz großartigem Zustand.»

Beatrice hatte bereits begonnen, ihre Tasche zu packen. Handy, Autoschlüssel, Portemonnaie, alles da.

«Sonst noch etwas Auffälliges?», hörte sie Florin fragen.

«Na ja. Keinerlei Abwehrverletzungen, aber das werdet ihr auch von Vogt hören. Und natürlich haben wir Proben von den Stellen genommen, an denen der arme Irre angeblich das Blut weggeleckt haben soll; wir werden prüfen, ob da wirklich Spuren seines Speichels enthalten sind.»

Im Aufstehen fing Beatrice Drasches missbilligenden Blick auf. «Ich bin eigentlich noch nicht fertig», murrte er.

«Ja, und es tut mir sehr leid, aber ich bin schon wahnsinnig spät dran. Kinder und so.» Sie warf sich den Riemen der Tasche über die Schulter und schaltete ihren Computer aus.

«Na ja, Wenninger wird Ihnen morgen ja alles erzählen.» Drasche warf einen Blick in seine Tasse und stellte sie mit einem Seufzer des Bedauerns auf den Schreibtisch.

«Gar keine Frage», gab Florin zurück. Er nickte ihr lächelnd zu. «Schönen Abend, Bea.»

Der Wunsch mochte noch so gut gemeint gewesen sein, er erfüllte sich nicht. Als Beatrice bei der Schule ankam, wartete bereits die Betreuerin auf sie, mit je einem fix und fertig angezogenen Kind an jeder Seite. «Ich habe Sie angerufen», sagte sie und kam damit Beatrices Begrüßung zuvor. «Aber Sie haben nicht abgehoben. Also habe ich es bei Ihrem Mann versucht, und der wollte sofort kommen. Er wird jede Minute da sein, denke ich.»

Großartig. Am liebsten hätte Beatrice mit dem erstbesten

schweren Gegenstand nach der Frau geworfen. Sie checkte ihr Handy, tatsächlich, zwei entgangene Anrufe. Verpasst, weil sie das Telefon vor der Leichenöffnung lautlos gestellt und anschließend vergessen hatte, den Ton wieder einzuschalten.

«Ein netter Kerl, Ihr Mann», plapperte die Betreuerin weiter. «Nicht viele würden einfach ihre Arbeit stehen und liegen lassen, um für ihre Frau einzuspringen.»

Beatrice entging der leicht vorwurfsvolle Ton in der Stimme ihres Gegenübers nicht.

«Er ist mein Exmann. – Nur der Form halber», gab sie zurück. Es klang schärfer, als sie beabsichtigt hatte.

Und er ist kein netter Kerl, fügte sie stumm hinzu. Am liebsten hätte sie die Kinder geschnappt und wäre sofort nach Hause gefahren, aber sie wusste, dass Achim ihr das ewig vorhalten würde.

Der schwarze Audi bog zehn Sekunden später um die Ecke. Beatrice musterte das gerötete, angestrengt dreinblickende Gesicht hinter der Windschutzscheibe nur kurz, dann drehte sie sich zu der Betreuerin um und streckte ihr die Hand hin. «Danke für Ihre Bemühungen. Ich wünsche Ihnen einen schönen Abend.»

Es war offensichtlich, dass die Frau gern noch ein wenig geblieben wäre – zumindest, um sich für ihren Einsatz und ihre Umsicht loben zu lassen. Vielleicht auch, um einen Blick hinter die Kulissen des Familienlebens der Kasparys zu werfen.

Aber Beatrices Wink war deutlich genug gewesen. Die Betreuerin verabschiedete sich mit einem Lächeln und einem Kopfnicken zu Achim hin, der gerade aus dem Wagen stieg.

«Hallo.» Beatrice hasste sich für ihren entschuldigenden Ton, umso mehr als sie wusste, dass er die Situation nicht retten würde. Sie hatte einen Fehler gemacht, sie war im Unrecht, und das würde Achim ihr genussvoll unter die Nase reiben.

«Ach. Die Frau Kommissarin.» Er warf die Autotür hinter sich zu, nicht zu laut, zumal die Betreuerin noch in Hörweite war. «Hast du dich doch noch daran erinnert, dass du Kinder hast?»

«Hallo, Papa!» Mina fiel ihm um den Hals, stürmischer als Beatrice es von ihr kannte. Achim hob seine Tochter hoch und wirbelte sie einmal im Kreis.

«Überraschung, hm? Ich freue mich so, euch zu sehen, meine beiden Schätze!»

Jakob stürzte sich nicht sofort auf seinen Vater, er tastete nach Beatrices Hand und drückte sie. Die Geste war so vielsagend und liebevoll, dass Beatrice einen Moment lang befürchtete, ihr würden die Tränen kommen. Er war doch erst acht, er sollte nicht das Gefühl haben, sie beschützen zu müssen.

«Ich hatte mein Handy versehentlich lautlos geschaltet», erklärte sie, an Achim gewandt. «Aber es war ein höllischer Tag. Trotzdem – mein Fehler. Tut mir leid, dass sie dich bei der Arbeit gestört haben.»

«Och. Das muss dir nicht leidtun.» Sein Ton hatte diese falsche Freundlichkeit angenommen, die sie so hasste. «Für mich ist immer klar, dass die Kinder zuerst kommen und nicht mein ach so wichtiger Job.»

Sie konnte sich eine Replik nicht verkneifen. «Das hast du aber erst beschlossen, nachdem wir geschieden waren, oder?»

Er antwortete nicht, sondern hob den Kopf und schnupperte. «Was riecht denn hier so scheußlich?»

Das war zu erwarten gewesen. Der Geruch des gerichtsmedizinischen Seziersaals verfing sich immer in ihrem Haar,

Häubchen hin oder her, aber er war keinesfalls so durchdringend, wie Achim vorgab.

«Besser, du gehst unter die Dusche.» Er rümpfte demonstrativ die Nase. «Und ich nehme meine zwei Lieblinge und wir gehen … zum Chinesen? Was haltet ihr davon?»

Jubel, jetzt auch bei Jakob. Beatrice ließ seine Hand los. «Eigentlich hast du die Kinder erst morgen, Achim, und …»

«Schon gut», unterbrach er sie brüsk. «Keine Sorge, ich nehme sie morgen auch. Das macht mir nichts aus, ganz im Gegenteil.»

«Darum geht es mir doch gar nicht.» Wieso geriet sie Achim gegenüber eigentlich immer in die Defensive? «Aber hast du dir noch nie überlegt, dass ich mich vielleicht auch auf den Abend mit ihnen gefreut habe?»

Seine Mundwinkel zuckten, als müsse er sich ein Lachen verkneifen. «Hast du etwa schon vorgekocht? Oder holst du die übliche Lasagne aus der Tiefkühltruhe?»

Sie hatte Lust, ihn zu anzubrüllen, ihm entgegenzuschleudern, was für ein Arschloch er war. Aber nicht vor den Kindern.

Mina brauchte sie nicht zu fragen, mit wem sie lieber gehen wollte – sie war sichtlich Feuer und Flamme für die neue Abendplanung. Beatrice beugte sich zu Jakob hinunter. «Wie sieht's aus – hast du Lust auf Essen beim Chinesen?»

Er nickte. «Aber nur, wenn du nicht traurig bist.»

Heulen konnte sie später. Jetzt würde sie Jakob nur fest in die Arme nehmen und an sich drücken. «Wenn du Spaß hast, bin ich nicht traurig. Bis übermorgen.»

Sie sah ihren Kindern dabei zu, wie sie in den Audi kletterten, und zählte ihre eigenen Atemzüge. Gleich durfte sie zu lächeln aufhören. Sobald Achim ausgeparkt hatte und aufs Gas gestiegen war.

Sie winkte dem Wagen hinterher, obwohl sie durch die getönten Scheiben nicht sehen konnte, ob eines der Kinder sich zu ihr umwandte. Dann stieg sie in ihr Auto, lehnte sich im Fahrersitz zurück und schloss die Augen. Der Druck in ihrem Inneren war so groß, dass er sie beinahe erstickte, doch die Tränen hatten sich zurückgezogen. Alles falsch gelaufen, wieder einmal.

Sie atmete tief durch, dann startete sie den Motor und fuhr los. Achim hatte recht, es war nichts Vernünftiges zu kochen zu Hause, nur Spaghetti und Fertigsoße. Egal. Ihr wurde ohnehin beim bloßen Gedanken an Essen übel.

Die leere Wohnung spiegelte auf perfekte Weise ihr eigenes Befinden wider. Beatrice rollte sich auf der Couch ein – nur ein paar Minuten, nahm sie sich vor. Bis das dumpfe, schmerzliche Pochen in ihrem Bauch sich verflüchtigt haben würde.

Doch leider spielte ihr Kopf nicht mit. Er spulte die Highlights des Tages noch einmal ab – der tote Arzt auf der Untersuchungsliege, die halbe Blutlache, die schreiende Mutter des Opfers, sein Gehirn auf der Waagschale …

Achims überheblicher Blick. Jakob. *Nur, wenn du nicht traurig bist.*

Okay, jetzt konnte sie wenigstens heulen. Auch wenn es hauptsächlich aus Selbstmitleid und Überforderung war und sie sich für beides schämte. Irgendwann fühlte sie sich zu erschöpft für weitere Tränen. Und zum Aufstehen sowieso.

Sie musste eingeschlafen sein, denn beim Klingeln ihres Handys schreckte sie hoch. Es war der Ton, den sie für Florins Privatnummer einprogrammiert hatte.

«Hallo?» Sie schluckte trocken und rieb sich über die Stirn, doch das dumpfe Pochen in den Schläfen blieb.

«Hallo, Bea. Störe ich dich gerade? Ich wollte dir eigentlich nur erzählen, was Drasche noch herausgefunden hat. Aber wahrscheinlich bringst du gerade die Kinder ins –»

«Nein.» Sie warf einen Blick auf die Küchenuhr. Schon zehn nach acht, meine Güte, sie hatte fast zwei Stunden geschlafen. «Nein, die Kinder sind ... bei Achim.»

«Aber – musstest du sie vorhin nicht holen?»

«Doch.» Sie erzählte ihm von dem Zwischenfall vor der Schule und kam sich dabei einmal mehr erbärmlich vor.

«Natürlich war es mein Fehler.» Meine Güte, war sie etwa schon wieder den Tränen nah? «Zu spät dran sein und dann auch noch das Handy auf lautlos schalten. Aber du hättest sehen sollen, wie sehr Achim es genossen hat, mir das alles vorzuhalten. Plus den Leichenhallengeruch.»

Florin lachte auf, es klang nicht fröhlich. «Und, wie geht es dir jetzt?»

«Ganz gut», antwortete Beatrice, doch die Pause, die sie davor hatte verstreichen lassen, war offenbar zu lang gewesen.

«Weißt du, Bea, nach einem Tag wie heute solltest du nicht allein sein müssen. Pass auf, was hältst du davon: Ich hole dich in einer halben Stunde ab, und wir gehen essen. Italienisch?»

Sie war versucht, ja zu sagen, doch bei dem Gedanken an Essen drehte sich ihr immer noch der Magen um. «Tut mir leid, Florin. Ich mag heute wirklich nicht mehr vor die Tür.»

Sie konnte förmlich vor sich sehen, wie er nickte, eine der störrischen dunklen Haarsträhnen quer über der Stirn und die typische nachdenkliche Steilfalte über der Nasenwurzel.

«Ich könnte auch zu dir kommen. Dir ein Häppchen mitbringen, und wir reden einfach. Oder hören Musik.»

Es war verlockend. Wenn sie schnell duschte, sich umzog und ein bisschen aufräumte ...

Nein. Sie sehnte sich viel zu sehr nach einer Brust, in der

sie ihr Gesicht vergraben konnte; nach einem Arm, der sich um ihre Schultern legen würde. Er würde ihr beides zur Verfügung stellen, zweifellos, und dann …

«Es ist ein wunderbarer Vorschlag, Florin, danke, aber ich wäre heute keine gute Gesellschaft. Ich bin einfach nur kaputt.»

Kurze Pause. «Wie du meinst. Ich kann es gut verstehen, wenn du deine Ruhe haben willst.»

Klang er enttäuscht? Oder war er insgeheim froh?

Sie rieb sich die Augen. Nein, darüber würde sie sich nicht auch noch den Kopf zerbrechen. «Ein andermal sehr gerne. Dein Angebot bedeutet mir viel, ehrlich. Nur … heute bin ich eine echte Zumutung.»

Wieder eine Pause. «Du weißt, dass ich das nicht so sehe, oder?»

Sie biss sich kurz auf die Lippen. Focht einen heftigen Kampf mit sich selbst aus, schwankte zwischen Sehnsucht und Vernunft. Ließ widerstrebend der Vernunft den Vortritt. «Ja, das weiß ich. Und damit wir uns richtig verstehen, ich hätte dich gern bei mir. Nur mich selbst wäre ich am liebsten los, und das geht am besten, wenn ich mich schlafen lege. Bald.»

Er seufzte. «In Ordnung. Dann schlaf gut, Bea. Ich wünschte, du würdest ihm nicht immer wieder erlauben, dich so fertigzumachen.»

Die Frage, von wem Florin sprach, erübrigte sich.

«Ja. Das wünsche ich mir auch.»

Sofort nachdem sie aufgelegt hatte, bereute sie ihre Entscheidung. Die Wohnung war so schmerzhaft leer. Das Lachen der Nachbarn, das durch die Wände drang, verstärkte das Gefühl der Einsamkeit noch.

Beatrice schaltete den Fernseher ein und zappte so lange durch die Programme, bis sie bei einem Dokumentarfilm über

Giraffen landete. Den ließ sie als beruhigende Geräuschkulisse im Hintergrund laufen, während sie den Kühlschrank durchforstete, auf der Suche nach etwas, worauf sie Appetit haben könnte.

Am Ende entschied sie sich für ein Stück Brot mit Butter, eine reine Notreaktion. Damit sie guten Gewissens *ja* sagen konnte, wenn Florin sie morgen fragte, ob sie etwas gegessen hatte.

Da war auch noch eine halbe Flasche Chardonnay im Kühlschrank. Mit einem leisen Gefühl von Trotz holte Beatrice sie heraus. So, wie die Dinge heute standen, war sie niemandem Rechenschaft schuldig. Und mit ein wenig Alkohol im Blut würde sie schneller einschlafen können, und dann bestand die Chance, dass sie nicht davon träumen würde, wie Max Schlagers Gehirn aus der Schädelhöhle entnommen wurde. Oder wie seine Mutter schreiend zusammenbrach.

Der Wein brachte nicht nur Entspannung, sondern auch eine Idee. Beatrice kletterte auf den Küchenhocker und tastete ins oberste Regal des Geschirrschranks. Da. Da waren sie, mit einem Gummiband zusammengezurrt. Kleine, bunte Messer aus transparentem Plastik. Es waren genau die gleichen, die auf Schlagers Leiche drapiert gewesen waren, sogar in den gleichen Farben.

Beatrice erinnerte sich noch genau daran, wie sie mit beiden Kindern in eines der großen Möbelhäuser gefahren war und wie Mina, damals sechs oder sieben Jahre alt, sich in diese Messer verliebt hatte.

Stumpfe Dinger, mit denen man sich nicht verletzen konnte, perfekt für Patienten einer psychiatrischen Klinik. Beatrice drückte ihren rechten Daumen gegen die flache Seite der blauen Schneide und hielt das Messer dann ins Licht. Ja. Wunderbare Abdrücke.

Als sie sich schlafen legte, nahm sie eines davon mit ins Schlafzimmer und drehte es zwischen den Fingern hin und her. Es war rot, und wenn man es sich dicht vor die Augen hielt, verschwammen die harten Konturen der Welt.

«Diese kleinen Messer sind ein Segen», verkündete Drasche mit zufriedenem Gesichtsausdruck. «Keiner hat sie abgewischt. Wenn wir sie mit den Fingerabdrücken des Personals und der Patienten abgleichen können, müsste uns das eigentlich einen riesigen Schritt weiterbringen.»

Sie saßen rund um den Tisch im Besprechungsraum, nur Ebner stand noch, er war dabei, seine Fotos an die Wand zu pinnen. Schlager auf der Untersuchungsliege, die Stahlleiste in Großaufnahme, die halb aufgeleckte Lache am Boden, der Kamm, der Stift, die Messer.

Gegenüber von Beatrice lümmelte Stefan und grinste schief; sein rotes Haar war ungekämmt wie meistens und das Hemd, das er trug, die übliche optische Zumutung.

«Wir warten noch ein bisschen.» Florin sah erst auf die Uhr und warf dann einen Blick auf sein Smartphone. «Hoffmann sollte bald hier sein. Geben wir ihm noch fünf Minuten.»

Niemand sagte etwas dazu. Beatrice vermutete, dass es den anderen so ging wie ihr: Keiner mochte Hoffmann allzu gerne – um es freundlich auszudrücken –, aber mittlerweile tat der Chef ihnen allen leid. Seine Frau hatte vor fünf Tagen einen Platz im Hospiz bekommen, und er verbrachte jede freie Minute bei ihr. Ihr Lungenkarzinom hatte weder auf die Chemo- noch auf die Strahlentherapie gut angesprochen. Die Metastasen saßen in Knochen und Hirn.

So unsensibel Hoffmann auch jeden anderen behandelte,

seine Frau schien er zu vergöttern. In den letzten Wochen hatte er zu schnell zu viel abgenommen und sich kaum auf seine Arbeit konzentrieren können, seine Haut wirkte grau.

«Fast menschlich», hatte Stefan vor kurzem gemeint. «Ich wäre geradezu bewegt, wenn er mich nicht gerade eben angebrüllt hätte, weil meine Bürotür einen Spalt offen gestanden hat. Falls ihr es noch nicht wusstet, ich telefoniere zu laut.»

Die Tür zum Besprechungszimmer öffnete sich, doch herein kam nicht Hoffmann, sondern Kossar. Beatrice seufzte innerlich, obwohl seine Anwesenheit zu erwarten gewesen war. Der forensische Psychologe mit der bemerkenswerten Vorliebe für farbenprächtige Brillenrahmen punktete vor allem durch Showtalent, weit weniger durch die Treffsicherheit seiner Analysen.

Kossar schüttelte Hände, und Beatrice schob ihren Stuhl zurück. «Bin gleich wieder da», murmelte sie in Florins Richtung.

Florin nickte.

War er heute reservierter als sonst? Weder er noch sie selbst hatte das gestrige Telefonat erwähnt, die Gelegenheit hatte sich noch nicht ergeben. Vielleicht ganz gut so.

Beatrice steuerte das Büro an, das Stefan und Bechner sich teilten. Wappnete sich gegen Bechners schlechte Laune, die so sicher war wie das Amen in der Kirche.

Er sah nur kurz her, als sie eintrat, und wandte seinen Blick dann sofort wieder dem Bildschirm zu. Legte eine Hand vor den Mund, merkbar bemüht, konzentriert zu wirken. Wie jemand, den man keinesfalls stören durfte.

Den Gefallen konnte Beatrice ihm leider nicht tun. «Ich würde Sie bitten, mir Unterlagen aus dem Archiv herauszusuchen. Der Fall müsste rund dreißig Jahre zurückliegen, Kindesmisshandlung, vermutlich durch die Mutter, eventuell in Kombination mit Freiheitsentzug, Vernachlässigung und so weiter. Der Name des Kindes ist Walter Trimmel.»

Bechner schloss gequält die Augen, mehrere Sekunden lang, als hoffte er, dass Beatrice sich in Luft aufgelöst haben würde, wenn er sie wieder öffnete. «Ich habe zu tun.»

Sie zwang sich zu einem locker-natürlichen Ton. «Ich weiß, und ich würde Sie damit in Ruhe lassen, wenn es nicht wichtig wäre und wenn ich nicht wüsste, dass Sie in solchen Dingen schneller sind als jeder andere hier.» Das war zwar frei erfunden, erzielte aber die gewünschte Wirkung. Bechners Gesicht entspannte sich. «Ich werde sehen, was sich machen lässt», sagte er gönnerhaft.

«Danke. Das weiß ich zu schätzen.»

Beatrice beeilte sich auf dem Rückweg zum Besprechungszimmer, trotzdem war Hoffmann schon da. Er begrüßte sie nicht, sein Blick streifte sie nur flüchtig und ohne die übliche Abneigung. Es musste ihm wirklich schlecht gehen.

Drasche hatte auf sie gewartet. Nun begann er seinen Bericht ohne große Umschweife. «Wir haben massenhaft Fingerabdrücke, die wir noch zuordnen müssen, vor allem auf den Plastikmessern, aber auch am Griff des Kamms und am Kugelschreiber. Die Stahlleiste, die dem Opfer in den Hals gestoßen wurde, ist ein handelsübliches Fabrikat und wurde zur Befestigung eines Schranks in der Kaffeeküche beschafft.» Drasche deutete auf ein Foto, auf dem die besagte Leiste aus Schlagers Hals ragte. «Kein einziger Abdruck auf der ganzen Länge. Dafür aber winzige Spuren von Maisstärke.» Er blickte sich um, wartete, ob jemand die richtigen Schlüsse zog.

«Manche OP-Handschuhe sind mit resorbierbarer Maisstärke gepudert», erklärte er schließlich. «Ich weiß zwar nicht, ob sich auf einer psychiatrischen Abteilung Operationsbedarf findet, aber irgendwo im Umfeld bestimmt.»

Florin beugte sich vor. «Wir können also davon ausgehen, dass der Täter Handschuhe getragen hat?»

«Die Handschuhe», gab Drasche zurück, «hat höchstwahrscheinlich derjenige getragen, der die Leiste in Schlagers Hals gerammt hat. Ob er auch für seinen Tod verantwortlich war – wer weiß? Wie gesagt, ich halte es für ausgeschlossen, dass es die Halswunde war, die ihn das Leben gekostet hat.» Drasches Blick blieb an Hoffmann hängen, der abwesend wirkte. «Ganz genau werden wir es wissen, wenn Dr. Vogt den Obduktionsbericht vorlegt.»

Für ein paar Sekunden trat Stille ein. Beatrice vermutete, dass die anderen, so wie sie selbst, versuchten, eine Vorstellung davon zu bekommen, wie die Tat abgelaufen sein konnte.

Angenommen, Schlager war wirklich schon tot gewesen, ob durch fremde Hand oder eine selbst verabreichte Überdosis – warum sollte man sich dann noch die Mühe machen, ihm eine so massive äußere Wunde beizubringen?

Vermutlich war es Unsinn, sich der Sache logisch nähern zu wollen, wenn man davon ausgehen musste, dass der Täter psychisch krank war.

«Wir sollten nicht den Fehler machen zu denken, dass Psychiatriepatienten eine gewaltbereite Klientel sind», schaltete Kossar sich ein, wie als Antwort auf Beatrices Gedanken. Manchmal traf er doch ins Schwarze.

«Im Gegenteil, meistens fehlt es ihnen sowohl am Antrieb als auch am nötigen strukturierten Denken und Planen, das für eine solche Tat nötig ist.»

«Möglich», entgegnete Florin. «Aber nehmen Sie nur Walter Trimmel, dem die Stimme seiner Mutter befohlen hat, das Blut vom Boden zu lecken. Wer weiß, was seine oder die Stimmen anderer Patienten sonst noch verlangen.»

Kossar rückte seine Brille zurecht. «Ja, dazu musste er vermutlich eine Hemmschwelle überwinden, allerdings keine so große wie bei der Tötung eines Menschen. Unterschätzen Sie das nicht.» Er sprach weiterhin mit Florin, sah dabei aber auch immer wieder zu Beatrice hinüber. «Psychiatriepatienten sind um keinen Deut gewalttätiger als die Durchschnittsbevölkerung. Wohlgemerkt, wir sprechen hier nicht von geistig abnormen Rechtsbrechern.»

Nein, dachte Beatrice. Wir sprechen von Opfern. Von schwer traumatisierten Menschen.

Was, wenn ein solches Opfer sich wehrte, weil es sich angegriffen fühlte?

«Im restlichen Raum», ergriff Drasche wieder das Wort, «haben wir ebenfalls Fingerabdrücke gefunden, dort, wo sie zu erwarten waren. An Schränken, Türklinken, Schubladen und so weiter.»

Hoffmann dankte Drasche mit einem schwachen Lächeln und wandte sich Florin zu. «Was wissen wir über das Umfeld dieses Max ... Schläger?»

«Schlager.» In knappen Worten umriss Florin Elternhaus, Arbeitsplatz und Freundeskreis. Der Vater hatte noch vergangene Nacht eine Liste aller engeren Kontakte geschickt, inklusive einer kurzen Beschreibung zu jeder Person. Zusätzlich hatten sie Max Schlagers Handy und sein Notebook. All das würde ihnen schnell ein umfassendes Bild vermitteln.

Hoffmann hatte nicht viele Fragen, und die Besprechung fand nach knapp einer Stunde ein ungewöhnlich frühes Ende. Bei ihrer Rückkehr ins Büro entdeckte Beatrice zu ihrer Überraschung einen Stapel von Ausdrucken auf dem Schreibtisch, obendrauf ein Post-it. Nur zwei Worte, in Bechners pedantisch gestochener Schrift.

Bitte sehr.

Sie war gegen ihren Willen beeindruckt. Es waren Kopien

siebenunddreißig Jahre alter Gerichtsprotokolle, noch mit Schreibmaschine getippt und mit handschriftlichen Anmerkungen am Rand. Der Inhalt ließ zumindest einen Teil des Horrors erahnen, den Walter Trimmel als Kind hatte durchleben müssen.

Schon seine Mutter hatte unter paranoider Schizophrenie gelitten und dafür gesorgt, dass diese Saat auch bei ihrem Sohn aufging. Als Walter vier Jahre alt war, kam sie zu der Überzeugung, dass er von Dämonen besessen sei, deren Stimmen sogar durch die Wände zu ihr sprachen. Diese Dämonen versuchte sie, mit allen Mitteln auszutreiben. Wasser, Feuer, Eis. Licht und Dunkelheit. Sie ertränkte ihren Sohn mehrmals fast in der Badewanne, fügte ihm mit einem Feuerzeug Brandwunden zu, sperrte ihn bei Minusgraden auf den Balkon hinaus. Ließ ihn tagelang bei völliger Dunkelheit in der Abstellkammer allein, nur um ihn kurz darauf stundenlang mit grellem Licht zu blenden.

«Die Dämonen waren viel zäher, als ich gedacht hatte», wurde die Frau im Protokoll zitiert. «Ich habe mich so sehr bemüht, aber sie haben sich nur über mich lustig gemacht.»

Zu einer Zeit, als körperliche Strafen noch fast zum guten Ton und einer ernst gemeinten Erziehung gehörten, dauerte es lang, bis die Nachbarn stutzig wurden. Doch irgendwann brüllte Walter nachts so ausdauernd, dass die Mieter aus der Nebenwohnung die Polizei riefen.

Beatrice blätterte zum Bericht der Beamten vor, aus dem mühsam beherrschte Erschütterung sprach. Sie hatten einen Sechsjährigen mit blutenden Striemen am Rücken vorgefunden, der sich dennoch an seine Mutter klammerte und nicht von ihr getrennt werden wollte.

Im Rahmen der ärztlichen Untersuchung hatte man neben den neuen Wunden unzählige halb und ganz verheilte gefunden. Die Anamnese, die bei der Aufnahme im Krankenhaus gemacht wurde, umfasste weitere sieben Seiten.

Mit dem Gefühl, gleich etwas gegen die Wand werfen zu müssen, legte Beatrice die Blätter zurück auf den Tisch. Im Moment interessierte es sie nicht, welches Urteil der Richter über die Mutter gefällt hatte, sie hatte nur plötzlich das Bedürfnis nach frischer Luft. Und gleichzeitig – unerklärlicherweise – nach einer Zigarette, zum ersten Mal seit Ewigkeiten.

Florin blickte auf. «Bea?»

Sie stand schon in der Tür und drehte sich noch einmal um. «Entschuldige bitte. Es ist nur ...» Sie deutete auf die Ausdrucke, die quer über ihre Schreibtischplatte verstreut lagen. «Mich kotzt das alles gerade furchtbar an.»

Draußen lehnte sie sich gegen die Hausmauer und blinzelte in den Himmel. Immer noch diese riesige Lust auf Nikotin und auf das brennende Gefühl von Rauch in den Lungen.

Und immer noch das Bild des schmächtigen Mannes mit dem schütteren Haar vor Augen, der *Sie wissen, wer ich bin* murmelte. Und überzeugt davon war, dass seine Mutter ihm befohlen hatte, den Boden sauber zu lecken.

Nach knapp zehn Minuten war Beatrices Wut zumindest ein Stück weit verflogen. Sie musste einfach lernen, ihre Phantasie zu zügeln. Allzu emotionale Reaktionen waren unprofessionell. Und *typisch weiblich*, wie Hoffmann immer gern betonte. Oder zumindest betont hatte, als ihm noch nach Sticheleien zumute gewesen war.

Sie kehrte in ein leeres Büro zurück. Florin war nicht da, hatte ihr aber ein Post-it an den Bildschirm geklebt. *Bin bei der Staatsanwaltschaft, komme in zwei Stunden wieder.*

Auch gut. Sie startete die Espressomaschine und atmete den Duft frisch gemahlenen Kaffees ein. Sie würde die Ruhe nutzen, um sich über die Themen Trauma und Schizophrenie schlauzumachen. Vielleicht fand sie auch Daten darüber, wie gewaltbereit psychiatrische Patienten wirklich waren. Bei allem Respekt für das, was Kossar gesagt hatte – man musste nur Walter Trimmels Mutter hernehmen und hatte das beste Beispiel für Gewalt, die durch Krankheit hervorgerufen wurde.

Das Internet spuckte tonnenweise Material zum Thema aus. Beatrice überging die Selbsthilfeseiten und konzentrierte sich auf Fachartikel, geschrieben von Experten.

Nach dem fünften gab sie es auf. Es existierte offenbar kein «Konsens», wie die Ärzte es ausdrückten. Das Krankheitsbild war individuell zu unterschiedlich, es ließ sich schwer in Raster pressen. Nur bei der Therapie hatte man sich geeinigt – Schizophreniepatienten bekamen atypische Neuroleptika verabreicht, was immer das sein mochte.

Dann würde sie sich Walter Trimmels besondere Art von paranoider Schizophrenie eben persönlich erklären lassen. Sie wählte die Nummer der Klinik und landete in der Leitstelle.

«Ich möchte gern Dr. Plank sprechen. Leonie Plank.»

«Einen Moment, ich verbinde.»

Vivaldi ertönte. Die abgedroschenste Warteschleifen-Musik aller Zeiten. Als die Ärztin sich endlich meldete, klang sie gestresst, was bei der Geräuschkulisse im Hintergrund kein Wunder war.

Beatrice kam so schnell wie möglich zur Sache. «Wann kann ich morgen in Ruhe mit Ihnen sprechen? Eine halbe Stunde, vierzig Minuten, das sollte genügen.»

Plank lachte kurz auf. «In Ruhe? Das ist ein ambitionierter Plan. Nein, schon gut, war nur ein Scherz. Ich schlage vor, Sie kommen gegen halb zwölf? Bis dahin sollte das meiste erledigt sein.»

Beatrice verbrachte den Rest des Nachmittags mit weiteren medizinischen Fachberichten und ordnete außerdem die Liste der Bekannten von Max Schlager. Irgendwann stand Bechner in der Tür und linste herein.

Richtig. Sie hatte ihn noch gar nicht gelobt, obwohl er sich das diesmal wirklich verdient hatte. Innerlich seufzend unterbrach sie ihre Arbeit, winkte ihn auf den Besucherstuhl und bot ihm Kaffee an, den er freudig annahm.

«Das war eine beeindruckende Leistung.» Sie schäumte Milch auf, in die sich wenig später eine doppelte Portion duftenden Espressos ergoss. «Wie haben Sie das so schnell geschafft?»

Sie sah, wie Bechner betont bescheiden mit den Schultern zuckte. «Ein bisschen logisch denken, ein paar Telefonate – ist ja nicht so, dass ich keine Erfahrung im Beruf hätte.» Er nippte vorsichtig am heißen Kaffee. «Ich weiß genau, an wen man sich wenden muss und wie man es dann am besten anpackt, damit die Leute spuren.» Er lehnte sich bequem in seinem Stuhl zurück und streckte die Beine aus. Wenn Beatrice irgendetwas von Körpersprache verstand, dann war das keine Haltung, die auf einen baldigen Aufbruch schließen ließ.

«Also, danke jedenfalls. Sie haben uns enorm weitergeholfen.» Beatrice zog ihr Lächeln extra in die Breite, bevor sie sich wieder ihrem Bildschirm zuwandte. Leider ignorierte Bechner diesen Wink völlig.

«Wissen Sie», fuhr er fort, «ich verstehe ja manchmal nicht, nach welchen Kriterien die Teams zusammengestellt werden. Ganz im Ernst jetzt: Warum ihr Gerlach jedes Mal mit reinnehmt ...»

Aha. Daher wehte also der Wind. Bechner hoffte auf Stefans Platz im Team. Tja, da hatte er leider Pech.

«Wissen Sie, Gerlach ist zwölf Jahre jünger als Florin und

zehn Jahre jünger als ich. Damit bringt er eine völlig andere Sicht der Dinge mit, auf die wir nicht verzichten können. Von seinen technischen Fähigkeiten mal ganz abgesehen.»

Bechner schnaubte angewidert. «Ein Blender, das ist er. Ich rede nicht schlecht von Kollegen, das ist nicht meine Art, aber ich teile mir ja ein Büro mit Gerlach. Und ich kann Ihnen sagen, er überarbeitet sich nicht.»

In Beatrice wuchs der brennende Wunsch, Bechner möge gehen, bevor sie sich im Ton vergriff. Es war ein altes Problem, das sie hier gerade in neuer Form auf den Tisch bekam. Der Mann war Mitte vierzig und würde keine Karriere mehr machen. Das lag hauptsächlich daran, dass niemand gern mit ihm arbeitete. Durchschnittliche Intelligenz und überdurchschnittliches Geltungsbedürfnis bei mangelnden Umgangsformen – keine gute Kombination.

«Sie sollten vielleicht mit Wenninger darüber reden.» Bechner deutete auf die Akte über Walter Trimmel, die Beatrice ihm verdankte. «Ich würde in diesem Fall gern mehr Verantwortung übernehmen, und Sie wissen ja, der Dienstweg ist bei gutem Willen kürzer, als man denkt. Falls Wenninger keine Angst vor einem weiteren starken Mann im Team hat …»

Beatrice konnte nur schwer glauben, was sie da hörte. War Bechner wirklich so naiv? Seine Selbsteinschätzung so unfassbar weit von der Realität entfernt?

«Hören Sie», begann sie und wurde unmittelbar vom Klingeln des Telefons unterbrochen. Manchmal waren die Götter gnädig.

«Neue Ergebnisse», tönte Drasches Stimme durch die Leitung.

«Sehr gut.» Sie griff nach einem Stift und gab Bechner durch eine Handbewegung zu verstehen, dass dieses Gespräch lange dauern würde. Kein Grund also, hier zu warten.

«Wir haben zwölf verschiedene Fingerabdrücke von der Tür und den Möbeln des Untersuchungsraums genommen», berichtete Drasche. «Die hat niemand zu beseitigen versucht. Anders als auf der Stahlleiste. Aber das Interessanteste sind die Abdrücke auf den Plastikmessern. Wunderschön deutlich. Sie dürften alle von der gleichen Person stammen, und das ist mit Sicherheit nicht Walter Trimmel.»

«Haben wir von ihm Vergleichsdaten?»

«Ja. Bisher allerdings nur von ihm. Wir brauchen aber das ganze Programm – alle Ärzte, Pfleger, Patienten und den Putztrupp. Abdrücke und vielleicht sogar DNA-Proben. Kann nicht schaden.»

Vermutlich kam Florin deshalb so lange nicht von der Staatsanwaltschaft weg. Sie wollte gar nicht wissen, wie viel Papierkram erledigt werden musste, um die nötigen Arbeitsschritte in einer psychiatrischen Klinik durchführen zu dürfen.

«Ich bin morgen vor Ort und werde mit einer der Ärztinnen sprechen», informierte sie Drasche. «Bei unserer ersten Begegnung hat sie sehr kooperativ gewirkt, ich könnte mir vorstellen, dass sie uns hilft.» Aus den Augenwinkeln beobachtete sie, wie Bechner mit dem Kaffeelöffel den an den Innenwänden der Tasse klebenden Milchschaum zusammenkratzte. *Jetzt geh schon,* beschwor sie ihn stumm.

Sie unterbrach Drasche kein einziges Mal, als er begann, die verschiedenen Faserspuren zu beschreiben, die sich im Untersuchungsraum gefunden hatten. Sie fiel ihm erst ins Wort, als Bechner endlich die Geduld verloren und sichtlich missmutig das Büro verlassen hatte. «Ich muss weitermachen, Gerd. Wir halten dich auf dem Laufenden, und du uns auch, ja?»

Der zweite kinderlose Abend in Folge. Während sie Tomaten viertelte und Gurken in dünne Scheiben schnitt, hoffte Beatrice insgeheim, dass Florin es heute noch einmal mit einer Einladung zum Essen versuchen würde. Doch ihr Telefon blieb stumm.

Wahrscheinlich besser so. Als sie um halb sechs das Büro verlassen hatte, war er noch nicht wieder aufgetaucht. Möglicherweise kämpfte er nach wie vor um Genehmigungen und Beschlüsse oder hatte eine dieser Besprechungen unter vier Augen mit Hoffmann, um die ihn niemand beneidete.

Beatrice goss Öl und Balsamico über ihren Salat, erwischte zu viel und fluchte unterdrückt. Bis ihr bewusst wurde, dass die Kinder bei Achim waren und sie sich das Unterdrücken sparen konnte.

Mit ihrem sauren Salat setzte sie sich vor den Fernseher, folgte dem Fernsehfilm, der lief, aber nur mit halber Aufmerksamkeit. Das Handy lag neben ihr auf der Couch.

Und wenn sie sich meldete? Sie konnte doch einfach fragen, wie es bei der Staatsanwaltschaft gelaufen war. Und ob Florin nicht noch auf ein Glas Wein vorbeikommen wollte.

Nein.

Sie zwang sich weiterzuessen. Konnte sich aber nicht davon abhalten, immer wieder ihr Handy anzustarren, als ob das die Wahrscheinlichkeit für einen Anruf erhöhen würde. Kam sich dabei unfassbar lächerlich vor, als wäre sie wieder sechzehn. Oder immer noch.

Aber genau das war eben nicht der Fall. Sie war fast siebenunddreißig, hatte zwei Kinder und würde in eine Beziehung hauptsächlich Schwierigkeiten mitbringen.

Und das, stellte sie für sich fest, war der Grund für ihre Zurückhaltung. Florin konnte es so viel besser treffen, nein, er würde es fast zwangsläufig besser treffen, egal, mit wem er sich einließ. Beatrice wusste, wie sehr es sie verletzten würde, wenn er das nach zwei oder drei Monaten selbst feststellte.

Sie versetzte ihrem Smartphone einen leichten Stoß, der es außer Griffweite beförderte.

Sie durfte ihn nicht durch Anrufe und Einladungen ermutigen. Falls Florin so etwas wie eine Beziehung mit ihr haben wollte, dann musste die Initiative von ihm ausgehen.

5. Kapitel

Der Gang, auf dem Leonie Planks Dienstzimmer lag, war mit schwarzen und weißen Fliesen in Schachbrettmuster ausgelegt. Beatrice fragte sich, ob das klug war. Selbst sie würde kaum der Versuchung widerstehen können, ausschließlich auf die weißen oder die schwarzen zu treten. Für Menschen, die unter einer Zwangsstörung litten, musste dieser Gang die Hölle sein.

Es war bereits zehn vor zwölf. Plank hatte Beatrice über die Chefsekretärin ausrichten lassen, dass sie noch mit einem Patienten beschäftigt sei, sich aber beeilen werde.

Es war ruhig hier. Stimmen und Geräusche wurden von Wänden gefiltert und nur gelegentlich durch sich öffnende Türen herausgelassen. Nie für lange Zeit. Als sich jetzt Schritte näherten, stand Beatrice auf, in der festen Überzeugung, gleich Dr. Plank die Hand schütteln zu können, doch es war ganz klar keine Ärztin, die da über die blankpolierten Rauten auf sie zukam.

Eine junge Frau, fast noch ein Mädchen, deren wiegender Gang nicht recht zu der schmalen Gestalt passen wollte. Sie trug nichts als ein schwarzes T-Shirt, das kaum das oberste Drittel der Oberschenkel bedeckte, und darüber einen Kimono in verwaschenem Orange, offen.

Die dunklen Augen in dem blassen Gesicht wirkten riesig und musterten Beatrice in ungewöhnlich direkter Weise, bevor die Frau sich einen Stuhl heranzog und sich zu ihr setzte.

Nicht neben sie, nein, ihr gegenüber, und so nah, dass fast ihre Knie gegeneinanderstießen.

«Du bist neu hier, nicht wahr?» Eine kehlige Stimme, mit einem Unterton, der Beatrice stutzig machte. Einschmeichelnd. Lockend.

«Eigentlich nicht.» Sie setzte dem Gurren der Frau betont lockere Unbeschwertheit entgegen. «Ich bin gewissermaßen nur zu Gast. Ich warte auf Dr. Plank.»

Die Frau lächelte. Sie konnte höchstens zwanzig sein, und ohne die massiven dunklen Ringe unter den Augen wäre sie bildhübsch gewesen. Allein das rabenschwarze Haar, das ihr in Wellen bis weit über die Schultern fiel, war ein Blickfang.

Sie musterte Beatrice mit unverhohlener Neugier. «Du siehst gut aus. Ich wäre auch gern blond.» Ihre Hände vollführten kleine Bewegungen in ihrem Schoß, als würde sie eine Zigarette drehen. «Ich heiße Maja. Und du?»

«Bea.» Zu lügen wäre albern gewesen.

Der Name schien Maja zu gefallen. Sie flüsterte ihn mehrmals, als wolle sie einer darin verborgenen Bedeutung auf die Spur kommen. Dabei ließ sie Beatrice keine Sekunde lang aus den Augen.

«Ich hätte ja gedacht, du wartest auf Vasinski.»

«Nein. Wieso?»

«Na, weil er dich fickt. Nicht wahr? Vasinski fickt alle. Mich auch.»

Einen Moment lang drohte Beatrice ihre Fassung zu verlieren. Auf so etwas war sie nicht vorbereitet gewesen, und sie musste sich zusammennehmen, um weder laut aufzulachen noch empört zu widersprechen.

«Nein», erwiderte sie. Zu ihrer Erleichterung klang es ungerührt, so als hätte man sie gefragt, ob sie Zucker in den Tee wollte. «Was mich angeht, irren Sie sich.»

«Wie schade.» Maja beugte sich vor und stützte ihre Ellenbogen auf die Knie. «Er ist wirklich gut. Von allen Ärzten in diesem Scheiß-Krankenhaus hier macht er es dir am besten. Kannst du mir glauben. Allein, was er mit seinem Mund anstellt …»

Sie ließ ihre Zunge mehrmals zwischen den Lippen hin- und herschnellen und schloss dabei genießerisch die Augen.

Beatrice widerstand der Versuchung, abzurücken und mehr Raum zwischen sich und die junge Patientin zu bringen. «Ich bin wirklich aus völlig anderen Gründen hier.»

Nachdenklich legte Maja den Kopf schief. Jetzt war ihr Lächeln spitzbübisch. Als sie sich die Haare nach hinten strich und der Ärmel ihres Kimonos bis zum Ellenbogen rutschte, entdeckte Beatrice, was sie schon halb erwartet hatte: Narben, die die gesamte Innenseite des Unterarms bedeckten. Dicht an dicht.

Maja war ihre Regung nicht entgangen. «Lauter Liebesmale», erklärte sie. «Liebe muss weh tun, sonst ist sie nicht echt. Das weißt du doch auch, nicht wahr? Bea? Doch, du weißt es, ich sehe es dir an.» Langsam, sehr langsam spreizte sie die Beine.

«Liebe, Schmerz und Blut. Beißen, Küssen und Lecken. Geilheit, Scham und Tod. Es sind immer drei Dinge, die ein Ganzes machen, ist dir das schon aufgefallen?»

Sie wartete, und als von Beatrice keine Antwort kam, lachte sie auf und schüttelte den Kopf. «Willst du Vasinski wirklich nicht ficken? Na gut, dann nimm Klement. Er ist hässlich, aber für sein Alter ist er noch gut in Schuss, und wenn du seinen Schwanz lutschst, ruft er nach seiner Mama, wie sich das für einen Psychoonkel gehört.»

Beatrice hatte nicht vor, dieses Spiel weiter zu ertragen, aber ebenso wenig würde sie das Feld räumen. Ganz offensichtlich wollte Maja sie schockieren, sie aus der Fassung bringen.

«Ich habe Hunger», erklärte Beatrice, betont lässig, hob den Kopf und schnupperte. «Schon Essenszeit, oder? Weißt du zufällig, ob es bei euch heute Gulasch gibt?»

Maja hob die Schultern, von dem Themenwechsel sichtlich irritiert. «Keine Ahnung. Ich rühre diesen Fraß nicht an.»

Solltest du aber, dachte Beatrice. «Ich finde, in ein Gulasch gehören richtig viele Zwiebeln. Genauso viel wie Fleisch, vom Gewicht her. Und süßer Paprika.» Sie reproduzierte nur, was sie von ihrer Mutter gehört hatte – selbst hatte sie sich noch nie an das Familienrezept gewagt.

Bevor sie beginnen konnte, mögliche Beilagen gegeneinander abzuwägen, stand Maja von ihrem Stuhl auf und schlang den Kimono enger um ihren Körper. Sie ging den Weg zurück, den sie gekommen war, ohne ein Wort. Erst als sie fast am Ende des Gangs angekommen war, drehte sie sich noch einmal zu Beatrice um. «Vielleicht wüsstest du ja gern, wen der hübsche, tote Doktor gefickt hat. Oder ob er lieber zugesehen hat. Und wem.» Damit bog sie um die Ecke und verschwand aus Beatrices Sichtfeld.

Die versuchte, aus dem eben Gehörten schlau zu werden. War irgendetwas von dem, was Maja gesagt hatte, ernst zu nehmen? War es vorstellbar, dass Schlagers Tod etwas mit sexuellem Missbrauch von Abhängigen zu tun hatte? Dass einer der Ärzte – oder sogar zwei, unter ihnen der Klinikleiter – sich auf so etwas einließ?

Jede Vernunft sprach dagegen. Trotzdem, es hatte solche Fälle gegeben …

Dr. Plank tauchte knapp fünf Minuten später auf, abgehetzt und mit einem schuldbewussten Lächeln im Gesicht.

«Es tut mir furchtbar leid, aber manchmal lässt es sich

eben nicht einschätzen, wie lang eine Intervention dauern wird.» Sie schüttelte Beatrice die Hand. «Hat Ihnen jemand Kaffee angeboten?»

«Nein, aber das macht nichts. Dafür hatte ich sehr … interessante Gesellschaft.»

Plank hob die Augenbrauen. «Ach ja? Hat Professor Klement Sie mit seinen wissenschaftlichen Arbeiten vertraut gemacht?»

«Nein. Eine Patientin hat sich zu mir gesetzt und – wie soll ich sagen? Sie kannte nur ein Thema.»

Planks Augen wurden groß. «Sagen Sie jetzt nicht, Maja hat Sie erwischt. Doch? Mein Gott, das tut mir leid. Wobei, Sie sind wahrscheinlich Schlimmeres gewohnt, aber letztens hat sie die Mutter einer anderen Patientin ins Gespräch gezogen. Danach konnten wir sie nur schwer davon abhalten, ihre Tochter verlegen zu lassen.»

Plank warf einen Blick auf die Uhr. «Apropos Tochter – wäre es sehr schlimm, wenn wir uns im Gehen unterhalten würden? Zwei Straßen weiter liegt der Kindergarten, und ich versuche, die Mittagspause mit Clara zu verbringen, wann immer es möglich ist.»

Beatrice nickte und musste daraufhin beinahe in Laufschritt fallen, um sich der Geschwindigkeit der Ärztin anpassen zu können. «Wie alt ist Ihre Tochter denn?»

«Drei Jahre. Ich habe sie schon mit eineinhalb in die Krabbelgruppe gesteckt, und es hat mir fast das Herz gebrochen, aber leider war es notwendig. Ich musste wieder Geld verdienen.»

Aha. Alleinerziehend, jede Wette.

«Haben Sie Kinder?» Plank warf Beatrice einen neugierigen Blick über die Schulter zu.

«Ja. Zwei. Mina ist zwölf und Jakob acht.»

«Und, haben Sie jemanden, der Ihnen hilft? Sie haben ja auch keinen anspruchslosen Job.»

Das konnte sie laut sagen. «Ich bin geschieden, aber mein Exmann nimmt die Kinder zweimal pro Woche.» Wenn sie nicht aufpasste, würde dieses Gespräch sich nur um die Balance zwischen Beruf und Kindererziehung drehen. Sie räusperte sich.

«Wir werden in den nächsten Tagen Fingerabdrücke der Belegschaft nehmen müssen. Und auch die der Patienten. Das ist es, worüber ich eigentlich mit Ihnen sprechen wollte.»

«Aha.» Plank drückte die Tür auf, die nach draußen auf den Parkplatz führte, ließ Beatrice den Vortritt und steuerte dann auf einen metallicgrünen Toyota zu, schillernd wie ein exotisches Reptil.

«Ich hole mir nur schnell meine Jacke.»

Schnell, ja, das traf auf jede von Planks Bewegungen zu. Sie fischte eine hellgelbe Strickjacke vom Rücksitz, knallte die Tür zu und war bereits wieder an Beatrices Seite.

«Fingerabdrücke der Patienten, sagten Sie.»

«Ja. Ich kann mir vorstellen, dass das heikel ist. Wir möchten die Patienten nicht zusätzlich belasten, und ich wäre froh, wenn Sie sie vorbereiten und begleiten könnten.» Sie atmete durch, was als Nächstes kam, würde Plank vermutlich nicht gefallen. «Es ist auch sehr wahrscheinlich, dass Sie und Ihre Kollegen in diesem Fall von der ärztlichen Schweigepflicht entbunden werden. In Anbetracht dessen, dass es um Mord geht, findet die Staatsanwaltschaft das legitim.»

Wie erwartet war Plank stehen geblieben und hatte sich umgedreht. «Ernsthaft? Wissen Sie, was Sie da verlangen?»

Sie schüttelte den Kopf und setzte ihren Weg fort, langsamer jetzt. «Wir haben Patientinnen und Patienten, deren Schicksal mit Worten nur schwer zu beschreiben ist. Wir haben jedem einzelnen versprochen, dass alles, was sie uns erzählen, vertraulich behandelt wird. Was denken Sie, wie schwer es zum Beispiel Maja gefallen ist, uns anzuvertrauen, was sie als Kind erlebt hat?»

«Ja, ich verstehe», warf Beatrice ein. «Nur ...»

«Majas Auftreten ist reine Fassade, aber das haben Sie sich wahrscheinlich selbst gedacht», fiel Plank ihr ins Wort. «Wenn Sie sich schon einmal mit der Materie beschäftigt haben, dann wissen Sie, wo sexualisiertes Verhalten seinen Ursprung hat. Bei dem Gedanken, dass die Polizei in den Patientenakten herumwühlt, wird mir übel.»

Sie überquerten die Straße, gegenüber kam bereits das hellgelbe Gebäude in Sicht, das, dem Fensterschmuck nach zu schließen, zweifellos der Kindergarten sein musste.

«Ich verstehe, was Sie meinen», rief Beatrice über den Lärm eines vorbeidonnernden LKW hinweg. «Aber es geht um ein Gewaltverbrechen.» Sie hoffte stark, dass Vogts abschließender Bericht inklusive Todesursache bald vorliegen würde, damit sie in dieser Hinsicht endlich Gewissheit hatten. «Können Sie ausschließen, dass es einer der Patienten war, der Schlager getötet hat? Und dass er oder sie nicht noch einmal zu einer Gefahr für andere werden könnte? Oder für sich selbst?»

Sie standen jetzt vor der Tür des Kindergartens. Ganz offensichtlich wollte Plank das Thema beenden, bevor sie eintraten. «Sehen Sie, es ist ohnehin nicht meine Entscheidung. Wenn die Staatsanwaltschaft die Schweigepflicht aufhebt, dann ist das eben so. Ihr erster Ansprechpartner in dieser Sache bin nicht ich, sondern das ist Professor Klement.»

«Ich weiß.» In der Glastür des Kindergartens spiegelten sich Beatrices bittende und Planks verschlossene Miene.

«Aber ich wäre sehr froh, wenn Sie zum Beispiel dabei wären, wenn wir Walter Trimmel befragen. Oder Maja. Ich glaube, die Stimmung wäre dann gelöster als etwa in Dr. Vasinskis Gesellschaft.»

Plank lachte auf, es klang … bitter. «Wissen Sie, meine Zusage ist hier völlig bedeutungslos. Wenn Vasinski es für seine Karriere förderlich hält, bei diesen Gesprächen anwesend zu sein, dann wird er anwesend sein.» Sie lächelte Beatrice von der Seite her an. «Krankenhaushierarchien sind steil, immer noch. Zumindest bei uns.»

Sie drehte den auf Kopfhöhe angebrachten Knauf und öffnete die Tür. Sofort schlugen ihnen Kindergeschrei und Essensgeruch entgegen. Zwei Frauen, ebenfalls in weißen Kitteln, standen bereits im Eingangsbereich. Offenbar war Plank nicht die einzige Ärztin, die ihren Nachwuchs hier untergebracht hatte und die Gelegenheit zum gemeinsamen Mittagessen nutzte.

In dem Kindergarten, den Mina und Jakob besucht hatten, hatte es diese Option nicht gegeben. Beatrice bedauerte das fast noch im Nachhinein, als sie sah, wie Leonie Planks Tochter auf ihre Mutter zustürmte, sich von ihr hochheben und herumwirbeln ließ.

Clara war ein hübsches Mädchen, mit langem, hellblondem Haar und riesigen grünen Augen. «Es gibt Spaghetti, Mama!», verkündete sie, so stolz, als hätte sie selbst sie gekocht. An ihrer Wange entdeckte Beatrice blaue und orangefarbene Spuren. Wahrscheinlich Wasserfarbe.

«Ich will dann nicht länger stören.» Sie wandte sich zur Tür und winkte Clara zu.

«Ja, da drinnen ist es für ein Gespräch auch viel zu laut.» Plank setzte ihre Tochter auf dem Boden ab und schüttelte Beatrice die Hand. «Wenn Sie noch etwas von mir brauchen, melden Sie sich bitte jederzeit.»

Ein lila Plüschhase flog knapp an Beatrices Kopf vorbei. Kurz darauf schlitterte johlend der dazugehörige Besitzer heran.

«Spätestens, sobald wir Genaueres wissen», sagte Beatrice. «Aber es ist wirklich sehr wahrscheinlich, dass wir von allen Patienten Fingerabdrücke nehmen müssen. Und eventuell auch DNA-Proben.»

Plank, deren Tochter schon ungeduldig an ihrer Hand zerrte, hielt noch einen Moment inne.

«Wissen Sie – bei den meisten unserer Patienten mache ich mir nicht allzu große Sorgen. Die können mit der Situation umgehen. Maja zum Beispiel, oder auch Walter. Das bedeutet nicht unbedingt, dass sie sich auf das verlassen können, was sie bei einer Vernehmung aussagen. Logischerweise. Sie leben in einer anderen Wahrnehmungswelt.»

Die Ärztin seufzte tief. «Doch es gibt eine Patientin, der ich diesen Zirkus wirklich gern ersparen würde. Und Sie werden verstehen, warum, wenn Sie sie kennenlernen.»

6. Kapitel

Den ganzen Nachmittag über versuchte Beatrice sich auf ihre Arbeit zu konzentrieren, doch was sie in der Klinik erlebt hatte, ging ihr nicht aus dem Kopf.

Vor allem Maja nicht. *Vielleicht wüsstest du ja gern, wen der hübsche, tote Doktor gefickt hat. Oder ob er lieber zugesehen hat.*

War das denkbar? Dass Schlager eine Patientin missbraucht hatte und sich darin auf irgendeine Weise das Motiv für den Mord fand?

Sie hätte Florin gern von Maja erzählt, doch der steckte so tief in seinem Papierkram, dass sie ihn nicht stören wollte.

Das erledigte kurz darauf das Klingeln seines Telefons.

«Ach, verdammt.» Er warf den Stift auf den Papierhaufen und drückte die Freisprechtaste, nachdem er einen Blick auf die eingehende Nummer geworfen hatte.

«Hallo, Dr. Vogt. Gibt es Neuigkeiten?»

Die Stimme des Gerichtsmediziners drang verzerrt durch den Lautsprecher. «Ja, Wenninger, die gibt es. Wir haben eine Todesursache.»

Endlich. Beatrice beugte sich über den Schreibtisch.

«Die Stahlleiste wurde posthum durch den Hals gestoßen. Schlager ist an einer Überdosis Propofol gestorben. Er wurde zuvor mit Äther betäubt, dann hat man ihm das Narkotikum intravenös verabreicht. Jemanden damit zu töten ist relativ einfach, bei Überdosis kommt es zu Blutdruckabfall und Atemstillstand. Manchmal reicht es schon, das Zeug zu schnell zu injizieren und peng, Exitus.»

Also war der Einstich in der Armbeuge kein Anzeichen von Drogenmissbrauch gewesen.

«Wären nicht die Ätherspuren im Gesicht, könnte man einen selbstverschuldeten Tod trotzdem nicht ausschließen», erklärte Vogt weiter. «Propofol wirkt bei richtiger Dosierung nämlich sexuell enthemmend.» Seine Stimme nahm einen genüsslichen Tonfall an. «Ich könnte euch ein paar Kollegen nennen, die schon viel Spaß damit hatten. Aber man muss eben wissen, was man tut.»

Sexuell enthemmend. Wieder tauchte Maja vor Beatrices innerem Auge auf. Wenn jemand bereits traumatisiert war und in eine neue Missbrauchssituation geriet – wie wahrscheinlich war es dann, dass er oder sie gewalttätig reagierte?

«Die Tötungsart lässt auf einen Täter mit medizinischen Kenntnissen schließen», hörte sie Florin sagen. «Würden Sie das unterschreiben?»

Vogt antwortete nicht sofort. «Ja», sagte er schließlich. «Die Idee, ein Narkotikum einzusetzen, spricht für jemanden mit Ahnung. Es gibt in diesem Krankenhaus Hunderte von Substanzen, und es wäre ziemlicher Zufall, blind eine zu erwischen, die so verlässlich und schnell zum Tod führt. Abgesehen davon, dass Besucher oder Patienten nur schwer an die gelagerten Medikamente herankommen. Besonders, wenn es sich um Betäubungsmittel handelt.»

«Das denke ich auch», erwiderte Florin.

Knistern und Rascheln am anderen Ende der Leitung. Vermutlich schälte Vogt gerade einen seiner unvermeidlichen Müsliriegel aus der Packung.

«Andererseits», kam es wenig später undeutlich aus dem Lautsprecher, «wäre es voreilig, deshalb alle anderen automatisch aus dem Kreis der möglichen Täter auszuschließen.» Er schmatzte hörbar. «Unterschätzt mir die Patienten nicht. Die mögen schwer gestört sein, aber deswegen sind sie noch lange nicht dumm. Zudem sind die meisten auf dieser Abteilung Langzeitpatienten. Mit ein bisschen Beobachtungsgabe wissen sie sehr bald, was wo zu finden ist.»

Aber ein Narkosemittel auf einer psychiatrischen Station? Wozu? Beatrice beugte sich ein Stück weiter vor. «Wird Propofol denn in der Psychiatrie eingesetzt?», rief sie in Richtung Telefon.

«Oh, Frau Kaspary ist auch hier, wie schön!», nuschelte Vogt, immer noch kauend. «Da stellen Sie eine interessante Frage. Nein, wird es nicht. Offiziell. Aber glauben Sie mir, das hat nichts zu bedeuten. Gerade die Psychiatrie hat so spannende Arzneimittel mit so hübschen Wirkprofilen zu bieten – da herrscht oft reger Tauschhandel. Zum Beispiel mit den Kollegen von der Anästhesie, und die wiederum baden förmlich in Propofol.» Er verschluckte sich, hustete. «Damit habe ich aber keinesfalls gesagt, dass diese Praktiken im Klinikum Nord üblich sind. Ernsthaft, von dort ist mir noch nichts dergleichen zu Ohren gekommen.»

Natürlich nicht. Eher würde Vogt auf Schokoladeentzug gehen, als konkret Kollegen anzuschwärzen. Vor allem keine, die er aller Wahrscheinlichkeit nach persönlich kannte.

«Wie sieht es mit dem Todeszeitpunkt aus?» Florin hatte sich wieder seinen Stift gegriffen und drehte ihn zwischen den Fingern. «Lässt der sich einigermaßen eingrenzen?»

«Einigermaßen, und zwar auf die Zeit zwischen drei und fünf Uhr morgens. Vielleicht auch schon halb drei.» Vogt hustete noch einmal kräftig. «Den Rest finden Sie dann in meinem Bericht, ja?» Damit legte er auf.

Okay. Beatrice stand auf und stellte sich vor die Pinnwand,

an der sie die Tatortfotos angebracht hatten. Zwölf- oder fünfzehnmal Schlager, dem die Stahlleiste senkrecht aus dem Hals ragte, wie der Mast aus dem Rumpf eines Bootes.

Sie hatten viel zu viel Rücksicht genommen bisher. Damit musste Schluss sein. Vom Schreibtisch aus würden sie keinen Schritt mehr weiterkommen.

Die Treppe hinauf: gut.

Die Treppe hinunter: böse.

Er lief drei Stufen abwärts und dann, hastiger, vier wieder nach oben. Blickte nach unten, zählte. Zweiundzwanzig. Zweiundzwanzig Mal müsste er seine Angst überwinden, um noch einmal nachsehen gehen zu können. Aber wozu? Nur weil er wissen wollte, ob er sich geirrt hatte?

Als ob er das beurteilen konnte. Es ging hier in den Keller. Nein, kein richtiger Keller, aber etwas Ähnliches. Ein Unten. Dort wurde alles schlimmer, egal, was es war. Die Erinnerungen, die Angst, die Stimmen.

Wir wissen, wer du bist.

Kleiner Hosenscheißer.

Was hast du getan?

Er hielt sich am Geländer fest, das Stiegenhaus lag vor ihm wie ein Abgrund.

Heute werde die Polizei wieder hier sein, hatte Dr. Plank gesagt. Aber er müsse sich keine Sorgen machen, es werde bei den Gesprächen immer jemand dabei sein, den er kenne. Sie selbst. Oder Dr. Vasinski. Vielleicht auch Dr. Herbeck, der war in ein paar Tagen von seinem Kongress in Barcelona zurück.

Sie wissen, wer du bist.

Jetzt steckt er sich einen Finger in den Mund.

Hosenscheißer, kleiner Hosenscheißer.

Nutzlos.

Er atmete ein, dann drehte er sich herum, blitzschnell. Eines Tages würde er sie erwischen. Sie konnten sich nicht ewig verstecken, und egal, was die Ärzte sagten, sie waren echt. Er *hörte* die Stimmen. So wie die der Leute, die sich nicht versteckten, genau so. So wie seine eigene.

Wo Stimmen waren, waren auch Menschen.

Und dort unten, dort, wo die Treppe hinführte, waren Menschen.

Und Stimmen.

7. Kapitel

Der Raum war hell und freundlich. Den gelben Vorhängen gelang es vorzutäuschen, dass draußen die Sonne strahlte, obwohl es seit Stunden nieselte.

Der Professor hatte sie persönlich in dieses Zimmer geleitet, gemeinsam mit Vasinski, der einen Stapel mit Patientenakten trug. Beide wirkten nicht besonders glücklich darüber, dass sie der Polizei «erbetene Informationen zur Verfügung stellen sollten», wie es in dem Schreiben der Staatsanwaltschaft hieß.

Beatrice und Florin nahmen nebeneinander auf den ihnen angebotenen Stühlen Platz. Professor Klement setzte sich gegenüber. Er betrachtete seine ineinander verschränkten Finger, schien mit sich zu kämpfen.

«Es ist so», sagte er, kurz bevor das allgemeine Schweigen unangenehm wurde. «Wir haben eine Patientin hier, die jeden denkbaren Schutz braucht, vor allem vor der Öffentlichkeit. Sie ist seit fünf Jahren bei uns, ohne dass jemand davon weiß, wir haben sie von Beginn an abgeschirmt und möchten das auch weiterhin tun.» Er sah erst Florin, dann Bea prüfend an. «Ich vertraue darauf, dass Sie die Privatsphäre dieser Frau schützen. Mir ist überhaupt nicht wohl bei der Vorstellung, dass sie wieder in einen Kriminalfall verwickelt wird, und sei es auch nur am Rande.»

Beatrice sah bewusst nicht zu Florin hinüber, sie ließ den Professor nicht aus den Augen. Ganz offensichtlich fand er

Gefallen daran, es spannend zu machen. Es musste um die gleiche Frau gehen, die schon Plank am Tag zuvor erwähnt hatte. Allerdings mit weitaus weniger Getue.

Fünf Jahre. Beatrice durchforstete ihr Gedächtnis nach besonders grausamen Gewaltverbrechen gegen Frauen, die ungefähr vor dieser Zeitspanne begangen worden waren, kam aber zu keinem Ergebnis. Der Professor schwieg ebenfalls, zweifellos wartete er darauf, dass sie ihn fragen würden, um wen es sich handelte. Dann konnte er seine Bombe mit dem größtmöglichen Effekt platzen lassen.

Doch sie tat ihm den Gefallen nicht, ebenso wenig wie Florin.

«Ich werde nach Möglichkeit bei jedem Kontakt, der sich zwischen Ihnen und der Patientin ergibt, persönlich zugegen sein», fuhr Klement schließlich fort. «Und ich werde sofort abbrechen, wenn ich den Eindruck habe, dass Sie ihr schaden. Dafür haben Sie sicher Verständnis.»

Beatrice konnte Florins Ungeduld fühlen, er strahlte sie ab wie Hitze.

«Ich denke, wir haben Sie sehr gut verstanden, Professor Klement.» Niemand konnte diesen Ton missinterpretieren, schon gar nicht jemand, der sich mit menschlichem Verhalten beschäftigte. «Wir werden mit aller gebotenen Rücksicht vorgehen. Aber jetzt würden wir gerne zu arbeiten beginnen, wenn Sie einverstanden sind.»

«Es handelt sich um Jasmin Matheis.»

Nun hatte Klement es doch geschafft. Beatrice hatte mit vielem gerechnet, aber nicht mit diesem Namen. Kein Wunder, dass der Arzt ihn mit einer solch unangenehmen Mischung aus Beschützerhaltung und Besitzerstolz aussprach.

Der Fall Jasmin Matheis war monatelang durch die Gazetten gegangen, international. Als man Jasmin fand, war sie achtzehn Jahre alt, war aber nie vermisst worden, weil niemand wusste, dass es sie gab. Wer ihre Mutter war, hatte man bis heute nicht herausgefunden, doch der Mann, der sie von klein auf im Keller seines Bauernhofs eingesperrt hatte, war dem Gentest zufolge ihr Vater.

Er bewirtschaftete den Hof alleine, hielt Schweine und Hühner und wurde von den Nachbarn gemieden. Was nicht schwer war, denn das nächste Gehöft lag fast zwei Kilometer entfernt. Das Kind – oder besser gesagt, die junge Frau im Keller – wäre nie entdeckt worden, wenn nicht die Polizei einem flüchtigen Vergewaltiger in die Gegend gefolgt wäre. Die Beamten baten darum, sich auf dem Hof umsehen zu dürfen. Hermann Matheis verweigerte es ihnen. Als sie mit einem Durchsuchungsbefehl drohten, lief er fort.

Stutzig geworden, stellten die Polizisten das Haus auf den Kopf und fanden den Kellerverschlag. Fanden Jasmin.

Den Namen gab ihr die Polizistin, die bei ihrer Befreiung dabei war, denn bis dahin hatte die junge Frau keinen gehabt, wie Hermann Matheis bestätigte, als man ihn zwei Tage später aufgriff und festnahm.

Mehr war nicht in die Medien gelangt. Auch deshalb, weil es Matheis gelang, sich in der dritten Nacht nach seiner Verhaftung an seinem in Streifen gerissenen Hemd zu erhängen.

Natürlich war die Presse trotzdem wochenlang Sturm gelaufen, hatte astronomisch hohe Summen für ein Exklusivinterview mit Jasmin geboten, oder wenigstens für ein Foto. Weder das eine noch das andere hatten sie bekommen.

Das Mädchen, das es nie gab – existiert es wirklich?, titelte ein kleinformatiges, aber auflagenstarkes Blatt zwei Monate, nachdem Jasmin gefunden worden war. Danach wurde sie zu einer Art Medienphantom. Wann immer den Billigblättern nichts Besseres einfiel, berichtete jemand von einer «Sichtung». In einem Krankenhausgarten, einem Auto mit verdunkelten Scheiben, halb vermummt in einem Flugzeug.

«Schottland hat Nessie, wir haben Jasmin.» War es Achim, der diesen geschmacklosen Satz damals von sich gegeben hatte? Ja, zumindest wenn Beatrice sich richtig erinnerte.

Die offensichtliche Genugtuung in Klements Miene, hervorgerufen durch ihrer beider Reaktion, verursachte ihr beinahe Übelkeit.

«Gut», sagte er. «Ich sehe, Sie begreifen, wie groß die Verantwortung ist, die Sie, die wir alle Frau Matheis gegenüber haben. Und ich verlasse mich auf Ihre Diskretion. Sie können sich natürlich die Folgen ausmalen, wenn bekannt wird, wer sich hier befindet.»

Ja, dachte Beatrice. Wobei dir so ein bisschen Presserummel gar nicht unrecht wäre, wenn ich dich nicht völlig falsch einschätze. Nur nicht aus diesem Anlass.

«Sollen wir eine Unterlassungserklärung unterschreiben?» Florins Ton war noch ein wenig schärfer geworden. «Dann müssten Sie sich nicht mehr so große Sorgen machen. Aber vielleicht genügt Ihnen ja auch der Hinweis auf unsere Verpflichtung zur Dienstverschwiegenheit.»

In einer abwehrenden Geste hob Klement die Hände. «Es tut mir sehr leid, wenn ich Ihnen zu nahe getreten bin. Selbstverständlich brauche ich nichts Schriftliches von Ihnen. Ich vertraue Ihnen voll und ganz.»

Vasinski, der bisher am Fenster gestanden und kein Wort gesagt hatte, deutete zur Tür. «Ich könnte die erste Patientin abholen gehen. Sie ist vorbereitet und freut sich, mit Ihnen zu sprechen.»

Das bezweifelte Beatrice, aber sie war schon zufrieden, wenn die besagte Frau dem Gespräch wenigstens nicht voller

Angst entgegensah. «Ja. Ich wäre froh, wenn wir allmählich anfangen könnten.»

Vasinski lächelte und schenkte ihr einen etwas zu langen Blick, als dass er als beiläufig hätte durchgehen können. Dann ging er.

Für gut eine Minute herrschte Schweigen. Obwohl niemand ihn mehr aussprach, beherrschte Jasmin Matheis' Name nach wie vor den Raum. Dass sie ihr begegnen würden, hatte etwas ... Unwirkliches.

«Wir werden ihr keine unangenehmen Fragen stellen», sagte Florin in die Stille hinein, und Beatrice war völlig klar, dass er nicht von der Frau sprach, die Vasinski gleich hereinführen würde. «Nur ihre Fingerabdrücke nehmen und sie zu der Tatnacht befragen. Ob sie etwas Besonderes gesehen oder gehört hat.»

«Das wird sie Ihnen nicht sagen», erwiderte der Professor sanft.

«Ach? Warum nicht?»

Klement legte die Fingerspitzen seiner Hände aneinander, sorgfältig, als wolle er die einzelnen Rillen perfekt ineinandergreifen lassen. «Weil sie nicht spricht. Das hat sie noch nie getan.»

Er hatte ein Gespür für theatralische Effekte, das musste man ihm zugestehen. «Nicht mit Fremden, meinen Sie?», hakte Florin nach.

«Mit niemandem. Ich behandle Jasmin Matheis seit fünf Jahren und habe noch kein einziges Wort von ihr gehört.» Er lehnte sich in seinem Stuhl zurück. «Eine spezielle Art von Mutismus. Jasmin versteht, was man zu ihr sagt. Ihr Gehör und ihre Sprechorgane sind vollkommen in Ordnung. Aber sie bringt keinen Laut über ihre Lippen, nie.»

Florin warf Beatrice einen verblüfften Blick zu, bevor er

wieder den Professor ins Visier nahm. «Verständigt sie sich auf andere Weise? Schriftlich? Oder mit Handzeichen?»

«Nein. Sie kommuniziert nicht.»

Beatrice versuchte, sich das vorzustellen. Jahrelanges Schweigen. Vielleicht lebenslanges Schweigen.

«Wie können Sie sie dann therapieren?», erkundigte sie sich.

«Einerseits natürlich medikamentös. Wir behandeln ihre Angstzustände und ihr autoaggressives Verhalten nach dem State of the Art, aber ansonsten ...» Er seufzte. «Ansonsten bieten wir ihr alles an, was an sanften Begleittherapien hier stattfindet. Maltherapie, Trommeln, Meditation ...»

Es war seiner Stimme anzuhören, wie wenig er von all dem hielt. «Außenreize. In der Hoffnung, dass einer davon etwas auslöst, etwas aufbricht. Bisher ist das allerdings noch nicht passiert. Jasmin bleibt da sitzen, wo man sie hingesetzt hat, und am Ende der Stunde lässt sie sich in ihr Zimmer zurückbringen.» Klement rückte seine Brille gerade. «Obwohl, immer gilt das nicht. Manchmal geht sie auch von selbst, so, als wäre ihr langweilig. Was man immerhin als Reaktion interpretieren kann. Aber es wirkt nie, als hätte sie ein Ziel.»

Auf dem Gang klapperten Schritte. Gleich würde ihre erste Zeugin eintreffen. Beatrice schlug die erste freie Seite auf ihrem Notizblock auf. «Was haben Sie den anderen Patienten über Jasmin erzählt? Nichts über ihre wahre Identität, vermute ich.»

«Natürlich nicht.» Der Professor erhob sich. «Für die anderen heißt sie Marie. Beide Namen dürften ihr selbst nichts bedeuten, da sie sie erst nach ihrer Gefangenschaft erhalten hat. Weder der eine noch der andere ruft bei ihr die geringste Reaktion hervor.»

Die Tür öffnete sich, und Vasinski ließ einer hochgewachsenen, mageren Frau den Vortritt, deren kurzes graues Haar so eng an ihrem Kopf anlag wie ein Helm.

«Ich verabschiede mich einstweilen.» Klement schüttelte erst Beatrice, dann Florin die Hand. «Wenn Sie mich brauchen, stehe ich Ihnen selbstverständlich gern zur Verfügung. Bis später.» Er nickte Vasinski zu und schloss dann die Tür von außen.

Die nächsten zwanzig Minuten verbrachte Beatrice im Gespräch mit einer Frau, die ihr deutlich normaler zu sein schien als sie selbst.

Dorothea Bauer gab an, die ganze vorletzte Nacht durchgeschlafen zu haben, ohne Störung. «Was aber auch kein Wunder ist, bei den Beruhigungsgranaten, die ich am Abend verpasst bekomme», sagte sie lachend.

Max Schlager habe sie sehr gemocht. «Er war immer freundlich und hat sich Zeit für mich genommen. Ich glaube, er hat jedem von uns das Gefühl vermittelt, ihm wichtig zu sein. Ich kann mir nicht vorstellen, dass …»

Sie verstummte. Beatrice sah, wie Dorothea Bauers linke Hand zu zittern begann und sie sie mit ihrer rechten festhielt. «Entschuldigen Sie bitte», flüsterte sie.

Florin lächelte die Frau an, auf die ihm eigene, herzliche Art. Ein Lächeln wie eine Umarmung. «Sie müssen sich bestimmt nicht bei uns entschuldigen», sagte er. «Wirklich nicht. Wir sind Ihnen sehr dankbar für Ihre Hilfe.»

Sie schluckte. Auch ihr Kinn zitterte. «Es ist, weil er mich immer ein wenig an meinen Sohn erinnert hat. An den älteren, Thomas.»

Es wirkte, als wollte sie weitererzählen, doch dann schüttelte sie den Kopf und blickte zur Seite. «Möchten Sie sonst noch etwas wissen?»

«Nur, ob Ihnen aufgefallen ist, dass Dr. Schlager mit irgendjemandem Streit hatte. Auch wenn es schon länger her sein sollte.»

Sie dachte nach. «Ich vergesse manchmal Dinge, müssen Sie wissen.» Nach etwa einer Minute sah sie hoch. «Nein. Ich glaube wirklich nicht, dass ich ihn je ein lautes Wort habe sagen hören. So war er einfach nicht. Er hat auch die Schwestern und Pfleger immer nett behandelt. Sie nie herumkommandiert.»

Sie bedankten sich bei ihr. Auch dafür, wie bereitwillig sie ihre Fingerabdrücke nehmen ließ, bevor sie sich verabschiedete.

Es kostete Beatrice einiges an Zurückhaltung, Vasinski nicht zu fragen, was der Frau fehlte. Worin ihr Trauma bestand. Eventuell würde sie es später ohnehin in der Patientenakte lesen, fühlte sich beim Gedanken daran aber schon jetzt wie eine Voyeurin.

Der nächste Patient wurde von einem Pfleger gebracht, den Vasinski ihnen nur als Robert vorstellte. Er hatte in der Mordnacht Dienst gehabt – Stefan hatte seine Aussage zu Protokoll genommen. Sie war unspektakulär und deckte sich in allen wichtigen Punkten mit der von Vasinski.

Robert, höchstens Anfang dreißig und mit einem blonden Zopf bestückt, um dessen Fülle Beatrice ihn beneidete, setzte seinen Schützling behutsam auf dem Stuhl ihnen gegenüber ab. Dann schüttelte er ihnen beiden die Hand. «Ich habe schon alles erzählt, was ich über die Nacht weiß. Einem Kriminalbeamten mit roten Haaren. Und meine Fingerabdrücke habe ich auch schon nehmen lassen», erklärte er. «Von Ihrem Kollegen. Wissen Sie, welchen ich meine? Den Ungeduldigen.»

«Drasche», antworteten sie unisono.

«Ja. Möglich. Wollen Sie sie noch einmal haben? Weil, dann

wäre es gut, wenn wir das gleich erledigen könnten. Ich habe nämlich bald Dienstschluss.»

Sie versicherten ihm, dass ein Mal vollkommen genüge, und wandten sich dann dem Patienten zu, Anton Zischek. Mitte fünfzig, fast kahlköpfig, untersetzt und, wie es schien, nur körperlich anwesend.

Auf ihre Anfangsfragen antwortete er nicht, blickte nur starr zum Fenster hinaus. «Ich möchte eine Zigarette», war das Erste, was er sagte. Dass niemand welche bei sich trug und das Rauchen im Haus ohnehin verboten war, ließ er als Erklärung nicht gelten. «Ich möchte eine Zigarette», wiederholte er und setzte ein «Bitte!» ans Ende, als würde das den Unterschied zwischen Erfüllung und Nichterfüllung seines Wunsches ausmachen.

Sie versuchten es zehn Minuten lang, aber sie drangen mit ihren Fragen nicht bis zu Zischek vor. Er zuckte nur die Schultern, auch als es um die Fingerabdrücke ging. Sie beschlossen, das als Zustimmung zu interpretieren.

«Maja Brem kennen Sie ja schon», bemerkte Vasinski mit einem Blick auf seine Notizen, als Zischek gegangen war.

O Gott. «Ja, ich kenne Sie», bestätigte Beatrice und fragte sich, ob die junge Frau auch in Vasinskis Anwesenheit so beharrlich darauf bestehen würde, mit ihm geschlafen zu haben. Und falls ja, wie er darauf reagieren würde.

Es war eine Pflegerin, die Maja begleitete. Wieder trug sie den orangefarbenen Kimono, aber diesmal geschlossen. Der festgezurrte Gürtel betonte ihre schlanke Taille. Sie war zart, aber nicht so dünn, dass es auf eine Essstörung schließen ließ.

Maja glitt in einer fließenden Bewegung auf den Stuhl, wobei sie Beatrices Begrüßung völlig ignorierte. Ihre gesamte Aufmerksamkeit galt Florin. Sie verschlang ihn förmlich mit den Augen.

«Ich bin Maja.» Sie streckte ihm die Hand hin.

Er ergriff sie, und sie zog ihn ein Stück näher an sich heran. «Aber das wusstest du schon, nicht wahr?»

«Ja.» Sanft befreite Florin seine Finger aus ihrem Griff. «Maja Brem, richtig?»

«Absolut richtig.» Sie schüttelte ihr Haar in den Nacken, ohne ihn aus den Augen zu lassen. «Hast du dich auf mich gefreut?» Mit lasziver Langsamkeit lockerte sie ihren Kimono ein Stück und stellte damit klar, dass sie diesmal kein T-Shirt darunter trug.

Beatrice hatte Maja Florin gegenüber bereits erwähnt, dabei ihr provokatives Verhalten aber nur flüchtig gestreift. Vielleicht war das ein Fehler gewesen.

Doch falls er irritiert war, ließ er es sich nicht anmerken. «Natürlich, ich freue mich auf jedes Gespräch hier. Jedes ist wichtig, wenn es uns bei der Aufklärung des Falls weiterhelfen kann.»

Sie beugte sich vor, stützte ihr Kinn in die Hand. «Du darfst mich alles fragen. Was du auch wissen willst, ich werde es dir sagen.»

«Gut.» Florin ging auf ihren lockenden Ton nicht ein. So sachlich hatte Beatrice ihn selten erlebt. «Ich wüsste gerne, ob Ihnen vorletzte Nacht etwas Besonderes aufgefallen ist. Unregelmäßigkeiten im Ablauf. Geräusche. Fremde Menschen auf der Station. War etwas anders als sonst?»

Maja dachte nach. Tat jedenfalls so. «Nein. Ich habe nichts Ungewöhnliches gesehen. Und auch nicht gehört.» Sie runzelte die Stirn, bis ihre Augenbrauen sich fast berührten. «Aber das kann natürlich daran liegen, dass ich damit beschäftigt war, mich vom Chef ficken zu lassen. Und wenn Klement erst einmal in Fahrt ist, wird er richtig laut.»

Nun hatte sie Florin doch erwischt. Beatrice konnte den

leichten Ruck sehen, der durch seinen Körper ging. Aber er sagte nichts, warf nur Vasinski einen fragenden Blick zu.

Der Arzt schüttelte den Kopf.

«Es ist Ihnen also nichts aufgefallen. In Ordnung.»

Maja senkte das Kinn, wie ein Tier, das zum Angriff übergeht. «Deine Augen sind mir aufgefallen, mit denen du mich schon die ganze Zeit ausziehst. Wenn du mich vögeln willst, warum sagst du es nicht einfach?»

Vasinski hob die Hände in einer beruhigenden Geste. «Bitte, Maja. Herr Wenninger ist wirklich nur an Ihrer Aussage interessiert. Machen Sie es ihm nicht schwerer als nötig.»

Sie wandte den Kopf, löste ihren Blick aber erst im letzten Moment von Florin und fixierte Vasinski. «Eifersüchtig? Ja, nicht wahr? Aber du musst dir keine Sorgen machen, du kommst nicht zu kurz. Bist du doch bisher auch nicht, oder?»

Vasinski zuckte mit keiner Wimper. «Ich bitte Sie noch einmal, die Grenzen zu respektieren, die wir vereinbart haben.»

Sie beachtete ihn nicht mehr, hatte bereits wieder Florin im Visier. «Sobald ich draußen bin, wird er dir erzählen, was mein Stiefpapi alles mit mir angestellt hat und dass er mich zu dem gemacht hat, was ich bin. Und du wirst dich gruseln und dir denken, mein Gott, das arme Mädchen. Und lauter solchen Scheiß. Aber wenn du heute Nacht im Bett liegst, auf deinem Frauchen oder einfach nur mit deinem Ständer in der Hand, dann wirst du dabei an mich denken.» Sie legte den Kopf schief. «Wollen wir wetten? Und du musst kein schlechtes Gewissen haben. Ich bin kein armes Mädchen, ganz im Gegenteil.»

Vasinski seufzte vernehmlich. «Ich fürchte, dieses Gespräch bringt leider gar nichts. Wenn Sie einverstanden sind», er lächelte Beatrice entschuldigend zu, «schlage ich vor, wir brechen es ab.»

«O nein.» Florin beugte sich ein Stück vor, erwiderte Majas Blick mit seiner ganzen Aufmerksamkeit. «Ich möchte eine ernst gemeinte Antwort auf meine Frage von Ihnen, Frau Brem. Sie irren sich, wenn Sie glauben, dass Sie sich die durch Ihr Verhalten ersparen können.»

«Ich will mir doch gar nichts ersparen.» Wie nebenbei öffnete sie ihren Kimono noch ein Stück weiter. Florin seufzte.

«Meinetwegen können Sie sich auch ganz ausziehen, das wird mich weder beeindrucken noch ablenken. Ich bin nicht an Ihrem Körper interessiert, glauben Sie mir. Dafür aber umso mehr an Ihren Antworten. Ist Ihnen in der vorletzten Nacht etwas Ungewöhnliches aufgefallen?»

Nun verirrte Majas Blick sich erstmals in Beatrices Richtung, als wolle sie sich bei ihr Rat holen. Beatrice lächelte, nickte aufmunternd, aber Maja erwiderte das Lächeln nicht. Sie zog den Kimono über der Brust zusammen und hielt die Stoffkanten mit den Händen fest, als brauche sie Halt.

«Mir ist nichts aufgefallen. Gar nichts. Das habe ich doch gesagt.»

Danach schwieg sie. Es war schwer zu sagen, ob aus Trotz oder einem anderen Grund. Mit der gleichen Beharrlichkeit, mit der sie zuvor Florin angesehen hatte, betrachtete sie nun den Boden zu ihren Füßen. «Ich möchte auf mein Zimmer, ich glaube, ich sollte mich hinlegen», sagte sie schließlich, ohne dem letzten Halbsatz auch nur die geringste Zweideutigkeit beizumengen.

Vasinski ließ die Krankenschwester kommen, die Maja nach draußen begleitete. Sie grüßte nicht zum Abschied.

«Tut mir leid», sagte Florin, nachdem die Tür sich hinter ihr geschlossen hatte. «Ich hätte nicht gedacht, dass sie auf diese Weise reagieren würde, ich wollte ihr auf keinen Fall schaden …»

«Das haben Sie nicht, keine Sorge.» Vasinski stand auf und streckte sich. «Maja fällt häufig von manischen in depressive Phasen, auch ohne erkennbaren äußeren Anlass. Das ist einer der Gründe, warum sie hier ist. Sie haben nichts falsch gemacht.»

Die letzte halbe Stunde hatte in Beatrice den unbändigen Wunsch nach einer Tasse Kaffee geweckt, doch sie wollte nicht danach fragen. Nicht Vasinski, der sie immer wieder ansah, wenn er meinte, sie merke es nicht. Es war ihr praktisch unmöglich, sich in seiner Gegenwart zu entspannen, ebenso unmöglich fand sie es aber, den genauen Grund dafür zu benennen.

Albern. Sie räusperte sich. «Ist es eigentlich üblich, dass die Patienten auf der Abteilung immer in Begleitung unterwegs sind?»

«Nein.» Vasinski suchte und fand in seiner Kitteltasche einen Kaugummi, schälte ihn aus dem Papier und steckte ihn in den Mund. «Sie können sich ganz normal frei bewegen, aber im Moment ist es sinnvoller, jemand holt und bringt sie, als dass wir sie alle aufgereiht vor der Tür sitzen haben, wie beim Zahnarzt.» Er lachte kurz über seinen eigenen Witz, und Beatrice schloss sich ihm aus Höflichkeit an.

«Bei Patienten wie Maja ist es außerdem gut, wenn im Anschluss jemand ein Auge auf sie hat», fuhr Vasinski fort. «Im Moment geht es ihr ganz gut, aber vor vier Wochen war sie noch akut selbstmordgefährdet.»

Florin stöhnte auf, doch der Arzt winkte sofort ab. «Nein, Herr Wenninger, wie ich schon sagte, Sie haben nichts falsch gemacht. Sonst hätte ich mich eingemischt. Möchten Sie vielleicht einen Kaffee? Ja? Sie auch, Beatrice?»

Sie nickte und ärgerte sich gleichzeitig, dass sie ihn nicht zurechtwies. Ein süffisantes «Sehr gerne, Christian» hätte möglicherweise schon genügt. Oder aber genau die falschen Signale gesendet.

Was dachte er sich dabei, sie beim Vornamen anzusprechen?

Der telefonisch georderte Kaffee kam beinahe zur gleichen Zeit wie der nächste Patient, der aus dem Irak stammte und kaum Deutsch sprach. Sie versuchten, sich ihm verständlich zu machen, doch es war klar, dass sie mit einem Dolmetscher wiederkommen mussten, wenn sie eine vernünftige Auskunft von ihm wollten.

Es war ein anstrengender Vormittag, der aus Beatrices Sicht nicht viel brachte. Manche der Patienten erinnerten sich an das laute Zuschlagen einer Tür, das sie aufgeschreckt hatte. Eine Frau um die dreißig meinte, sie hätte mitten in der Nacht einen Mann schreien gehört, allerdings nur gedämpft. «Das ist aber nichts Besonderes», murmelte sie, während sie ihre Hände betrachtete. «Hier schreien die Leute oft. Manchmal tue ich das selbst.»

Gegen dreizehn Uhr legten sie eine Pause ein, kauften sich Sandwiches am Krankenhausbuffet und spazierten eine Runde durch den Park. Ohne Vasinski.

«Er sieht dich die ganze Zeit über an», bemerkte Florin. «Ich kann verstehen, warum er das tut, aber wie offensichtlich er dabei vorgeht, das finde ich erstaunlich.»

Beatrice zuckte mit den Schultern. Sie war froh, dass es auch Florin aufgefallen war. Bei der nächsten Gelegenheit würde sie etwas sagen. Deutlich.

Sie aßen ihre Sandwiches auf einer Parkbank in der Sonne. Beatrice schloss die Augen und hielt ihr Gesicht den warmen Strahlen entgegen. Irgendwann spürte sie Florins Arm um ihre Schultern. Fühlte, wie er sie enger an sich zog, und ließ es geschehen. Durchlebte einige Minuten wundervoller, unkomplizierter Nähe. Erst als eine Wolke sich über die Sonne schob und ein leichter Windstoß durch ihr Haar fuhr, rückte sie sanft von Florin ab. «Wie lange noch bis zur nächsten Vernehmung?»

Er sah auf die Uhr. «Eine knappe Viertelstunde.»

Beatrice stand auf und warf ihre Papierserviette in den nahe stehenden Mülleimer. «Dann lass uns zurückgehen.»

Sie schlenderten nebeneinander her, und Beatrice widerstand der Versuchung, nach Florins Hand zu greifen. Sie verdrängte den Gedanken an die mühevollen Gespräche, die ihr den Rest des Nachmittags über bevorstanden, und vor allem den Gedanken an Vasinski.

Ihr Gesichtsausdruck musste trotzdem Bände gesprochen haben, denn vor dem Eingang zur Klinik lächelte Florin ihr aufmunternd zu. «Na komm. Vielleicht wird der Nachmittag besser, als es der Vormittag war.»

Wenige Minuten später lernten sie Jasmin Matheis kennen.

8. Kapitel

Beatrice wusste nicht genau, wie sie sich die Frau vorgestellt hatte – am ehesten wohl als zartes, zitterndes Geschöpf, das bei jedem lauten Ton zusammenzuckte. Doch egal, was sie sich zusammenphantasiert hätte, das Bild wäre der realen Jasmin Matheis niemals nahegekommen.

Sie war riesig. Mindestens einen Meter fünfundachtzig groß und geschätzt hundertfünfzig Kilo schwer. Klement führte sie persönlich herein. Neben ihr wirkte er geradezu schmächtig.

«Jasmin, das sind Beatrice Kaspary und Florin Wenninger. Sie sind Polizisten.»

Die hellblauen Augen der Frau waren unverwandt auf einen Punkt links hinter Beatrices Kopf gerichtet, auch als die Ärzte sie auf den Stuhl setzten, auf dem schon die anderen Patienten Platz genommen hatten. Kein einziges Mal zuckte Jasmin Matheis' Blick zur Seite. Eine Strähne ihres schulterlangen, mausbraunen Haares rutschte über ihr rechtes Auge, doch Matheis schien das nicht einmal zu bemerken.

Beatrice widerstand der Versuchung, sich umzudrehen und ebenfalls die Wand zu betrachten, um herauszufinden, was Jasmins Aufmerksamkeit so fesselte.

Falls man überhaupt von Aufmerksamkeit sprechen konnte. Es war unmöglich festzustellen, ob sich hinter der breiten Stirn der Patientin Gedanken formten oder ob Stille herrschte. Ihr Mund war halb geöffnet, die Brust hob und senkte sich in langsamen, tiefen Atemzügen.

Es wirkte beinahe, als schlafe die Frau mit offenen Augen.

«Guten Tag.» Beatrices Stimme war ein wenig belegt. Sie hatten sich darauf geeinigt, dass sie den Versuch machen sollte, mit Matheis zu sprechen. Vielleicht würde sie einer Frau mehr Vertrauen entgegenbringen als einem Mann.

«Ich möchte Sie nicht lange stören», fuhr Beatrice fort, «aber wir brauchen Ihre Hilfe. Vorletzte Nacht – war da etwas anders als sonst? Haben Sie etwas gesehen oder gehört, das Sie merkwürdig fanden?»

Meine Güte, konnte man sich noch dämlicher ausdrücken? Beatrice seufzte innerlich, während sie hoffte, in Jasmin Matheis' Miene eine Reaktion erkennen zu können, und sei sie noch so klein. Sie hatte mit voller Absicht die Frage so gestellt, dass sie auch mit Nicken oder Kopfschütteln zu beantworten war, doch Jasmin tat weder das eine noch das andere. Immer noch ruhte ihr Blick auf dem gleichen Punkt, in ihrem Gesicht zuckte kein Muskel.

Aber ihre Hände bewegten sich. Ihre Finger streckten und entspannten, streckten und entspannten sich. War das vorhin schon so gewesen? Oder eine Reaktion auf Beatrices Frage?

«Gab es ungewöhnliche Geräusche? Oder … war vielleicht jemand Fremdes auf der Station?»

Strecken, entspannen, strecken. Keine Änderung in Tempo oder Rhythmus. Aber … atmete Jasmin eine Spur schneller als zuvor? Wenn ja, dann war der Unterschied so minimal, dass er vermutlich bedeutungslos war.

Beatrice mied den Blick zu Klement und Vasinski, bat stattdessen Plank stumm um Hilfe. Die Ärztin lächelte und schüttelte den Kopf.

Es war ja auch vermessen gewesen zu hoffen, dass die Frau ausgerechnet der Polizei gegenüber ihr Schweigen brechen würde.

«Na gut», sagte sie. «Trotzdem danke, Frau Matheis. Wir werden jetzt noch Ihre Fingerabdrücke nehmen, nicht erschrecken, ja?»

Vorsichtig griff Beatrice nach ihrer Hand, innerlich darauf vorbereitet, dass Matheis zu schreien und sich zu wehren beginnen würde, doch es passierte nichts dergleichen. Jasmins Hand lag weich und schlaff in ihrer, wie ein totes Tier.

War Klement nicht sicher gewesen, dass Jasmin alles verstand und mitbekam, was um sie herum geschah? Je länger Beatrice sie beobachtete, desto unwahrscheinlicher schien ihr das zu sein.

«Noch einmal vielen Dank», sagte sie, als sie fertig war. «Ich wünsche Ihnen noch einen schönen Tag, Frau Matheis.» Was für ein dummer Verlegenheitsspruch. Aber egal. Die, der er galt, wirkte nicht, als würde sie das stören, und die anderen sollten denken, was sie wollten.

Beatrice beobachtete, wie Klement seine Patientin behutsam vom Stuhl hochzog und wieder nach draußen brachte. Sie versuchte sich vorzustellen, was die Presse mit Jasmin Matheis anstellen würde, wenn sie sie je in die Finger bekam. Das war tatsächlich ein Albtraum, und es war nur zu verständlich, dass Klement alles tat, um ihn nicht Realität werden zu lassen.

Die Frau trottete neben ihm her, an seiner Hand, wie ein viel zu groß geratenes Kind. Beatrice ertappte sich bei der Frage, was wohl passieren würde, wenn man ihre Medikation absetzte. Ob sie dann in Gesichter sehen statt an Wände starren würde. Oder sich schreiend am Boden wälzen.

Sie blieben bis halb fünf, führten ein Gespräch nach dem anderen, doch was an Hinweisen kam, war vage und dünn. Nichts, woraus sich ein Bild zusammenfügen ließ. Die meisten Patienten schliefen unter Einfluss von schweren Medikamenten und erinnerten sich am nächsten Morgen kaum noch daran, wo sie waren. Geschweige denn an die vergangene Nacht.

Beatrice verabschiedete sich vorzeitig, heute musste sie die Kinder pünktlich aus der Betreuung abholen, koste es, was es wolle.

Der Abend bestand aus Pilzrisotto, drei Runden UNO und, als Jakob und Mina schliefen, einem Glas Rioja. Die ganze Zeit über, während Beatrice kochte, Karten mischte und dem Geschmack des Weins in ihrem Mund nachspürte, begleitete sie die Erinnerung an die schweigende Riesin, die so zielgerichtet ins Nichts starrte.

Kossar platzte ins Büro herein und riss Beatrice aus ihrer Lektüre zum Fall Dorothea Bauer. Sie hatte diesmal lieber nicht Bechner bemüht, sondern die Polizeiunterlagen in mühevoller Recherche selbst aufgetrieben. Die Frau, die Max Schlager mit ihrem Sohn verglichen hatte, hatte mit ihrem BMW einen schweren Unfall verursacht, bei dem ihre beiden Kinder ums Leben gekommen waren. Erwachsene Kinder. Thomas, zweiundzwanzig Jahre alt, und Veronika, neunzehn. Dorothea Bauer selbst war bis auf ein paar Prellungen unverletzt geblieben. Körperlich.

Zwölf Jahre war das her. Wenn es der Frau in dieser Zeit nicht gelungen war, mit dem Verlust, der Schuld, dem Schmerz zurechtzukommen, bestand dann überhaupt noch eine Chance, das je zu schaffen?

Kossar stand im Zimmer und wartete, bis sie zu ihm hochsah. «Oh. Tut mir leid. Störe ich Sie?»

Sie verbiss sich den Hinweis darauf, dass er seinen Beruf verfehlt hatte, wenn er das nicht selbst bemerkte. Hoffentlich würde Florin ihm keinen Kaffee anbieten. Es würde auch so schon schwierig genug sein, den Psychologen wieder loszuwerden.

Wider Erwarten schien die Botschaft bei Florin anzukommen. Er blieb sitzen und sah nur kurz vom Bildschirm auf. «Können wir etwas für Sie tun?»

Kossar, wie immer blendend gelaunt, lümmelte sich halb auf den Schreibtisch. «Aber ganz im Gegenteil. Ich möchte etwas für Sie tun. Hoffmann schickt mich, er meint, Sie könnten einen Experten brauchen.»

Beatrice kramte in ihren Unterlagen und versuchte nach Kräften, nicht beratungsbedürftig zu wirken. Sie hatten Hoffmann heute Morgen das magere Ergebnis ihrer Vernehmungen präsentiert, und das war vermutlich seine Reaktion darauf.

«Tja, ich fürchte, wir bewegen uns da außerhalb Ihres Spezialgebiets», sagte Florin langsam. «Im Moment steht noch niemand unter Verdacht – oder alle gleichermaßen, Ärzte wie Patienten. Sobald wir den Personenkreis eingrenzen können ...»

Es war Kossar vom Gesicht abzulesen, dass er das nicht gelten lassen würde. «Wenn Sie mich auf den aktuellen Stand bringen, kann ich Ihnen sicherlich ein paar wertvolle Tipps geben.»

Telefonklingeln. Ein Geschenk der Götter. Beatrice riss den Hörer aus der Station. «Kaspary hier.»

«Hallo, Beatrice, hier ist Gerd.»

Sie formte mit den Lippen ein tonloses *Drasche* in Florins Richtung, aber in Kossars Gegenwart schaltete sie die Freisprechanlage nicht ein.

«Ich habe die Fingerabdrücke ausgewertet. Rate mal.»

Sie holte tief Luft. «Wir haben einen Treffer?»

«Das kannst du laut sagen.»

Am liebsten wäre Beatrice samt Telefon nach draußen gerannt, aber das wäre ebenso lächerlich wie unhöflich gewesen. «Na los, sag schon.»

«Also.» Drasche räusperte sich. «Die Fingerabdrücke auf den Plastikmessern, dem Kamm und dem Stift gehören alle einer einzigen Person, und zwar Jasmin Matheis.»

Im ersten Moment war Beatrice überzeugt, etwas missverstanden zu haben. Dieser Name war der letzte, mit dem sie gerechnet hatte. «Bist du ganz sicher?»

«Die Frage stellst du mir jetzt nicht im Ernst. Ja, natürlich bin ich sicher.»

Florins Blick bohrte sich in ihren, doch diesmal schüttelte sie nur den Kopf.

«Sag mal, Bea ...» Völlig untypischerweise klang Drasche neugierig und damit beinahe freundlich. «Ist das *die* Jasmin Matheis? Du weißt schon, die sie zufällig in diesem Keller gefunden haben? Die dann wieder verschwunden ist?»

«Ja. Genau die.»

«Unglaublich.» Oft hatte Beatrice es noch nicht erlebt, dass ihr Kollege beeindruckt wirkte, diesmal war er es dafür umso mehr.

«Ihr habt sie gesehen? Wie ist sie?»

Nein. Das nun definitiv nicht vor Kossar, den sie bisher nicht anders als geschwätzig kannte. Und platzend vor Geltungsbedürfnis. «Erzähle ich dir, wenn wir uns das nächste Mal sehen. Jetzt muss ich ... weg. Danke, Gerd. Bis bald.»

Kossar verschränkte die Arme vor der Brust. Zwinkerte verschwörerisch. «Das klang ja sehr vielversprechend. Ein Durchbruch?»

Immer noch unterdrückte Beatrice das Bedürfnis, nach draußen zu laufen, in der Hoffnung, Florin würde ihr folgen. Nein. Das musste auch anders gehen.

«Sagen Sie, Dr. Kossar – was wissen Sie über frühkindliche Traumata? Was muss passieren, damit jemand später beispielsweise … nicht spricht?»

Es war nur zur Hälfte ein Ablenkungsmanöver. Immerhin bestand die Chance, dass Kossar wirklich etwas zu der Fragestellung sagen konnte.

Noch wichtiger aber war, dass Florin die Botschaft, die Andeutung auf Jasmin, verstanden hatte. Sein verblüffter Gesichtsausdruck sprach Bände.

«Well», begann Kossar, wie immer vorzugsweise auf Englisch. «Je nachdem wie früh das Trauma auftritt und wie schwer es ist, kann praktisch alles passieren. Traumata können sogar das Erbgut verändern.»

Beatrice riss erstaunt die Augen auf, auch das war nur halb gespielt. Davon hatte sie noch nie gehört. «Tatsächlich?»

«Ja. Rezente Studien zeigen, dass chronischer, schwerer Stress zu einer langfristig erhöhten Glucocorticoidausschüttung führen kann, und die wiederum kann neuronale Schädigungen verursachen.»

«Wie würden die sich beispielsweise äußern?»

«Die betroffenen Bereiche sind der Hippocampus und angrenzende limbische Regionen, die mit Gedächtnisleistung und Emotionalität assoziiert werden», erklärte Kossar.

Beatrice wünschte zwar, er würde das medizinische Fachvokabular steckenlassen, aber so in etwa begriff sie, was er sagte. «Das heißt, die Betroffenen würden unter emotionalen Störungen und Gedächtnislücken leiden?»

Kossar wiegte gönnerhaft den Kopf. «Sehr vereinfacht ausgedrückt, ja. Sowohl anterograde als auch retrograde Amnesien sind möglich, ebenso wie Flashbacks.»

Anerkennend nickte Beatrice ihm zu. «Das finde ich faszinierend. Sie könnten mir einen riesigen Gefallen tun.»

«Aber natürlich.»

«Würden Sie die Studie heute noch für mich heraussuchen? Ich möchte sie wirklich gerne lesen.»

Es war sichtlich nicht das gewesen, was Kossar erwartet hatte, und einen Augenblick lang rechnete Beatrice damit, dass er einen Rückzieher machen würde. Aber das tat er nicht.

«Ist mir ein Vergnügen. Wenn Sie wollen, können wir sie auch gern gemeinsam durchgehen, ich denke, dann haben Sie mehr davon.» Er verabschiedete sich umständlich, dann war er weg. Endlich.

Kaum hatte sich die Tür hinter ihm geschlossen, sprang Florin von seinem Stuhl auf und kam auf Beatrices Seite des Schreibtischs. «Habe ich das richtig verstanden? Drasche hat Jasmin Matheis' Fingerabdrücke gefunden?»

«Ja.» Es fiel Beatrice immer noch schwer, es zu glauben. Gestern hatte die Frau gewirkt, als würde sie ohne fremde Hilfe nicht einmal unfallfrei durch eine Tür gehen können. «Ihre Spuren sind auf all den Plastikgegenständen, die wir auf Schlagers Leiche gefunden haben.»

In Florins Gesicht sah sie die gleiche Ratlosigkeit, die sie selbst empfand. «Andererseits», warf er nach einigen Sekunden ein, «haben wir ja auch diese Stahlleiste, auf der sich kein einziger Abdruck befindet. Dafür aber Spuren von resorbierbarer Maisstärke. Jemand könnte Jasmin das ganze Zeug doch in die Hand gegeben und später auf dem Toten drapiert haben. Er oder sie selbst hat Handschuhe getragen und ist praktisch aus dem Schneider. Der Verdacht fällt auf jemand anders.»

Möglich, dachte Beatrice. Aber nicht ganz nachvollziehbar. «Wenn ich der Täter wäre, würde ich mir die Fingerabdrücke einer Person holen, die als Verdächtiger auch wirklich taugt. Warum Jasmin nehmen? Das ist eine ziemlich dumme Entscheidung.»

Klickklack. Florin ließ die Mine seines Kugelschreibers raus- und wieder reinschnellen. Metallisches Stakkato.

«Vielleicht, weil sie nicht spricht? Sie kann es nicht abstreiten, sich nicht verteidigen. Schon gar nicht kann sie die Schuld auf einen anderen schieben, selbst wenn sie wüsste, wer es war. Weil sie eben nicht kommuniziert.»

Leider. Beatrice kam ein berühmter Satz in den Sinn: Man kann nicht nicht kommunizieren. Stammte von Paul Watzlawick, wenn sie sich nicht täuschte. War es möglich, dass der Satz stimmte, auch auf Jasmin bezogen? Da war dieses Krümmen und Strecken der Finger.

«Trotzdem: Wir sollten die Möglichkeit, dass sie die Messer selbst auf Schlager platziert hat, nicht sofort ausschließen», unterbrach Florin ihre Gedanken. «Vielleicht reagiert sie in Ausnahmesituationen anders, als wir sie erlebt haben. Oder … sie zeigt nicht alles, was in ihr steckt.»

«Unmöglich.» Klement hatte die Hände wie zum Gebet gefaltet und vor den Mund gelegt. «Jasmin ist gar nicht imstande, derart komplexe Handlungen vorzunehmen. Sie haben sie doch gesehen. So ist sie immer, und wir behandeln sie seit fünf Jahren. Wir beobachten sie genau und dokumentieren alles, was auch nur ein bisschen von ihrem Grundverhalten abweicht.» Er fuhr sich durchs schüttere Haar. «Glauben Sie mir, viel ist das nicht.» Florin und Beatrice saßen wieder im Büro des Professors, diesmal mit ihm allein. Beatrice drehte ihre Kaffeetasse zwischen den Händen, trank dann den letzten Schluck und stellte sie ab.

«Dass sich Jasmins Fingerabdrücke auf den Messern befinden, ist aber Tatsache. Nur ihre, und wirklich viele davon.»

«Und daraus schließen Sie – entschuldigen Sie bitte das

Wortspiel – messerscharf, dass sie Schlager umgebracht hat?» Klement schürzte die Lippen. «Sie irren sich. Ich lege beide Hände dafür ins Feuer, dass sie es nicht war. Gar nicht gewesen sein kann!»

Die Intensität, mit der er sich für seine Patientin ins Zeug legte, machte ihn Beatrice beinahe wieder sympathisch.

«Sie steht nicht unter Verdacht. Aber die Wahrscheinlichkeit, dass sie etwas von dem, was passiert ist, mitbekommen hat, ist sehr groß. Würden Sie mir da nicht zustimmen?»

Mit einer ungeduldigen Bewegung schob Klement einen Stapel ungeöffneter Briefe zur Seite, als wären sie ihm plötzlich im Weg gewesen. «Niemand kann sagen, was Jasmin wirklich wahrnimmt. Und selbst wenn sie etwas wahrnähme – denken Sie, sie würde es Ihnen erzählen? Sie spricht nicht. Und sie schreibt nicht. Wie, Frau Kaspary, wollen Sie an die Information in ihrem Gehirn herankommen?»

Er wusste, dass sie darauf keine Antwort hatte, und lehnte sich befriedigt in seinem Ledersessel zurück.

Doch nun war es Florin, der nicht lockerließ. «Trotzdem können wir nicht einfach ignorieren, dass Frau Matheis vielleicht Zeugin eines Mordes geworden ist. Wenn nicht mehr als das. Wir brauchen alle Unterlagen, sämtliche Dokumentationen, von denen Sie gesprochen haben. Wahrscheinlich werden wir ein unabhängiges psychiatrisches Gutachten erstellen lassen.»

Klement richtete sich auf. Einen Moment lang sah es so aus, als wolle er mit der Hand auf den Tisch schlagen, doch dann griff er nur nach seiner Stuhllehne. «Was wollen Sie? Das kann nicht Ihr Ernst sein. Denken Sie denn wirklich, ein Kollege, der Jasmin erstmals sieht und mit Ihrer Historie nicht ansatzweise so gut vertraut ist wie wir, kann Ihnen mehr über sie verraten als ich – und mein Team?»

Florin ließ sich von der mühsam gezügelten Empörung des Arztes nicht irritieren. «Sie sind aber kein forensischer Psychiater, oder? Ich bin Ihre Publikationsliste durchgegangen. Sie haben an einigen Studien zu atypischen Neuroleptika mitgewirkt, aber potenziell gewalttätiges Verhalten von Traumapatienten ist nicht Ihr Spezialgebiet.»

«Mag sein.» Klement hatte sich so weit im Griff, dass sein Lächeln echt wirkte. «Allerdings ist Jasmin Matheis mein Spezialgebiet. Und Sie werden ihr zweifellos schaden, wenn Sie sie einem neuen Untersuchungsmarathon unterwerfen.» Er stützte die Ellenbogen auf die Tischplatte. «Sehen Sie, Herr Wenninger, ich bin international vernetzt. Ich interagiere mit Kollegen aus der ganzen Welt, und natürlich tauschen wir uns über unsere Fälle aus, vor allem, wenn Sie vergleichbar sind. Ich kann Ihnen ein von zwanzig Experten unterzeichnetes Paper schreiben, das Ihnen auf wissenschaftlicher Grundlage darlegen wird, wie gering Jasmin Matheis' Gewaltbereitschaft ist. Beziehungsweise ihre Fähigkeit, gewalttätig zu werden.»

Klement hatte sich so sehr in seine Rede hineingesteigert, dass er nun fast außer Atem war.

Er verteidigt nicht nur seine Patientin, dachte Beatrice, sondern auch seinen eigenen Status als ihr Therapeut. Keine Frage, dass der ihm in Kollegenkreisen ein gewisses Ansehen bescherte.

«Keine Sorge, Sie werden natürlich in alle Maßnahmen mit einbezogen», erklärte Florin und stand auf.

Der Professor erhob sich ebenfalls. «Wie ist denn der Stand der Ermittlungen? Haben Sie die Spritze schon gefunden, mit der das Propofol injiziert wurde? Die Fingerabdrücke darauf wären meiner Ansicht nach von größerem Interesse als die auf bunten Plastikmessern.»

Die Spritze. Beatrice seufzte innerlich. «Unsere Kollegen

sind immer noch dabei, den Krankenhausmüll zu überprüfen. Sie können sich wahrscheinlich vorstellen, wie aufwendig das ist. Nur weil Schlager auf der Psychiatrie getötet wurde, muss die Spritze ja noch lange nicht hier entsorgt worden sein.»

Klement setzte ein mitfühlendes Gesicht auf. «Eine Sisyphusarbeit. Aber wenn sie erfolgreich ist, sind wir alle einen riesigen Schritt weiter.»

Er begleitete sie nach draußen in sein Sekretariat und schüttelte ihnen die Hände. «Sie wissen, wenn ich Ihnen wieder behilflich sein kann …»

Florin, der sich schon abgewandt hatte, hielt inne und drehte sich um. «Wenn ich es mir recht überlege – das können Sie tatsächlich. Mit Ihrem Einverständnis würde ich Jasmin Matheis gerne noch einmal sehen. Jetzt.»

Damit hatte der Professor sichtlich nicht gerechnet. «Das ist … so schnell aber nicht möglich, ein bisschen Vorbereitungszeit brauchen wir schon. Ich wüsste gar nicht, welchen Raum ich Ihnen zur Verfügung stellen sollte …»

«Das müssen Sie überhaupt nicht», unterbrach ihn Florin. «Ich will Frau Matheis nicht befragen. Ich möchte nur sehen, wie sie sich verhält, wenn sie sich in ihrer gewohnten Umgebung befindet. Wahrscheinlich bringt es niemandem etwas, wie Sie gleich einwenden werden, aber ich denke, es schadet auch niemandem.»

Es passte Klement nicht, das war offensichtlich. Er warf einen schnellen Blick auf seine Armbanduhr. «Ich habe leider keine Zeit, Sie zu begleiten. In zehn Minuten habe ich eine wichtige Konferenz.»

Er gab seiner Sekretärin einen Wink. «Andrea, rufen Sie bitte Dr. Vasinski oder Dr. Plank an, je nachdem, wer gerade Zeit hat, soll unsere Gäste weiter betreuen.»

Gäste. Beatrice wusste nicht, ob sie lachen oder sich ärgern sollte. Wie elegant Klement mit diesem einen Wort betont hatte, dass er ihren weiteren Aufenthalt hier als ihr Privatvergnügen betrachtete.

Es war Plank, die sie abholen kam. «Tut mir leid, dass es länger gedauert hat, aber ich musste erst herausfinden, wo Jasmin sich gerade aufhält. Kommen Sie bitte mit.»

Wie schon beim letzten Mal rannte die Ärztin die Gänge eher entlang, als dass sie ging. Sie verließen die Station, durchquerten den benachbarten Trakt und stiegen eine Etage tiefer, bis sie vor einer Tür mit der Aufschrift «Therapieraum» standen. Aus dem Raum drang dumpfes Trommeln.

Plank trat, ohne zu klopfen, ein und hielt Beatrice und Florin die Tür auf.

Sieben Leute, die auf Kissen am Boden saßen, die meisten im Schneidersitz, und auf Bongos einschlugen. Den Vorsitz, wenn man das so nennen konnte, hatte eine Frau mit grauem Pagenschnitt und pinkfarbener Bluse. Sie formte ein stummes Hallo mit den Lippen, ohne dabei aus dem Takt zu kommen.

Ganz hinten im Raum entdeckte Beatrice Jasmin Matheis. Ein voluminöser, in die Ecke gepresster Schatten. Sie trommelte nicht, obwohl jemand Bongos vor sie hingestellt und vermutlich ihre Hände daraufgelegt hatte. Dort lagen sie immer noch und vollführten die gleichen Bewegungen wie beim letzten Mal. Finger strecken – lockern. Strecken – lockern.

«Wir lassen sie gerne an Therapien wie dieser teilnehmen», flüsterte Plank. «Sie beteiligt sich zwar nie, aber sie ist schon zweimal ganz alleine hier aufgetaucht, daraus schließen wir, dass sie diese Stunden mag. Es macht außerdem den Eindruck, als täte die Abwechslung ihr gut. Sie wirkt ausgeglichener danach.»

Florin berührte Beatrice flüchtig an der Schulter. «Ich habe etwas vergessen. Bin gleich wieder da.»

Plank sah ihm nach, als er davoneilte. «Er mag Sie sehr, nicht wahr?»

Der Themenwechsel kam so abrupt, dass Beatrice eine Sekunde brauchte, um zu begreifen, was die Ärztin meinte. «Er ... ja. Wir sind Kollegen und verstehen uns wirklich gut.»

Planks Lächeln war gleichzeitig warmherzig und vielsagend. «Das sieht man.» Sie zog Beatrice ein Stück in den Gang zurück, vermutlich, damit ihr Gespräch die trommelnden Patienten nicht störte. Der verstohlene Blick, den sie dabei auf ihre Armbanduhr warf, entging Beatrice nicht. Es war bald zwölf.

«Essen Sie heute wieder mit Clara zu Mittag?», fragte sie, dankbar für ein Thema, das nicht Florins und ihr Verhältnis betraf.

«Ja, das habe ich vor. Wenn die Zeit es erlaubt. Sie wird so viel fremdbetreut – das macht mir oft sehr zu schaffen. Obwohl ich weiß, dass es ihr gut geht im Kindergarten.»

In Planks bekümmertem Gesicht erkannte Beatrice einiges, das ihr von sich selbst vertraut war. Das schlechte Gewissen, vor allem.

«Wie steht es mit Claras Vater? Hilft er Ihnen, manchmal wenigstens?»

Plank setzte zu einer Antwort an, schüttelte dann aber den Kopf. «Das ist ... kompliziert. Aber um Ihre Frage zu beantworten: Nein, er hilft mir nicht. Er hat sich nie zu Clara bekannt, und ich habe nicht darauf bestanden.»

Obwohl die Ärztin nicht den Eindruck vermittelte, dass die Frage ihr peinlich gewesen war, hatte Beatrice das Gefühl, ins Fettnäpfchen getreten zu sein und das wiedergutmachen zu müssen.

«Er weiß vermutlich gar nicht, was er verpasst», murmelte sie.

«Damit haben Sie ganz sicher recht.» Plank warf einen prüfenden Blick in den Therapieraum, wo eben die Trommeln verstummt waren. Die Patienten standen von ihren Kissen auf und stellten die Bongos zurück ins Regal, nur Jasmin saß immer noch in ihrer Ecke, regungslos.

Florin tauchte wieder auf, als die ersten Patienten das Zimmer verließen. «Gib mir noch zwei Minuten», sagte er an Beatrice gewandt und betrat den Therapieraum.

«Ich werde sie nicht ansprechen, ich möchte ihr nur etwas zeigen», rief er über die Schulter zurück.

Plank folgte ihm. «Zeigen Sie es mir bitte zuerst?»

Doch Florin kniete bereits vor Jasmin und hatte etwas auf die linke Trommel gelegt. Etwas Grünes.

Beatrice trat näher und erkannte eines der Plastikmesser. Florins kurzer Ausflug musste ihn in den Speisesaal geführt haben. Sie erwartete, dass Plank einschreiten würde, doch die Ärztin tat nichts dergleichen, sie hatte die Arme vor der Brust verschränkt und ließ Jasmin nicht aus den Augen.

Die Finger streckten sich. Entspannten sich aber nicht wieder. Lagen ganz still. In Jasmin Matheis' Gesicht rührte sich nichts, da war kein Zucken der Augenlider, kein Verziehen der Lippen. Doch ihr Blick klebte förmlich an dem Messer.

Ich möchte wissen, was du denkst, dachte Beatrice. Denn du denkst, ich kann es sehen. Vielleicht nicht in Worten, aber in Bildern.

Jasmins Hände schoben sich auf das Messer zu, hielten aber inne, kurz bevor sie es erreichten. Berührten es nicht. Dann begann sie sich zu wiegen, vor und zurück. In kleinen, langsamen Bewegungen, und völlig lautlos.

Leonie Plank quittierte Beatrices Staunen mit einem Lächeln. «Ja, das ist eine Reaktion», sagte sie leise, «aber kein Durchbruch, falls Sie das denken sollten. So kennen wir Jasmin. Allerdings lässt sich kaum sagen, ob ihr Verhalten aus Freude, Aufregung, Ärger oder Verzweiflung resultiert. Es ist immer gleich.»

Schweigend beobachteten sie Jasmins schaukelnde Bewegungen. Nach wie vor fixierte sie das kleine, grüne Messer, als versuchte sie, es zu hypnotisieren oder durch schiere Willenskraft zum Schweben zu bringen.

«Wie lange wird das dauern?», erkundigte sich Beatrice.

«Möglicherweise Stunden. Wenn wir sie einfach weitermachen lassen.» Plank näherte sich Jasmin behutsam, streichelte ihr über die Schulter und nahm sie dann am Arm. «Es ist bald Essenszeit. Komm, ich helfe dir beim Aufstehen.»

Das würde zweifellos nur dann gelingen, wenn Matheis mithalf. Beatrice fragte sich, wie sie ihren schweren, voluminösen Körper auf die Beine stellen sollten, wenn Jasmin lieber sitzen bleiben wollte.

Zu Beginn sah es ganz danach aus. Sie ignorierte die Berührungen der Ärztin und schaukelte weiter, ohne Unterbrechung und ohne Änderung im Tempo. Erst als Plank das Messer von der kleinen Trommel nahm und es Florin in die Hand drückte, ebbten Jasmins Bewegungen allmählich ab. Gut eine Minute lang saß sie reglos da, dann stützte sie sich an der Wand ab und bemühte sich aufzustehen. Zwei Versuche verliefen erfolglos, trotz Planks Hilfe.

Beatrice und Florin verständigten sich stumm, ihr unter die Arme zu greifen, trotz des Versprechens, Jasmin nicht anzufassen, als der Pfleger mit dem blonden Zopf im Türrahmen auftauchte.

«Ach, das haben wir gleich», stellte er gut gelaunt fest und legte sich Jasmins Arm um die Schultern. Mit erstaunlicher

Leichtigkeit half er ihr hoch. Klopfte ihr danach leicht auf den Rücken. «Na, mein Mädchen? Das war doch ein Kinderspiel.»

«Danke, Robert.» Planks Ton war unmissverständlich: *Danke, Sie können wieder gehen*. Lag es an der lockeren Ausdrucksweise des Pflegers? Vorstellbar. Es hatte ein wenig geklungen, als rede er mit einem Pferd, nicht mit einem Menschen.

«Ich kann sie auch noch auf ihr Zimmer bringen», bot Robert an, doch Plank winkte ab.

«Das mache ich. Ich muss ohnehin noch etwas von oben holen.»

Robert zog seinen blonden Zopf zurecht und zuckte mit den Schultern. «Wie Sie wollen.» Er nickte Florin und Beatrice zu und ging.

Behutsam griff Plank nach Jasmins Hand. «Ich bringe dich nach oben, und in zwanzig Minuten gibt es Mittagessen», sagte sie. «Gemüselaibchen mit Schnittlauchsoße, das magst du, nicht wahr?»

Sie führte Jasmin aus dem Therapieraum, indem sie die riesige Frau hinter sich herzog wie ein Kind. «Bis bald», sagte sie. «Und wenn ich Ihnen irgendwie helfen kann, melden Sie sich bitte jederzeit.»

Beatrice sah den beiden nach, wie sie den Gang entlanggingen. Neben Jasmin wirkte Plank, die mittelgroß und normal gebaut war, klein und schmal.

«Ich glaube, sie hat ein Kind von einem der Ärzte hier», murmelte Beatrice, nachdem sie sich vergewissert hatte, dass niemand außer Florin sie hören konnte.

«Was? Wer? Wie kommst du darauf?»

«Sie hat eine Tochter, drei Jahre alt. Eben hat sie mir erzählt, der Vater hätte sich nie zu ihr bekannt. Sehr wahrscheinlich also, dass er verheiratet ist.»

«Ja, zumindest eine Möglichkeit.» Florin betrachtete das

Anschlagbrett neben dem Therapieraum, auf dem der Stundenplan angebracht war.

«Vielleicht ist es sogar Klement», fuhr Beatrice fort. «Bei Vasinski habe ich noch keinen Ehering gesehen.»

Florin lachte kurz auf, aber das hatte offenbar nichts mit Beatrices Überlegungen zu tun, sondern mit dem, was auf der Anschlagtafel zu lesen war.

«Entschuldige bitte. Ja, da könntest du recht haben. Allerdings ist die Klinik groß, und wer sagt, dass Affären nur unter Ärzten der gleichen Abteilung vorkommen? Oder nur innerhalb der eigenen Berufsgruppe?» Er hob die Brauen. «Außerdem werden Mutmaßungen uns nicht dabei helfen, diesen Fall zu lösen.»

Da hatte er recht. «Es hätte bloß ein interessantes Licht auf Klement geworfen, wenn ...»

Meine Güte, was tat sie da eigentlich? Hatte Maja sie mit diesem Jeder-mit-jedem-Geschwätz bereits angesteckt?

In Wahrheit konnte sie sich Plank überhaupt nicht mit Klement vorstellen, und schon gar nicht mit Vasinski. Sie machte nicht den Eindruck, als sei sie sonderlich daran interessiert, auf Männer zu wirken. Aber vielleicht war das anders gewesen, als sie noch kein Kind gehabt hatte.

Florin schien das Thema längst vergessen zu haben. Er war völlig in die Lektüre der Anschlagtafel vertieft. «Das glaubt man ja nicht», murmelte er. «Sieh dir das an. Sogar Horoskoptherapie! Jeden Dienstag. Und am Mittwoch und Freitag gibt es vormittags Tanzen und am Nachmittag – halt dich fest – Tarot-Therapie. Trommeln ist da wirklich noch das Harmloseste.» Beatrice stellte sich neben Florin und studierte das Angebot. Das tatsächlich erstaunlich war für eine Institution wie diese, die, nach allem, was sie wusste, großen Wert auf Wissenschaftlichkeit legte.

Qigong. Blumenmeditation. Und dann eben Horoskop-, Tarot- und Klangschalentherapie.

«Ich hatte den Eindruck, Klement hält nicht viel von diesen Methoden», überlegte sie. «Wahrscheinlich verbannt er sie deshalb in einen anderen Gebäudetrakt.»

«Würde ich auch machen, an seiner Stelle.» Florin tat, als müsse er sich schütteln. «Ehrlich, so etwas schürt psychische Probleme doch mehr, als dass es sie löst.»

Beatrice zuckte mit den Schultern. Vielleicht hatte das hier eher mit Wohlfühlen zu tun als mit ernsthafter Therapie. Die trommelnden Patienten gerade eben hatten beim Hinausgehen jedenfalls einen entspannten Eindruck gemacht. Und Jasmin Matheis kam sogar selbständig her, wenn Beatrice es richtig verstanden hatte. Dann zeigte sie also doch etwas wie Interesse, Eigeninitiative ... In Florins Hand leuchtete der Bildschirm seines Smartphones auf. Lautlos gestellt, wie Beatrices auch. «Lass uns gehen. Stefan hat gerade eine SMS geschickt. Es hat sich wohl jemand gemeldet, der mit uns sprechen will.»

9. Kapitel

Tobias Rahlen musste um die dreißig sein und war teuer gekleidet. Sein Haaransatz hatte sich bereits stark zur Kopfmitte hin verschoben – zwei Jahre noch, schätzte Beatrice, dann würde er dort angekommen sein. Die Art, wie er ihnen die Hand hinstreckte und sich vorstellte, ließ auf zwei Dinge schließen: Er kam aus gutem Haus, und er war es nicht gewohnt, warten zu müssen.

«Aber ich werde mich selbstverständlich beim nächsten Mal anmelden», erklärte er mit schmalem Lächeln. «Wobei ich hoffe, dass es kein nächstes Mal geben muss.»

Er setzte sich auf den ihm angebotenen Stuhl. Kaffee lehnte er ab. «Max Schlager und ich haben gemeinsam studiert. Wir hatten häufig Kontakt ... bis zuletzt.» Er räusperte sich und schob seine randlose Brille ein Stück höher. «Ich weiß, dass es ziemliche Konflikte zwischen ihm und seinem Chef gab.»

«Sie meinen Professor Klement?», vergewisserte sich Beatrice.

«Ja. Unter ihm zu arbeiten sollte eigentlich karrierefördernd sein. Der Mann ist in Fachkreisen recht angesehen, seine Publikationsliste ist respektabel, und er ist international gut vernetzt.»

Rahlen sprach, als würde er aus einem Fachbuch zitieren. War Max Schlager auch so gewesen? So ... trocken?

«Aber Ihrer Ansicht nach war es nicht karrierefördernd?»

Ob bewusst oder unbewusst, Florin hatte den emotionslosen Ton seines Gegenübers zumindest zum Teil übernommen.

«Nicht, wenn Max mit seiner Vermutung richtiglag. Sie müssen wissen, er war wirklich sehr gewissenhaft. Als Arzt ebenso wie als Mensch. Und seiner Meinung nach hat Klement seine Forschungsergebnisse frisiert.»

Das war allerdings ein Vorwurf, der es in sich hatte. «Wissenschaftsbetrug, meinen Sie?»

«Genau. Ein paar geschönte Daten, und schon sieht eine Studie viel bedeutsamer aus. Oder gefällt dem Auftraggeber besser. Größerer Effekt der Substanz, geringere Nebenwirkungen ... manchmal reicht es, gewisse Patienten aus der Studie auszuschließen, um das gewünschte Ergebnis zu bekommen.»

In Beatrices Kopf schloss sich ein Kreis – «Saustall» war das Wort gewesen, das Schlagers Vater verwendet hatte. «Wissenschaftsbetrug ist aber kein strafrechtlicher Tatbestand», warf sie ein.

«Nein.» Die Augen hinter Rahlens Brille waren hellgrün. «Aber wenn man erwischt wird, ist es das berufliche Ende. Man ist als Wissenschaftler ebenso erledigt wie als Arzt.»

Die Zerstörung der Existenz war allerdings Bedrohung genug, um ein Mordmotiv zu sein. «Hat Max etwas Genaueres gesagt?» Beatrice zog einen Schreibblock heran und suchte nach einem funktionierenden Kugelschreiber. «Welche Studie betroffen ist? Oder sind es mehrere?»

Rahlen dachte nach. «Nein, leider. Er hat nur oft gesagt, dass er hofft, nicht mehr auf der Abteilung zu sein, wenn Klement auffliegt. Weil das schlechte Licht automatisch auch auf ihn fallen würde.»

«Aber er hat nie daran gedacht, den Betrug öffentlich zu machen?»

Rahlen lachte auf. «Meinen Sie diese Frage ernst? Nein, natürlich nicht. Er war in der Ausbildung zum Facharzt und Klement eine internationale Kapazität. Seine Beweise hätten so handfest sein müssen, dass kein noch so guter Freund den Professor hätte raushauen können.» Er stützte seine Arme auf den Tisch und beugte sich vor. «Und selbst dann», fuhr er etwas leiser fort, «hätte er sich damit eine Menge Möglichkeiten verbaut. Die meisten Klinikvorstände, die ich kenne, schätzen zwar Kompetenz, Fleiß und Köpfchen bei ihren Mitarbeitern – Loyalität aber noch mehr.»

Und sie würden sich niemanden ins Team holen, der kleine oder größere Unregelmäßigkeiten sofort nach außen trug. Beatrice verstand. Diese Denkweise war nicht auf die Ärzteschaft beschränkt. Sie kannte einige Polizisten, die das ähnlich sahen.

«Aber es gibt etwas, das Max sehr oft gesagt hat», nahm Rahlen den Faden wieder auf. «Nur was es bedeutete, hat er mir nie erklärt.»

«Und zwar?»

«Er sagte: *Klement hat einen enormen Trumpf im Ärmel.* Aus irgendeinem Grund fand er das wirklich witzig. *Eines Tages wird er ihn ausspielen, und dann wird die ganze Welt ihn kennen, den alten Sack.*»

Beatrice konnte Florin grimmig nicken sehen. Keine Frage, was oder besser gesagt wen Max Schlager damit gemeint hatte. Jasmin, die enorme Jasmin, die wie ein riesiges Schiff die Krankenhausgänge entlangglitt.

Zu schade, dass Schlager nicht deutlicher geworden war. Beatrice seufzte. Bisher liefen alle Fäden bei Matheis zusammen. Ausgerechnet bei der Person, die ihnen mit keinem Wort weiterhelfen konnte.

Vier dicke Ordner warteten auf Beatrices Schreibtisch. Bei weitem nicht die ganze Akte Matheis, aber die wichtigsten Fakten. Die Berichte der Polizisten, die das Mädchen gefunden hatten. Die Vernehmungsprotokolle des Vaters. Die Ergebnisse der Spurensicherung. Die medizinischen Befunde.

Beatrice hatte sich Kaffee gekocht und eine Packung Butterkekse geöffnet – in Kürze würde ihr jeglicher Appetit vergangen sein, das wusste sie, also kümmerte sie sich besser jetzt um ihren Blutzuckerspiegel.

Das Rascheln der Packung ließ Florin aufblicken. Sie hielt ihm die Schachtel hin. «Auch einen?»

«Nein danke. Soll ich uns nicht etwas Vernünftiges holen?»

Beatrice schüttelte den Kopf. «Vernünftig kommt überhaupt nicht in Frage.»

Er warf einen vielsagenden Blick auf die Aktenordner. «Verstehe. Du isst dir Mut an.»

«Genau.» Wie ein flüchtiger Sonnenstrahl glitt ein Lächeln über Florins Gesicht. «Vielleicht sollte ich das auch tun.»

«Wieso, hast du einen Termin bei Hoffmann?»

Er drehte seinen Stift zwischen den Fingern. «Nein. Ich habe Karten für das Konzert meines Bruders. Und ich wollte dich fragen, ob du mich nicht begleiten willst.»

Das kam überraschend. «Ich ... weiß nicht. Ich meine – ja. Gern. Falls es an einem Wochenende ist, an dem Achim die Kinder hat.» Hatte die Vorstellung, sie einzuladen, Florin wirklich nervös gemacht? Das war schwer zu glauben.

«Es ist Mittwochabend, nächste Woche. Er nimmt die Kinder doch jetzt auch immer mittwochs?»

Ja, das war ihm ein Anliegen gewesen, doch mittlerweile tat er gerne so, als bestünde diese Vereinbarung allein Beatrice zuliebe. Sie fühlte die vertraute Wut wie eine heiße Welle in sich aufsteigen und holte tief Luft. Weg damit. Für Achim war hier und jetzt kein Platz.

«Mittwoch ist perfekt», sagte sie.

«Das freut mich mehr, als du vielleicht glaubst.» Lächelnd wandte Florin sich wieder seinem Bildschirm zu.

Sie hakte nicht nach, obwohl die Frage ihr auf der Zunge brannte. *Wie meinst du das?* Stattdessen öffnete sie den ersten Ordner, starrte aber minutenlang nur auf das Deckblatt, in Gedanken noch bei Florins Worten. Seinem warmen Tonfall.

Erst jetzt wurde ihr bewusst, dass sie lächelte, nicht nur nach innen, sondern überaus sichtbar.

Sie nahm sich zusammen und öffnete den Ordner.

Den restlichen Tag lang war an Lächeln nicht mehr zu denken.

Die beiden Polizisten, die den Vergewaltiger gesucht und stattdessen Jasmin gefunden hatten, kamen aus einem sehr ländlichen Umfeld. Sie waren mit Schlägereien, Alkohol am Steuer und einem gelegentlichen Diebstahl vertraut. Aber das, was sie vor knapp sechs Jahren im Keller von Hermann Matheis vorgefunden hatten, hatte sie vollkommen überfordert. Auch sprachlich.

Ihr Bericht war in unbeholfenen Worten abgefasst, aus denen man trotzdem die Bestürzung herauslesen konnte. Sie waren erst durchs Haus gegangen, mit geringen Erwartungen. In der Küche hatten Hühner am Boden herumgepickt, die Schlafzimmerwände waren fast lückenlos mit Jesusbildern behängt gewesen.

Bevor sie den Keller betraten, hatten sie die Ställe inspiziert. Drei Milchkühe, ein Stier, fünf Schweine. Und viele, viele

Hühner. Eine Scheune, ein Geräteschuppen, in dem auch der Traktor Platz fand. Nirgendwo der flüchtige Sexualverbrecher. Wenn er hier gewesen sein sollte, war er sicher schon wieder geflohen und mittlerweile tief im Wald verschwunden.

Aber da gab es eine Klappe im Heuschober. Wie eine Falltür. Fast unsichtbar, weil der Boden dicht mit Stroh bedeckt war.

Es war eher Neugier als die Hoffnung, wirklich etwas zu finden, die den älteren der beiden Polizisten den eisernen Ring nehmen und hochziehen ließ.

Der Geruch, der ihm von unten entgegenschlug, war atemberaubend. Hatte Matheis eine Senkgrube unter seiner Scheune?

Sie leuchteten mit ihrer Taschenlampe die Treppe hinunter, die in kühles Nichts zu führen schien. Beschlossen, schnell nachzusehen.

Und dort, auf schmutzigem, feuchtem Stroh, fanden sie Jasmin. Nackt, bis auf eine alte blaue Arbeitsjacke mit Ölflecken darauf.

Sie schützte ihre Augen vor dem plötzlichen Licht, aber sie schrie nicht. Sie wiegte sich vor und zurück, ohne einen Laut von sich zu geben.

Das Klirren, das bei dieser Bewegung entstand, ließ den jüngeren der Polizisten nach der Ursache sehen. Er stellte fest, dass die Frau an der Kette lag wie ein Hund. Auch ihr Halsband war aus Eisen.

Die beiden Beamten waren geschockt, aber sie machten alles richtig. Einer rief Verstärkung, die Feuerwehr und einen Krankenwagen, der andere ließ die Fahndung nach Matheis einleiten. Und er bestellte seine Kollegin Kathrin zum Hof, in der Hoffnung, dass die Anwesenheit einer Frau die Lage für die Gefangene weniger bedrohlich machen würde.

Diese gab die ganze Zeit über keinen Ton von sich. Sie reagierte auf keine der Fragen, schrie nicht, weinte nicht, zeigte auch keinerlei Anzeichen von Freude über ihre Entdeckung.

Sie wiegte sich nur, vor und zurück, immer wieder, den Blick fest auf den Boden gerichtet. Daran änderte sich auch nichts, als die Verstärkung eintraf und der Keller sich mit Menschen füllte. Jemand hatte eine Decke mitgebracht, in die Kathrin die Frau einhüllte. Auch da – keine Reaktion, ebenso wenig wie auf den Scheinwerfer, der die ganze Scheußlichkeit des Kellers buchstäblich ans Licht brachte.

Es gab einen Wasseranschluss, an dem ein langer, gelber Schlauch hing. Vermutlich zur gelegentlichen Säuberung des Bodens und des Mädchens. In einer Ecke fand sich eine Art hölzerner Trog mit angetrockneten Essensresten. Die Beamten identifizierten Maiskörner und Wurststücke.

Ein Blechkrug, der in Reichweite der Frau stand, enthielt noch drei Fingerbreit Wasser von zweifelhafter Sauberkeit.

Die Polizisten versuchten, mit der Frau zu sprechen, vor allem Kathrin gab sich große Mühe, doch niemand schaffte es, ihr eine Reaktion zu entlocken.

Sie brachten ihr frisches Wasser, das sie ignorierte, und legten ihr immer wieder die Decke um, wenn sie ihr durch das beständige Wippen von den Schultern rutschte.

Lange vor dem Krankenwagen traf die Feuerwehr ein. Drei Männer, zwei davon noch keine zwanzig Jahre alt. Einer von ihnen verließ den Keller sofort wieder und weigerte sich zurückzukommen. Die beiden anderen überlegten, wie sie die Gefangene von ihrer Fessel befreien sollten.

Werkzeug hatten sie dabei. Die Kette fiel einem Bolzenschneider zum Opfer. Blieb der eiserne Ring um den Hals, der eine viel größere Herausforderung darstellte. Es gab einen Verschluss, doch der war so verrostet, dass an ein Öffnen nicht zu denken war. Aber die Feuerwehrleute waren fest entschlossen, sich von dem massiven Metall nicht abschrecken zu lassen. Sie fanden eine kleine Eisensäge und montierten im Haus einen Türbeschlag ab, der flach genug war, um sich unter den Ring schieben zu lassen – hinten, an den Nackenmuskeln. Dann begannen sie mit der Arbeit.

Die Frau unterbrach ihr Schaukeln nicht. Sie baten sie mehrmals, erklärten ihr, dass hier alles nur zu ihrem Besten war – keine Reaktion. Nicht einmal, als der älteste Feuerwehrmann mit der Säge abrutschte und einen tiefen, blutenden Kratzer in ihrer Haut hinterließ, änderte sie ihr Verhalten. Sie schrie auch nicht, sie zuckte nicht zusammen. Es war, als würde sie nichts spüren. Als existierte die Außenwelt überhaupt nicht.

Um ein weiteres Missgeschick dieser Art zu vermeiden, erklärten die beiden Polizisten sich bereit, die Frau ruhig zu halten, trotz ihres unbeschreiblichen Körpergeruchs. Sie umklammerten sie zu zweit, und auch darauf reagierte das Opfer nicht mit Protest, sondern fiel in eine Art Starre. Zitterte nur gelegentlich. Würgte ab und zu, wenn der Feuerwehrmann den Ring zu weit vom Hals wegzog. Kathrin redete beruhigend auf die Frau ein, doch auch das schien nicht zu ihr durchzudringen.

Dann war der Ring durch, zur gleichen Zeit, als der Rettungswagen eintraf. Die Sanitäter prallten bei dem Bild, das sich ihnen bot, zurück. Fragten nach dem Namen der Patientin, woraufhin Kathrin antwortete: «Ich nenne sie Jasmin.»

Ob und was die anwesenden Männer darauf erwidert hatten, verriet das Protokoll nicht, aber Beatrice konnte es sich lebhaft vorstellen. *Sehr passend, so wie sie duftet.* Wenn sie den Witz nicht in Gegenwart der Frau gemacht hatten, dann später, jede Wette.

Die Rettungsleute hatten Anweisung, Jasmin sofort ins Krankenhaus zu bringen, sie wollten nicht warten, bis die Feuerwehr den Ring aufgebogen hatte. Was sich ohnehin als so gut wie unmöglich erwies. Sie halfen ihr die Treppe hinauf, ans Tageslicht.

Auch dort schrie die Frau nicht auf, aber sie krümmte sich und presste die Arme vors Gesicht. Versuchte unbegreiflicherweise, in den Keller zurückzukehren. Am Ende hoben sie sie hoch und trugen sie zum Krankenwagen. Bei ihrer Befreiung musste Jasmin Matheis deutlich weniger gewogen haben.

Die Polizisten eskortierten den Wagen bis zum Krankenhaus und übergaben dort an die bereits wartenden Ärzte und die Kollegen von der Kriminalpolizei.

Die Erleichterung, die aus diesem letzten Satz des Beamten sprach, war fast mit Händen zu greifen.

Beatrice griff nach dem nächsten Ordner. Befunde, Untersuchungsergebnisse aus den ersten Wochen nach Jasmins Befreiung.

Sie suchte und fand die Aufnahmeanamnese. Als Leitsymptome waren Verwirrung, Mangelernährung und Hämatome unterschiedlichen Alters angegeben. Jasmins Gewicht betrug zum Zeitpunkt ihrer Befreiung fünfundfünfzig Kilo bei einer Größe von einem Meter sechsundachtzig. Es bestand Verdacht auf eine alte, schlecht verheilte Fraktur des linken Oberarms, was sich später in einer Röntgenaufnahme bestätigte.

Ihr Gesamtzustand wurde als «verwahrlost» beschrieben; in Beatrices Augen reine Beschönigung, wenn man sich die Tatsachen vergegenwärtigte.

Die umfassenderen Befunde hatten zwei Tage später vorgelegen. Da war nicht mehr von nur einem Knochenbruch die Rede, sondern von sage und schreibe acht – drei davon vermutlich im Kleinkindalter erworben. Keiner ärztlich versorgt.

Jasmins Hals war, dort wo der Eisenring gesessen hatte, stark vernarbt. Besonders auf der linken Seite; daraus ließ sich schließen, dass sie häufig versucht haben musste, nach links auszuweichen. Ihre Hüften und Beine wiesen frische Prellungen auf, vermutlich hatte man sie getreten.

Ihr Sprechapparat war völlig intakt, ihr Gehör auch, wie sich nach einer Reihe von Untersuchungen herausstellte. Dass sie nicht sprach, hatte den Ärzten zufolge einzig und allein mit ihrem Trauma zu tun.

Beatrice blätterte um. Jetzt kamen Fotos, auf denen Jasmin kaum zu erkennen war. Haut und Knochen. Tief in den Höhlen liegende Augen. Dann Detailaufnahmen der Hände, der Arme, der Beine, des Rückens. Narben und Verfärbungen. Auf Kopfhaut und Schienbeinen tiefe Kratzer, die die Frau sich vermutlich selbst beigebracht hatte.

Bevor Beatrice sich die Ergebnisse der gynäkologischen Untersuchung vornahm, kippte sie das Fenster neben dem Schreibtisch und ließ frische Luft herein.

Florin blickte von seiner Arbeit auf. «Schlimm?»

«Nicht schlimmer als erwartet.» Sie setzte sich wieder, nahm einen Schluck Wasser und blätterte um. Sexueller Missbrauch ließ sich nur beweisen, wenn sich die DNA des Täters am Opfer fand, denn zu genitalen Verletzungen kam es nur in seltenen Fällen. Wenn, wie hier, ein jahrelanges Missbrauchsverhältnis bestand, waren sie eher die Ausnahme.

Doch diesmal hatte die Polizei Glück gehabt, falls man das so nennen konnte. Im Abstrich fanden sich Spermazellen. Und noch etwas anderes stellte die untersuchende Gynäkologin fest: Jasmin hatte ein Kind geboren. Mindestens eines, wenn nicht mehrere.

Das war damals wochenlang durch die Medien gegangen. Die Zeitungen überboten sich bei der Anzahl der angeblichen Kinder. Beatrice blätterte schneller durch die Unterlagen und schlug dann das Verhörprotokoll auf, das einen Tag vor Hermann Matheis' Selbstmord aufgezeichnet worden war.

Sie überflog die Einleitung und die ersten Sätze, die bereits zeigten, dass es sich bei Hermann Matheis um einen sehr einfachen Menschen ohne jedes Unrechtsbewusstsein gehandelt haben musste. Sie las erst langsamer, als die Fragen dem Verdächtigen spürbar unangenehm zu werden begannen.

Seit wann haben Sie die Frau in diesem Keller festgehalten?

Matheis: Weiß nicht mehr.

Sie müssen doch eine ungefähre Vorstellung haben. War sie damals noch ein Kind?

Matheis: Ja. Schon.

Und wie alt? Acht Jahre? Zehn? Jünger?

Matheis: Ist doch egal. Ja, jünger. Vier oder so. Aber ich weiß es nicht genau.

Das Kind ist Ihre Tochter, haben Sie bei Ihrer Festnahme ausgesagt.

Matheis: Ja. Und darum geht das niemanden etwas an.

Da irren Sie sich. Wie heißt Ihre Tochter?

Matheis: Die hat keinen Namen. Aber die von der Polizei haben gesagt, sie heißt Jasmin.

Sie haben Ihrer Tochter nie einen Namen gegeben?

Matheis: Nein. Wozu? Ihre Mutter hat ihr damals einen gegeben, irgendeinen ausländischen.

Wo steckt die Mutter des Mädchens?

Matheis: Weiß nicht. Die ist eines Tages weggelaufen. Nie wieder aufgetaucht.

Wie war der Name der Mutter? Den werden Sie ja hoffentlich gekannt haben.

Matheis: Ja. Anna oder Anja oder so. Oder Helga.

Hören Sie, das hier ist kein Spaß. Ich erwarte von Ihnen, dass Sie mir ernsthafte Antworten geben. Meinetwegen können wir bis morgen hier sitzen, und das werden wir tun, wenn ich den Eindruck habe, Sie lügen.

Matheis: Aber ich sag es Ihnen doch. Anna.

Da sind Sie plötzlich sicher? Anna … und wie noch?

Matheis: Weiß ich nicht.

Das wissen Sie nicht? Ich sage Ihnen etwas, Herr Matheis. Wir haben gerade erst angefangen, uns mit Ihnen zu unterhalten, und bis jetzt sieht es überhaupt nicht gut für Sie aus. Wenn Sie sich selbst einen Gefallen tun wollen, dann seien Sie kooperativ. Das heißt, Sie sollen uns die Wahrheit sagen.

Matheis: Aber ich weiß nicht, wie sie geheißen hat! Sie hat gelogen, jedes Mal, wenn sie den Mund aufgemacht hat. Sie hat jedes Mal etwas anderes gesagt.

Aha. Na, vielleicht hatte sie dafür ja Gründe. Also. Welche Namen hat sie Ihnen genannt?

Matheis: Keine Ahnung. Mein Gedächtnis ist nicht sehr gut. Aber sie hat Anna geheißen.

In Beatrices Kopf nahm der Verdacht, dass Jasmins Mutter keineswegs aus freien Stücken bei Hermann Matheis gelebt hatte, immer deutlichere Formen an. Nicht ausgeschlossen, dass er auch sie schon in dem Kellerloch beherbergt hatte. Aber vielleicht hatte sie gar nicht die Flucht ergriffen. Sondern …

Auch den befragenden Beamten schien dieser Gedanke gekommen zu sein.

Woher kannten Sie die Frau?

Matheis: Sie war in der Nacht auf der Straße unterwegs. Ich hab sie mitgenommen.

War sie eine Autostopperin?

Matheis: Ja.

Und dann? Ist sie bei Ihnen geblieben?

Matheis: Ja.

Freiwillig?

Matheis: Ja.

Aber eines Tages ist sie dann – wie haben Sie gesagt? Weggelaufen. Da hatte sie schon ein Kind von Ihnen.

Matheis: Ja. Das hat sie dagelassen.

Alles in Beatrice sträubte sich bei dieser Vorstellung. War es glaubhaft, was Matheis behauptete? Dass Jasmins Mutter einfach abgehauen war, ohne ihre Tochter? Da war es doch wirklich viel wahrscheinlicher, dass er ihr etwas angetan hatte. Der Hof lag so abgeschieden, und das Gelände war weitläufig – eine verbrannte oder tief vergrabene Frauenleiche wäre so schnell nicht gefunden worden. Nach all dieser Zeit nicht einmal mehr mit Hunden.

Auch der Kollege fand diese Behauptung schwer zu glauben.

Sie sagen also, Anna ist weggelaufen und hat ihr Kind bei Ihnen gelassen?

Matheis: Genau.

Warum ist sie weggelaufen?

Matheis: Das weiß ich doch nicht. Sie war schwer einzuschätzen, manchmal habe ich gedacht, sie ist nicht ganz richtig im Kopf.

Wie alt war das Kind zu diesem Zeitpunkt?

Matheis: Keine Ahnung. Drei oder so.

Drei Jahre! Und … was haben Sie dann mit dem Mädchen gemacht?

Matheis: Ich hab ihr zu essen und zu trinken gegeben. Immer.

Sie haben sie in den Keller gesperrt. Nicht wahr?

Matheis: Nicht gleich. Erst nach ein paar Wochen. Weil es nicht anders gegangen ist. Sie war so laut. Immer hat sie geschrien.

Das ist vorbei, dachte Beatrice. Sie gibt keinen Ton mehr von sich, egal, was man ihr antut.

Sie las weiter, ignorierte den leichten Druck auf ihrem Magen, als Matheis schilderte, wie er Jasmins Ausbruchsversuche geahndet hatte. Sein Verhältnis zu ihr war das eines gefühllosen Halters zu seinem Tier gewesen. Hätte er sich nicht das Leben genommen, wäre er in einer Anstalt für geistig abnorme Rechtsbrecher gelandet, davon war Beatrice überzeugt.

Zwei Seiten später kam der vernehmende Beamte erstmals auf den Missbrauch zu sprechen.

Sie hatten mit Ihrer Tochter Geschlechtsverkehr. Das geht eindeutig aus den Spuren hervor.

Matheis: Das geht keinen was an.

Da irren Sie sich gewaltig. Sie hatten Sex mit Ihrer eigenen Tochter, und offenbar ist sie davon schwanger geworden.

Matheis: Hat sie das gesagt?

Sie wissen ganz genau, dass sie nicht spricht.

Matheis: Sie war nicht schwanger. Nicht von mir, auf jeden Fall.

Das ist ja interessant. Von wem denn dann? Dass sie Kinder geboren hat, mindestens eines, darüber müssen wir nicht diskutieren. Das lässt sich medizinisch nachweisen.

Matheis: Keine Ahnung. Es gibt immer wieder Landstreicher in der Gegend. Vielleicht hat einer von denen sie besucht.

Sagen Sie, wissen Sie eigentlich, was Sie da reden? Sie haben vorhin bereits zugegeben, sexuell mit Ihrer Tochter verkehrt zu haben. Und erzählen Sie mir jetzt nicht, Sie hätten ihre Schwangerschaft nicht mitbekommen.

Von da an verwickelte Matheis sich immer mehr in Widersprüche. Die Polizisten hatten leichtes Spiel mit ihm – er war ein einfaches Gemüt, dem die Regeln und Fallen der Kommunikation nicht geläufig zu sein schienen. Seine Versuche, den Kopf aus der Schlinge zu ziehen, endeten alle kläglich. Irgendwann ging er dazu über, das Gespräch auf sich zu lenken, darauf, wie einsam er gewesen war und wie schlecht die anderen Leute im Dorf ihn behandelt hatten. Was ihm natürlich nicht half.

Es konnte ab diesem Zeitpunkt keine halbe Stunde mehr gedauert haben, bis die Beamten die Fakten aus Hermann Matheis herausgeholt hatten.

Zwei Kinder hatte Jasmin geboren, beide männlich. Matheis, der gleichzeitig ihr Vater und ihr Großvater gewesen war, behauptete, sie wären beide tot zur Welt gekommen und er hätte sie in seinem Forellenteich zur letzten Ruhe gebettet. Wann genau das gewesen sei, wusste er nicht mehr, schätzte aber, dass das zweite Kind etwa eineinhalb Jahre vor Jasmins Befreiung geboren worden war.

«Aber sie waren tot, beide tot, ich habe nichts gemacht», beteuerte er immer wieder.

Beatrice suchte nach dem Bericht über die Untersuchung des Fischteichs – er war ausgebaggert worden, und man hatte tatsächlich die Knochen von zwei Neugeborenen gefunden. Wie und wann sie gestorben waren, ließ sich anhand der Überreste aber nicht mehr feststellen.

«Was für eine Riesenscheiße», murmelte Beatrice.

Wie sie erwartet und halb auch gehofft hatte, blickte Florin auf. «Was im Speziellen?»

«Die zwei Kinder, die Jasmin geboren hat.» Sie nahm eines der Fotos von den Babyknochen aus dem Ordner und hielt es hoch. «Hermann Matheis hat Fischfutter aus ihnen gemacht. Ich frage mich, wie viel Jasmin davon begriffen hat. Ob sie sich gewehrt hat, als er sie ihr weggenommen hat.»

Er griff nach dem Bild und betrachtete es eingehend. «Wie alt wären die Kinder heute?»

«Das jüngere sechseinhalb Jahre, wenn Hermann Matheis' Angaben stimmen. Jasmins Befreiung ist fünf Jahre her, und das zweite Kind soll etwa eineinhalb Jahre zuvor geboren worden sein. Das ältere – wer weiß.»

Bei der ersten Geburt musste Jasmin selbst noch ein Kind gewesen sein. Maximal fünfzehn Jahre alt. Vermutlich allein in diesem dreckigen Keller, ohne zu begreifen, was mit ihr geschah.

Beatrice fröstelte. Sie nahm das Foto wieder an sich und ordnete es in die Mappe zurück. «Manche Fälle gehen mir schon heftiger an die Nieren als andere», stellte sie fest. «Was meinst du? Egal was Klement sagt, könnte Jasmin Max Schlager umgebracht haben?» Sie schüttelte den Kopf. «Nein, nicht auf diese Art, oder? Sie kann unmöglich Äther und Propofol organisiert und dann alles so perfekt durchgezogen haben.»

«Das denke ich auch.» Nachdenklich klopfte Florin mit einem Stift gegen seine Unterlippe. «Aber ich glaube, sie hat etwas gesehen. Vielleicht nicht alles, aber wahrscheinlich genug, dass sie uns sagen könnte, wer der Täter war. Wenn sie sprechen würde.»

Sehr viele Konjunktive, zu viele nach Beatrices Geschmack.

Sie konnten keine Hilfe von Jasmin erwarten, wenn es um Erkenntnisse zu diesem Fall ging. Jedenfalls nicht auf dem üblichen Weg.

10. Kapitel

«Sie wollen – was?»

Klement war aufgesprungen, und Beatrice unterdrückte den Impuls, es ihm gleichzutun. «Ich möchte Ihre Studien von unabhängigen Experten überprüfen lassen.»

Dem Professor war die Anstrengung, mit der er seine Wut im Zaum hielt, deutlich anzusehen. «Wären Sie so freundlich, mir zu verraten, woher das plötzliche Misstrauen in meine akademischen Fähigkeiten rührt?» Langsam ließ er sich wieder in seinen Stuhl sinken. «Oder unterstellen Sie mir, ich hätte mich kaufen lassen? Meine Daten für die Pharma-Industrie geschönt?»

Mit einer so heftigen Reaktion hatte Beatrice nicht gerechnet. «Wir überprüfen alle Möglichkeiten. Max Schlager hat Ihre Studien einem Freund gegenüber erwähnt, mit dem Hinweis, dass es darin Unregelmäßigkeiten geben könnte.»

Entweder seine Fassungslosigkeit war echt, oder sie war ausgesprochen gut gespielt. Klement verschränkte die Hände unter dem Kinn, öffnete sie wieder, legte sie vor sich auf dem Schreibtisch ab.

«Hat er das? Nun … das trifft mich natürlich, wie Sie sich vielleicht vorstellen können. Ich habe Max Schlager sehr geschätzt und es schmerzt mich, dass es umgekehrt offenbar nicht so war. Das erklärt vermutlich auch, warum er seine … Bedenken nicht mit mir besprochen hat, sondern mit Außenstehenden.»

Mit wie viel Sorgfalt er jedes Wort wählte. Beatrice ließ den Professor nicht aus den Augen. «Worauf könnte Dr. Schlager Ihrer Meinung nach angespielt haben?»

«Das weiß ich nicht», sagte Klement nach einer kurzen Denkpause. «Wirklich nicht. Mir ist klar, dass diese Geschichte mich für Sie in ein anderes Licht rückt, aber ich versichere Ihnen: Mit mir als Verdächtigem liegen Sie falsch.»

Jetzt hatte er sich wieder im Griff, seine Souveränität zurückgewonnen. «Meine Publikationsliste ist kein Geheimnis, Sie können meine Arbeiten jederzeit einsehen und werden feststellen, dass alles damit in Ordnung ist. Ich stelle Ihnen auch gerne die Datenblätter aller Patienten zur Verfügung, die in die Studien randomisiert wurden. Allerdings sind diese Unterlagen anonym, das liegt in der Natur der Sache.»

«Sehr gut. Danke.» Sie reichte ihm die Hand und ließ sich dann von ihm nach draußen begleiten.

Sollte sie Florin gleich anrufen und ihm von dem Gespräch berichten? Nein, fand sie, das hatte Zeit, außerdem bog am anderen Ende des Gangs gerade Maja um die Ecke. Mit ihr in eine Unterhaltung zu den üblichen Themen verwickelt zu werden war das Letzte, wonach Beatrice im Moment der Sinn stand.

Sie wandte sich um und gelangte über die Nachbarstation zu dem Treppenhaus, durch das Plank sie beim letzten Mal zum Therapieraum geführt hatte. Den Florin bald danach in *Esoterikkammer* umgetauft hatte.

Beatrice steuerte ohne besondere Absicht darauf zu.

Die Tür war geschlossen, aber es drangen Stimmen nach draußen. Keine dumpfen Rhythmen diesmal. Eher kollektives, lautstarkes Ein- und Ausatmen, begleitet von den ruhigen Worten der grauhaarigen Therapeutin. Offenbar war sie nicht nur fürs Trommeln zuständig.

«Wir atmen tief in unser Zentrum. In unsere Gefühle. Und dann atmen wir wieder aus, und die negativen Emotionen verströmen wir nach außen, lassen sie auf dem Luftstrom fortgleiten, von uns weg …»

Eine angenehme Stimme hatte die Frau, das musste man ihr lassen. Beatrice studierte die Pinnwand – die Therapeutin hieß Erika Lackner, die aktuelle Therapiestunde trug den Titel *Gegen die Angst atmen*.

Das war etwas, das Beatrice selbst lange geübt hatte, damals, als Panikattacken ihr Alltag waren: Immer nur bis zum nächsten Atemzug denken. Ein. Aus. Ein. Es half. Es brachte einen dazu zu begreifen, dass man doch nicht sterben musste. Dass der Körper funktionierte.

«Wir atmen Licht ein, strahlend hell, und füllen uns ganz damit aus. Es wäscht die Ängste und negativen Gefühle aus den verborgensten Winkeln und nimmt sie mit. Wenn es trüb und dunkel geworden ist, atmen wir es wieder aus und saugen neues, reines Licht in unsere Lungen, schicken es bis in die Fingerspitzen, die Zehenspitzen, bis unter die Kopfhaut …»

Ein Blick auf die Uhr verriet Beatrice, dass die Stunde in fünf Minuten zu Ende sein musste. Eine gute Gelegenheit für ein kurzes Gespräch mit der Therapeutin, die ganz sicher eine andere Sicht auf die Traumapatienten hatte als Klement, Vasinski und Konsorten.

Also wartete Beatrice fünf Minuten lang und atmete dabei mit, mehr unbewusst als mit Absicht. Erika Lackners Stimme hatte etwas Bezwingendes.

Dann öffnete sich die Tür, und die Patienten kamen heraus, einer nach dem anderen. Unter ihnen auch Walter Trimmel, der Beatrice freundlich zunickte. Aber nicht alle verließen den Raum, einige warteten offenbar auf die nächste Einheit. Tarot-Therapie. Ach du liebe Güte.

Sie trat ein und ging auf Lackner zu, die bereits begonnen hatte, Karten auf dem Tisch zu sortieren. «Hallo, ich bin Beatrice Kaspary, Kriminalpolizei Salzburg.»

Die Therapeutin blickte auf, und Beatrice fragte sich, ob dieses herzliche Lächeln eine berufsbegleitende Erscheinung oder echt war.

«Wie schön, Sie kennenzulernen!» Ihr Händedruck war warm und angenehm fest. «Sie wollen mit mir über Max Schlager reden, nicht wahr? Dann lassen Sie uns kurz vor die Tür gehen.»

Sie blieb neben der Pinnwand stehen, die Beatrice die perfekte Gesprächseröffnung bot. «Es wird hier viel an begleitenden Programmen angeboten. Machen das alles Sie?»

Lackners Blick glitt kurz über den Stundenplan. «O nein, das würde ich allein nicht schaffen. Von Qigong und Tanztherapie habe ich viel zu wenig Ahnung, und mit Blumenmeditation kenne ich mich überhaupt nicht aus.» Sie strich sich eine Haarsträhne hinters Ohr. «Aber ich bin überzeugt davon, dass diese Methoden ausgesprochen hilfreich sein können.»

«Und Sie sind Expertin für …?»

«Atemtherapie, Klangschalen, Trommeln, Horoskop- und Tarottherapie. Ja, ich weiß, das klingt nach vielen unterschiedlichen Ansätzen, doch im Grunde sind es nur verschiedene Wege, um Barrieren auf sanfte Weise aufzubrechen.»

Zwei Frauen, eine junge und eine ältere, betraten den Therapieraum. Beide hoben grüßend die Hand in Lackners Richtung.

«Auf jeden Fall sind Ihre Stunden gut besucht», stellte Beatrice fest.

«Ja. Das freut mich auch sehr. Tendenziell werden Sie bei mir zwar immer mehr Frauen als Männer finden, aber die, die kommen, tun das sehr beständig.»

«So wie Walter Trimmel, zum Beispiel?»

«Ja. Er ist fast immer beim Trommeln und beim Atmen zu Gast – beides vertreibt seine Stimmen, sagt er. Das ist für mich natürlich ein besonders schöner Erfolg.» Sie strahlte, und Beatrice begann zu verstehen, warum die Patienten ihre Kurse so gern besuchten. Nicht nur der Inhalte wegen, sondern weil die Gegenwart eines so positiven Menschen einfach guttat.

«Letztens in der Trommelstunde war auch Marie da.» Der falsche Name ging Beatrice nur nach kurzem Stocken über die Lippen. «Denken Sie, Ihre Methoden können auch bei ihr … wie haben Sie es genannt? Barrieren auf sanfte Weise aufbrechen?»

Die leichte Bekümmerung, die Lackners Züge streifte, ließ sie noch sympathischer wirken. «Ich wünschte, ich wüsste es. Marie helfen zu können wäre phantastisch. Zumindest kann ich mit einiger Sicherheit sagen, dass sie gerne herkommt.» Sie sah für einen Augenblick an Beatrice vorbei. «Eigentlich müsste sie gleich da sein. Tarot und Horoskop – die beiden Stunden verpasst sie nie. Ein paarmal ist sie schon ganz ohne Begleitung aufgetaucht.» Sie dämpfte ihre Stimme, als wären ihre nächsten Worte ein gut zu hütendes Geheimnis.

«Wissen Sie, wie fassungslos die Ärzte darüber waren? Es bedeutet immerhin, dass Marie sich in den fünf Jahren seit ihrer Befreiung einen Begriff von Wochenablauf und Tageszeit angeeignet hat. Sie war jedes Mal pünktlich hier. Während der Stunde hat sie auf nichts reagiert, wie immer – aber allein die Tatsache, dass sie zur richtigen Zeit den richtigen Ort findet, zeigt, dass viel mehr in ihr steckt, als es den Anschein hat.»

Wieder bogen zwei Patienten um die Ecke, eine Frau und ein Mann diesmal. Sie hielten gut fünf Schritte Abstand zueinander. Die Frau war damit beschäftigt, den klemmenden

Zippverschluss ihrer Fleecejacke hochzuziehen, der Mann blieb bei Lackner stehen und schüttelte ihr die Hand. «Ich freue mich schon sehr auf die Stunde», sagte er, doch es war kaum zu übersehen, dass er zu denen gehörte, die der Therapeutin wegen hier waren.

Dann tauchte Jasmin auf. *Marie*. Sie kam in Begleitung des langhaarigen Pflegers, Robert, der nicht mit ihr sprach, aber vor sich hin summte. Beatrice musste ein Grinsen unterdrücken, als sie «Working in a Coalmine» erkannte.

«Unser Mädchen konnte es kaum noch erwarten», sagte er zu Lackner gewandt und schob Jasmin sanft, aber resolut in den Raum hinein. Dort blieb sie einige Sekunden lang stehen, bevor sie sich einen Platz ganz hinten suchte. Diesmal nicht auf dem Boden, sondern auf einem Stuhl, auf den sie sich vorsichtig sinken ließ.

Nein, sie ist nicht völlig abwesend, dachte Beatrice. Sie nimmt ihre Umgebung wahr, sie tritt nur nicht in Kontakt mit ihr. Sie verweigert uns jede Bestätigung dafür, dass wir in ihrem Universum existieren.

«Kann ich ein paar Minuten lang dabeibleiben?», fragte sie. «Ich wüsste gerne, wie Tarottherapie abläuft.»

Lackner zögerte keinen Moment. «Selbstverständlich. Bleiben Sie, solange Sie wollen. Nur beim Hinausgehen bitte möglichst leise sein.»

Beatrice suchte sich den Platz, der der Tür am nächsten lag, was dazu führte, dass sie unmittelbar in Jasmins Nähe saß, deren Finger auf ihren Oberschenkeln lagen und sich streckten, entspannten, streckten.

Erika Lackner schaltete den Beamer ein, der an der Decke hing, und drückte eine Taste auf ihrem Notebook. Ein Bild wurde an die Wand geworfen, farbenprächtig und von grimmiger Schönheit. Ein rotes, am Himmel stehendes Auge sandte Strahlen hinab auf einen einknickenden Turm, von dem menschenähnliche Gestalten stürzten. Alles schien in Flammen zu stehen, als deren Ursprung Beatrice ein aufgerissenes Maul mit spitzen Zähnen in der rechten unteren Bildecke identifizierte. Diagonal gegenüber floh eine Friedenstaube. Erst ganz zuletzt entdeckte Beatrice, dass das Bild nummeriert war – mit einer lateinischen Sechzehn.

«Der Turm», begann Lackner, «ist, das sehen wir hier ganz deutlich, keine sehr beruhigende Karte. Trotzdem möchte ich heute damit anfangen. Seht ihn euch an, lasst das Bild wirken, ganz neutral. Seht euch die Formen und die Farben an. Löst es etwas in euch aus? Sagt es euch etwas?»

Schweigen. Die Patienten blickten konzentriert auf die Projektion, in manchen der Gesichter arbeitete es sichtbar. «Alles bricht zusammen», murmelte schließlich die Frau, die vorhin so intensiv mit ihrem Zippverschluss beschäftigt gewesen war. «Alles wird zerstört.»

Lackner schenkte ihr ein warmes Lächeln. «Danke, Viola. Ja, der Turm stürzt ein. Aber das muss nicht nur schlecht sein. Jede Veränderung, jeder Umbruch kann auch ein Aufbruch sein. Altes geht, Neues kommt.»

Sie nickte einem zarten, dunkelhaarigen Jungen zu, der zaghaft die Hand hob. «Ja, Julian?»

Er zögerte und sprach dann so leise, dass Beatrice seine Worte kaum verstehen konnte.

«Dieses Bild – das ist der Moment, in dem man begreift, dass man sterben muss und dass man nichts dagegen tun kann.»

«Es ist Schmerz, der richtig … glüht», warf eine ältere Frau mit weißblond gefärbtem Kurzhaarschnitt ein. «Die Strahlen, die aus dem Auge kommen, sehen aus wie Schnitte.»

Einige der anderen Patienten bestätigten diesen Eindruck,

alle waren sich einig, dass das Bild nur unangenehme Reaktionen in ihnen weckte.

Beatrice warf einen möglichst unauffälligen Blick zu Jasmin hinüber. Sie rührte sich nicht, ihre Augen waren auf die Projektion gerichtet, doch in ihrem Gesicht zeichnete sich nicht die geringste Emotion ab. Allerdings … hatte sie damit aufgehört, die Finger zu bewegen. Sie lagen gestreckt auf ihren Oberschenkeln. Vielleicht bildete Beatrice sich das nur ein, aber insgesamt hatte Jasmins Haltung mehr Spannung als sonst. Man konnte glauben, dass in diesem mächtigen Körper tatsächlich jemand lebte.

Je länger sie hinsah, desto mehr schwand der Eindruck wieder. Die völlig reglosen Reptilien im Zoo kamen Beatrice in den Sinn. Die sich auch nicht regten, wenn Kinder hemmungslos an die Scheiben des Terrariums hämmerten, bevor sie von ihren Eltern weggezerrt wurden.

Aber Jasmin wollte ganz offensichtlich hier sein, also war der Gedanke, dass die Karten, die Bilder sie interessierten, nicht abwegig.

Bilder. War das eine Möglichkeit? Dass sie bewusst versuchte, sich durch optische Reize zu stimulieren? Denkbar war das, obwohl Beatrice vermutete, dass Klement und sämtliche Ärzte, mit denen Jasmin in Kontakt gekommen war, ebenfalls mit Bildern gearbeitet hatten. Nur vielleicht nicht mit solchen?

«Der Turm ist eine Karte, die für Umbruch steht, für stürmische Phasen der Veränderung», hatte Lackner wieder das Wort ergriffen. «Das ist oft mit Schmerz verbunden, mit Hilflosigkeit – aber am Ende möglicherweise auch mit Befreiung.» Sie lächelte den jungen Mann – Julian – an. «Zusammenbrüche fühlen sich in dem Moment, in dem sie passieren, fast immer wie Katastrophen an. Aber es gibt ein Danach.

Viele hier sind gerade in der Phase mit allen ihren Chancen und Schwierigkeiten. Es hilft, sich bewusst zu machen, dass der Zusammenbruch nicht das letzte Kapitel ist. Man kann umblättern. Weitergehen.»

Eine blonde Frau in einem verwaschenen rosa Sweatshirt nickte heftig und begann, von ihrem gewalttätigen Ehemann zu erzählen. Sie gehörte nicht zu den Patientinnen der Traumastation, da war sich Beatrice sicher. Wahrscheinlich waren die komplementären Therapieangebote für Tagesklinikpatienten ebenso offen wie für stationär aufgenommene.

Beatrice wollte nicht mitten in ihrem Bericht gehen und wartete geduldig, bis sie fertig war. Das, was die Frau aus ihrem Leben preisgab, schien Jasmin nicht sonderlich zu interessieren. Ihre Finger bewegten sich wieder, in einem Rhythmus, dessen Ursprung nur sie selbst kannte.

Erst als das nächste Bild an die Wand geworfen wurde – die Vier der Scheiben –, erhob Beatrice sich leise und schlich sich aus dem Raum.

So sympathisch sie Erika Lackner auch fand, so wenig konnte sie sich vorstellen, dass diese Therapie besonders wirkungsvoll sein würde.

Andererseits – was wusste sie schon? Wenn Klement damit leben konnte, war zu vermuten, dass diese Kartenspielereien zumindest niemandem schadeten.

«Hallo.»

Noch bevor sie sich umdrehte, wusste Beatrice, wer da hinter ihr stand.

«Hallo, Maja.»

Die junge Frau musterte sie mit dem zufriedenen Ausdruck einer Katze, der die Maus doch nicht entkommen war. «Du bist ja ganz schön oft hier in letzter Zeit.»

«Das stimmt. Immerhin müssen wir einen Todesfall aufklären.» Sie vermied das Wort *Mord*, ohne genau sagen zu können, warum.

Das Behagen in Majas Gesicht gewann an Tiefe. «Ja, der Doktor Schlager. Der war wirklich unglaublich nett.»

Beatrice bereitete sich innerlich auf detaillierte Beschreibungen sexueller Praktiken in Zusammenhang mit dem toten Jungarzt vor, aber zu ihrer Überraschung blieben sie aus.

«Was würdest du tun, wenn ich dir sage, dass ich weiß, wer den hübschen Max auf dem Gewissen hat?»

Unwillkürlich trat Beatrice einen Schritt näher. «Dann würde ich dich bitten, dein Wissen mit mir zu teilen.» *Und danach würde ich jedes Wort auf Herz und Nieren und Glaubwürdigkeit prüfen*, fügte sie im Stillen hinzu.

Maja antwortete nicht sofort. Sie betrachtete ihre Finger, nachdenklich. Drehte die Hände nach innen und wieder nach außen, als sähe sie sie zum ersten Mal. «Ich kann richtig gut Klavier spielen, habe ich dir das schon erzählt? Ich hätte aufs Konservatorium gehen können.»

Beatrice wartete. Hoffte auf einen Zusammenhang.

«Mein Lieblingsstück war immer Chopins Nocturne in d-Moll. Opus 27, Nummer 2. Ich konnte es fast mit geschlossenen Augen spielen, und dann war es wie fliegen. Wie getragen werden.»

Wollte sie, dass Beatrice nachfragte? Das Gespräch wieder auf Max Schlager lenkte? Oder, im Gegenteil, wollte sie, dass sie ihr erst zuhörte?

«Die meisten spielen Opus 9, Nummer 2. Das ist auch schön, aber … kein Vergleich. Meine Nocturne klingt so, wie sich die guten Momente in meinem Leben angefühlt haben. Es ist eine Stelle drin, die … die ist wie – ganz schnell die Treppe runterlaufen, weil jemand nach Hause gekommen ist, auf den man sich freut.»

Einen Augenblick lang war Beatrice versucht, Maja in die Arme zu nehmen und an sich zu drücken. Sie hatte vermutet, dass es diese zarte, fast scheue Seite an der jungen Frau geben musste, doch sie hatte nicht damit gerechnet, sie je zu sehen. War das die eigentliche, die unzerstörte Maja?

«Ich wünschte, du könntest es mir einmal vorspielen», sagte sie. «Ich würde das sehr gerne hören.»

«Ja?» Es lag diesmal nichts Herausforderndes in Majas Lächeln. «Es ist wirklich schön. Wirklich. Einmal habe ich es hier spielen dürfen – es gibt ein Klavier im Aufenthaltsraum im dritten Stock. Keinen Flügel, aber ein echtes Klavier. Es war damals Dr. Schlager, der mir erlaubt hat, es zu benutzen, und er hat mir auch zugehört.»

Sie begann, am Nagel ihres linken Zeigefingers herumzubeißen. «Ich glaube, er ist umgebracht worden, weil es ihm so wichtig war, dass die Dinge richtig laufen. Verstehen Sie das? Er war sehr … genau. Und hat alles ernst genommen.»

Das deckte sich ziemlich exakt mit dem, was sowohl Schlagers Vater als auch Tobias Rahlen erzählt hatten.

«Wen könnte seine Genauigkeit denn so gestört haben?», fragte Beatrice vorsichtig.

«Na, alle. Weißt du, was Professor Klement immer sagt, wenn etwas schiefgeht? Er sagt: Das regeln wir intern.»

Zum ersten Mal, seit sie Maja begegnet war, hatte Beatrice den Eindruck, ihre Ausführungen tatsächlich ernst nehmen zu können.

«Ich finde das sehr interessant.» Sie nahm sie am Arm und führte sie ein Stück weiter, bis zum nächsten Fenster. «Bei welcher Gelegenheit hat Klement das denn gesagt?»

Maja sah nach draußen, auf die alten Kastanienbäume, die den Weg durch den Park säumten. «Einmal sind Medikamente verschwunden, und Schlager hat das bei ihm gemeldet. Er wollte den Ärztlichen Direktor informieren, aber Klement hat ihn davon abgehalten. Das regeln wir intern, hat er gesagt.»

Gestohlene Arzneimittel. Tauschware für Propofol, zum Beispiel?

«Weißt du noch, wann das war?»

Sie zuckte die Schultern. «Ist länger her. Beim letzten Mal, als ich hier war. Vor vier Monaten, schätze ich.»

«Und das hast du einfach so mitbekommen?»

Maja senkte die Lider mit den langen Wimpern. «Na ja. Ich gehe viel im Haus spazieren. Manchmal höre ich Stimmen hinter Türen, und dann bleibe ich stehen und ... drücke ein Ohr dagegen.» Sie lachte, und Beatrice hatte den Eindruck, beobachten zu können, wie die angriffslustige Seite wieder die Oberhand gewann. «Man hört ganz erstaunliche Dinge durch die Türen in diesem Krankenhaus.»

Sie wartete, und Beatrice tat ihr den Gefallen nachzufragen. «Ja? Erzählst du sie mir?»

In einer gespielt nachdenklichen Geste wickelte sie sich eine Haarsträhne um den Finger. «Man hört Leute streiten und weinen und drohen. Und man hört sie vögeln.» Jetzt hatte ihre Stimme wieder den bekannten lasziven Unterton. «Wusstest du, dass Vasinski Max angeboten hat, uns dabei zuzusehen, aber der wollte nicht. War eben ein anständiger Kerl.»

Innerlich seufzte Beatrice, äußerlich ließ sie sich nichts anmerken. Hoffte sie. «Maja, wenn Max Schlager gewusst hätte, dass Dr. Vasinski dich missbraucht, glaubst du nicht, er hätte das sofort gemeldet? Wenn er so korrekt war, wie du sagst?»

Ihr Blick wurde abweisend. «Vielleicht hat er das ja. Und Klement hat beschlossen, die Angelegenheit ... intern zu regeln.»

Okay. Zeit, Nägel mit Köpfen zu machen. «Maja, wenn du

von den Ärzten in dieser Klinik sexuell missbraucht wirst, dann erstatte bitte Anzeige. Jetzt gleich, bei mir. Wir gehen der Sache nach und klären sie, mit allen Mitteln, die uns zur Verfügung stehen. Dann gibt es kein *intern regeln* mehr, versprochen.»

Maja sah ihr in die Augen, stumm. Drehte sich um und ging davon, mit schnellen, energischen Schritten.

Ach, verdammt. Einen Moment überlegte Beatrice, ihr nachzulaufen – dem Satz «Man hört Leute schreien und weinen und drohen» wollte sie unbedingt noch auf den Grund gehen. Aber so abrupt, wie Maja das Gespräch beendet hatte, würde Beatrice jetzt keine vernünftige Antwort aus ihr herausbekommen.

Weder Klement noch Vasinski konnte sie auf Majas Verhalten ansprechen, wenn sie auch nur ansatzweise in Betracht zog, dass irgendetwas an ihren Behauptungen dran war. Die Sache mit den verschwundenen Medikamenten zum Beispiel erschien Beatrice durchaus plausibel.

Nein. Sie würde es machen wie der Professor. Sich erst mal intern beratschlagen.

11. Kapitel

«Es ist diese Mischung aus Fiktion und scharfsinniger Beobachtung, die es so schwierig macht», erklärte Beatrice. Sie und Florin saßen seit einer halben Stunde im Café Bazar, direkt am Fenster. Hätte es nicht genieselt, wäre der Blick über die Salzach prachtvoll gewesen. So lag die Altstadt ebenso grau da wie der Fluss.

Es war Florins Idee gewesen, das Büro gegen ein Kaffeehaus zu tauschen. Andere Umgebung, andere Gedanken, hatte er gemeint. Bislang waren Beatrices Gedanken allerdings die gleichen wie vorher, und sie drehten sich im Kreis.

«Allein, wie Maja einen ansieht. Sie ist extrem aufmerksam, ich habe den Eindruck, es entgeht ihr kaum etwas. Und im nächsten Moment fängt sie davon an, dass Vasinski Schlager das Angebot gemacht hat, ihm und ihr beim Sex zuzusehen.» Beatrice nahm einen kleinen Schluck von ihrer Melange, befand sie für noch zu heiß und stellte die Tasse zurück.

«Allmählich frage ich mich, ob da nicht doch irgendwann mal etwas war. Ich kann mir zwar nicht vorstellen, dass einer der Ärzte seine Karriere riskiert, indem er etwas mit einer Patientin anfängt, aber … wer weiß.»

Florin drehte ein längliches Zuckerpäckchen zwischen den Fingern. «Du denkst an Vasinski, oder?»

Sie nickte. «Er hat etwas Merkwürdiges an sich. Nicht auf den ersten Blick, da ist er ein sympathischer Typ. Aber unter der dritten oder vierten Schicht steckt etwas, das gelegentlich hervorblitzt. Etwas Lauerndes.» Sie klopfte nervös mit dem Kaffeelöffel auf die Tischplatte. «Ach, ich kann es auch nicht besser beschreiben.»

Sie wartete darauf, dass Florin ihr zustimmen, dass er sagen würde, er hätte das Gleiche bemerkt, doch er sah nur nachdenklich schweigend aus dem Fenster.

Sie fühlte Ungeduld in sich hochsteigen. Was tat er denn da? Zählte er die Regentropfen?

«Du hast ihr tatsächlich vorgeschlagen, die Ärzte wegen sexueller Nötigung anzuzeigen?», fragte er schließlich.

«Ja. Oder Vergewaltigung, Missbrauch von Abhängigen, je nachdem. Hätte sie das getan, hätten wir auch in diese Richtung ernsthaft ermitteln können.»

Florin beugte sich halb über den Tisch und nahm Beatrices Hand in seine. «Denkst du wirklich, das würde etwas bringen? Bea, lass Maja Brem fünf Minuten mit mir allein in einem Raum sein, und sie wird dir anschließend wer weiß was darüber erzählen, was ich alles mit ihr angestellt habe.»

Sie erwiderte den Druck seiner Finger. «Wahrscheinlich. Aber stell dir vor, es wären nur fünfundneunzig Prozent ihrer Erzählungen erfunden. Dann würden die restlichen fünf mich immer noch außerordentlich interessieren.»

Florin begann, wie beiläufig ihre Handinnenfläche mit dem Daumen zu streicheln. «Aber wer sagt, dass es die gibt? Ich glaube nicht, dass wir Maja einen großen Gefallen tun, wenn wir ihre Behauptungen für bare Münze nehmen.» Er winkte der Kellnerin, ohne Beatrices Hand loszulassen, und bat um die Rechnung.

«Was hältst du davon: Wir ziehen einen unabhängigen Experten heran, oder besser eine Expertin, die sich mit Maja unterhalten und uns ihre Einschätzung mitteilen soll. Wenn dann immer noch die Möglichkeit im Raum steht, dass in Majas Erzählungen ein Körnchen Wahrheit steckt, werden wir dem nachgehen.»

Da waren sie wieder. Die Brüder, und nicht alle von ihnen waren Männer.

Er wusste nicht, was ihn geweckt hatte. Vielleicht ein Knall, vielleicht ein Schrei. Sein Herz schlug heftig gegen seinen Brustkorb, wie ein Sträfling gegen die Zellenwand.

Du.

Was du getan hast …

Wir wissen, wer du bist.

Wir wissen, wo du bist.

In seinen weichen, filzigen Hausschuhen schlich er den Gang entlang. Bei jedem Schritt kitzelte ihn das Nachthemd an den Knien.

Sie wussten, wo er war, und er wusste, wo sie waren. Aber er würde sich nicht zu ihnen wagen.

Die Treppe hinunter.

Ein Luftzug ließ ihn frösteln. Er kauerte sich hin, mit dem linken Arm umschlang er seine Knie, mit der rechten Hand hielt er sich an der ersten Stange des Treppengeländers fest.

Wenn er jetzt ins Bett zurückkehrte, würden sie ihm die restliche Nacht lang erzählen, wie nutzlos er war. Was für ein …

Hosenscheißer.

Kleiner Hosenscheißer.

Wir wissen, was du getan hast.

Bist du verrückt?

Das kannst du nicht machen.

Verpiss dich.

Jetzt steckt er sich einen Finger in den Mund.

Er wich von der Treppe zurück. Sie waren so böse heute, die Stimmen. Sie nahmen ihm übel, dass er hier war. Dass es ihn überhaupt gab.

Ich weiß genau, was du denkst.

Du kannst mir gar nichts.

Lass sie los.

Hosenscheißer.

Pass ja auf, oder du bist auch gleich dran.

Gift …

Hau jetzt ab, aber schnell.

Er gehorchte, ließ die Geländerstange los, an der er sich festgehalten hatte. Das besänftigte sie, brachte sie zum Schweigen.

Wahrscheinlich war es besser, er schlich sich davon. Solange sie sich nicht auf ihn konzentrierten.

Vorsichtig, ohne den Blick von der Treppe abzuwenden, machte er einen Rückwärtsschritt nach dem anderen, leise. Leise sein war wichtig.

Sieben Schritte, dann würde er sich umdrehen und einfach gehen. Ohne Angst zu haben.

Drei. Vier. Fü–

Ein Krachen, als wäre etwas eingestürzt, etwas Großes. Es hallte in seinem Kopf wider, es ließ seinen Puls galoppieren,

Wir wissen, was du getan hast, wir wissen, wir, wir wissen …

Er drehte sich um und rannte, voller Panik, rannte zurück in sein Zimmer, warf sich ins Bett und zog mit zitternden Fingern seine Decke bis über den Mund.

Die Stimmen waren bei der Treppe geblieben, alle, bis auf eine. Bis auf die eine.

Sie lachte.

«Wir haben zweiundvierzig Ampullen Propofol verschiedener Größen im Müll der gesamten Klinik Nord gefunden, die potenziell innerhalb von vierundzwanzig Stunden nach der Tat weggeworfen worden sein könnten.» Drasche klang müde. Als hätte er die Müllcontainer eigenhändig durchwühlt. Aber er sah bei weitem nicht so erschöpft aus wie Hoffmann, dessen Gesicht täglich grauer wurde. Das gesamte Team wirkte ermattet, sogar Stefan, der in den letzten Tagen hauptsächlich Papierkram erledigt hatte. Das lag ihm nicht.

«Es gibt überhaupt keine Garantie dafür, dass das alle waren», fuhr Drasche fort. «Aufgebrochene Ampullen gelten als Abfälle mit Verletzungsgefahr, deshalb werden sie in gesonderten Behältnissen entsorgt. Aber wenn ich der Täter wäre, würde ich Ampulle und Einwegspritze wahrscheinlich anderswo wegwerfen. Irgendwo außerhalb des Krankenhauses, verpackt in einer Burgerschachtel von McDonald's.»

Der Gedanke gefiel Drasche, das war ihm deutlich anzusehen. «Jedenfalls haben wir diese zweiundvierzig genauestens untersucht. Keine davon wurde übrigens auf der Psychiatrie weggeworfen. Alles Müll aus der Anästhesie und diversen chirurgisch tätigen Abteilungen. Fingerabdrücke gab es nur auf elf Ampullen, alle anderen dürften mit Handschuhen geöffnet worden sein.» Er warf einen Blick auf seine Aufzeichnungen. «Die Abdrücke konnten alle zugeordnet werden, sie stammen von Mitarbeitern der Abteilungen, auf denen der Müll gefunden wurde, sowie von einer Pharmazeutin in der Anstaltsapotheke. Wir haben uns die Dokumentation des entsprechenden Zeitraums angesehen – extrem mühsame Arbeit übrigens –, und es war alles korrekt.»

Drasche hob die Arme in einer Geste, die vermutlich ratlos wirken sollte, dabei aber etwas merkwürdig Spöttisches hatte. «Über die Ampulle finden wir den Täter also nicht. Ja, mir tut das auch leid. Aber was möglich war, haben wir getan.»

Beatrice malte Kringel auf ihren Notizblock, Spiralen, die ineinander übergingen. Das half ihr beim Denken. «Was die Dokumentation angeht, Gerd – müsste da nicht aufscheinen, wenn eine Ampulle verschwindet?»

«Nicht unbedingt. Man kann ganz einfach sagen, das Fläschchen wäre nicht mehr aseptisch gewesen, weil zum Beispiel die Durchstichfolie beschädigt war. Das ist bei Propofol besonders heikel, weil es keine antimikrobiellen Konservierungsmittel enthält. Das heißt, alles, was an Bakterien hineingerät, kann sich fröhlich vermehren.»

Sichtlich beeindruckt hob Florin die Augenbrauen. «Kompliment, Gerd. Ich wusste gar nicht, dass du dich so gut mit Narkotika auskennst.»

«Tue ich eigentlich nicht, aber der Anästhesist, mit dem ich mich unterhalten habe, konnte gar nicht mehr aufhören zu reden. Na ja, kein Wunder, meistens hat er es mit Betäubten zu tun, die sind kein so dankbares Publikum.»

Drasche blätterte noch einmal durch seine Aufzeichnungen, um deren ordentliche Struktur Beatrice ihn jedes Mal beneidete. «Der Mann hat mir übrigens noch mal bestätigt, dass Propofol sich bei den Leuten, die leicht rankommen, großer Beliebtheit erfreut. Es enthemmt und macht geil und happy gleichzeitig. Außer, man erwischt zu viel, dann ist man hinüber; der Grat zwischen Dosierung und Überdosierung soll sehr schmal sein.»

Sexuell enthemmend. Wieder ging Beatrice all das durch den Kopf, was Maja so unbeirrt behauptete. Wäre es jemand anders gewesen und nicht sie – sie als Einzige –

«Ich würde gern ein unabhängiges psychologisches Gutachten über Maja Brem erstellen lassen», verkündete Beatrice, kaum dass Drasche zu Ende gesprochen hatte. «Und über Jasmin Matheis. Ich glaube, dass sie mehr an den Geschehnissen in ihrer Umwelt teilnimmt, als es den Anschein hat. Eventuell wissen ihre Ärzte das auch, wollen aber nicht …»

Hoffmann unterbrach sie mit einer Handbewegung. «Wie viele Semester haben Sie Psychologie studiert, Frau Kaspary?»

Sie seufzte. «Fünf. Fast sechs.»

«Ich verstehe.» Ein Hauch der alten Gehässigkeit lag wieder in seiner Stimme, kein Vergleich zu früher, aber zweifellos vorhanden. «Fünf, nein, Entschuldigung – fast sechs Semester, und Sie meinen, Sie wüssten besser, was in einer schwer traumatisierten Patientin vorgeht, als die Ärzte, die sie seit Jahren behandeln.» Er lehnte sich zurück und verschränkte die Arme vor der Brust. «Ärzte, die nicht nur ein Medizinstudium beendet, sondern auch eine Facharztausbildung abgeschlossen haben, von ihrer praktischen Erfahrung ganz zu schweigen. Das ist das Problem mit Ihnen, Frau Kaspary. Ihnen fehlt die gesunde Selbsteinschätzung.»

Sie hatte ihm zugehört, ihre wachsende Wut mühevoll gebändigt und gewartet, bis er fertig war. Das war nun offensichtlich der Fall. Hoffmann schwieg und blickte in die Runde, als warte er auf Zustimmung.

Beatrice holte tief Luft. «Sie irren sich. Ich glaube keine Sekunde lang, dass ich irgendetwas besser weiß als Jasmin Matheis' behandelnde Ärzte. Und schon gar nicht aufgrund meines abgebrochenen Studiums – an das, was ich da gelernt habe, erinnere ich mich kaum noch. Aber ich habe sowohl Jasmin Matheis als auch Maja Brem beobachtet und würde gern ein bisschen mehr über diese zwei Frauen erfahren als das, was ihre Ärzte uns erzählen wollen.»

Sie wartete darauf, dass Hoffmann widersprechen würde, doch der hatte sich sein Smartphone gegriffen und blickte übertrieben konzentriert auf das Display.

Auch gut. «Ich fände es wichtig, eine unabhängige Meinung zu hören. Maja Brem spricht ständig davon, dass ihre behandelnden Ärzte sexuell mit ihr verkehren – das in Zusammenhang mit einem möglichen Propofol-Missbrauch auf der Abteilung macht mich zumindest stutzig. Jasmin Matheis dagegen hat definitiv den toten Max Schlager mit Plastikmessern dekoriert. Ich wüsste wirklich, wirklich gerne, warum.»

«Dem schließe ich mich an», sagte Florin neben ihr.

Sie war froh, dass er ihr nicht früher zur Seite gesprungen war. Eine Zeitlang hatte er das getan, immer sofort, wenn Hoffmann sie angegriffen hatte. So gut er es gemeint hatte, so kontraproduktiv war es gewesen. Es hatte sie in Hoffmanns Augen noch schwächer wirken lassen.

Auch Drasche nickte zustimmend, was den Chef dazu brachte, sein Smartphone seufzend auf den Tisch zu werfen. «Meinetwegen. Wie wäre es, wenn wir Kossar das machen lassen?»

Beatrice war froh, dass der Psychologe heute nicht an der Besprechung teilnahm. «Kossar ist kein Experte für Traumapatienten. Es wäre besser, wir würden jemanden suchen, der in dieser Nische wirklich qualifiziert ist.»

Wieder seufzte Hoffmann. «Meinetwegen. Florin, kümmern Sie sich darum, ja? Wir haben ja eine Reihe von Sachverständigen an der Hand. Und ansonsten möchte ich …»

Das Vibrieren seines Handys unterbrach ihn. Er warf einen Blick auf das Display, und seine Gesichtszüge erschlafften.

«Ich muss weg», murmelte er.

Sie sahen ihm nach, wie er nach draußen hetzte, und

Beatrice war sicher, jeder am Tisch wusste, wohin er lief. Sie identifizierte das dumpfe Gefühl in ihrem Inneren als Mitleid. Eigenartig. Offenbar gab es wirklich Dinge, die man nicht einmal seinem schlimmsten Feind wünschte.

Dr. Bernhard Herbeck stach unter seinen Kollegen heraus wie eine Sonnenblume aus Tomatenstauden, fand Beatrice. Und das lag nicht nur an seiner Größe, obwohl er knapp an die zwei Meter groß sein musste. Auch nicht an den schulterlangen Haaren und der John-Lennon-Brille. Herbeck strahlte eine innere Fröhlichkeit aus, für die Klement zu ehrgeizig, Vasinski zu selbstverliebt und Plank zu gestresst war.

Für ihr Gespräch hatte er Beatrice in einen Untersuchungsraum gebeten, der dem, wo man den toten Max Schlager gefunden hatte, frappierend ähnelte.

«Ich bin aus dem Schneider, nicht wahr?», sagte er strahlend. «Ich war nämlich in Barcelona, ich bin so unverdächtig wie ein Neugeborenes.»

Sie gab sich Mühe, ihn nicht zu sympathisch zu finden. «Aber Sie sind nicht sonderlich erschüttert über den gewaltsamen Tod Ihres jungen Kollegen, hm?»

Sein Lächeln blieb. «Doch. Die Nachricht hat mich sehr getroffen, und ich begreife überhaupt nicht, wie es zu dieser Tat kommen konnte. Max war sicher nicht jedermanns Fall, aber er hatte keine Feinde, von denen ich wüsste.»

«Sie mochten ihn?»

Herbeck überlegte sich die Antwort gründlich. Schweigend holte er eine kleine Dose mit Traubenzucker aus der Hemdtasche, bot Beatrice davon an, nahm ihre Ablehnung nickend zur Kenntnis und steckte sich selbst ein Stück in den Mund.

«Ich hatte ein völlig neutrales Verhältnis zu ihm», sagte er schließlich. «Fachlich war er sehr vielversprechend, persönlich haben wir kaum je ein Wort miteinander gewechselt. Bei den Patienten war er beliebt, sie haben ihm vertraut – das hat mich immer für ihn eingenommen.» Es knackte, als er den Traubenzucker zerbiss. «Tut mir leid, dass ich Ihnen keine besseren Anhaltspunkte liefern kann.»

Beatrice versuchte, sich ihre Enttäuschung nicht anmerken zu lassen. Herbecks Ausführungen deckten sich mit denen seiner Kollegen. Nichts Neues dabei.

Sie beschloss, mit ihrer nächsten Frage ins kalte Wasser zu springen. «Ich bin Maja Brem mehrmals begegnet. Sie behauptet, sowohl mit Klement als auch mit Vasinski zu schlafen – Sie dagegen hat sie mit keinem Wort erwähnt. Wie kommt das?»

Er schloss die Augen und schüttelte den Kopf. «Nur eine Frage der Zeit. Ich war ja nicht da, also hätte Maja mit ihren Schilderungen kein konkretes Bild bei Ihnen erzeugen können. Das möchte sie aber. Sie möchte mit ihren Worten die größtmögliche Wirkung erzielen.»

Beatrice versuchte, ihren nächsten Satz so vorsichtig wie möglich zu formulieren. «Halten Sie es für denkbar, dass Maja in der Klinik … sexuelle Kontakte hat?»

Herbeck fand die Frage offenbar nicht abwegig, er zuckte nicht einmal mit der Wimper. Wieder nahm er sich viel Zeit zum Überlegen. «Ich halte es für nicht sehr wahrscheinlich, aber ausschließen lässt es sich nicht. Ich kann Ihnen jedenfalls versichern – nicht mit mir. Und ich wäre außerordentlich erstaunt, wenn einer meiner Kollegen seine Karriere so leichtfertig aufs Spiel setzen würde. Aber Patienten untereinander … sehr gut möglich.» Er nahm seine Brille ab und rieb sich die Augen. «Gehe ich recht in der Annahme, dass Sie in Majas Erzählungen die Chance für ein Mordmotiv wittern?»

Diesmal machte Beatrice es ihm nach. Sie ließ sich Zeit mit ihrer Antwort. «Ich könnte mir gut vorstellen, dass Max Schlager getötet wurde, weil er etwas bemerkt oder herausgefunden hat, was jemand anders um jeden Preis geheim halten wollte. Sex mit einer Schutzbefohlenen wäre an Brisanz doch nur schwer zu übertreffen, finden Sie nicht?»

«Zweifellos.» In Herbecks Augen war etwas wie Belustigung getreten. «Trotzdem fürchte ich, Sie machen sich da zu große Hoffnungen auf eine heiße Spur. Ich müsste mich sehr in meinen Kollegen täuschen, wenn einer von ihnen sich Maja Brem sexuell genähert haben sollte. Und ich, wie gesagt, falle als Täter aus ...»

Das Telefon am Schreibtisch klingelte mitten in den Satz hinein. Herbeck sprang auf. «Tut mir leid, aber ich habe im Sekretariat gesagt, dass man mich in dringenden Fällen hier stören darf.»

«Kein Problem», versicherte Beatrice.

Das Gespräch war kurz und, von Herbecks Seite aus, wortkarg. «Verstehe» und «in drei Minuten bin ich da» war alles, was er sagte, während er gleichzeitig Beatrice einen entschuldigenden Blick zuwarf.

«Einer meiner Patienten», erklärte er, nachdem er aufgelegt hatte. «Ich fürchte, er braucht meine Hilfe – das kann in zehn Minuten erledigt sein oder eine halbe Stunde dauern. Vielleicht auch länger. Wollen Sie warten?»

Sie hatte noch jede Menge Fragen. «Ich warte.»

Er deutete mit dem Zeigefinger in Richtung Decke. «Besorgen Sie sich in der Zwischenzeit einen Kaffee, hm? Der Automat ist ziemlich genau über uns, neben Vasinskis Büro, Sie müssen nur ein Stockwerk höher gehen.» Damit war er aus der Tür.

Beatrice holte ihr Handy aus der Tasche. Statt eine ungewollte Begegnung mit dem Oberarzt zu riskieren, würde sie lieber Florin anrufen. Er führte heute Gespräche mit Max Schlagers Exfreundin und zweien seiner ältesten Freunde; einer war für die Beerdigung extra aus Hamburg angereist.

Wahrscheinlich steckte Florin gerade mitten in einer dieser Befragungen, denn die Sprachbox sprang unmittelbar an. Beatrice legte auf, ohne eine Nachricht zu hinterlassen.

Dann eben doch Kaffee.

Sie suchte in ihrem Portemonnaie nach Kleingeld und ging die Treppe hinauf ins nächste Stockwerk. Bei ihrem sprichwörtlichen Glück würde sie Vasinski vermutlich begegnen, aber egal. Sollte er sie doch wieder mit seinen dunkelblauen Blicken durchbohren, sie würde sich davon nicht weiter beeindrucken lassen. Und schon gar nicht irritieren.

Oben angekommen, bog sie nach links ab, aber da war kein Kaffeeautomat. Dafür stieß sie auf eine Art Aufenthaltsraum, ein helles Zimmer mit mehreren runden Tischen und bunten Teppichen.

An einem der Tische saß Jasmin. Bis auf die junge Pflegekraft, die mit einer Zeitung ein Stück weiter weg saß, war sie allein. Ihr mächtiger Körper ließ alles um sie herum zu klein wirken. Sie hielt etwas in der rechten Hand, ihr Blick war geradeaus gerichtet. Oder nach innen.

Die Krankenschwester blickte hoch. «Oh. Sie sind die Frau von der Polizei, nicht wahr? Kann ich Ihnen helfen?»

Zuerst wollte Beatrice nach dem Standort des Kaffeeautomaten fragen, doch dann überlegte sie es sich anders.

«Könnte ich mich kurz zu Ihrer Patientin setzen? Ich werde sie nicht aufregen oder beunruhigen. Versprochen.»

Die Schwester lachte. «Das wäre auch ein wahres Wunder. Ja, meinetwegen können Sie sich gern zu Marie setzen. Ich hoffe nur, Sie legen keinen Wert auf Unterhaltung.»

Beatrice bedankte sich, ohne auf den Kommentar einzugehen, und nahm Jasmin gegenüber Platz. Jetzt sah sie auch, was es war, das sie zwischen den Fingern hielt. Einen Keks, rund und mit Schokolade überzogen, die dort, wo die Fingerkuppen sie berührten, bereits zu schmelzen begann.

«Hallo.» Keine Sekunde lang ließ Beatrice das Gesicht der Frau aus den Augen, um nicht die winzigste Regung zu verpassen. «Wir kennen uns schon. Ich bin Bea. Und ich wollte noch einmal mit dir sprechen.»

Nichts. Nur aus den Augenwinkeln konnte sie das Kopfschütteln der Krankenschwester erkennen.

«Ich glaube, du verstehst genau, was um dich herum passiert. Und du verstehst auch, was ich gerade zu dir sage, nicht wahr?»

Keine Reaktion. Jasmins Blick war gleichmütig an Beatrice vorbei gerichtet.

«Ich wüsste so gerne, warum du Dr. Schlager die Messer auf den Körper gelegt hast. Und dann war da noch ein Kugelschreiber und ein Kamm – die hast auch du ihm gegeben.» Mitten im Satz wurde ihr bewusst, wie albern sie sich verhielt. Als könnte sie durch reine Willenskraft ein Wunder bewirken. Stumme zum Sprechen bringen. Egal. Sie würde jetzt nicht einfach aufhören.

«Es gibt einen Grund dafür, nicht wahr? Vielleicht willst du ja, dass ich ihn verstehe, und ich möchte das auch, unbedingt. Ich möchte es verstehen, aber du müsstest mir helfen.»

Insgeheim war Beatrice froh, dass niemand außer der Krankenschwester Zeuge dieser Szene wurde. Sogar vor Florin wäre sie sich dämlich vorgekommen.

Und dann öffnete Jasmin den Mund. Erst dachte Beatrice, sie sähe nicht richtig, doch der Unterkiefer der Frau klappte nach unten, kein Zweifel, und einen kurzen, verrückten Augenblick lang sah es so aus, als würde sie gleich zu sprechen beginnen. Aber sie führte nur langsam die Hand mit dem Keks zu ihren geöffneten Lippen und biss von ihm ab.

Beatrice musste sich beherrschen, um nicht laut herauszulachen. Über sich selbst. Ihre Naivität. Ihre Ahnungslosigkeit.

Vielleicht nimmt Jasmin mich ja doch nicht wahr, dachte sie mutlos, während sie beobachtete, wie die Frau langsam ihre Hand wieder senkte und den Keks auf den Tisch legte. Ein bröselig-schokoladiger Halbmond.

Beatrice sah ihr ins Gesicht, in die Augen, denen es so egal zu sein schien, worauf sie sich richteten. Sie zwang sich, den Blick nicht von Jasmins mahlenden Kiefern abzuwenden und den Keksstückchen, die ihr beim Essen aus dem Mund fielen.

Nein, es hatte keinen Sinn, sich noch länger lächerlich zu machen. «Bis zum nächsten Mal», sagte sie, stand auf, und erst da fiel es ihr auf.

Jasmins Hände. Sie lagen auf der Tischplatte, die Finger bis zum Äußersten gestreckt. Kein Anspannen und Lockerlassen, sondern völlige Starre. Die einzige merkbare Reaktion, die Beatrice bisher von ihr kannte, und so deutlich wie noch nie.

Aber falls Jasmin etwas von ihr erwartete, wusste Beatrice beim besten Willen nicht, was. Wollte sie ihr den Rest des Kekses anbieten? Sollte sie ihn nehmen, ihn essen? Oder war das falsch?

Sie setzte sich noch einmal an den Tisch. «Ich verstehe nicht, was du meinst», sagte sie leise.

Jasmin rührte sich nicht. Sie hatte gekaut, geschluckt, nun war sie wieder regungslos.

Beatrice betrachtete den Keks und entschloss sich, ihn liegen zu lassen. «Ich werde bald wieder da sein», murmelte sie, «und vielleicht habe ich bis dahin mehr begriffen.» Sie nickte Jasmin zu, verabschiedete sich von der Krankenschwester und ging.

12. Kapitel

«Also haben Sie den Automaten gefunden», stellte Herbeck zufrieden fest, als er ins Untersuchungszimmer zurückkehrte. Beatrice hob grüßend den braunen Plastikbecher, der noch etwa zur Hälfte voll war.

«Tut mir leid, dass es länger gedauert hat.» Herbeck lümmelte sich wieder auf seinen Stuhl und gähnte.

«Kein Problem. Sagen Sie, wie eng waren Sie in die Behandlung von Jasmin Matheis eingebunden?»

Er richtete sich ein Stück auf. «Interessant, dass Sie das fragen. Nicht allzu eng, da ging es mir ähnlich wie Vasinski. Klement betrachtet Jasmin in gewisser Weise als sein Eigentum – in wissenschaftlicher Hinsicht. Sein persönliches Forschungsobjekt, wenn Sie verstehen, was ich meine. Am meisten Kontakt, von ihm selbst abgesehen, hat wohl Leonie Plank, in der sieht Klement eine Handlangerin, keine Konkurrenz.» Er warf einen kurzen, begehrlichen Blick auf Beatrices Kaffeebecher. «Frauen in der Wissenschaft hält er ohnehin für einen Irrtum, und Leonie hat da tatsächlich keine Ambitionen. Sie ist froh, wenn ihr der ganz normale Alltagswahnsinn nicht über den Kopf wächst.»

Kommt mir bekannt vor, dachte Beatrice. «Ich habe Fotos von Jasmin gesehen, die kurz nach ihrer Befreiung gemacht wurden. Da war sie sehr dünn – wieso hat sie so stark zugenommen?»

Herbeck hob bedauernd die Hände. «Das ist die Medikation. Eine Nebenwirkung, manche Patienten reagieren auf diese Weise. Aber Jasmin braucht ihre Medikamente, das lässt sich leider nicht wegdiskutieren.»

Das Bild der jungen Frau, die vor ihrem halb gegessenen Keks saß, ließ sich nicht aus Beatrices Kopf vertreiben. «Warum eigentlich?», fragte sie. «Wie wäre Jasmin sonst? Soweit ich weiß, ist sie doch nicht schizophren oder Ähnliches?»

«Sie wäre extrem autoaggressiv. Würde sich selbst Verletzungen zufügen, ihren Kopf gegen Wände schlagen – ich erinnere mich, dass ich einmal gerufen wurde, als sie sich selbst gewürgt hat.» Herbeck senkte den Blick. «Es gab eine Phase vor etwa ... vier Jahren, da sprach sie plötzlich nicht mehr auf die Medikamente an – Sie können sich nicht vorstellen, wie entsetzlich ihr Zustand damals war. An manchen Tagen mussten wir sie fixieren.»

Fixieren. Ein beschönigender Ausdruck für *ans Bett fesseln*. Was mochte das für jemanden, der fast sein ganzes Leben angekettet verbracht hatte, bedeuten? War es furchtbar gewesen? Oder vertraut? Oder beides?

«Da sie nicht spricht, ist es schwer zu beurteilen, warum sie sich so verhalten hat», fuhr Herbeck fort. «Klement ist der Meinung, es ist ihre Art, der ungewohnten Reizüberflutung zu begegnen, nach so vielen Jahren in Einsamkeit und Dunkelheit. Kein übles Erklärungsmodell, wenn auch nicht das einzige.»

Schritte vor dem Untersuchungsraum. Jemand lachte und sagte etwas, das Beatrice nicht verstand. Eine Frau.

«Aber auf keinen Fall ist Jasmin Matheis suizidgefährdet im üblichen Sinn. Anders als zum Beispiel Maja Brem, die schon vier Versuche hinter sich hat.»

«O mein Gott.» Ja, Vasinski hatte ihre suizidalen Neigungen einmal am Rande erwähnt. Trotzdem hätte Beatrice

Maja eher für jemanden gehalten, der seine Angriffslust ungebremst nach außen auslebte.

Herbeck interpretierte ihre Reaktion richtig. «Ja, als Laie würde man es bei ihr nicht vermuten. Aber nicht jeder Selbsttötungswillige wirkt hoffnungslos und niedergeschlagen. Maja schwankt permanent zwischen der Gier auf ein Leben, dem sie sich nicht gewachsen fühlt, und dem Bedürfnis zu sterben.»

Wieder die Geräusche von draußen. Die lachende Frau – war es, weil sie gerade von ihr gesprochen hatten, oder gehörte die Stimme wirklich Maja?

Dann ein Mann, der nur drei Worte brauchte, um vom Wütenden ins Weinerliche zu kippen. «Halt den Mund.»

Herbeck erhob sich. «Entschuldigen Sie bitte, darum sollte ich mich kümmern.»

Er öffnete die Tür, und tatsächlich war es Maja, die da draußen stand, an die Wand gelehnt und mit einem Grinsen im Gesicht, das man auch als Zähnefletschen hätte interpretieren können.

Der Mann, der eben gesprochen hatte, war Walter Trimmel. Er kauerte unmittelbar neben der Tür am Boden, eine Hand über das linke Ohr, eine über den Mund gelegt. Als versuche er, gleichzeitig zwei der drei berühmten Affen zu imitieren – den, der nichts sagte, und den, der nichts hörte.

Herbeck ging neben Trimmel in die Hocke. «Hallo, Walter. Möchtest du mir sagen, was passiert ist?»

Kopfschütteln. Und, soweit Beatrice es aus ihrer Position erkennen konnte, etwas wie Trotz in den Augen.

«Hallo, Bernie», gurrte Maja. «Du warst ganz schön lange weg. Hast du mich vermisst?»

Herbeck sah lächelnd zu ihr auf. «Ich habe mich einige Male gefragt, wie es dir wohl geht. Wie geht es dir, Maja?»

«Gut.» Sie legte sich eine Hand aufs Dekolleté und ließ sie langsam tiefer gleiten. «Sehen wir uns? Gleiche Zeit, gleicher Ort?»

«Selbstverständlich», gab Herbeck ungerührt zurück. «Am Freitag, elf Uhr, Therapieraum 2. Aber jetzt würde ich dich bitten, auf dein Zimmer zu gehen, oder in den Aufenthaltsraum.»

Sie lachte laut auf. «Wegen Walter? Das würde ihn nur traurig machen. Was denkst du denn, warum er da am Boden hockt? Damit er mir besser zwischen die Beine schauen kann!»

Trimmel hob die Hand und schlug durch die Luft, als wolle er eine Fliege verscheuchen, was Maja zu neuem Gelächter veranlasste.

«Ich weeeiß, wer du biiiiist», kreischte sie mit verstellter Stimme. «Ich weeeiß, was du getaaaan hast!»

Bevor Herbeck es verhindern konnte, war Trimmel aufgesprungen und stürzte sich auf Maja, die ihm mit drei schnellen Sprüngen entwischte, haltlos lachend.

«Du … du dumme, alte Schlampe!»

Trotz der harschen Worte empfand Beatrice tiefes Mitleid mit Trimmel. Ihm liefen Tränen über die Wangen, die er mit kurzen, wütenden Bewegungen wegwischte.

Herbeck hielt ihn mit einer Hand fest, während er über Telefon nach jemandem schickte, der sich Majas annehmen sollte. Die keine Anstalten machte, sich zurückzuziehen.

«Du kannst mir gar nichts», stichelte sie weiter, «Hosenscheißer!»

Beschuldigte sie ihn? Was meinte sie mit «Ich weiß, was du getan hast»? Bezog sich das auf den Mord an Max Schlager?

Der falsche Moment, um dem auf den Grund zu gehen, aber ganz sicher etwas, was Beatrice nicht vergessen würde.

«Bist du verrüüückt?» Maja schaltete in ihrer Lautstärke noch einen Gang höher. «Das kannst du nicht machen!»

Vasinski bog um die Ecke. Er hielt kurz inne, sichtlich überrascht. Offenbar war er nicht als die Verstärkung gekommen, die Herbeck angefordert hatte.

«Verpiss dich!», fauchte Maja in seine Richtung. «Verpisssss dich!»

Trimmel hatte seinen Kopf in den Händen vergraben. Er hörte Stimmen, erinnerte sich Beatrice. Vielleicht auch jetzt, in diesem Moment. Dann wollte sie lieber nicht wissen, wie sich das im Duett mit Majas boshaften Gesängen anhörte.

«Maja, ich bringe dich auf dein Zimmer.» Vasinski nahm sie sanft am Arm, aber sie machte sich mit einer brüsken Bewegung frei. «Nicht vor anderen Leuten», zischte sie. «Das sagst du doch sonst immer!»

Sie lief ein paar Schritte den Gang entlang, an dessen Ende eben Leonie Plank und Jasmin Matheis' Pfleger Robert Erlacher auftauchten. Der Pfleger reagierte auf Vasinskis Wink und streckte Maja eine Hand entgegen, woraufhin sie sofort wieder kehrtmachte.

«Ich weiß, was du getan hast», rief sie Trimmel entgegen. «Ich weiß, wer du bist!»

Diesmal war es dem kleinen Mann offenbar zu viel. Er stieß einen heiseren Schrei aus und rannte auf Maja zu. «Ich habe dir vertraut, du blöde Kuh, und du machst ... dich lustig.» Er holte zu einem unbeholfenen Schlag gegen sie aus, doch Herbeck war zur Stelle und hielt seine Hand fest.

«Komm, Walter, sieh mich an. Nein, nicht sie, mich! Sag mir, was dich so wütend macht.»

Trimmel wehrte sich verbissen gegen den Griff des Arztes, während Maja weiterhin lachte. Vasinski winkte Erlacher heran. «Bringen Sie sie nach oben. Und – Leonie, neun Komma fünfundsiebzig Milligramm Aripiprazol für Walter, dann haben wir das hier schnell wieder im Griff.»

Plank lief davon, der Pfleger dagegen hatte mit Maja einige Mühe. Sie ließ ihn nahe an sich herankommen, nur um ihm in letzter Sekunde zu entwischen.

«Bist du verrückt? Das kannst du nicht machen! Verpiss dich!», rief sie mit wechselnden Stimmen. Trimmel heulte vor Wut und entwickelte plötzlich erstaunliche Kräfte; Herbeck und Vasinski mussten ihn zu zweit bändigen. Sie drückten ihn zu Boden, Herbeck hielt seinen Kopf, damit er sich bei seinen ungestümen Bewegungen nicht verletzte.

«Ich hau sie kaputt», greinte er. «Ich hau sie einfach kaputt.»

Beatrice, halb erschrocken, halb erstaunt darüber, wie schnell die Dinge eine so dramatische Wendung genommen hatten, sah keinerlei Sorge in Vasinskis Miene, nur Ungeduld, die vermutlich Robert galt, der unschlüssig schien, wie er Majas am besten Herr werden sollte.

Doch als sie das nächste Mal herantänzelte, packte er zu, schnell wie eine Kobra beim Biss, und hielt die junge Frau am Oberarm fest. «Lass uns gehen, ja? Ich bringe dich auf dein Zimmer.»

Sie schmiegte sich an ihn, plötzlich wie ausgewechselt. «Und bleibst du dann bei mir, ja? Wieder die ganze Nacht?»

Robert schüttelte den Kopf, resigniert. «Bitte, Maja. Du hast in einer halben Stunde Gestalttherapie, nicht wahr? Vielleicht ruhst du dich ja vorher ein bisschen aus.»

Nun sträubte Maja sich nur noch zum Schein, versuchte halbherzig, sich dem Pfleger zu entziehen, ließ sich aber bald von ihm in Richtung Treppe führen.

Auch Walter Trimmels Widerstand begann zu erlahmen. «Ich habe ihr alles erzählt, ich … ich Idiot. Zuerst hat sie so verständnisvoll getan, und dann – hat sie mich nur noch ausgelacht. Diese –» Er bäumte sich auf, versuchte, sich aus Vasinskis Griff zu befreien, weinte, übertönte damit fast die Schritte, die sich eilig näherten.

Plank war zurück, kniete sich neben Trimmel und wartete, bis Herbeck ihm den Ärmel hochgestreift hatte. Mit routinierten Handgriffen desinfizierte sie eine Stelle am Oberarm und setzte dann die Spritze. Drückte den Kolben bis zum Anschlag hinunter.

Beatrice glaubte nicht, dass das Medikament so schnell wirkte, wahrscheinlich waren es eher der Nadelstich und das Wissen darum, was dann kommen würde, die Trimmel aufgeben ließen. Er erschlaffte und schloss die Augen. Wimmerte bei jedem Atemzug.

«Drei Fachärzte, um zwei Patienten in den Griff zu bekommen», murmelte Vasinski. «So geht es nicht weiter. Ich muss mit Klement reden.»

«Du weißt, dass er auf diesem Ohr taub ist», entgegnete Herbeck, während er Walter Trimmel auf die Beine half. «Ich bringe ihn aufs Zimmer und bleibe bei ihm.» Ein kurzer Blick über die Schulter. «Auf Wiedersehen, Frau Kaspary.»

Nachdem auch Vasinski sich verabschiedet hatte, blieb Beatrice allein mit Leonie Plank zurück. «Haben Sie verstanden, was Vasinski vorhin gemeint hat? Was geht so nicht weiter?»

Die Ärztin strich sich über ihr kurzes Haar. «Er meint das Konzept dieser Traumastation. Die Schnittmenge hier ist das Trauma, nicht die Folgeerkrankung. Das bedeutet, wir haben Schizophrene wie Walter und Borderliner wie Maja im gleichen Raum – und Sie haben ja gesehen, wohin das führt.» Sie lehnte sich gegen die Wand und sah mit einem Mal unglaublich müde aus. «Borderliner sollten idealerweise auf Spezialstationen unter sich bleiben, weil sie prädestiniert dazu sind, alle andern zu verunsichern … und Spaß daran haben, sie zu quälen.»

Dann war der Ärger allerdings nur eine Frage der Zeit. «Und das nimmt Klement in Kauf?», fragte Beatrice.

Die Ärztin betrachtete den Boden zu ihren Füßen. «Das Team hat Anweisung, Patienten, zwischen denen es Schwierigkeiten geben könnte, voneinander fernzuhalten. Bei der Zimmereinteilung funktioniert das blendend, aber natürlich gibt es trotzdem immer wieder Berührungspunkte.»

Zum Beispiel beim Trommeln und der Blumenmeditation, dachte Beatrice. Wo jeder einfach hingehen kann.

Sie drückte der Ärztin die Hand und ging, froh, die Klinik verlassen und in einen der letzten herbstlichen Sonnentage hinaustreten zu dürfen.

Vielleicht hatte sie ja doch nicht den mühsamsten Job aller Zeiten.

Bei der nächsten Besprechung war Hoffmann nicht anwesend. Seiner Frau ging es schlechter, und er hatte sich beurlauben lassen.

Sie tauschten ihre Ergebnisse aus, viel war es nicht – Beatrice erzählte von ihrer Begegnung mit Herbeck und der Episode zwischen Maja Brem und Walter Trimmel, danach fasste Florin seine Gespräche mit Max Schlagers Freunden zusammen, die leider nicht viel Neues gebracht hatten – höchstens ein paar Eindrücke aus dem Liebesleben des Opfers, doch die waren alle älteren Datums. In letzter Zeit war die Karriere ihm wichtiger gewesen als eine Beziehung.

«Klement ist unser wahrscheinlichster Täter, und ganz ehrlich, eigentlich hält auch diese Theorie kein Wasser, solange wir nicht Beweise dafür finden, dass er bei seinen Studien wirklich betrogen hat», sinnierte Florin.

«Ich …», begann Beatrice, bremste sich aber wieder. Der Gedanke kam ihr nicht fair vor.

«Komm. Sag schon.» Stefan wuschelte sich durchs Haar. «Dumme Ideen sind im Moment besser als keine Ideen.»

Na gut. Sie seufzte. «Walter Trimmel – ich war sehr erstaunt, wie wütend er werden kann, wenn man ihn reizt. Vielleicht ist das nicht nur Maja gelungen.» Jetzt, wo sie es aussprach, fand sie es plötzlich völlig unglaubwürdig. «Vergesst es. Nach allem, was wir über Schlager wissen, hätte er nie seine Patienten drangsaliert. Außerdem hätte Trimmel die Nummer mit Äther und Propofol nicht zustande gebracht.»

Florin klopfte nachdenklich mit den Fingern auf die Tischplatte. «Aber die Sache mit der Stahlleiste, die hätte er hinbekommen. Wenn er wütend genug gewesen wäre. Und … sie jemandem in den Hals zu rammen, das würde auch Sinn ergeben – dort haben Stimmen schließlich ihren Ursprung.»

Ja. Das hatte Beatrice noch nicht bedacht. «Trotzdem wäre er dann nicht für Schlagers Tod verantwortlich.»

«Aber er wüsste mehr, als er zugibt.»

Sie bereute es bereits, den Gedanken ausgesprochen zu haben. «Außerdem – auf der Leiste waren keine Fingerabdrücke. Denkt ihr, er wischt die erst weg und fängt dann an, das Blut vom Boden zu lecken, um uns die perfekte Speichelprobe zu liefern?»

«Das nicht», sagte Florin langsam. «Aber vielleicht ging es ihm ja nur darum, alles sauber zu hinterlassen.»

Die Besprechung war schnell zu Ende. Das nächste Mal würde hoffentlich schon die Gutachterin mit dabei sein, die Florin ausgewählt hatte, um ihre Expertise zu Jasmin Matheis abzugeben. Bisher war es nicht möglich gewesen, einen Termin zu bekommen – Klement hatte sich quergelegt. Natürlich nicht auf plumpe Weise, sondern mit kunstvoll gedrechselten medizinischen Argumenten.

Sie kehrten in ihr Büro zurück, Florin schloss die Tür hinter ihnen.

«Morgen», sagte er. «Du hast es nicht vergessen, oder?»

Als ob sie das gekonnt hätte. Verdrängt vielleicht, in manchen Momenten, wenn sie sich vorstellte, wie fremd die Welt ihr war, in die er sie mitnehmen wollte.

«Nein, natürlich nicht. Du … holst mich ab?»

«Um sieben. Ich freue mich sehr, Bea.»

Ihr wurde warm von seiner Stimme. «Ich mich auch. Und … Abendgarderobe, nicht wahr?»

Er nickte. «Ja. Salzburg, Kultur und gesehen werden. Du kennst das ja.»

Allerdings, und sie hatte sich in diesem Umfeld noch nie besonders wohl gefühlt. In Gedanken ging sie ihren ganzen Schrank durch, aber ihr fiel kein einziges Kleid ein, das sie dem Anlass angemessen fand. Kein Wunder, wann war sie das letzte Mal schick ausgegangen? Nicht mehr, seit Jakob auf der Welt war.

Gesehen werden, du meine Güte. Sie würde morgen dringend einkaufen gehen müssen.

Schwarz, schlicht, schön. Beatrice drehte sich vor dem Schlafzimmerspiegel. Sie war eine Stunde eher aus dem Büro geflohen und hatte sich durch ein paar Boutiquen gehetzt, in denen sie früher manchmal etwas gefunden hatte, das ihr gefiel.

In der dritten war sie fündig geworden – genauer gesagt hatte die immer knapper werdende Zeit den Entscheidungsprozess beschleunigt. Aber es war eine gute Wahl gewesen.

Sie drehte sich noch einmal. Ja. Es war kein spektakuläres Kleid, aber es stand ihr. Es hatte Klasse. Ganz im Gegensatz zu ihrer Frisur, die keine war.

Beatrice warf einen schnellen Blick auf die Uhr – eine Viertelstunde noch. Sie bürstete die frisch geföhnten Haare und steckte sie hoch. Wo waren ihre Ohrringe?

Das Klingeln ihres Handys ließ sie herumfahren – das war der Ton, den sie für Mina eingestellt hatte.

War etwas schiefgegangen? Achim musste die Kinder schon vor zwei Stunden aus der Betreuung abgeholt haben.

«Hallo, mein Schatz.»

«Hi, Mama. Du, kannst du mir schnell die Sonnenbrille vorbeibringen, die ich mir von Sophie geliehen habe?»

«Wie bitte?» Beatrice fischte mit der linken Hand nach der Bürste, die eben vom Waschbeckenrand gefallen und unter den Wäschetrockner gerutscht war. «Wozu brauchst du jetzt eine Sonnenbrille?»

«Ich doch nicht! Aber Sophie will sie morgen wiederhaben, und ich habe ihr versprochen ...»

«Tut mir leid, Sophie wird einen Tag länger warten müssen.» Im Hintergrund konnte Beatrice den Fernseher laufen hören und gedämpft Achims Stimme. Was er sagte, verstand sie nicht, vermutlich sprach er mit Jakob.

«Na toll», maulte Mina. «Wenn ich dich einmal um etwas bitte, ehrlich. Du weißt doch, wie Sophie ist – total pingelig mit ihren Sachen. Die wird mich den ganzen Tag lang deswegen nerven!»

«Dann leih dir eben nichts mehr von ihr aus.» Beatrice hörte selbst, wie ungeduldig sie klang. «Entschuldige bitte. Aber es geht wirklich nicht. Ich muss gleich weg.»

Rascheln. Offenbar hielt Mina den Hörer zu, aber nicht für lange. «Papa will wissen, wo du noch hingehst.»

Das geht Papa verdammt noch mal nichts an. «Mina, das ist jetzt zu kompliziert, um es zu erklären. Ich habe zu tun, okay? Und ich bin echt schon spät dran.»

«Viel Spaß», sagte ihre Tochter bissig und legte auf.

Beatrice sank auf den Badewannenrand und schloss für ein paar Sekunden die Augen. Offenbar gab es ein Naturgesetz, demzufolge alles, was sie nur für sich selbst tat, mit schlechtem Gewissen einhergehen musste. Und wenn sie nicht in Eigenregie dafür sorgte, so tat das jemand anders.

Ein Muster, das sich seit Evelyns Tod nicht zerstören ließ. Sie hasste es so sehr.

Ein paar Spritzer kaltes Wasser ins Gesicht, dann ein bisschen Make-up – wenn Florin pünktlich war, und das war er meistens, hatte sie noch sieben Minuten.

Es klingelte an der Tür, als sie gerade in ihre Pumps schlüpfte. Beatrice drückte den Öffner und fand bei der Gelegenheit ihre Ohrringe, die sie offenbar vorhin auf der Kommode deponiert hatte.

Warum war sie eigentlich so nervös? Vor drei Stunden hatte sie noch mit Florin im Büro gesessen, war ihm zur Seite gesprungen, um seine Unterlagen vor dem Kaffee zu retten, der sich über seinen Schreibtisch ergoss. Das Ergebnis eines fahrigen Griffs nach dem Telefon.

Doch so, wie er jetzt vor ihrer Tür stand, hatte sie ihn noch nie gesehen. In einem Anzug, der vermutlich den Gegenwert ihres halben Monatsgehalts gekostet hatte, wenn nicht mehr. Kein Mensch hätte vermutet, dass dieser Mann Polizist war.

«Schön siehst du aus.» Er nahm sie sanft bei den Schultern und küsste sie rechts und links auf die Wangen. «Lass uns gehen.»

Das Konzert fand im großen Saal des Mozarteums statt, es war nicht weit zu fahren, trotzdem kamen die ersten Minuten im Auto Beatrice erstaunlich lang vor. Es kam kein Gespräch in Gang. Über den Fall wollte sie nicht reden, und Florin über seinen Bruder ausfragen ebenfalls nicht.

Doch die Stille fühlte sich falsch an, auch wenn Florin ihr immer wieder zulächelte. Es war nicht wie sonst.

«Hoffentlich finden wir einen Parkplatz», sagte sie daher und kam sich dabei entsetzlich geistlos vor.

«Wir stellen den Wagen in die Tiefgarage.» Wieder ein Lächeln in ihre Richtung. «Alles kein Problem.»

An der nächsten roten Ampel drehte er sich zu ihr und nahm ihre Hand. «Freust du dich auf den Abend, Bea? Oder macht dir etwas Sorgen?»

Toll, man hatte es ihr also wirklich am Gesicht ablesen können. «Nein. Ich meine, doch, ich freue mich. Es ist nur gerade alles ein wenig ... ungewohnt.»

Er küsste ihre Hand, bevor er sie losließ und den ersten Gang einlegte. «Für mich auch. Und, ganz ehrlich, ich bin ein bisschen nervös. Mein Bruder hat nie Lampenfieber, aber ich jedes Mal. In Vertretung. Außerdem wird meine ganze Familie da sein, und das ist üblicherweise ... anstrengend.»

Okay, jetzt fühlte sie doch diesen leichten Druck in der Magengegend. Wie vor einer Prüfung.

«Ich bin sehr gespannt auf deinen Bruder», sagte sie und bemühte sich, unbeschwert zu klingen. «Wann genau beginnt das Konzert?»

«Um acht.»

Es war erst zwanzig nach sieben, und sie würden gleich da sein. Blieb grob geschätzt eine halbe Stunde, um sich in Gesellschaft der Wenningers unbehaglich zu fühlen. Beatrice widerstand der Versuchung, Taschenspiegel und Lippenstift aus ihrer Handtasche zu holen und schon jetzt ihr Make-up aufzufrischen.

Auf dem Weg aus der Tiefgarage nahm Florin Beatrices Arm und ließ ihn nicht mehr los, bis sie an der Garderobe waren und ihre Jacken abgaben. Noch während sie die Abholzettel entgegennahmen, sah Beatrice aus dem Augenwinkel jemanden auf sich zukommen.

«Florin! Schön, dass du pünktlich hier bist, mein Schatz. Und Sie müssen Beatrice sein, nicht wahr? Ich freue mich sehr, dass wir uns endlich kennenlernen.»

Die Frau musste über siebzig sein, wenn man nach ihren Händen ging, ihr Gesicht wirkte aber deutlich jünger. Da waren sicherlich größere Mengen an Botox und anderen verjüngenden Mittelchen im Spiel gewesen, doch das tat ihrer sympathischen Ausstrahlung keinen Abbruch.

«Ich bin Leonore Wenninger, Florins Mutter.» Sie küsste Beatrice rechts und links, wobei sie sie in eine Wolke Shalimar hüllte, dann erst fiel sie ihrem Sohn um den Hals. «Ich habe dich so lange nicht gesehen. Komm, Papa und Maxim sind schon hinten und warten auf euch.» Sie zog das zweite A von Papa deutlich länger, als es üblich war – auf die Art, wie der entthronte altösterreichische Ex-Adel es immer noch gerne tat.

Konnte das sein? Stammte Florin aus der Von-und-Zu-Gesellschaft? Er hatte einige Male angedeutet, dass seine Familie mit dem Beruf, den er gewählt hatte, nicht glücklich war. Jetzt, wo sie seine Mutter gesehen hatte, konnte Beatrice sich lebhaft vorstellen, dass man einen Juristen, Unternehmer oder Arzt deutlich lieber gesehen hätte als einen Polizisten.

Sie durchquerten das Foyer, schlängelten sich an sekttrinkenden Menschen vorbei und ließen sich von einem Billeteur den Zugang zum Bereich hinter der Bühne öffnen.

Beatrice kannte Bilder von Maxim Wenninger, auf denen er meist mit grimmigem Blick knapp an der Kamera vorbeiblickte, ein bisschen wie Beethoven. Sie hatte nie viel Ähnlichkeit zwischen ihm und Florin erkennen können, doch jetzt, als sie ihm die Hand schüttelte, war das anders.

Maxim war einen halben Kopf kleiner als Florin, etwas schmaler gebaut und trug eine Brille. Doch sein Lächeln war Beatrice sofort vertraut, ebenso die Bewegung, mit der er sich durchs Haar fuhr, das schütterer war als das seines Bruders.

«Schön, Sie kennenzulernen. Florin hat immer wieder von Ihnen gesprochen, aber ich muss gestehen, ich habe Sie mir anders vorgestellt.»

Sie fragte nicht «wie anders?», das konnte nur für alle Seiten peinlich werden. «Er hat mir auch viel von Ihnen erzählt. Und mir eine CD von Ihnen geschenkt, die ich ganz wunderbar finde», erwiderte sie.

Das schien ihn zu freuen. «Ich hoffe, Sie mögen das Programm heute Abend. Bach, Schubert und Beethoven – keine einzige Note Mozart, also eigentlich ein Skandal für Salzburg.»

Sein Lachen war ansteckend, und Beatrice hätte sich gern noch weiter mit ihm unterhalten, doch Leonore Wenninger zog sie sanft mit sich. «Ich möchte Ihnen meinen Mann vorstellen. Heinrich? Das ist Beatrice, Florins Kollegin.»

Sie schätzte ihn auf etwa achtzig. Ein großer Mann, der sich sehr gerade hielt, obwohl er sich auf einen Stock stützen musste.

Es war keine Frage, wessen Gene sich in der Familie Wenninger durchgesetzt hatten. Beide Söhne glichen dem Vater deutlich mehr als der Mutter, hatten das dunkle Haar, die dichten Augenbrauen und das eckige Kinn geerbt.

«Wenninger.» Er streckte ihr die Hand hin und deutete eine Verbeugung an, als sie sie ergriff. «Sie sehen gar nicht aus, als wären Sie Polizistin.»

Beatrice war unschlüssig, ob sie das als Kritik oder Kompliment betrachten sollte – dem Tonfall und dem Gesichtsausdruck Heinrich Wenningers nach konnte es beides sein.

«Liegt wahrscheinlich an der fehlenden Uniform», sagte sie.

Jetzt lächelte er. «Und der augenscheinlichen Intelligenz. Nein, nein – ich weiß schon, ich kenne Sie nicht, aber ich erkenne Dummheit meistens auf den ersten Blick.» Er verlagerte sein Gewicht auf das andere Bein, in seinem Gesicht zuckte ein Muskel. Er hat Schmerzen, dachte Beatrice.

«Da hatte mein Sohn offenbar Glück. Ich habe ihm traurige Gesellschaft prophezeit, als er sich damals dafür entschieden hat, Gesetzeshüter zu werden.»

Wahrscheinlich war Heinrich Wenninger der einzige Mensch in Beatrices persönlicher Bekanntschaft, aus dessen Mund das Wort *Gesetzeshüter* sich nicht völlig lächerlich anhörte. Und das, obwohl ihm die Enttäuschung über die Berufswahl seines Sohnes nach wie vor deutlich ins Gesicht geschrieben stand.

Dafür hellten seine Züge sich merklich auf, als er Maxim zunickte. «Nur noch zwanzig Minuten. Sollen wir dich allein lassen, damit du dich konzentrieren kannst?»

Maxim hob gut gelaunt die Schultern. «Da reichen mir fünf Minuten. Will jemand ein Glas Sekt?»

Florin winkte ab, Beatrice hingegen fand die Idee nicht übel. Sie musste heute nicht mehr fahren, und ein bisschen Alkohol würde möglicherweise den Schatten des schlechten Gewissens vertreiben, der seit dem Telefongespräch mit Mina auf ihr lag.

Eine Viertelstunde vor Beginn des Konzerts wünschten sie Maxim alles Gute und suchten ihre Plätze auf. Proszeniumsloge, es war, als schwebte man ein Stück über der Bühne, die bis auf den großen Flügel leer war.

Der Saal mit den vanillefarbenen Wänden war bereits so gut wie voll besetzt. Während Florin sich mit seiner Mutter unterhielt – über Freunde der Familie, deren Namen Beatrice nichts sagten –, lehnte sie sich über die Brüstung und betrachtete die Menschen im Parkett.

Ja. Gesehen werden war ein großes Thema. Fachsimpelei auch, wie es schien. Sie stellte sich vor, wie Achim sich unter diesen Menschen bewegt hätte – großspurig und mit viel zu lautem Lachen –, und schüttelte sich innerlich.

«Was macht Anneke?»

Der Satz stach aus dem dahinplätschernden Gespräch hervor wie ein Dorn. Unwillkürlich wandte Beatrice den Kopf, hielt aber in der Bewegung inne und tat, als konzentriere sie sich auf den Bühneneingang.

Anneke. Florins hübsche Journalistenfreundin. Oder Exfreundin, um genau zu sein. Die so viel besser in diesen Rahmen hier gepasst hätte als Beatrice.

«Ich habe keine Ahnung», antwortete Florin.

«Wirklich nicht? Ich weiß ja, ihr seid ... auseinander, aber haltet ihr denn keinen Kontakt?»

«Nein. Ich wüsste nicht, wozu. Wir hatten uns am Schluss nichts Freundliches mehr zu sagen.» Er holte sein Handy aus der Hosentasche und stellte es lautlos; Beatrice tat es ihm gleich.

Nur wenige Sekunden später betrat Maxim die Bühne. Applaus brandete auf und verebbte erst, als er sich an den Flügel setzte.

Das erste Stück war laut Programm Beethovens Klaviersonate Nr. 1 in f-Moll. Was Beatrice an klassischer Musik so liebte, war, dass für nichts anderes mehr Platz blieb, wenn man es zuließ. Nicht für Sorgen, Schuldgefühle, blutige Bilder. Alles war nur noch Schönheit. Fast, als würde man innerlich gestreichelt. Kein einziger Gedanke mehr, der sich in Worten hätte ausdrücken lassen.

Danach spielte Maxim Schuberts Sonate in G-Dur, und schon nach den ersten Tönen wurde Beatrice klar, dass sie ihre Schutzschilde viel zu weit heruntergefahren hatte. Die Musik traf sie mitten ins Herz. Als stellte sie zögernde Fragen, vorsichtig, voller Angst vor den möglichen Antworten.

Die Melodie hatte entschieden zu viel mit ihr persönlich zu tun, trotzdem konnte und wollte sie sich nicht ablenken, sich nicht auf etwas anderes konzentrieren.

Irgendwann spürte sie Florins Hand auf ihrer. Griff danach und drückte sie, als stummes *Danke. Ich bin okay.*

Sie saßen bis zur Pause Hand in Hand. Dann, im Foyer, legte Florin ihr wie selbstverständlich den Arm um die Taille, ohne auf den erstaunten Blick seiner Mutter zu reagieren.

«Das Konzert ist wundervoll», sagte Beatrice, teils um den eigenartigen Moment zu überbrücken, vor allem aber, weil sie es genauso empfand. «Ich hätte nicht gedacht, dass die Musik mich live noch so viel stärker berühren würde als von CD …»

Sie hielt irritiert inne. Etwas vibrierte an ihrer Hüfte, durch den Stoff ihrer Handtasche hindurch. Ihr Handy.

Verdammt, hatte Achim wirklich telepathische Fähigkeiten, dass er immer genau wusste, wann er am ungelegensten kam?

«Tut mir leid, einen Moment bitte.» Sie warf Leonore Wenninger einen entschuldigenden Blick zu und ging ein Stück zur Seite, bevor sie das Telefon aus der Tasche fischte.

Das Vibrieren hatte bereits wieder aufgehört, doch das Display zeigte neun entgangene Anrufe. Allerdings nicht von Achim, sondern von Stefan.

«Florin?»

Er unterbrach das Gespräch mit seinem Vater und kam einen Schritt auf sie zu. «Ja?»

«Irgendetwas muss passiert sein, Stefan hat neunmal angerufen. Bei dir auch?»

Florin hatte sein Smartphone ausgeschaltet. Während er noch den PIN-Code eingab, hatte Beatrice schon gewählt, presste ihr Handy ans Ohr und wartete auf das Freizeichen am anderen Ende der Leitung.

Sie sah Florin nicken. «Drei Mitteilungen auf der Sprachbox.»

Stefan hob nach dem dritten Läuten ab. «Wo steckst du denn?», sagte er anstelle einer Begrüßung. «Ich erreiche weder dich noch Florin, seid ihr gemeinsam im Kino, oder was?»

Sie ging nicht darauf ein, wie knapp er damit an der Wahrheit vorbeischrappte. «Was ist denn los?»

Die kurze Pause, die er einlegte, ebenso wie Florins Gesichtsausdruck beim Abhören seiner Sprachnachrichten, ließen sie begreifen, dass sie sich gegen etwas Schlimmes wappnen musste.

«Es gibt noch einen Todesfall an der psychiatrischen Klinik. Maja Brem ist tot.»

«Was?»

«Sie hat sich umgebracht.»

O nein. Verdammt. «Bist du dort?»

«Ja, klar. Ich und Drasche und Bechner. Aber eigentlich seid ihr ja die Hauptermittler im Fall Schlager, deshalb …»

«Ja. Ja, natürlich.» Sie fing Florins Blick auf; er hob das Kinn in Richtung Ausgang und nickte.

«Wir kommen, Stefan. In spätestens fünfzehn Minuten sind wir da.»

Er schnaubte. «Wir? Florin geht nicht an sein Handy, willst du ihm telepathisch Bescheid geben?»

Es war egal, es würde sich ohnehin nicht verbergen lassen. «So ungefähr. Wir sind auf dem Weg.»

Florins Mutter war verständnisvoll gewesen und hatte versprochen, Maxim von ihnen beiden zu grüßen. Sein Vater hatte den Kopf geschüttelt und sich resigniert abgewandt. «So ist das dann also, wenn man Beamter wird. Abrufbereitschaft zu jeder Tages- und Nachtzeit, ja?»

Zur Garage waren sie gerannt, Beatrice barfuß, mit ihren hohen Schuhen in der Hand.

Sie fragte sich, auf welche Art Maja sich das Leben genommen haben mochte, das hatte Stefan nicht erwähnt. Hatte sie sich erhängt? Oder einen scharfen Gegenstand gefunden und sich die Pulsadern geöffnet? In zehn Minuten würde sie es wissen, oder noch früher, bei dem Tempo, mit dem Florin fuhr.

Sie säuberte ihre Füße notdürftig mit einem Taschentuch, schlüpfte wieder in die Schuhe und hatte dabei, trotz allem, immer noch Schubert im Ohr. Dachte daran, was Maja über ihre Lieblings-Nocturne von Chopin erzählt hatte. *Sie ist, wie sich die guten Momente in meinem Leben angefühlt haben. Es ist eine Stelle drin, die ist wie – ganz schnell die Treppe runterlaufen, weil jemand nach Hause gekommen ist, auf den man sich freut.*

Die guten Momente hatten nicht gereicht. Chopin hatte nicht gereicht. Und vermutlich war es zu lange her, dass Maja sich auf jemanden hatte freuen können.

13. Kapitel

Sie zeigten ihre Ausweise, und die Uniformierten ließen sie die Sperre auf der Zufahrt zum Psychiatriepavillon passieren.

Die Frage, wie Maja sich umgebracht hatte, klärte sich noch, bevor Florin den Wagen zum Stillstand brachte. Ein Stück rechts vom Eingang kniete Drasche im Lichtkegel eines Scheinwerfers auf dem Boden. Seine Gestalt in dem bauschigen Overall verdeckte den Großteil dessen, was er untersuchte, doch Beatrice konnte blasse Beine sehen. Nackte Füße. Und Blut.

Stefan kam auf sie zugelaufen, kaum dass sie aus dem Auto gestiegen waren, blieb bei ihrem Anblick aber sichtlich verblüfft stehen. «Wart ihr … äh, in der Oper?»

«Nein, im Konzert.» Florin marschierte an ihm vorbei, auf Drasche und die tote Maja zu. «Was wissen wir schon?»

«Sie ist gesprungen. Aus dem vierten Stock, das Fenster steht noch offen. Herbeck hat Nachtdienst, aber er kümmert sich gerade um die Patientin, die den … Vorfall als Erste bemerkt hat. Genau genommen hat sie den Aufprall gehört und aus dem Fenster gesehen.»

«Wer war das?»

«Dorothea Bauer. Die Frau, die ihre Kinder bei dem von ihr verursachten Autounfall verloren hat.»

Beatrice erinnerte sich. «Sie sagte, sie schläft immer mit besonders starken Schlafmitteln – wieso hat sie überhaupt etwas gehört?»

Stefan drehte sich zu ihr herum. «Es war noch nicht so spät, erst halb neun. Normalerweise nimmt sie ihre Medikamente für die Nacht um kurz nach neun.»

Das Fenster stand nach wie vor offen, Beatrice konnte es von hier unten sehen. «Ich dachte immer, in psychiatrischen Abteilungen ist es nicht möglich, die Fenster so weit zu öffnen, dass man hinausspringen kann. Ist das hier anders?»

«Das habe ich Herbeck auch gefragt», erwiderte Stefan. «Und tatsächlich stimmt das, zumindest für die Räume, zu denen die Patienten Zugang haben. Aber sie ist aus einem der Dienstzimmer gesprungen. Das eigentlich hätte abgesperrt sein müssen.»

Sie waren an der Stelle angekommen, wo Maja lag. Auf dem Bauch, die Arme vom Körper weggestreckt, als hätte sie den Boden umarmen wollen, auf dem sie zerschellt war. Unter ihrem zur Seite gedrehten Kopf hatte sich eine Blutlache gebildet.

Über ihrem Nachthemd trug sie den orangefarbenen Kimono.

Wahrscheinlich war es das Klappern von Beatrices Absätzen, das Drasche gegen seine Gewohnheit hochsehen ließ. «Hoppla», sagte er. «Haben wir euch bei einem Rendezvous gestört? Das tut mir außerordentlich leid.»

Florins Stimme klang eine Nuance tiefer als sonst. «Hör mit dem Blödsinn auf, Gerd. Sag uns lieber, was du schon weißt.»

Drasche setzte sich auf die Fersen zurück und blickte zu ihnen hoch. «Einen Todeszeitpunkt, so genau wie sonst kaum jemals: Sie ist um zwanzig Uhr vierunddreißig gesprungen, zwei Minuten später hat die andere Patientin schon alle in hellen Aufruhr versetzt. Die Details kann euch sicher Vogt später sagen, aber ich schätze, sie war sofort tot.» Er zog den linken Handschuh straffer. «Eines finde ich ziemlich interessant: Sie muss sich in der Luft gedreht haben. Ihr Kopf liegt in Richtung des Gebäudes. Bei einem Sprung aus dieser Höhe müssten hier eigentlich die Füße liegen.»

Ja, dachte Beatrice, da ist etwas dran. Außer natürlich, jemand hat sie gestoßen. Rücklings aus dem Fenster – im Fallen überschlägt sie sich einmal, landet auf dem Bauch – und voilà, schon stimmt die Lage.

Sie blickte auf und begegnete Drasches amüsiertem Blick. «Ich weiß genau, was du denkst, Kaspary. Aber Genaueres werden wir erst wissen, wenn Vogt das Mädchen auf dem Tisch gehabt hat und uns erzählt, wie welche Knochen gebrochen und welche Organe gestaucht wurden.»

Florin sah sich um. «Wo steckt er überhaupt?»

«Er war schon da, kam gleichzeitig mit mir an.» In Drasches Augen funkelte es spöttisch. «Wir haben kein so glamouröses After-Work-Life wie ihr. Er ist jetzt in der Klinik und holt sich die Informationen zu Diagnose und Medikation des Mädchens.»

Beatrice kniete sich neben Majas Kopf, in einem Abstand, der selbst für Drasche noch akzeptabel sein musste. Erst als ihre nackten Knie den kalten, rauen Betonboden berührten, ging ihr auf, dass man solche Manöver in einem Kleid besser bleiben ließ.

Im Tod strahlte Maja Ruhe und Würde aus, so völlig anders als bei ihrer letzten Begegnung. Unwillkürlich kam Beatrice Walter Trimmel in den Sinn. *Ich hau sie kaputt. Ich hau sie einfach kaputt.*

«Gerd, hast du dir schon das Dienstzimmer angesehen, aus dem sie … gefallen ist?»

«Ja, natürlich. Also, nur für einen ersten Eindruck – jetzt ist es versiegelt; ich gehe dann gleich rein, wenn ich hier fertig bin.»

«Irgendwas Auffälliges?»

Er schüttelte den Kopf. «Nicht, wenn du auf Spuren eines Kampfes hoffst. Es ist unordentlich, aber auch nicht schlimmer als auf Stefans Schreibtisch.»

Beatrice war sich ziemlich sicher, dass Maja sich gegen Walter Trimmel gewehrt hätte. Letztens, auf dem Gang vor dem Untersuchungszimmer – wie schnell sie ihm da jedes Mal ausgewichen war, wenn er auf sie losging.

Konnte er sie überrumpelt haben? Vielleicht hatte Maja ihre Abendmedikation schon intus gehabt und war müde gewesen. Langsamer als sonst. Doch das würde sich erst in der Toxikologie herausstellen.

Sie warf einen letzten Blick auf Majas bleiches Profil, dann richtete Beatrice sich wieder auf. «Florin, lass uns mit Herbeck reden. Und mit Trimmel. Hat schon jemand Professor Klement informiert?»

Drasche zuckte die Schultern. «Ich jedenfalls nicht. Aber danke, dass ihr mir endlich aus dem Licht geht.»

Es war nicht zu überhören, hinter welcher Tür Dorothea Bauer ihr Zimmer hatte. Kehliges Schluchzen drang bis auf den Gang, und immer wieder auch das tiefe, ruhige Murmeln von Herbeck.

«Es hat jetzt noch keinen Sinn, sie vernehmen zu wollen», hörte Beatrice eine vertraute Stimme hinter sich. «Die Frau bekommt keine zwei zusammenhängenden Worte heraus.»

Bechner. Richtig, Stefan hatte gesagt, dass er auch hier war.

Offenbar deutete er ihre mangelnde Begeisterung als Verblüffung. «Nachdem Stefan euch nicht erreicht hat, hat er Drasche um Rat gefragt, und der hat mich angerufen», erklärte er ebenso ungefragt wie bereitwillig. Sein Blick wanderte über Beatrices Kleid. «Wir haben schon einiges in die Wege geleitet. Klement ist verständigt, und wir haben versucht, zusätzliche Pfleger reinzuholen, die sich um die Patienten kümmern können. Ein paar haben mitbekommen, was passiert ist, und die anderen werden es auch bald wissen.»

Es war nicht zu übersehen, wie zufrieden Bechner wirkte. Beatrice seufzte innerlich. Mit ihm zusammenzuarbeiten war schon bei simpleren Fällen eine Qual. Er war bei jeder kritischen Bemerkung eingeschnappt und nahm es übel, wenn man ihm nicht die Bewunderung zollte, die er erwartete. So wie jetzt.

«Danke», sagte Florin. «Was ist mit Plank? Mit Vasinski? Sind die auch informiert?»

«Vasinski war nicht zu erreichen. Plank schon, aber die kann nicht kommen, sie hat niemanden, der auf ihre Tochter aufpasst. Stefan hat mit ihr telefoniert, er sagt, sie war erschüttert, aber nicht allzu überrascht.» Hinter der Tür zum Patientenzimmer wurde es allmählich ruhiger. «Könnten Sie vielleicht Stefan hereinholen und dafür bei Drasche die Stellung halten, bitte?» Der übertrieben freundliche Ton kostete Beatrice Kraft, hatte aber die gewünschte Wirkung. Bechner protestierte nicht, sondern marschierte nach draußen; kurz vor der Tür drehte er sich noch einmal um. «Ach, und wir sind doch hier alle per du – sagt einfach Wolfgang zu mir.»

Noch bevor Stefan eintraf, kam Herbeck aus dem Zimmer. Von der Lockerheit, die Beatrices erste Begegnung mit ihm geprägt hatte, war nichts mehr zu merken. Sie stellte ihn und Florin einander vor und wies auf die Tür. «Denken Sie, wir können mit Frau Bauer sprechen?»

Bedauernd, aber entschlossen schüttelte Herbeck den Kopf. «Heute keinesfalls, leider. Was sie gesehen hat, geht ihr wirklich nahe und triggert Dinge aus ihrer eigenen Geschichte.» Er vergewisserte sich, dass die Tür geschlossen war. «Sie schläft jetzt, es hat einige Zeit gedauert, bis die Sedativa gewirkt haben.»

Das war schade, um nicht zu sagen schlecht. Ein frischer Eindruck des Geschehens wäre viel nützlicher gewesen als die Erinnerung im Anschluss an einen medikamentös vernebelten Schlaf.

«Gut, dann möchten wir mit Walter Trimmel sprechen.»

Herbeck nahm die Brille ab, putzte sie mit seinem Ärmel und setzte sie wieder auf. «Mir ist völlig klar, warum Sie das wollen, aber Sie machen sich falsche Vorstellungen von Walter, fürchte ich. Er ist unterdurchschnittlich gewaltbereit, er ...»

«Ich habe ihn vorgestern auf Maja losgehen sehen», unterbrach ihn Beatrice. «*Ich mach dich kaputt*, waren seine Worte. Sie werden verstehen, dass wir in Anbetracht der Lage mit ihm sprechen müssen.»

Er gab sich geschlagen. «Natürlich.»

Sie folgten ihm ins nächsthöhere Stockwerk, ans Ende des Gangs. Er bat sie, vor der Tür zu warten. «Ich sehe nur nach, ob er wach ist.»

Den kurzen Moment, den sie allein waren, nutzte Florin, um nach Beatrices Hand zu greifen. «Ich hatte mir einen ganz anderen Ausklang für diesen Abend gewünscht, das weißt du, oder?»

«Ja. Ich ... ich mir auch.» Sie unterdrückte das Bedürfnis, sich an ihn zu lehnen, flüchtig wenigstens.

Nein, nicht hier, nicht, wenn Herbeck jeden Moment wieder auftauchen musste, und nicht vor ...

Sie bemerkte sie erst jetzt, in einer Ecke mit drei Tischchen und ein paar Stühlen. Ein kleiner Aufenthaltsbereich, wahrscheinlich für Verwandtenbesuch.

Hatte Jasmin schon die ganze Zeit dort gesessen? Zugegeben, die Nische lag im Halbschatten, aber um Jasmin zu übersehen, hätte man schon blind sein müssen.

Beatrice ließ Florins Hand los und ging langsam auf die Frau zu. Setzte sich ihr gegenüber.

Es war völlig albern, sich einzubilden, dass sie eine Verbindung zu ihr aufgebaut hatte, und sei sie noch so zart. Andererseits – sie hatte ihr einen halben Keks angeboten, beim letzten Mal. Wenn man es so interpretieren wollte.

«Hallo, Jasmin.»

Nein, sie sah Beatrice nicht an. Ihr Blick ging ins Nichts, wie immer, und diesmal hatte sie ihre Hände nicht auf dem Tisch liegen, sondern im Schoß. Ruhig, entspannt. Ohne die Finger zu beugen oder zu strecken.

«Ich wünschte, du würdest mit mir sprechen. Ich wüsste so gern, was in deinem Kopf vorgeht.» Es war auf merkwürdige Weise angenehm, mit Jasmin zu reden, obwohl oder vielleicht gerade weil keine Antwort kam. Weil über nichts des Gesagten geurteilt werden würde.

«Ich glaube, du könntest uns helfen. Das glaube ich wirklich.»

Sie hörte, wie auf dem Gang hinter ihr eine Tür geöffnet wurde, wahrscheinlich von Herbeck. «Bis zum nächsten Mal», sagte sie und stand auf.

Herbeck ging vor ihr und Florin in Trimmels Zimmer. «Walter, hier sind noch einmal die Polizisten von der Mordkommission. Du kennst sie ja schon. Ich bin gleich wieder da, ich kümmere mich nur schnell um Marie.»

Trimmel saß mit gesenktem Kopf auf seinem Bett, in Pyjama und Frotté-Morgenmantel. Er blickte nicht hoch, als sie Stühle heranzogen und sich zu ihm setzten.

«Sie haben gehört, was passiert ist?» Beatrice betrachtete sein Profil. Wartete auf einen schnellen Seitenblick, auf ein Anzeichen von schlechtem Gewissen. Doch Trimmel nickte nur, in kleinen, kurzen Bewegungen. Als befürchtete er, jemand Falsches könnte es sehen.

Behutsam tastete Beatrice sich weiter. «Vielleicht – haben Sie es auch gesehen? Wie Maja gefallen ist? Könnte das sein?»

Er starrte seine Füße an. Einer steckte in einem Fleece-Hausschuh, der andere war nackt. «Das waren sie. Ganz bestimmt.»

«Sie? Diese … geheimen Brüder?»

Wieder das Nicken. «Sie hat sich nicht nur über mich lustig gemacht, sondern auch über sie. Da waren Sie doch selbst dabei. Und als Nächstes werden sie mich holen.» Nun hob er den Kopf und sah Beatrice direkt an. «Ich hab solche Angst!»

Sie glaubte ihm aufs Wort, die Panik stand ihm ins Gesicht geschrieben. «Herr Trimmel, haben Sie diese … Brüder diesmal gesehen? Haben Sie beobachtet, was geschehen ist?»

Mit einer zitternden Hand wischte er sich über die Stirn. «Nein. Ich sehe sie doch nie. Aber … etwas hat sie böse gemacht.»

«Ach.» Beatrice beugte sich ein Stück vor. «Wie kommen Sie darauf?»

«Sie sagen andere Sachen. Und sind richtig wütend.» Er begann, die Kanten seiner Matratze zu kneten. «Ich habe Maja von ihnen erzählt, und dann hat sie mich ausgelacht, und jetzt ist sie tot.» Statt der Matratze knetete er nun seine Knie. «Es sind auch neue dabei. Die hassen sich. Und mich. Ich glaube, die haben Maja gesagt, dass sie springen soll.»

Neue? Meinte er neue Stimmen? Die sich gegenseitig hassten? «Passiert das öfter? Dass neue Stimmen sich melden?»

Er warf ihr einen Blick zu, in dem sich Misstrauen und Hilflosigkeit mischten. «Manchmal. Aber nicht oft.»

«Und – seit wann hören Sie diese neuen Stimmen?»

In einer fahrigen Geste wischte Trimmel sich über den Mund. «Vor drei Tagen das erste Mal.»

Wenn sie seine Hand nahm, würde ihn das beruhigen oder zusätzlich verstören? Sie beschloss, es darauf ankommen zu lassen. «Verraten Sie mir, was sie zu Ihnen sagen?»

Seine Augen weiteten sich. «Nein! Dann werden sie hinter Ihnen her sein!»

«Um mich müssen Sie sich keine Sorgen machen. Ich wäre sehr froh, wenn Sie es mir anvertrauen würden.»

Doch Trimmel weigerte sich, mit einer Beharrlichkeit, die Beatrice ihm nicht zugetraut hätte. Sie versuchte es mit allen Mitteln, danach bot Florin sich als Zuhörer an – ihm würden die Brüder nichts anhaben können, versicherte er.

Ohne Erfolg. Trimmel verschloss sich mehr und mehr.

«Gift», flüsterte er immer wieder. «Sie werden euch Gift ins Essen tun.»

Beatrice wagte einen letzten Vorstoß. «Haben die Stimmen Ihnen vielleicht etwas befohlen? Etwas, das mit Maja zu tun hatte?»

Er antwortete nicht. Zumindest nicht gleich, doch als Herbeck zurückkam, sah sie, dass Walter Trimmel begann, mit den Lippen stumme Worte zu formen. Sie versuchte, sie zu lesen, aber ohne Erfolg. *Hau jetzt ab, hau jetzt ab,* eventuell. Doch das war bestenfalls geraten.

«Professor Klement würde Sie dann gern sprechen», verkündete Herbeck. «Er ist in seinem Büro.»

Alles in Beatrice sträubte sich dagegen, Trimmel ohne Ergebnis wieder zu verlassen. Andererseits sah es nicht so aus, als würden sie heute noch Antworten von ihm erhalten. Sein Blick war, wie schon vorher, starr auf den Boden gerichtet, und nun presste er die Hände gegen die Ohren, während seine Lippen sich weiterhin lautlos bewegten.

Hörte er sie gerade, die Stimmen? Sprach er nach, was sie sagten? Beatrice und Florin verabschiedeten sich von ihm, doch er schien sie gar nicht mehr wahrzunehmen.

Es wurde eine lange Nacht. Klement äußerte sich erschüttert über Majas Tod, aber Beatrice wurde den Eindruck nicht los, als sorgte er sich vor allem um die Reputation seiner Klinik. Ein problemlos zu öffnendes Fenster, ein unabgeschlossenes Dienstzimmer – das alles sah stark nach Schlamperei aus, und der Professor ließ keinen Zweifel daran, dass er einen Schuldigen finden und an den Pranger stellen würde.

«Und es wirft natürlich kein gutes Licht auf uns, dass der behandelnde Arzt die akute Suizidgefahr nicht richtig eingeschätzt und entsprechend therapiert hat», stellte er seufzend fest. «Da werde ich Vasinski die Vorwürfe nicht ersparen können, obwohl er sich die zweifellos selbst machen wird.»

Aber nicht mehr heute, wie es aussah. Der Oberarzt blieb weiter unerreichbar – Klement hatte zwei und Beatrice eine Nachricht auf seiner Sprachbox hinterlassen.

«Sie wissen, was Maja immer wieder behauptet hat, Sie und Vasinski betreffend?», fragte Beatrice, der Klement langsam auf die Nerven ging.

«Ja, natürlich. Das ist aus ihrer persönlichen Geschichte heraus leicht zu erklären.»

Sie lächelte ihn an. «Sie verstehen, dass ich Dr. Vogt darum ersuchen werde, besonders gründlich auf Hinweise für Geschlechtsverkehr zu achten. Einiges weist darauf hin, dass Maja nicht gesprungen ist, sondern gestoßen wurde. Falls sich das als wahr herausstellt, hätte jemand, der Missbrauch eines Autoritätsverhältnisses betreibt, ein überzeugendes Mordmotiv, nicht?»

Sie waren dabei, als der Leichenwagen kam und Maja abholte, um sie auf die Gerichtsmedizin zu bringen. Beatrice fröstelte in ihrem Kleid, sie hatten sich, als sie das Konzert verließen, nicht die Zeit genommen, ihre Jacken von der Garderobe zu holen. Florin bot ihr sein Sakko an, doch sie winkte ab. Schlimm genug, dass sie so offensichtlich gemeinsam privat unterwegs gewesen waren – wenn sie jetzt auch noch in seiner Jacke herumlief, würden die Gerüchte kein Ende nehmen. Bechner glotzte ohnehin ständig zu ihnen her.

Man hob Maja in den Metallsarg und schloss den Deckel über ihr.

Was für eine beschissene Verschwendung, dachte Beatrice. Sie hatte ihre Arme um sich selbst geschlungen und sah dem Wagen dabei zu, wie er langsam vom Krankenhausgelände fuhr. Es war gerade mal einen Tag her, dass Herbeck ihr gegenüber betont hatte, für wie suizidgefährdet er Maja hielt.

Zufall? Oder …

Sie erschrak, als sich etwas um ihre Schultern legte. «Sie sehen aus, als ob Sie frieren würden.»

Herbeck. Als hätte er gespürt, dass sie eben gedanklich mit ihm beschäftigt gewesen war. Er hielt ihr den Arztkittel so hin, dass sie hineinschlüpfen konnte, und diesmal lehnte sie nicht ab. Der Mantel wärmte zwar nicht allzu sehr, aber er verdeckte das kurze schwarze Kleid und ließ Beatrice endlich nicht mehr wie eine schaulustige Passantin wirken.

Im Lauf der nächsten Stunde befreite sie sich auch noch von ihren hohen Schuhen und lieh sich die Ersatz-Clogs einer der Krankenschwestern.

Drasche nahm sich das Dienstzimmer vor, aus dem Maja gesprungen war; Beatrice und Florin die Mitarbeiter, die Nachtdienst gehabt hatten.

Drei Diplomkrankenpflegerinnen und Herbeck. Niemandem war heute an Maja etwas aufgefallen, das außerhalb der Norm lag – mit dem Arzt hatte sie ihre üblichen Spielchen getrieben, unter anderem hatte sie versucht, seine Hände auf ihre Brüste zu legen.

«Aber das waren wir alle gewohnt von ihr.» Tamara Fischer war Anfang dreißig und hatte eine Sonderausbildung für Psychiatrische Pflege absolviert, so wie noch fünf weitere ihrer Kolleginnen und Kollegen hier. Sie war sichtlich bekümmert, aber nicht schockiert über Majas Tod.

«Hatte sie heute Abend Kontakt zu Walter Trimmel?», erkundigte sich Beatrice.

«Nicht, dass ich wüsste.» Fischer überlegte kurz. «Nein, Walter hat auf seinem Zimmer gegessen, es ging ihm nicht besonders gut.»

Ja. Vermutlich hatten ihm die Stimmen zugesetzt. Die alten und die neuen.

«Wohin ist sie nach dem Abendessen gegangen? Schon ins Bett? Oder hat sie sich noch mit jemandem unterhalten?»

Fischer blickte nachdenklich zur Seite. «Ich glaube, sie ist direkt vom Speisesaal in ihr Zimmer gegangen. Im Moment bewohnt sie es allein.»

Noch ein Betätigungsfeld für Drasche. Er war derzeit mit dem Fensterbrett des Dienstzimmers beschäftigt, pinselte

Spurensicherungspulver auf Flächen und Kanten. Zwischendurch gähnte er immer wieder hinter seinem Mundschutz, was Beatrice ihm nachfühlen konnte. Es war kurz vor eins.

«Wir sollten Bechner und Stefan nach Hause schicken», schlug sie Florin vor. «Es reicht, wenn wir uns zu zweit die Nacht um die Ohren schlagen.»

Stefan war sichtlich dankbar, Bechner hingegen gebärdete sich, als hätte man ihm die Rote Karte gezeigt. «Erst seid ihr unerreichbar, da dürfen wir gern einspringen, aber sobald die Drecksarbeit getan ist, schickt ihr das Fußvolk wieder weg, hm?»

Hatte der Mann einen Knall?

«Wir gönnen euch nur den Schlaf, den wir selbst gerne hätten», antwortete Florin. Glücklicherweise. Beatrices Entgegnung wäre deutlich weniger höflich ausgefallen.

«Aber Sie können gern bleiben, Kollege.» Er vermied das vorhin angebotene Du. «Vielleicht wollen Sie ja Robert Erlacher befragen, das ist einer der Pfleger.»

«Ja», ergänzte Beatrice. «Er kannte Maja. Als ich sie das letzte Mal gesehen habe, war er bei ihr, möglicherweise kann er Ihnen mehr darüber erzählen, wie es ihr in den letzten Tagen ging.»

Seinem Gesichtsausdruck nach zu schließen, begriff Bechner, dass Beatrice ihn an einen Nebenschauplatz verbannte, aber er wandte sich zum Gehen, ohne zu murren. Drehte sich allerdings sofort wieder um, als er das Auto hörte, das eben auf die Straße vor dem Psychiatriepavillon einbog. Dahinter folgte ein zweites.

Um diese Zeit? Beatrice begriff erst, als die Fahrertür des schwarzen Golf geöffnet wurde und eine Frau in Jeans und weißer Bluse ausstieg. Sie kannte ihren Namen nicht, aber ihr Gesicht.

Presse. Wer zum Henker hatte die informiert? So schnell?

Florin stieß einen unterdrückten Fluch aus. «Es sind noch nicht einmal die Angehörigen benachrichtigt. Wenn ich herausfinde, wer hier nicht dicht gehalten hat, dann darf derjenige sich freuen.»

Die Frau kam bereits auf sie zu, sichtlich froh, sie zu sehen. Beatrice ahnte, warum: Wenn die Kriminalpolizei hier war, musste ihr Informant die Wahrheit gesagt haben.

«Guten Abend, Frau Kaspary, Herr Wenninger. Ich darf Ihnen doch ein paar Fragen stellen?»

Florin schüttelte der Frau die Hand. «Um ehrlich zu sein, uns wäre lieber, Sie würden warten. Wir können Ihnen noch nichts Verbindliches sagen.»

Die Journalistin lächelte Florin flüchtig zu, doch ihr Interesse galt eindeutig Beatrice. Kein Wunder. Sie musste sich fragen, warum eine Ermittlerin des LKA in Ärztekittel und Holzpantoffeln am Tatort herumlief. Wahrscheinlich wünschte sie sich gerade, sie hätte einen Fotografen geweckt und mitgebracht.

«Jemand hat sich aus dem Fenster der Klinik gestürzt, nicht wahr? Angeblich ein junges Mädchen. Was können Sie mir noch dazu erzählen?»

Auch aus dem anderen Wagen stieg nun ein Journalist aus, dessen Gesicht Beatrice ebenfalls nicht zum ersten Mal sah.

«Wer hat Sie herbestellt?» Es fiel Florin sichtlich schwer, seinen ruhigen Ton beizubehalten.

Das entging auch der Frau nicht. «Sie wissen doch, dass wir unsere Quellen schützen müssen.» Sie sah sich um. Beatrice hoffte, dass die Blutlache vor dem Eingang schon beseitigt oder zumindest verdeckt worden war.

«Ich werde mich verlässlich an Ihre Sperrfrist halten, aber

ich möchte die erste sein, die die Story bringt. Ein Selbstmord, nicht wahr? Können Sie schon sagen, ob Fahrlässigkeit von Seiten der Klinik bestanden hat?»

Der Journalist war neben Florin stehen geblieben, schüttelte ihm die Hand und musterte seinen eleganten Aufzug. «Wurden Sie vom Konzert Ihres Bruders herbeordert? Eine Schande, aber echt. Ich habe auch versucht, Karten zu bekommen – keine Chance.»

Bechner war mittlerweile in der Klinik verschwunden. War es möglich, dass er für das Auftauchen der Presse hier verantwortlich war? Falls ja, was versprach er sich davon? Interviews im Scheinwerferlicht? Nein, so naiv konnte er unmöglich sein.

«Ist der Leiter der Abteilung hier?» Die Journalistin warf einen prüfenden Blick zum Psychiatriepavillon, als könne sie die Antwort auf ihre Frage von der Fassade ablesen. «Ich würde sehr gern mit ihm sprechen.»

Es war Florin gegenüber nicht fair, aber Beatrice hatte das dringende Bedürfnis, der Gesellschaft der Presse zu entkommen. Und irritierenderweise auch den Wunsch, Ärzte und Pflegepersonal vorzuwarnen.

«Entschuldigen Sie mich bitte.» Sie nickte den beiden Journalisten zu und ging eilig in Richtung Haupteingang, wo sie beinahe mit Robert Erlacher zusammenstieß.

Sie nahm ihn beim Arm. «Es ist gerade ein Kollege auf dem Weg zu Ihnen, um mit Ihnen zu reden. Abgesehen davon – bleiben Sie besser drin, es sind Presseleute aufgetaucht.»

«Oh.» Seine Augen weiteten sich, und er trat sofort wieder aus dem Licht der Außenbeleuchtung in den Schatten des Eingangs zurück. «Journalisten? Das ist schlecht. Klement ist schon so ziemlich aus dem Häuschen und um ehrlich zu sein – ich mache mir auch Sorgen.»

«Müssen Sie nicht. Mein Kollege Wenninger hat alles im Griff.»

Der Pfleger rieb sich nervös übers Kinn. «Ach, die Zeitungsfritzen sind mir doch egal. Aber ... Marie ist verschwunden. Ich suche sie seit einer halben Stunde, bis jetzt ohne Erfolg.»

Das war allerdings übel. «Vorhin habe ich sie noch gesehen, das ist etwa zwei Stunden her. Vor Walter Trimmels Zimmer. Ist es schon öfter passiert, dass sie sich versteckt?», fragte Beatrice, während sie den Weg zum Chefbüro einschlug.

«Nein. So etwas ist absolut untypisch für sie, deshalb könnte ich mir vorstellen dass sie ... etwas gesehen hat. Verstehen Sie? Dass sie Maja hat springen sehen, von ihrem eigenen Fenster aus, und jetzt geschockt ist.»

Und das Weite suchte. Aber – mit so viel Verzögerung? Egal, verschwunden war verschwunden. Damit stand Klement tatsächlich vor einer potenziellen Katastrophe. Eine tote Patientin und eine unauffindbare prominente, die noch dazu nicht sprach. Man würde eine Suchaktion starten müssen, je früher, desto besser, und dabei einerseits die Öffentlichkeit einbeziehen, andererseits die wahre Identität der Patientin verschleiern müssen.

Der Gedanke, was passieren würde, wenn Jasmins Aufenthaltsort bekannt wurde, drehte Beatrice den Magen um. Wusste Bechner eigentlich, wer sich hinter der angeblichen Marie wirklich verbarg? Hatten sie vor ihm über sie gesprochen? Sie konnte sich nicht erinnern.

«Im Haus haben Sie schon alles durchsucht?»

«Nur flüchtig, aber so leicht ist Marie ja nicht zu übersehen.» Es war ihm anzumerken, wie sehr ihm die Situation zu schaffen machte. «Ich mag sie, wissen Sie?»

Vor Klements Büro angekommen, klopfte Beatrice an die Tür und trat ein, ohne eine Antwort abzuwarten. Der Professor hing gerade am Telefon, er war blass und seine Bewegungen fahrig. «Ich melde mich gleich noch einmal», sagte er zu seinem Gesprächspartner.

Mit einem Knall warf er das Handy auf den Tisch. «Sagen Sie mir, dass Sie sie gefunden haben.»

«Leider nicht.» Roberts Stimme war leise, seine Haltung schuldbewusst. «Aber wir suchen, und wir werden sie finden.»

«Ich helfe euch.» Der Professor steckte sein Mobiltelefon in die Hosentasche und schaltete die Schreibtischlampe aus.

«Es tut mir sehr leid, ich habe auch schlechte Neuigkeiten.» Beatrice ignorierte den abweisenden Blick, den Klement ihr zuwarf. Ihr letztes Gespräch hatte sich darum gedreht, dass sie Majas Missbrauchsvorwürfe für überprüfenswert hielt, da war seine Reaktion kein Wunder.

«Draußen warten zwei Journalisten, wer weiß, vielleicht sind es mittlerweile schon mehr. Auf welche Weise sie Wind von Majas Tod bekommen haben, ist mir allerdings ein Rätsel.» Sie musterte Klement aufmerksam. «Fällt Ihnen jemand ein, der sie informiert haben könnte?»

«Nein.» So aufgewühlt der Professor auch wirkte, seine Stimme blieb gelassen. «Niemand von meinen Leuten, hier ist man es gewohnt, diskret zu sein und die Privatsphäre des jeweils anderen zu schützen. Einen Mitarbeiter, der eine so massive Störung der Ruhe der Patienten billigend in Kauf nimmt, würde ich nicht länger beschäftigen.»

Er straffte die Schultern. «Ich werde hinausgehen und mit ihnen reden. Dass Maja sich umgebracht hat, müssen wir ohnehin früher oder später nach außen kommunizieren. Alles andere wäre verlogen.»

Er ging, ebenso wie Robert, der ankündigte, seine Suche auf der benachbarten Station fortsetzen zu wollen. Beatrice zögerte kurz und entschloss sich dann, sich in Jasmins Zimmer umzusehen. Zu überprüfen, ob die Frau von dort aus Majas Sturz überhaupt hätte sehen können.

14. Kapitel

Die Gänge des Krankenhauses waren auch bei Nacht beleuchtet, was die Atmosphäre eigenartiger wirken ließ, als wenn alles in tiefer Dunkelheit gelegen hätte. Ausgestorben. Ihre eigenen Schritte kamen Beatrice unerträglich laut vor – als würde sie akustische Spuren hinterlassen. Immer wieder blickte sie über die Schulter nach hinten, und nur deshalb sah sie, dass eine der Türen sich bewegte.

Alarmiert blieb Beatrice stehen. Die betreffende Tür war nicht ins Schloss gefallen, sondern stand nach wie vor einen kleinen Spalt offen. Bewegungslos jetzt.

Der Impuls, einfach hinzugehen und die Tür zu öffnen, war stark. Allerdings hatte Beatrice sich alle daraus resultierenden Folgen dann selbst zuzuschreiben – korrekterweise musste sie Verstärkung holen.

Diesen Gedanken verwarf sie sofort wieder. Ihr Handy steckte in der Abendtasche, die ihrerseits in Florins Auto lag. Sie würde also persönlich nach Hilfe suchen müssen, und bis sie wieder zurück war, würde derjenige, der sich hinter der Tür befand, verschwunden sein, wer auch immer es war.

Beatrice schlüpfte aus den klappernden Schwesternschuhen; barfuß ging sie langsam auf die Tür zu. Dahinter lag kein Patientenzimmer, da war sie sicher – viel eher ein Lagerraum oder eine Abstellkammer.

Jetzt waren ihre Schritte lautlos, aber natürlich war sie im Licht des Gangs mehr als nur gut zu sehen. Je näher sie der

Tür kam, desto deutlicher fühlte sie ihr Herz schlagen. Sie wappnete sich gegen einen plötzlichen Angriff; in dem Fall konnte sie sich keine Schrecksekunde leisten, sondern musste sofort reagieren …

Aber es geschah nichts.

Vier Schritte noch. Sie tat sie schnell, griff nach der Klinke und zog daran.

Ein Lagerraum, wie sie vermutet hatte. Und in der Mitte Jasmin, bewegungslos, als wäre sie aus Holz. Als hätte jemand sie dort abgestellt und vergessen. Ihr Blick war auf eines der Regale gerichtet. Nichts wies darauf hin, dass sie Beatrice überhaupt wahrgenommen hatte.

Aber mittlerweile war sie überzeugt davon, dass Jasmin ihre Umwelt sehr viel genauer wahrnahm, als sie glauben machen wollte. Sie hatte die Tür der Schritte auf dem Gang wegen zugezogen. Weil sie nicht entdeckt werden wollte.

«Versteckst du dich hier?» Beatrice fragte leise und sanft, diesmal wirklich in der Hoffnung auf eine Reaktion. Sie wartete, doch es kam nichts. Jasmins Augen fixierten das Regal, ihre Brust hob und senkte sich in tiefen, regelmäßigen Atemzügen.

Auch jetzt widerstrebte es Beatrice, die Frau einfach stehen zu lassen und jemanden vom Pflegeteam zu holen. Sie sah sich schnell um – nein, niemand hier. Wahrscheinlich waren alle kreuz und quer im Haus unterwegs, um die verschwundene Patientin zu suchen.

Vielleicht war es am besten …

«Komm.» Sie nahm Jasmins Hand, wie sie es Robert Erlacher und Leonie Plank hatte tun sehen. Erwartete Widerstand, doch auch der kam nicht. Jasmin ließ sich aus dem Lagerraum ziehen wie ein vertrauensvolles Kind. In der anderen Hand hielt sie etwas, wie Beatrice erst jetzt bemerkte.

Eine Brechschale aus PVC. War ihr übel? Und sie konnte niemandem Bescheid geben, weil sie eben nicht sprach? Ihr Zimmer am Ende des Korridors war nicht schwer zu finden. Sie traten ein, und Beatrice ließ Jasmins Hand los. «Ich hole jemanden, gut? Sie suchen alle schon nach dir.» Einen Augenblick lang betrachtete sie die riesige Frau nachdenklich. «Soll ich Professor Klement zu dir bringen? Oder lieber Robert? Oder Dr. Herbeck?»

Kein Name rief eine Reaktion hervor. Jasmin war neben dem Tisch beim Fenster stehen geblieben, und richtete ihren leeren Blick auf die Tischplatte. Oder genauer gesagt, auf die Gegenstände, die sich darauf befanden.

Beatrice verengte die Augen zu Schlitzen und betrachtete das merkwürdige Arrangement. Ein kleiner Plastikbecher, wie für eine Urinprobe, eine Schnabeltasse, ebenfalls aus Plastik. Zwei leere Puddingschüsselchen, eine Seifenschale und der Schraubverschluss einer Mineralwasserflasche.

Neben ihr bewegte sich Jasmin. Sie ging auf den Tisch zu und legte die Brechschüssel zwischen die Seifenschale und den Plastikbecher. Gut eine Minute stand sie da und blickte so beharrlich auf die versammelten Gegenstände, als müsste sie sie gleich aus dem Gedächtnis aufzählen können. Dann erst wandte sie sich ab, schritt langsam auf ihr Bett zu und setzte sich.

Die Sachen auf dem Tisch erinnerten Beatrice an die Plastikmesser auf Schlagers Körper. Von einem Gesetz der Serie konnte man noch nicht sprechen, aber von einem Muster durchaus: Genau an den zwei Tagen, als es Tote in der Klinik gegeben hatte, hatte Jasmin ihre kleinen Installationen zusammengestellt.

Es half nichts, nun musste sie sie doch kurz allein lassen und hoffen, dass nicht Robert oder jemand anders zufällig hier vorbeikam und die Gegenstände auf dem Tisch entfernte.

«Ich bin sofort wieder hier, ja?»

Beatrice lief los, immer noch barfuß. Sie rannte die Treppen hinunter bis ins Erdgeschoss, dankbar dafür, dass sie niemandem begegnete. Da war der Ausgang. Florin sprach nach wie vor mit den Journalisten, deren Anzahl sich in der Zwischenzeit mehr als verdoppelt hatte. Neben ihm stand Klement, mit vor der Brust verschränkten Armen.

Wenn sie nicht den direkten Weg, sondern einen kleinen Bogen zum Auto lief, würde hoffentlich niemand auf die Idee kommen, sie aufzuhalten.

Der Kies auf dem Weg schmerzte beim Drüberlaufen, aber darauf konnte Beatrice jetzt keine Rücksicht nehmen. Der Wagen war unversperrt, wie sie gehofft hatte, und ihre Tasche lag im Fußraum. Sie griff sich das Smartphone und rannte zurück. Jemand rief ihr etwas nach, doch wer auch immer es war, er musste warten. Sie hatte keine Zeit zu verlieren, hoffentlich war noch alles so, wie sie es verlassen hatte …

Zu ihrer großen Erleichterung war es das. Inklusive Jasmin, die sich in den letzten Minuten keinen Millimeter weit bewegt hatte. Beatrice tippte auf die Foto-App und schoss zehn Bilder von den Gegenständen auf dem Tisch. Von nahem, aus größerer Entfernung, von allen Seiten. Sie vergewisserte sich, dass die Aufnahmen in Ordnung waren, bevor sie das Handy in die Tasche des Arztkittels schob.

Jasmin hatte kein einziges Mal zu ihr hergesehen, als bekäme sie gar nicht mit, was Beatrice tat.

«Ich gehe jetzt und sage Bescheid, dass du auf deinem Zimmer bist. Sie suchen dich, weißt du? Sie machen sich Sorgen.»

Im Hinausgehen schloss Beatrice leise die Tür hinter sich, bevor sie lossprintete. Auf dem zweiten Treppenabsatz prallte sie beinahe mit Herbeck zusammen. «Sie ist wieder zurück. Jasmin. In ihrem Zimmer.»

Herbeck atmete erleichtert aus. «Gott sei Dank. Ich sehe sofort nach ihr.»

Beatrice verschwieg ihm, dass sie Jasmin eigentlich anderswo gefunden hatte, und auch die interessante Tischdekoration erwähnte sie mit keinem Wort. Sie war zu gespannt darauf, ob Herbeck bei ihrer nächsten Begegnung darauf zu sprechen kommen würde.

Im Eingangsbereich kam Bechner ihr entgegen, gähnend. Sie sprach ihn an, bevor er zu einer seiner langschweifigen Erzählungen ansetzen konnte. «Haben Sie mit Erlacher gesprochen? Nein, oder? Nicht Ihre Schuld, er ist gerade ziemlich beschäftigt.»

Unwillig verschränkte der Kollege die Arme vor der Brust. «Schön, dass Sie mir das jetzt sagen. Ich hab mir fast einen Wolf gesucht. Nein, Erlacher konnte ich nicht vernehmen, dafür aber zwei Krankenschwestern, die Maja Brem sehr gut kannten. Beide meinen, es wäre ihnen nichts aufgefallen in den letzten Tagen. Brem hatte ihre Hochs und ihre Tiefs, aber alles im üblichen Bereich.»

Das Problem war, dass Beatrice nicht wusste, wie gut oder schlecht Bechner bei Vernehmungen war. Sie versuchte eine engere Zusammenarbeit so beharrlich zu vermeiden, dass sie sich nicht erinnern konnte, ihn schon einmal im Gespräch mit einem Zeugen beobachtet zu haben.

«Haben sie sonst etwas gesagt? Wie Majas Verhältnis zu den einzelnen Ärzten war, beispielsweise? Oder zum Pflegepersonal?»

Allmählich war Bechner die Müdigkeit am Gesicht abzulesen, trotz seiner Anstrengungen, sich nichts davon anmerken zu lassen. «Nein. Nur dass sie schwierig und unberechenbar war, aber das sind die Mädels hier von fast allen Patienten gewohnt.»

Die Mädels. Ernsthaft?

Sie blickte nach draußen. An der Situation hatte sich nichts geändert, die Journalisten machten nicht den Eindruck, als wollten sie bald das Feld räumen.

«Sagen Sie, Herr Bechner – Sie haben nicht zufällig mit jemandem von der Presse telefoniert, oder?»

Er schnappte hörbar nach Luft. «Dafür hatte ich gar nicht die Zeit, und außerdem bin ich kein Idiot, auch wenn Sie das offenbar glauben. Ich würde so etwas nie ohne Absprache tun.»

Er wirkte ehrlich getroffen. Beatrice wollte zu einer Entschuldigung ansetzen, doch er kam ihr zuvor, jetzt wütend: «Wissen Sie, was das ist, Kaspary? Mobbing. Schlagen Sie das ruhig einmal nach. Sie greifen mich an, und Sie grenzen mich aus. Sie unterstellen mir Dinge, ohne dass es auch nur den geringsten Hinweis darauf gibt, dass ich für sie verantwortlich bin.»

Verdammt, war das ein empfindliches Pflänzchen. «Tut mir leid, so war es überhaupt nicht gemeint. Ich wollte nur …»

«Ich weiß genau, was Sie wollten», fiel er ihr ins Wort. «Aber wenn Sie denken, davon lasse ich mich kleinkriegen, dann irren Sie sich.»

«Meine Güte, hören Sie doch auf, wegen jeder Kleinigkeit beleidigt zu sein.» Wunderbar, nun wurde sie auch noch laut, aber für Beherrschung war sie einfach schon zu erschöpft. «Ich kenne Sie nicht besonders gut, deshalb ist die Frage ja wohl noch erlaubt.»

Bechners Blick war eisig. «Stimmt. Sie kennen mich nicht. Aber das ist ja wohl kaum meine Schuld.»

Um fünf Uhr morgens hatte Beatrice das Gefühl, im Stehen einschlafen zu können. Die Journalisten waren abgezogen mit der Anweisung, eine Sperrfrist bis zehn Uhr einzuhalten.

Die Aufgabe, den Angehörigen die Todesnachricht zu überbringen, hatten diesmal uniformierte Kollegen übernommen – Florins und Beatrices Aufzug war dafür einfach zu unpassend.

Und sie wusste nicht mehr, wo sie ihre Schuhe gelassen hatte. Egal. Irgendwer würde sie schon finden. Die Clogs, in denen sie die letzten Stunden verbracht hatte, stellte sie ins Schwesternzimmer zurück, bevor sie gähnend zu Florins Wagen ging. Der Boden war kalt unter ihren bloßen Füßen, und immer wieder trat sie auf Steinchen, doch sie spürte kaum etwas davon. Noch war es dunkel, aber nicht mehr lange. Der Tag, der vor ihr lag, würde entsetzlich anstrengend werden.

Bis dahin ... blieben ihr etwa zwei Stunden Schlaf. Die mussten drin sein. Vielleicht sogar zweieinhalb, weil die Kinder ja bei Achim waren.

Das Auto stand offen, und Beatrice ließ sich auf den Beifahrersitz fallen. Sobald sie die Augen schloss, begann die Welt von ihr fortzudriften, das war angenehm. Wunderschön.

Dass sie eingeschlafen sein musste, begriff sie erst, als jemand ihr sanft erst über die Schulter, dann über die Wange strich. «Bea. Wir sind da.»

Die Augen zu öffnen war schwierig. Ein wenig fühlte sie sich, als wäre sie betrunken. «Oh. Okay. Danke.»

«Ich begleite dich noch hinauf. Du blutest übrigens.»

«Stimmt nicht», murmelte sie.

«Doch, am rechten Fuß. Ich kümmere mich darum, und dann gehe ich, okay?»

Sie hatte keine Meinung mehr dazu. Sie wollte nur weiterschlafen, also nickte sie. War einfacher.

Mit einiger Mühe kramte sie den Schlüssel aus ihrer Tasche und schloss die Eingangstür auf. In der Wohnung angekommen, ließ sie sich nur noch auf ihr Bett fallen. Ausziehen war nicht nötig und auch gar nicht mehr möglich.

War Florin noch da? Wahrscheinlich, aber er würde den Weg hinaus finden. Gar keine Frage. Das Einzige, was sie nicht vergessen durfte …

15. Kapitel

Als sie wieder erwachte, tat sie das nicht mit einem Schlag wie sonst meistens, sondern kam nur langsam an die Oberfläche ihres Bewusstseins, wie ein Taucher, der von tückischen Strömungen immer wieder unter Wasser gezogen wurde.

Erst der Blick auf die roten Ziffern des Radioweckers ließ sie hochfahren. Elf Uhr dreizehn. Das konnte, das durfte nur ein Irrtum sein.

Sie schnellte aus dem Bett, bemerkte erst jetzt, dass sie immer noch das kleine Schwarze trug, und sog zischend Luft zwischen den Zähnen ein, als ihr rechter Fuß den Boden berührte.

Da war ja etwas gewesen.

Du blutest übrigens.

Sie sah an sich hinunter. Ein fester Verband war um Sohle und Rist gewickelt, und offenbar hatte Florin ihr auch die Füße gewaschen. So sauber wie jetzt konnten sie nach der letzten Nacht keinesfalls gewesen sein.

Auch der Reißverschluss am Rücken ihres Kleides war geöffnet. Er hat mich ins Bett gebracht wie ein kleines Kind, dachte Beatrice und unterdrückte mühsam das in ihr aufwallende Gefühl von Beschämung.

Erst jetzt entdeckte sie den Zettel auf ihrem Nachttisch. *Schlaf dich aus, Bea. Ich bin noch einigermaßen fit, ich halte die Stellung im Büro. Bis gleich.*

Sie setzte sich auf die Bettkante. Strich mit den Fingern

über das Papier und fragte sich, wie sie später so tun sollte, als wäre ihr das alles nicht peinlich.

Doch für Befindlichkeiten dieser Art ergab sich gar keine Gelegenheit. Auf dem Gang zum Büro kam Florin ihr schon entgegen, mit angespanntem Gesicht. «Majas Eltern sind hier. Der Stiefvater, um genau zu sein. Er wartet in Vernehmungsraum 2 – kommst du mit?»

«Natürlich.» Mein Gott, musste Florin müde sein. Die Ringe unter seinen Augen waren unübersehbar, und beim Rasieren hatte er sich zweimal geschnitten. «Hast du überhaupt geschlafen?»

Er grinste schief. «Eineinhalb Stunden, aber die waren wichtig. Und du? Geht es dir gut?»

«Ja, ich bin völlig frisch.» Sie lächelte ihn an. «Danke, Florin. Für alles.»

«Keine Ursache. Bechner hat sich für heute frei genommen, er sagte, das würde dich freuen. Muss ich das verstehen?»

Sie schüttelte stumm den Kopf. Diese unsinnige Auseinandersetzung war also noch nicht ausgestanden, damit hatte sie rechnen müssen. «Okay. Majas Stiefvater also. Das ist der Mann, von dem sie als Kind missbraucht worden ist?»

Ein neuer Ausdruck trat in Florins Gesicht, einer, den Beatrice bisher nur selten gesehen hatte. Kälte.

«Majas Aussage nach, ja. Allerdings ist er nie rechtskräftig verurteilt worden. Ich habe die Akte kurz überflogen; Maja war zwölf, als der Fall vor Gericht kam. Sie hat sehr widersprüchliche Dinge erzählt, von denen auch vieles zusammenphantasiert war, und der Mann wurde freigesprochen. Die Beweise waren nicht eindeutig, und am Ende hat auch die Mutter zu seinen Gunsten ausgesagt.»

Sie waren vor dem Vernehmungsraum angekommen. Beatrice betrat ihn als Erste. Sie hatte das Gefühl, Florin etwas schuldig zu sein, und würde ihn so gut entlasten, wie sie nur konnte.

Majas Stiefvater war ein großgewachsener, attraktiver Mann in einem teuren Anzug und mit einem angenehm festen Händedruck. «Dietmar Brem. Und das hier ist meine Frau. Sie wollte unbedingt mitkommen. Ich hoffe, es dauert nicht zu lange, denn es geht ihr überhaupt nicht gut. Wie Sie sicher verstehen werden.»

Beatrice beobachtete seine Mimik genau. Nein, tiefe Trauer war da keine, aber einigermaßen ehrlich wirkende Bekümmerung. Die Frau dagegen sah aus, als könne sie jeden Moment zusammenbrechen. Ihre Augen waren verschwollen und rot, und Beatrice hatte den Eindruck, als bereite jeder Atemzug ihr Schmerzen. «Mein Beileid.» Sie schüttelte ihr die Hand.

«Es ist entsetzlich schwer für sie», sagte Brem. «Nicht wahr, Tanja?» Er legte beschützend einen Arm um sie. «Schon seit Maja ein kleines Kind war, musste man sie vor sich selbst beschützen. Meine Frau ist daran fast zerbrochen. Wir hatten so gehofft, dass die Klinik dieser Aufgabe gewissenhaft nachkommen würde, aber … offenbar war man auch dort überfordert.»

Ein leiser, aber unüberhörbarer Vorwurf lag in seiner Stimme. Sie setzten sich, und Dietmar Brem legte die Fingerspitzen mit den perfekt manikürten Fingernägeln aneinander. Er wartete offenbar, dass endlich jemand anders das Wort ergriff.

Und sie ließen ihn warten. Es war nicht abgesprochen gewesen, trotzdem wusste Beatrice, dass ihr Schweigen ganz in Florins Sinn war. Sie legte sich ihren Notizblock zurecht und platzierte das Aufnahmegerät vor Brem. Sie persönlich glaubte, dass er getan hatte, was Maja ihm vorgeworfen hatte, aber konnte sie sicher sein? Durfte sie ihn in Gedanken zum Kinderschänder machen, ohne Beweis?

Immer noch dauerte das Schweigen an. Brem streichelte die Hand seiner Frau, die das gar nicht zu spüren schien. Gelegentlich wischte er sich über den Mund.

«Es war Selbstmord, haben Ihre Kollegen gesagt.» Jetzt machte die Situation ihn offenbar doch nervös. «Ich verstehe nicht, wie es in einer Psychiatrie Fenster geben kann, die einen solchen Zwischenfall ermöglichen, aber das können ja vielleicht Sie mir erklären.»

Beatrice überprüfte, ob ihr Kugelschreiber funktionierte. Sie ließ die Mine zweimal aus- und wieder einschnappen und zeichnete eine Wellenlinie aufs Papier. Ihr Blick begegnete dem von Florin, der bestätigend nickte. Es konnte losgehen.

«Herr Brem», begann sie. «Schildern Sie uns doch bitte Ihr Verhältnis zu Ihrer Stieftochter.»

Er blickte seufzend zur Seite. «Ja, ich dachte mir, dass das zur Sprache kommen würde. Sie wissen natürlich von den Vorwürfen, die sie mir gegenüber geäußert hat. Aber glauben Sie mir, da war nie etwas dran.» Er sah erst Beatrice, dann Florin bittend an – Florin ein wenig länger. «Sie hat sich Tausende Geschichten zusammengesponnen, und das war eine davon. Die gefiel ihr schlussendlich am besten, weil sie damit die meiste Aufmerksamkeit erregte.»

Ohne zu ihm hinüberzusehen, spürte Beatrice, wie Florin seine Sitzposition änderte. Immer noch hatte er kein Wort gesagt.

«Ihre Interpretation von Majas Motiven interessiert mich nur am Rande», sagte sie. «Ich wollte wissen, wie Sie zueinander standen.»

Er nickte beflissen. «Entschuldigen Sie bitte. Es ist nur … diese Sache verfolgt mich schon so lange. Also, ich mochte Maja immer. Obwohl sie mir das Leben mit ihren Lügen mehr als schwer gemacht hat. Sie war ein kluges und phantasievolles Kind – leider ein bisschen zu phantasievoll.»

«Ja, Herr Brem, wir haben begriffen, was Sie uns sagen wollen.» Ihre Antwort war lauter und schärfer ausgefallen als geplant, aber vielleicht war das gar nicht schlecht. «Sie mochten Maja also. Wann haben Sie sie das letzte Mal besucht?»

Er dachte mit demonstrativer Anstrengung nach. «Das war vor … etwa zwei Monaten. Nicht wahr, Tanja? Da war sie auch gerade wieder stationär dort. Ja, zwei Monate, ziemlich genau. Ich muss zugeben, die Besuche in der Klinik waren immer sehr schwierig für mich. Wenn Sie Maja je begegnet sind, können Sie sich vielleicht vorstellen, weshalb.»

O ja, das konnte Beatrice. Umso erstaunter war sie, als Florin sich plötzlich vorbeugte. In seinen Augen lag ein schwer zu deutendes Funkeln. «Nein, aber das würde mich interessieren. Was genau meinen Sie?»

Brem wand sich auf seinem Sitz. «Na ja, sie war sehr – drastisch in ihren Formulierungen, gerade wenn ich in der Nähe war. Sie hat dann Dinge durchs Haus geschrien …»

Beatrice konnte sich das bildlich vorstellen. *Das ist mein Stiefpapi, der mich schon gefickt hat, als ich erst sieben war. Deswegen ist er auch heute wieder hier, das stimmt doch, Papa, nicht?*

«Ach», sagte Florin neben ihr. «Ja. Ich kann mir denken, was Sie meinen. Ich habe Maja selbst einmal sehr … überdreht erlebt. Und sehr deutlich in ihren Worten.»

Brem lebte sichtlich auf. «Nicht wahr? So war sie zu allen, das war eben einfach ihre Krankheit.»

Wie offensichtlich froh er darüber war, sich rechtfertigen zu können. Und seit gestern konnte ihm auch niemand mehr widersprechen, niemand ihn mehr auf so drastische Weise in Verlegenheit bringen.

«Also sind Sie nur gelegentlich in der Klinik aufgetaucht, ja?», brachte Beatrice ihn aufs Thema zurück. «Wenn es sich nicht vermeiden ließ?»

«Maja hat keinen großen Wert auf meine Besuche gelegt, wissen Sie.» Sein Blick war offen, etwas zu offen vielleicht. Er wirkte beinahe beabsichtigt, als hätte er ihn geübt für Gelegenheiten, bei denen Brem besonders ehrlich erscheinen wollte. «Sie wollte mich loswerden, von Anfang an. Hat den Verlust ihres Vaters nie verwunden – es war, als hätte sie gehofft, er würde von den Toten auferstehen, wenn ich nur verschwinde.»

In Tanja Brems Augen waren Tränen getreten und liefen nun ihr Gesicht hinunter. Sie wischte sie nicht weg. Als fehle ihr die Kraft, auch nur die Hand zu heben.

«Auch wenn Sie nicht häufig in der Klinik waren», fuhr Beatrice nach einer kurzen Pause fort, «können Sie uns trotzdem Ihren Eindruck von den Ärzten vermitteln?»

Brems Miene nahm einen abfälligen Ausdruck an. «Na ja, um ehrlich zu sein – von Vasinski vielleicht abgesehen sind es alles Klugschwätzer. Wenn Sie mir die Wortwahl erlauben.»

«Tun Sie sich keinen Zwang an», ermunterte ihn Florin.

«Na ja.» Brem wirkte mit jeder Minute entspannter. «Klement ist der Prototyp des eitlen Arztes, finde ich. Herbeck ein verspäteter Hippie, und diese Ärztin … Plank, nicht wahr? Der quillt der Perfektionismus aus allen Poren. Ein Typ Frau, mit dem ich noch nie gut zurechtgekommen bin. Immer überbeschäftigt und so unglaublich gut organisiert, dabei aber trotzdem latent überfordert.»

Beatrices Abneigung gegen Brem erhielt eine neue Dimension. Woher nahm er diese Arroganz? Oder fühlte sie sich nur persönlich angegriffen? *Überbeschäftigt* war ein Attribut, das sich auch auf sie selbst wunderbar anwenden ließ. Ebenso wie *überfordert*.

«Ich glaube, ich habe einen guten Eindruck von Ihrem Frauenbild bekommen», sagte sie. «Ich vermute, diese drei Ärzte haben Majas Geschichte ernst genommen? Dass sie von Ihnen missbraucht wurde? Immerhin wurde sie nicht umsonst in einem Traumazentrum behandelt.»

«Ja, aber das Trauma wurde durch den Tod ihres Vaters ausgelöst, nicht von mir!», empörte sich Brem. «Nur ist Missbrauch ja jetzt so ein Modethema geworden, dass alle ihn an jeder Ecke wittern. Auf Kosten von Menschen wie mir.» Er beugte sich vor und ließ dabei die Hand seiner Frau los. «Können Sie sich vorstellen, wie schlimm es ist, mit einem solchen Vorwurf leben zu müssen? Tagein, tagaus? Wissen Sie, wie viele sogenannte Freunde ich verloren habe? Wie schwer es für mich in meinem Beruf geworden ist?»

Sein Selbstmitleid verursachte Beatrice Übelkeit. *Weil ich ihn immer noch für einen Lügner halte.*

«Ihre persönlichen Probleme interessieren mich nur am Rande, und zu Ihrer Beruhigung: Es ist nicht meine Aufgabe herauszufinden, ob Sie Ihre Stieftochter missbraucht haben», sagte sie. «Ich will vor allem die Umstände ihres Todes aufklären.»

Irritiert blickte er zu Florin. «Wieso denn? Sie hat sich umgebracht, was wollen Sie da noch aufklären?»

Beatrice wartete, bis er seine Aufmerksamkeit wieder auf sie richtete. «Selbstmord ist eine der möglichen Antworten. Mord eine andere. Wo waren Sie gestern zwischen zwanzig und einundzwanzig Uhr?»

Sie hatte ihn kalt erwischt, wie sie mit Befriedigung feststellte.

«Wieso denn Mord? Und Sie denken … nein, oder? Ich hätte doch nie –» Er biss sich auf die Lippen, dachte nach. Bemerkte nicht, dass seine Frau neben ihm aus ihrem Dämmerzustand auftauchte.

«Du. Du hast …» Sie hielt inne, als hätten die wenigen Silben sie schon erschöpft. «Dietmar – hast du sie umgebracht? Du hast Maja um– … aber – warum denn?» Mit jedem Wort wurde ihre Stimme lauter, näherte sich einem verzweifelten Aufschrei. Sie war aufgesprungen und rang nach Luft. Brem starrte sie an, fassungslos. Packte sie am Arm, und nun schrie sie ihm direkt ins Gesicht. «Es ist doch alles überstanden, ich habe doch alles getan, was du wo–»

Seine flache Hand traf sie auf die Wange, mit lautem Klatschen. Sie taumelte, fiel aber nicht, weil er immer noch ihren Arm hielt. Ihre Augen waren aufgerissen, ebenso wie ihr Mund …

Beatrice fühlte die Bewegung zu ihrer Linken, bevor sie sich zur Seite wenden konnte, und war zu langsam, um zu verhindern, was gleich passieren würde.

Florin schob den Tisch mit einem Ruck zur Seite und rammte Brem seine Faust ins Gesicht, so fest, dass der Stuhl nach hinten kippte.

Der Mann stürzte zu Boden und hielt sich mit beiden Händen Nase und Kinn. Erste Blutstropfen malten Punkte auf sein hellblaues Hemd.

Florin umfasste die Fingerknöchel seiner rechten mit der linken Hand, sein Blick war unverwandt auf den stöhnenden Brem gerichtet.

«Das wird ein Nachspiel haben», heulte der. «Ich zeige Sie an, Sie mieses Schwein.»

«Das hoffe ich», erwiderte Florin. «Dann rollen wir noch einmal ganz genau auf, wie es zu diesem Schlag gekommen ist. Glauben Sie mir, das ist absolut in meinem Interesse. Und im Interesse der Wahrheitsfindung, da werden Sie mir sicher zustimmen.» Er beobachtete, wie Brem langsam wieder auf die Beine kam. Seine Frau hatte sich nach der Ohrfeige nicht mehr vom Platz gerührt. Sie stand einfach da, ihr Gesicht weiß wie Kalk, abgesehen von einem roten Fleck, dort, wo die Hand ihres Mannes sie getroffen hatte.

Beatrice war übel. War Florin völlig übergeschnappt? Lag ihm nichts mehr an seinem Job? *Polizeigewalt*, das Wort ging ihr nicht mehr aus dem Kopf. Es war falsch gewesen, den Mann zu schlagen, egal wie gut sie verstehen konnte, was Florin dazu getrieben hatte. Aber für seinen Ruf und seine Karriere konnte dieser eine Hieb zur Katastrophe werden.

«Ich habe gehört, was Sie gesagt haben, Herr Brem.» Sie würde tun, was in ihrer Macht stand, um den Schaden zu begrenzen. «Verlassen Sie sich darauf, wenn es zu einer Anzeige kommt, werde ich den Hergang genau schildern, inklusive jedes Ihrer Worte. Mein Kollege bekommt möglicherweise Schwierigkeiten, das ist wahr, aber die sind nichts im Vergleich zu denen, die Sie dann am Hals haben.»

Sie ging zu der Frau, die leicht zu schwanken begonnen hatte, drückte sie auf ihren Stuhl und schenkte ihr ein Glas Wasser ein. Tanja Brem zitterte so stark, dass der Rand gegen ihre Zähne schlug und Wasser ihr Kinn hinunterlief.

Ihr Mann stand mittlerweile wieder aufrecht. Er musste sich in die Unterlippe gebissen haben, von der er ebenso blutete wie aus der Nase.

Beatrice reichte ihm ein Taschentuch, aber er schlug es ihr aus der Hand. «Sie haben versucht, mich in die Falle zu locken, sie alle beide. Aber was meine Frau von sich gegeben hat

– oder beinahe von sich gegeben hätte –, beweist gar nichts, das war gedankenlos dahingesagter Schwachsinn. Und natürlich habe ich meine Stieftochter nicht umgebracht. Ich war zu Hause. Habe gegessen und ferngesehen. Es war sogar kurz ein Nachbar da, um sich Thymian zu leihen, den ich ihm gegeben habe.» Brem hob herausfordernd das Kinn. «Er heißt Norbert Anderlechner. Sie können ihn gerne fragen.»

Brem wischte sich das Blut vom Mund und verteilte es dabei quer über seine Wange. «Meiner Frau habe ich nur einen Klaps gegeben, damit sie nicht hysterisch wird. Sie haben doch selbst gesehen, dass sie außer sich war wegen Ihres idiotischen Mordverdachts.» Er ging zu ihr und nahm ihre Hand. Sie ließ es geschehen.

«Und jetzt werden wir gehen, aber glauben Sie mir – das bleibt nicht ohne Konsequenzen.» Er sah keinen von ihnen an, als er an ihnen vorbeimarschierte.

«Er hat es eigentlich zugegeben», sagte Beatrice leise zu Florin. «Seiner Frau hat es auf der Zunge gelegen, er hat sie nur geohrfeigt, damit sie den Mund hält. Hast du sein Gesicht gesehen? Wie schockiert er war?»

Keine Antwort. Florin hatte sich abgewandt, es sah aus, als wäre er drauf und dran, auch der Wand einen Faustschlag zu verpassen.

«Ich bin auf deiner Seite, das weißt du, oder?» Sie hörte selbst, wie unzulänglich ihre Worte waren. Verdammt. Sie hätte wachsamer sein und Florins Entgleisung voraussehen müssen.

«Ja. Danke.» Er drehte sich zu ihr um, quälte sich ein Lächeln ab. «Ich denke, ich gehe jetzt zurück an die Arbeit.» Ohne ihr die Gelegenheit für eine Entgegnung zu lassen, schlug er den Weg zu ihrem gemeinsamen Büro ein, so schnell, dass Beatrice kaum nachkam.

Als sie eintrat, saß er schon an seinem Platz, die Ellenbogen auf den Schreibtisch gestützt, das Gesicht in den Händen vergraben.

Sie schloss die Tür hinter sich. Überlegte kurz, ob sie zu ihm gehen, ihm eine Hand auf die Schulter oder den Arm legen sollte. Aber wahrscheinlich war es besser zu warten. Seine ganze Haltung war ein Abkapseln gegen die Welt, und Beatrice würde ihm die Zeit geben, die er brauchte, um sich wieder zu fangen.

So leise wie möglich ging sie auf ihren Platz und nahm Majas Prozessakte zur Hand. Florin hatte wichtige Stellen bereits mit grünen und gelben Post-its markiert, so unter anderem die Befragung des Angeklagten.

«Ich wollte nicht, dass das passiert.» Florins Stimme klang gedämpft hinter seinen Händen hervor. «Es war wie ein Reflex. Ich dachte, ich hätte mich besser im Griff.»

Er rieb sich die Augen, danach war sein Gesichtsausdruck noch gequälter. «Es war unprofessionell und unverzeihlich.»

Nun stand Beatrice doch auf, ging zu Florin und setzte sich vor ihm auf die Schreibtischkante. «Es war menschlich. Und du bist wahnsinnig müde. Sobald ich hier war, hättest du sofort nach Hause gehen sollen. Tut mir leid, Florin, es ist auch mein Fehler. Du nimmst immer viel mehr Rücksicht auf mich als ich auf dich.»

Jetzt lächelte er. Griff nach ihren Händen. «Das ist Blödsinn, Bea. Mir tut es leid, dass du da auf eine merkwürdige Weise mit drinsteckst, nur weil du dabei warst.»

Sie wollte etwas erwidern, doch er kam ihr zuvor. «Ich möchte Selbstanzeige erstatten. Dann werden sie mich suspendieren, aber das lässt sich eben nicht ändern.»

«Nein.» Das Wort entschlüpfte ihr, ohne dass sie es verhindern konnte. Suspendieren. Das wollte Beatrice sich nicht vorstellen, auch aus ganz egoistischen Gründen, wie sie beschämt feststellte. Diesen Fall ohne Florin bewältigen zu müssen war ein Albtraum.

«Es ist das einzig Richtige. Ich werde keiner von diesen Polizisten sein, die auf andere Leute einprügeln und sich danach hinter ihrem Beruf verstecken, nur weil sie es können.» Sein Blick ruhte auf ihren Händen. «Ich würde mich in Grund und Boden schämen.»

Obwohl sie wusste, dass er recht hatte, suchte Beatrice krampfhaft nach Gegenargumenten. «Wer weiß, ob du Brem damit einen Gefallen tust. Immerhin hast du ihm zu verstehen gegeben, dass er erst mit einer Anzeige seinen persönlichen Frieden aufs Spiel setzt.»

Florin lachte auf. «Umso schlimmer. Ich habe ihn praktisch erpresst. Nein.» Er ließ ihre Hände los und stand auf. «Es hilft nichts. Ich gehe jetzt zu Hoffmann.»

War der denn überhaupt da? Beatrice hatte ihren Chef seit Tagen nicht mehr gesehen.

Sie hielt Florin nicht auf, als er aufstand und zur Tür ging, obwohl es sie ihre ganze Überwindung kostete. Wenn sie ihn bitten würde – war es denkbar, dass er auf eine Selbstanzeige verzichtete? Ihr zuliebe?

Wahrscheinlich. Und er würde sich mies dabei fühlen.

Einen Augenblick zögerte er, die Türklinke schon in der Hand. «Ich werde dich nicht im Stich lassen, Bea. Und ich werde versuchen, Hoffmann davon zu überzeugen, dass er dir Stefan an die Seite stellen soll. Bechner wird zwar auch eine größere Rolle spielen als bisher, aber wenigstens solltest du dir nicht das Büro mit ihm teilen müssen.»

«Ja. Danke.» Beatrice bemühte sich um etwas wie ein Lächeln. Ihr Inneres fühlte sich wund an, als hätte jemand es mit Sandpapier bearbeitet, und das Gefühl hielt an, die ganze

Zeit über, die sie sich mit den Unterlagen zu Majas Missbrauchsprozess beschäftigte. Die Anzeige wegen Kindesmissbrauchs war von Majas Großmutter ausgegangen, der das Mädchen sich anvertraut hatte.

Das Expertengutachten war durchaus aussagekräftig. Zum Zeitpunkt der Untersuchung war Maja elf gewesen und hatte bereits Züge des Verhaltens an den Tag gelegt, das auch Beatrice mehrfach an ihr beobachtet hatte. Sie hatte versucht, dem Gutachter die Hose zu öffnen, sie benutzte eindeutige Begriffe, und sie spielte mit Puppen diverse sexuelle Praktiken nach.

Die medizinischen Befunde stützten das Bild: Majas Hymen wies keilförmige Einrisse auf, die davorliegende Scheidengrube vernarbtes Gewebe.

Das seien zwar mögliche Hinweise auf einen stattgefundenen Missbrauch inklusive Penetration, fasste der Arzt am Ende zusammen, allerdings kein tatsächlicher Beweis dafür.

Als Nächstes nahm Beatrice sich Majas eigene Aussagen vor und erkannte schnell, wo das Problem dabei bestand. Wo Brems Anwalt eingehakt haben musste, um die Angaben des Mädchens alle ins Reich der Phantasie zu verbannen.

Sie hatte jedes Mal eine andere Geschichte erzählt. Hatte ausführlich geschildert, was Brem alles mit ihr angestellt hatte, nur um es beim nächsten Mal wieder zurückzunehmen. Hatte selbst betont, wie gerne sie Märchen erfand. Hatte ihren Stiefvater einmal be- und dann entlastet, als wäre sie vor allem darauf aus, die Gutachter zu überraschen.

Trotzdem hatte es für Brem nicht gut ausgesehen, bis Majas Mutter aussagte, dass ihre Tochter schon immer eigenartig gewesen sei, lange bevor sie überhaupt mit ihm in Kontakt gekommen sei. Dass es schwer sei festzustellen, wann sie die Wahrheit sage und wann nicht. Dass sie oft nicht zwischen Phantasie und Realität unterscheiden könne. Die Entscheidung des Richters fiel dementsprechend aus. Für eine Verurteilung war die Beweislage unzureichend, also wurde Brem freigesprochen. Es gebe eine Reihe von psychiatrischen Krankheitsbildern, die Majas Verhalten ebenso erklärten. Man empfahl entsprechende Untersuchungen.

Beatrice war auf der vorletzten Seite angelangt, als Florin zurückkam. Sie hatte vorgehabt, ihn nicht zu bedrängen, aber offenbar war es um ihre Selbstbeherrschung derzeit schlecht bestellt.

«Wie ist es gelaufen?»

Florin schaltete die Espressomaschine ein, deren Motor schnarrend zum Leben erwachte. «Wie man's nimmt.»

Er lehnte sich gegen die Wand. Wenn er vorhin schon müde gewirkt hatte, war er nun unleugbar erschöpft. «Hoffmann hat meine Selbstanzeige zur Kenntnis genommen, will mich aber nicht suspendieren. Ein Schlag, sagt er, könne im Affekt passieren, und ich hätte Brem ja nicht getreten, als er am Boden lag.» Florin drückte die Taste für den doppelten Espresso zwei Mal. «Wenn du mich fragst, will er bloß nicht noch ein Problem zu bewältigen haben und vor allem niemanden aus dem Team missen, wenn er schon selbst kaum hier ist. Ich hatte Glück, ihn überhaupt noch zu erwischen – nach unserem Gespräch ist er sofort wieder zu seiner Frau gefahren.»

Zum ersten Mal, seit sie sich erinnern konnte, empfand Beatrice Hoffmann gegenüber etwas wie Dankbarkeit, auch wenn er seine Entscheidung keinesfalls ihr zuliebe getroffen hatte.

«Okay», sagte sie. «Wir machen es so: Du trinkst noch deinen Kaffee, dann fährst du nach Hause und legst dich schlafen.» Sie sah, dass er protestieren wollte, und sprach gleich weiter: «Im Ernst, Florin. Wenn du ein Chirurg wärst, würdest du in diesem Zustand doch auch nicht mehr operieren. Und wenn ich es mir recht überlege, Auto fahren solltest du eigentlich genauso wenig.»

Sie nahm ihre Jacke vom Haken, schlüpfte hinein und holte die Autoschlüssel aus der Tasche. «Ich bringe dich heim, okay?»

Zuerst dachte sie, er würde ablehnen, sein Blick wanderte zu den aufgeschlagenen Ordnern auf dem Schreibtisch, zu all der unerledigten Arbeit. Doch dann hob er die Schultern und ließ sie kraftlos wieder fallen. «Wahrscheinlich hast du recht. Ich sollte mich für heute aus dem Verkehr ziehen. Und morgen mit dem Bus herfahren.»

Auf dem Weg nach draußen begegneten sie nur Stefan, der besorgt aussah. Beatrice hätte wetten können, dass sich längst alles herumgesprochen hatte. Sie nickte ihrem jungen Kollegen beruhigend zu. «Ich bin in einer halben Stunde wieder da.»

Der Verkehr war dichter, als sie vermutet hatte. Als Beatrice nach fünf Minuten zum ersten Mal zu Florin hinübersah, war er bereits eingeschlafen. Es tat ihr jetzt schon leid, ihn gleich wieder wecken zu müssen.

Seine Wohnung lag beneidenswert zentral, trotzdem fand Beatrice einen Parkplatz in unmittelbarer Nähe. Sie stellte den Motor ab.

Florin schlief noch immer. Er hatte seinen Kopf halb zu ihr gedreht. Sein Atem ging langsam, und eine seiner dunklen Haarsträhnen fiel ihm bis auf die Augenbrauen, die leicht zusammengezogen waren, als suche er die Lösung für ein schwieriges Problem.

Beatrice hatte ihn noch nie schlafen gesehen. Gut eine Minute lang saß sie einfach nur da und betrachtete ihn. Wollte sich zurückhalten, ihn nicht berühren, strich ihm dann aber doch das Haar aus der Stirn. Behutsam.

Er roch so gut. Das war eines der ersten Dinge, die ihr an ihm aufgefallen waren, als sie sich vor über zwei Jahren erstmals begegneten. Die perfekte Mischung, die sein Aftershave und sein eigener, unverwechselbarer Duft ergaben.

Für einen Moment erlaubte sie sich die Frage, was passiert wäre, wenn Maja gestern Abend nicht aus dem Fenster in den Tod gestürzt wäre. Ob sie nach dem Konzert noch die Zeit und den Mut gefunden hätten, sich näherzukommen.

Näher. Beatrice beugte sich vor, küsste sanft und vorsichtig Florins Stirn. Schloss die Augen, wünschte sich, dass alles einfach so bleiben könnte.

Die Berührung weckte ihn nicht. Er atmete gleichmäßig weiter, auch als sie ihren Kopf gegen seinen legte. Zehn Herzschläge lang, höchstens. Dann setzte sie sich wieder aufrecht hin und fuhr ihm einmal übers Haar, bevor sie leicht an seiner Schulter rüttelte.

«Florin? Aufwachen, wir sind da.»

Sie konnte sehen, wie mühsam er sich ins Bewusstsein zurückkämpfen musste. Wie desorientiert er war, als er endlich die Augen öffnete. Und wie dann die Erinnerung und die ganze Last des Geschehenen wieder auf ihn einstürzten.

«Wie … oh. Okay. Danke, Bea.» Er rieb sich die Stirn, als ob er Kopfschmerzen hätte. «Danke fürs Fahren. Und für alles andere.»

Er nahm ihre Hand und küsste die Innenfläche. Mit einem Mal fühlte sie sich ihm näher als je zuvor, fühlte, wie ihr Schutzpanzer aus Vorsicht und Bedenken zu bröckeln begann.

«Florin …»

Er sah sie an, dann nahm er sie in die Arme, hielt sie einen

Moment lang fest, sehr fest, bevor er sich wieder von ihr löste und die Beifahrertür öffnete. «Bis morgen. Ich verspreche dir, morgen bin ich wieder zurechnungsfähig und ich selbst.»

Beatrice sah ihm nach, während er auf den Altbau zuging, in dessen oberstem Stockwerk sich das Penthouse befand, das er bewohnte. Wieder zurechnungsfähig. Sie startete den Wagen und reihte sich in den Verkehr ein. Die ganze Rückfahrt hindurch überlegte sie, ob er diese Worte auf den Kinnhaken, die Umarmung oder beides bezogen hatte, kam aber zu keinem Ergebnis.

16. Kapitel

Als sie ihr Büro betrat, war Florins Stuhl besetzt. Immerhin nicht von Bechner, zum Glück, aber von Drasche. Er hatte sich Kaffee gemacht und blätterte die Akte durch, in der Beatrice zuvor gelesen hatte. Die Unterlagen zu Maja Brem.

«Wenninger hat dem Kerl eines auf die Nase gegeben?» Wie meistens hielt Drasche sich nicht lange mit Begrüßungsfloskeln auf.

«Gewissermaßen, ja. Aufs Kinn.»

«Gute Sache.» Er schlug die nächste Seite um. «Wir haben heute herumgerechnet, ich habe extra ein paar deutsche Kollegen übers Netz zurate gezogen. So, wie das Mädchen gelandet ist, steht zu fünfundneunzig Prozent fest, dass sie rücklings aus dem Fenster gestürzt ist.»

Beatrice setzte sich Drasche gegenüber. Er war gestern fast bis vier Uhr vor Ort gewesen; viel geschlafen konnte auch er nicht haben.

Er drehte seine Tasse zwischen den Händen und überprüfte den feuchten Ring, den sie auf der Tischplatte hinterließ. «Wie viele Selbstmörder machen eine Rückwärtsrolle aus dem Fenster, was denkst du?»

«Das würde niemand tun, schätze ich.»

Er nickte. «Genau meine Meinung. Das Dienstzimmer, aus dem Maja Brem gestoßen wurde, gehört übrigens zu einer anderen Station, keine Ahnung, was das Mädchen dort gesucht hat.»

Oder wen, dachte Beatrice. «Ich vermute, jemand hat sie dorthin gebracht. Vielleicht für ein Gespräch unter vier Augen. Oder –» Sie verbiss sich, was ihr auf der Zunge gelegen hatte. *Oder für eine schnelle Nummer.*

Fragte sich nur, mit wem.

«Fingerabdrücke habe ich mehr, als mir lieb ist.» Drasche nahm einen Schluck von seinem Kaffee. «Die Dienstzimmer werden leider nicht so akribisch geputzt wie die Untersuchungs- und Patientenräume. Aber was ich jetzt schon sagen kann, ist, dass ich keine Anzeichen für einen Kampf gefunden habe. Auch keine Abwehrverletzungen bei Maja.»

Das sprach dafür, dass sie den Täter gekannt hatte. Oder die Täterin.

Unvermittelt tauchte Jasmin vor Beatrices innerem Auge auf. Eine so große Frau. War sie auch kräftig genug, um jemanden wie Maja hochzuheben und aus einem Fenster zu stürzen, bevor das Opfer sich zur Wehr setzen konnte?

Beatrice versuchte, es sich vorzustellen. Stark ja. Aber nicht schnell. Motorisch nicht geschickt genug. Außer, Jasmin verbarg ihre wahren Fähigkeiten so gekonnt, dass sie alle täuschte, die Experten mit eingeschlossen.

«Irgendwelche Gedanken, die du mit mir teilen willst, Kaspary?»

Sie wiegte den Kopf hin und her. «Ich gehe nur meine innere Liste der Möglichkeiten durch.»

Drasche prustete in seine Kaffeetasse. «Deine *innere Liste der Möglichkeiten*. Sehr poetisch. Darf ich das bitte bei Gelegenheit zitieren?»

In gespielter Empörung warf sie einen Radiergummi nach ihm, dem er mit einer lässigen Kopfbewegung auswich. «Ihr seid ja heute beide potenziell gewalttätig, du und Wenninger. Ich glaube, ich ziehe mich zurück.» Er leerte den Rest seines

Kaffees auf einen Zug und stand auf. Als er schon fast an der Tür war, fiel Beatrice etwas ein.

«Gerd, warte.» Sie hatte es Florin eigentlich zuerst zeigen wollen, es aber im Trubel der Ereignisse völlig vergessen. Während sie die Foto-App auf ihrem Smartphone öffnete, winkte sie Drasche zu sich.

«Sieh dir das an. Das habe ich letzte Nacht in Jasmin Matheis' Zimmer gefunden. Sie hat diese Gegenstände ganz bewusst so arrangiert. Ich habe sie in einem Lagerraum gefunden, wo sie gerade auf der Suche nach dieser Brechschüssel hier war.» Beatrice wies mit dem kleinen Finger auf die entsprechende Stelle des Fotos. «Begreifst du, was das soll?»

Drasche nahm das Handy und zog sich das Bild größer. «Nein, keine Ahnung. Ich bin kein Psychologe, vielleicht solltest du besser Kossar fragen. Aber wenn du mir das Foto mailst, sehe ich es mir noch mal am Computer an.» Er verengte die Augen zu Schlitzen. «Das sind sechs Dinge, oder?»

«Sieben. Da. Siehst du den kleinen Schraubverschluss?»

Er blinzelte. «Nicht ohne Brille. Ach ja, doch. Hm. Sieben?» Nach einem letzten Blick auf das Bild gab er Beatrice das Smartphone zurück. «Macht ganz den Eindruck, als würde Jasmin auf diese Zahl stehen. Den toten Jungarzt hat sie auch mit sieben Sachen dekoriert.»

Er ging und ließ Beatrice wie vom Donner gerührt stehen.

Tatsächlich. Wieso war ihr das nicht aufgefallen? Ein Kugelschreiber, ein Kamm und fünf Plastikmesser machten sieben. So wie ein Plastikbecher, eine Schnabeltasse, zwei Puddingschüsseln, eine Brechschüssel, eine Seifenschale und ein Schraubverschluss.

War das Zufall? Würde sie sich völlig verrennen, wenn sie versuchte, in Jasmins Installationen etwas wie Zahlensymbolik zu entdecken? Was, wenn Beatrice sie auf ihrer Sammeltour nicht unterbrochen hätte? Hätte Jasmin dann nicht sieben, sondern neun oder zehn Gegenstände auf dem Tisch deponiert?

Sie warf einen Blick auf die Uhr. Noch eineinhalb Stunden, dann musste sie die Kinder abholen. Innerhalb von fünf Minuten hatte sie das Foto auf den Computer überspielt, es an Drasche gemailt und zweimal ausgedruckt, ebenso wie die Bilder von den auf Schlager verteilten Gegenständen.

Der nächste Schritt widerstrebte ihr heftig. Leider war er aber der einzig logische. Sie griff nach dem Telefon und wählte.

«Doktor Kossar? Sie sind nicht zufällig gerade im Haus, oder?»

«Oh, Bea, my dear. Ich bin gerade auf dem Weg nach draußen, aber ich könnte noch schnell bei Ihnen vorbeikommen.»

Schnell klang ausgezeichnet. Dann würde keine Zeit für die üblichen Selbstbeweihräucherungen bleiben.

«Ja, bitte. Ich möchte Ihnen nur etwas zeigen. Es dauert nicht lange.»

Drei Minuten später war Kossar da. Beatrice hielt ihm die zwei Fotos in A4-Größe entgegen. «Diese Arrangements stammen von einer Patientin der Klinik, die nicht spricht und auch sonst nicht kommuniziert. Aber beide Male, beim Tod von Max Schlager und bei dem von Maja Brem, hat sie diese … Dinge zusammengestellt. Können Sie etwas damit anfangen?»

Ganz bewusst hatte Beatrice Jasmins Namen nicht erwähnt. Natürlich war es möglich, dass Kossar in der Zwischenzeit informiert worden war, aber falls nicht, wollte nicht sie es sein, die ihm den entscheidenden Hinweis gab. Er redete einfach zu gerne.

«Eine Patientin, die nicht spricht? Ja, Sie erwähnten

letztens so etwas … in Zusammenhang mit frühkindlichen Traumata, nicht wahr? Ich habe die Studie übrigens herausgesucht, aber Sie haben sich nicht mehr bei mir gemeldet, Beatrice.»

Ihr Lächeln fiel natürlich aus, hoffte sie. «Stimmt, aber das hätte ich noch. Sobald ich ein wenig Luft gehabt hätte …» Sie wies auf die Fotos. «Ihre Meinung dazu interessiert mich wirklich.»

Er betrachtete die Bilder eingehend. «Das mit den kleinen Messerchen kenne ich schon. Es ist natürlich schwierig, etwas auszusagen, wenn man die betreffende Patientin nicht kennt, aber ich würde mich wundern, wenn die Messer hier nicht als Symbol für Gewalt stünden. Auch die Körperstellen, die die Frau gewählt hat, um sie zu platzieren, sind kaum Zufall. Im Mund, am Herzen, am Bauch und über den Genitalien.»

Er legte das erste Bild ab und widmete sich dem zweiten. Diesmal dauerte es deutlich länger, bis er etwas sagte. «Hier wirken die Objekte viel … inkohärenter. Es sind sowohl Gegenstände dabei, die auf den Trinkvorgang schließen lassen – die Schnabeltasse, der Plastikbecher und auch der Flaschenverschluss. Dann die Puddingbecher. Ein Symbol für Nahrungsaufnahme? Zu guter Letzt die Brechschüssel, die für den umgekehrten Vorgang stehen müsste.» Er schob sich die Brille mit dem grell orangefarbenen Rahmen ins Haar und hielt sich das Foto näher ans Gesicht. «Die Frau, die letzte Nacht zu Tode gekommen ist, ist aus dem Fenster gestürzt, richtig?»

«Ja. Vermutlich hat jemand dabei nachgeholfen.»

Er biss sich auf die Unterlippe. Drehte das Bild erst nach links, dann nach rechts. «Ich könnte mir vorstellen, dass es ein Hinweis auf Substanzen oder Gifte ist, die das Opfer vor dem Sturz eingenommen oder eingeflößt bekommen hat. Die man erbrechen könnte, um sich zu retten. Sicherlich gibt es noch weitere Interpretationen, aber dafür müsste ich mehr über diese Patientin wissen.»

Er zog sein Handy aus der Hosentasche, überprüfte die Uhrzeit und sog scharf die Luft zwischen den Zähnen ein. «Tut mir leid, ich muss gehen. Ich komme sonst zu spät zu meiner Vorlesung.» Beatrice nahm ihm das Foto aus der Hand und lächelte. «Kein Problem. Vielen Dank für Ihre Hilfe.»

Als er weg war, betrachtete sie noch einmal eingehend das Bild, das sie in der letzten Nacht geschossen hatte. Substanzen oder Gifte.

Trimmel hatte von Gift gesprochen. Wollte Jasmin auf ihn anspielen?

Nein. Viel zu weit hergeholt.

Beatrice seufzte. Es war wie immer nach Gesprächen mit Peter Kossar. Im Anschluss war sie so schlau wie vorher.

«Papa hat uns gestern Lachs gebraten, der hat gar keine Gräten gehabt.» Jakob sprach mit voller Begeisterung und vollem Mund. Sie hatte für die Kinder Hühnerfilets in die Pfanne geworfen und dazu Reis gekocht – in den letzten fünfzehn Minuten des Tages, die sie stehend zu verbringen gedachte.

«Und sonst war es auch schön bei Papa?», fragte sie.

«Ist es immer!», erklärte Mina, in diesem Ton, der *jedenfalls schöner als hier* mitklingen ließ.

Heute war Beatrice definitiv zu dünnhäutig, um es mit einem Lächeln wegzustecken, aber immerhin schaffte sie es, die Antwort herunterzuschlucken, die ihr auf der Zunge lag.

Dann zieh doch zu ihm.

Nein. Ihre Tochter war die Letzte, die unter ihrer Erschöpfung leiden sollte. Oder unter ihren Sorgen um Florin, der sich den ganzen Tag über nicht gemeldet hatte. Was vermutlich daran lag, dass er schlief, aber trotzdem.

Trotzdem.

Sie widerstand der Versuchung, die Arme auf dem Tisch zu verschränken und den Kopf daraufzulegen, denn sie wusste, sie würde innerhalb von Minuten einschlafen.

«Gibt's was Neues in der Schule?» Das letzte Wort wurde zur Hälfte von einem Gähnen erstickt. Mina zuckte mit den Schultern, aber Jakob nickte heftig.

«Ja, der Paul hat sich den Arm gebrochen. Den rechten! Jetzt muss er die ganze Zeit nicht schreiben, das ist so unfair!»

«Wie ist das denn passiert?»

«Er ist mit dem Skateboard hinge–»

Das Klingeln von Beatrices Handy unterbrach ihn. Ein Blick auf das Display, und ihre Stimmung sank ein weiteres Stück.

«Hallo, Achim.»

«Hallo.» Er holte Luft und stieß sie geräuschvoll wieder aus – das kannte Beatrice als Auftakt für unerfreulich verlaufende Gespräche voller Vorwürfe. Am liebsten hätte sie sofort wieder aufgelegt.

«Ich vermute, du hast die Fotos in der Zeitung schon gesehen? Willst du mir dazu etwas sagen?»

Wovon sprach er? Welche Zeitung? «Nein, habe ich nicht.» Sie stand auf und ging ins Schlafzimmer. Wenn es gleich unangenehm werden sollte und sie Achim ein paar Deutlichkeiten sagen musste, war es besser, die Kinder hörten es nicht.

«Der Artikel über das Mädchen, das sich in der Klinik aus dem Fenster gestürzt hat. Auf einem der Fotos läufst du im

Hintergrund herum, gut erkennbar, in einem kurzen schwarzen Kleid. Ohne Schuhe.» Mit jedem weiteren Wort steigerte er sich in seine Empörung hinein. «Mich haben heute Abend schon vier Leute angerufen, darunter zwei Kunden, die wissen wollten, ob du das bist und was ich davon halte.»

Das war alles nicht zu fassen. Einerseits die Journalisten, die ein solches Bild druckten, andererseits Achims erzkonservativer Freundeskreis, der sich daran hochzog.

«Kannst du mir verraten, wo du in diesem Aufzug warst, während ich mich um unsere Kinder gekümmert habe?»

Aha. Daher wehte also der Wind. «In einem Konzert. Leider wurde ich in der Pause weggerufen und hatte tatsächlich keine Zeit mehr, mich umzuziehen.» Sie war selbst erstaunt darüber, wie ruhig sie klang. Den leisen Hauch von Ironie würde Achim nicht bemerken. Das hatte er noch nie.

«Verstehe. Ich dachte ja eigentlich, dass du dich ausruhst, wenn ich die Kinder habe. Weil du doch ach so überfordert bist. Aber du gehst feiern. Gut zu wissen.»

Sie konnte fast spüren, wie er den Kopf schüttelte.

«Mit wem eigentlich? Mit Wenninger?»

Es war ein Fehler, das wusste sie, schon während sie ihn beging, aber es war ihr egal. «Ja. Mit Florin. Er hat mich eingeladen.»

Achim schwieg, aber das würde nicht lange dauern. Er brauchte nur seine üblichen paar Sekunden, um eines der pseudo-logischen Verdachtsgebäude zusammenzuzimmern, mit denen er sie schon während ihrer Ehe gequält hatte.

«Deshalb also! Das ist der Grund, warum du so viel Zeit bei deinem verdammten Job verbringst. Weil du dich nicht von deinem schmierigen Kollegen trennen kannst!»

Wieder war sie in Versuchung, einfach aufzulegen. Oder loszulachen. Vielleicht auch zu heulen.

«Das ist doch Blödsinn, Achim. Und das weißt du ganz genau. Davon abgesehen …»

Er lachte auf. «Ja, davon abgesehen kannst du ja tun und lassen, was du willst, nicht? Wir sind ja immerhin geschieden. Das meinst du doch, nicht wahr?»

«Ja, wir …»

«Trotzdem bist du deinen Kindern verpflichtet. Wahrscheinlich hast du sie auch deswegen beim letzten Mal zu spät von der Betreuung abgeholt. Weil du nicht von Wenninger losgekommen bist.»

Manchmal nahm sein Mangel an Fairness ihr fast die Luft. «Nein, verdammt, weil ich einen frischen Fall auf dem Schreibtisch hatte. Denkst du wirklich, irgendjemand in unserer Abteilung hätte großartig Zeit zu flirten? Du hast keine Ahnung, Achim, die hattest du noch nie.» Sie wurde laut, wie sie selbst gerade bemerkte. «Während meiner Arbeitszeit arbeite ich. Was ich in meiner Freizeit mache, ist meine Angelegenheit. Ich frage dich schließlich auch nicht, was du an deinen Abenden tust und ob du jemanden triffst. Das bleibt dir überlassen und interessiert mich nicht.»

Wieder ein Fehler. Hätte sie das Gespräch doch nur gleich weggedrückt.

«Ja, das Desinteresse an den Menschen, die dir nahestehen sollten, ist eine deiner herausragendsten Eigenschaften.» Er klang kühl und gleichzeitig zufrieden. «Ich glaube, ich möchte nicht, dass meine Kinder bei so jemandem aufwachsen. Du hörst von mir.» Die Verbindung brach ab.

Nur unter Aufbietung ihres ganzen Willens schaffte Beatrice es, den Impuls zu unterdrücken, das Telefon an die Wand zu werfen. Hatte Achim ihr gerade gedroht? Mit einer Sorgerechtsklage?

Sie wartete, bis ihre Wut abgeebbt war, bevor sie zu den

Kindern zurückging. Die mittlerweile beide fertig gegessen hatten.

«Darf ich eine DVD sehen, Mama?» Jakob hängte sich an sie. «Mit dir gemeinsam?»

Mina verzog verächtlich den Mund. «Dazu braucht ihr mich nicht, oder? Ich bin in meinem Zimmer.»

«In *unserem* Zimmer!», warf Jakob ein.

«Halt die Klappe, Zwerg.» Sie tippte in atemberaubender Geschwindigkeit auf dem Display ihres Smartphones herum und schlenderte aus der Küche.

«Wir könnten auch etwas spielen, Jakob.» Beatrice nahm ihren Sohn, der Mina mit waidwundem Blick nachsah, in die Arme.

«Mina macht nicht mit, oder?»

«Nein, ich schätze nicht. Aber sie hat dich lieb, auch wenn sie es nicht zeigt.»

Jakob schüttelte den gesenkten Kopf. «Nein, hat sie nicht.»

«Nein, hab ich nicht!», echote es aus dem Kinderzimmer.

Abermals brauchte Beatrice ihre gesamte Beherrschung, um nicht einfach loszubrüllen. «Doch, mein Schatz, das hast du, auch wenn du es im Moment nicht weißt. Aber es wird dir wieder einfallen, da bin ich sicher.»

Die Tür zum Kinderzimmer knallte zu. Jakob schniefte. «Sehen wir uns eine DVD an?»

«Okay. Du darfst dir aussuchen, welche.»

Sie hätte ahnen müssen, dass er *Cars* aus dem Regal ziehen würde, vermutlich zum dreißigsten Mal. Er musste inzwischen schon mitsprechen können – Beatrice jedenfalls kannte jeden Satz auswendig.

Sie sank neben Jakob auf die Couch und starrte gedankenverloren auf den Fernsehbildschirm. Etwas in ihr brannte und zog, und sie wusste nicht, ob es allein die Wut auf Achim war oder die Summe dieses ganzen verfahrenen Tages, der auf die Nacht des Konzerts gefolgt war. Auf die Nacht von Majas Tod.

Sie überlegte, ob sie sich ein Glas Wein oder ein Stück Schokolade holen sollte. Irgendetwas, das ihr guttun würde.

Nein. Das war es nicht, was sie wollte. In Wahrheit wünschte sie sich vor allem, Florins Stimme zu hören. Ihm von dem Foto mit Jasmins Sammlung zu erzählen und dass Kossar diese Dinge mit Gift in Verbindung brachte. Sie wollte über Achim und seine Andeutungen und über Minas verletzendes Verhalten Jakob gegenüber sprechen.

Lauter wahnsinnig aufbauendes, unterhaltsames Zeug. Sie stützte das Kinn auf die Hände. Wenn sie Florin einen Gefallen tun wollte, ließ sie ihn besser in Ruhe. Ganz sicher jedenfalls heute Abend, wahrscheinlich schlief er ohnehin.

Sie stand auf und ging in die Küche, obwohl Jakob protestierte, dass sie dann die beste, die allerbeste Szene verpassen würde. Im Kühlschrank fand sie eine angebrochene Flasche Pinot Grigio und schenkte sich ein halbes Glas ein. Damit waren Lightning McQueen und seine Kumpane deutlich besser zu ertragen. Ihr Schlaf in der folgenden Nacht war tief und traumlos.

Leonie Plank hielt sich an einer großen Tasse Kaffee fest, hatte aber in den fünf Minuten, die sie Beatrice bereits gegenübersaß, noch keinen einzigen Schluck daraus getrunken. «Ich kann es immer noch nicht glauben», sagte sie. Ihr Blick löste sich von der trübbraunen Flüssigkeit und arbeitete sich dann bis zu Beatrices Gesicht hoch. «Es ist Maja bessergegangen in den letzten Wochen. Ich weiß, das kommt Ihnen unwahrscheinlich vor, so wie Sie sie erlebt haben, aber die Therapie hat wirklich gut angeschlagen. Keine Zusammenbrüche mehr, kaum noch selbstverletzendes Verhalten.» Plank presste die Lippen zusammen, und Beatrice ahnte, was in ihr vorging. Selbstvorwürfe.

«Noch ist nicht erwiesen, dass es sich um Selbstmord handelt», sagte sie behutsam. «Wir ermitteln auch in Richtung Mord.»

«Aber … das ist –» Die Ärztin fuhr sich durchs Haar. «Lächerlich, entschuldigen Sie bitte. Wer sollte ein Interesse an Majas Tod haben? Wem hätte sie im Weg sein können? Mein Gott, ich habe so intensiv mit ihr gearbeitet, sie war ein so kostbarer Mensch …» Flüchtig streifte Beatrice der Gedanke, dass Majas Tod ihrer behandelnden Ärztin stärker zu Herzen ging als ihrem Stiefvater. «Undenkbar ist eine Gewalttat nicht», sagte sie. «Da waren einmal die Auseinandersetzungen mit anderen Patienten – die mit Walter Trimmel zum Beispiel haben wir ja gemeinsam miterlebt. Und dann Majas ständige Anspielungen – wenn man das Anspielungen nennen kann. Wäre es nicht möglich, dass etwas Wahres dran war?»

Ein müdes Lächeln wanderte über Planks Gesicht. «Sie meinen, einer der Ärzte hätte sich an ihr vergriffen?»

Beatrice beobachtete sie aufmerksam. «Halten Sie das für unmöglich?»

«Offen gestanden, ja.» Plank seufzte. «Wissen Sie, was für ein Risiko sie damit eingehen würden? Strafrechtliche Verfolgung, Verlust der Approbation – das alles für ein bisschen Spaß mit einem kranken Mädchen?» Sie schüttelte den Kopf. «Ich kenne meine Kollegen, und glauben Sie mir, ich weiß, dass es nicht alle Engel sind. Aber jedem einzelnen von ihnen ist seine Karriere wichtig. Auch Herbeck, obwohl man es bei ihm vielleicht am wenigsten vermuten würde.»

Vibrieren in Beatrices Jackentasche. Sie zog ihr Handy heraus, in der vagen Hoffnung, es würde Florin sein, der sich auf den Weg in die Klinik machte. Sie hatten sich heute Morgen nur sehr kurz gesehen. Er hatte sich bereit erklärt, bei Majas Obduktion anwesend zu sein, und war noch vor acht Uhr in die Gerichtsmedizin aufgebrochen.

Doch es war Achim.

Beatrice überlegte kaum zwei Sekunden lang. Sie drückte das Gespräch weg und steckte das Handy zurück in ihre Jacke. Ihre Miene musste Bände sprechen, denn Plank konnte sich ein Lächeln nicht verkneifen. «Ein ungeliebter Vorgesetzter?»

Beatrice unterdrückte ein Seufzen. «Nein. Mein Exmann.»

«Oh.» Plank nahm die Brille ab und legte sie neben ihre Kaffeetasse. «Und der Vater Ihrer Kinder, vermutlich.»

«Ja. Genau das ist das Problem.»

Der leicht schief gelegte Kopf und der interessierte Blick der Ärztin waren eine wortlose Aufforderung weiterzusprechen. Sehr professionell, sehr gekonnt, fand Beatrice. Na gut, dann würde sie noch ein bisschen erzählen, in der Hoffnung, dass die Information nicht einseitig blieb.

«Er ist ein einziger Vorwurf, wissen Sie? Egal, was ich tue: Es ist das Falsche und schadet unseren Kindern. Er legt an sich und mich völlig unterschiedliche Maßstäbe und nimmt mir die Trennung nach wie vor übel.» Sie schüttelte gedankenverloren den Kopf. «Die Aussichten auf einen Waffenstillstand sind ziemlich schlecht derzeit. Ich hätte es wie Sie machen sollen. Gar nicht erst heiraten, sondern es gleich als Alleinerzieherin versuchen.»

Natürlich begriff Plank, worauf Beatrice hinauswollte. «Tja, hätte ich die Wahl gehabt, wäre es mir anders lieber gewesen. Aber Sie haben schon recht, es ist erleichternd, wenn man nur der eigenen Kritik ausgesetzt ist.» Sie lächelte

Beatrice an, ihr Blick war voller Sympathie. «Dafür habe ich eine Mutter, die mit Vorwürfen und guten Ratschlägen nicht spart.»

«Und … einen neuen Partner wollen Sie nicht?»

Entschieden schüttelte Plank den Kopf. «Nicht im Moment. Sehen Sie, meine Zeit ist ohnehin so knapp, keine Ahnung, wie ich einen Mann in meinen Tagesablauf quetschen sollte. Es ist gut so, wie es ist.»

Der Ton suggerierte, dass Plank das Gespräch gern beendet hätte. Höchste Zeit, wieder fallrelevante Themen anzuschneiden. «Ich wüsste gerne etwas mehr über Majas Mutter. Sie kennen sie bestimmt, wie schätzen Sie sie ein?»

Täuschte sie sich, oder war das Verachtung, die wie ein Schatten über Planks Gesicht zog – schnell und flüchtig? «Tanja Brem und ihre Tochter standen auf Kriegsfuß miteinander, was in Anbetracht der Situation verständlich, um nicht zu sagen typisch war.» Sie verschränkte die Finger ineinander. «Maja mochte es nicht, wenn ihre Mutter sie besuchte. Mit ihr kam sie viel schlechter zurecht als mit dem Stiefvater, so erstaunlich sich das auch anhört. Ein Phänomen, das häufiger vorkommt, als man denken möchte.»

Beatrice dachte nur ungern an diesen sogenannten Stiefvater. «Hat sie der Mutter Mitschuld an dem gegeben, was ihr zugestoßen ist?»

Ein prüfender Blick, als müsse Plank abwägen, ob sie Beatrice zutrauen sollte, die Zusammenhänge zu verstehen. «Das hat durchaus eine Rolle gespielt. Aber Maja hat einige Male gesagt, ihre Mutter würde sie als Konkurrenz empfinden. Ihr auch deshalb nicht glauben, weil sie nicht wahrhaben wolle, dass ihr Mann die kleine Tochter ihr vorgezogen habe. Eine schwierige Konstellation. Ich habe die Mutter nie in einem therapeutischen Setting erlebt, aber es ist nicht so selten, dass Mütter eher eine Bedrohung ihrer Beziehung wahrnehmen als die Bedrohung des Kindes.»

Es fiel Beatrice überaus schwer, sich das vorzustellen.

«Für mich war diese Variante ab dem Zeitpunkt denkbar, als ich gesehen habe, wie Maja sich ihrem Stiefvater gegenüber verhalten hat, wenn die Mutter dabei war. Um es mit einem altmodischen Begriff zu sagen: kokett. Sie hat sich an ihn gekuschelt, sich bei ihm eingehakt, wenn sie spazieren gingen, ihn regelrecht angeflirtet. Kam er allein, war sie abweisend und sprach kaum ein Wort mit ihm.»

Um die eigene Mutter eifersüchtig zu machen? Und sie auf diese Weise zu bestrafen, dafür, dass sie sie nicht beschützt hatte?

«Die Problematik, die dem Verhalten von Majas Mutter zugrunde liegt, ist sehr komplex. Vorausgesetzt natürlich, ich liege mit meiner Vermutung richtig.» In einer zerstreuten Bewegung griff Plank nach der Brille, die immer noch am Schreibtisch lag, überprüfte flüchtig, ob sie sauber war, und setzte sie wieder auf. «Meistens ist stark vermindertes Selbstwertgefühl der Schlüssel für ein Verhalten, wie Majas Mutter es an den Tag legte.» Ihr Blick fiel auf das gerahmte Foto von Clara. Wahrscheinlich kein Zufall, dachte Beatrice.

«In diesen Fällen ist die Bestätigung durch einen Mann so unabdingbar wichtig für die Frau, dass alles andere hintangestellt wird. Auch das Wohl der Tochter. Frau Brem hätte ihren Mann nie verlassen – am Ende hat sie ja sogar für ihn vor Gericht ausgesagt.»

Ja. Wie musste es sich anfühlen, sich so offen gegen die eigene Tochter zu stellen? Oder ihr in den Rücken zu fallen, je nachdem, wie man es sehen wollte. Beatrice fragte sich, ob es ihr noch einmal gelingen würde, der Frau unvoreingenommen zu begegnen.

«Ich würde Ihnen gerne noch etwas zeigen.» Beatrice holte ihr Handy aus der Tasche und rief das Foto mit Jasmins Sammelobjekten auf.

«Diese Dinge hat Jasmin Matheis in Majas Todesnacht zusammengetragen und auf ihrem Tisch deponiert. Können Sie sich einen Reim darauf machen?»

Die Ärztin nahm das Smartphone und drehte es ins Querformat. Gut zehn Sekunden lang betrachtete sie das Bild schweigend. «Am erstaunlichsten finde ich die Tatsache, dass sie dieses Ausmaß an Initiative an den Tag gelegt hat. So, wie wir sie hier erleben, ist das untypisch für sie. Aber gleichzeitig ein … großer Fortschritt.»

Sie gab Beatrice das Handy zurück. «Aber Ihr Kollege sagte ja, dass Jasmin vermutlich auch für die Messerchen auf Max Schlagers Körper verantwortlich war.»

«Der Spurenlage nach, ja.»

Plank nickte, nachdenklich. «Wissen Sie, ich will mich nicht zu früh freuen. Jasmin hatte in den letzten Jahren schon einige Momente, die uns große Hoffnung gemacht haben, aber sie ist immer wieder in ihr altes Verhalten zurückgefallen.»

In ihren Notizen suchte Beatrice nach einem Satz, den Herbeck während ihrer ersten Unterhaltung gesagt hatte – über eine aggressive Phase, die Jasmin durchlaufen hatte … ah, da war es.

«Vor ungefähr vier Jahren gab es eine Zeit, in der Jasmin viel weniger apathisch war, allerdings neigte sie damals dazu, sich selbst zu verletzen. Sie erinnern sich bestimmt?»

Planks Blick glitt zur Seite. «Ja. Natürlich.»

«Wären solche Episoden heute auch denkbar? Dass sie Gewalt gegen sich selbst übt – oder gegen andere?»

Die Ärztin rieb sich die Oberarme, als fröre sie. «Meiner Einschätzung nach nicht. Und wenn, dann würden wir es unmittelbar merken. Wissen Sie, eine agitierte Jasmin hätte niemand übersehen oder überhören können. Das war auch in dieser Phase vor einigen Jahren so.» Sie warf einen schnellen Blick auf ihre Armbanduhr. «Ich vermute, Sie überlegen, ob eventuell sie Maja aus dem Fenster gestoßen hat – wäre es so gewesen, hätte die ganze Station es gemerkt. Glauben Sie mir. Wenn Jasmin außer Kontrolle gerät, ist sie eine Naturgewalt.»

Das Telefon auf dem Schreibtisch hatte mitten in Planks letztem Satz zu klingeln begonnen. Mit einem entschuldigenden Blick nahm sie den Hörer ab. «Ja?»

Die Stimme am anderen Ende war eindeutig männlich, aber Beatrice konnte sie niemandem zuordnen, den sie kannte.

«Tut mir leid, ich bin gerade in einem Gespräch. Ja. In Ordnung. Ich komme dann vorbei. Danke.»

Beatrice war aufgestanden. «Wir sind eigentlich fertig, wenigstens für den Moment. Vielen Dank für Ihre Zeit.» Sie schüttelte Plank die Hand, hatte aber den Eindruck, dass die Ärztin in Gedanken schon wieder ganz anderswo war.

Auf dem Weg nach draußen begegnete Beatrice Robert Erlacher, der Jasmin die Treppe hinunter und dann den Gang entlang führte. Wenn man sie so sah, schien es tatsächlich undenkbar zu sein, dass sie ein so flinkes Geschöpf überwältigen konnte, wie Maja es gewesen war. Der Pfleger strahlte Beatrice an. «Wir sind mal wieder auf dem Weg zur Erleuchtung. Blumenmeditation. Jasmin freut sich schon den ganzen Vormittag darauf.»

War das reiner Hohn, oder konnte Erlacher aus den Nuancen im Verhalten der Patientin wirklich mehr lesen als alle anderen?

Jasmins Gesicht war völlig regungslos, sie glitt an Roberts Seite dahin wie … ein Wal. Ein riesiges, majestätisches Geschöpf, von dem man sich nicht vorstellen konnte, dass es aus der Ruhe zu bringen war.

Medikamentös induzierte Ruhe, ja. Aber trotzdem …

Beatrice begleitete die beiden, passte sich ihrem Tempo an. Bemerkte, dass Jasmin in ihrer linken Hand eine Rolle mit Keksen trug – die gleiche Marke, die sie beim letzten Mal gegessen hatte. Allerdings hielt sie die Packung mit der Öffnung nach unten. Der oberste Keks würde gleich herausfallen.

Sanft nahm Beatrice Jasmins Hand und hob sie so weit an, dass die Kekse wieder an ihren Platz rutschten.

Die Frau reagierte nicht auf die Berührung. Sie wandte nicht den Kopf, ihre Hand zuckte nicht zur Seite, fiel aber auch nicht zurück in die Ursprungsposition, sondern blieb da, wo Beatrice sie losgelassen hatte. Wie bei einer Puppe.

Sie waren beim Therapieraum angelangt, wo bereits drei andere Patientinnen warteten. Zwei von ihnen musterten Jasmin verstohlen und, wie es Beatrice schien, mit leichtem Unbehagen.

In ein paar Minuten würde die Qigong-Stunde zu Ende sein. Ob es sich lohnte, zu beobachten, was Jasmin bei der Blumenmeditation tat?

Allerdings lag im Büro genug Arbeit, die niemand sonst erledigen würde. Beatrice beschloss zu gehen und wollte sich gerade von Robert verabschieden, als ihr Blick erneut auf Jasmin fiel. Die in einer träumerisch langsamen Bewegung einen Keks aus der Packung holte, hineinbiss und den Rest auf das Tischchen vor dem Therapieraum legte. Zwischen die Folder und Veranstaltungszettel.

Ihre gestreckten Finger legte sie daneben. So verharrte sie, bis die Tür zum Therapieraum sich öffnete und die Qigong-Leute herauskamen.

Mit langsamen Schritten hatte Beatrice sich genähert, sich

direkt vor Jasmin gestellt. Versuchte nun, ihren Blick aufzufangen, ihn auf sich zu lenken. Es gelang ihr nicht.

«Ist der für mich?» Sie deutete auf den Keks.

Keine Reaktion, natürlich nicht. Jasmin stand reglos da, als schliefe sie aufrecht und mit offenen Augen. Erst als die anderen Patienten sich in den Therapieraum begaben, drehte sie sich langsam um und ging ebenfalls hinein.

Beatrice betrachtete das zurückgelassene Gebäckstück. Sie war überzeugt davon, dass Jasmin es nicht einfach vergessen hatte. Vielleicht wollte sie es ihr tatsächlich schenken. Oder ... vielleicht aß sie immer nur halbe Kekse?

Als Robert an Beatrice vorbeigehen wollte, hielt sie ihn am Ärmel fest. «Darf ich Sie etwas fragen? Diese runden Schokokekse, die Jasmin gerade bei sich hat – isst sie die oft?»

Der Pfleger lachte auf. «O ja. Sie ist absolut verrückt danach. Wenn Sie ihr eine Freude machen wollen, bringen Sie ihr beim nächsten Mal welche mit.»

«Das überlege ich mir.» Beatrice deutete auf den angebissenen Keks auf dem Tisch. «Isst sie sie immer nur zur Hälfte?»

«Was? Nein. Sie lässt normalerweise nicht das Geringste übrig.» Er zog seinen Zopf zurecht. «Sie steht wirklich sehr auf das Zeug.»

Diesmal nahm Beatrice den Keks an sich, wickelte ihn in ein Papiertaschentuch und verließ die Klinik mit dem eigenartigen Gefühl, dass Jasmin Matheis ihr einige Schritte voraus war.

17. Kapitel

Als sie im Büro ankam, war Florin bereits von der Leichenöffnung zurück. Sie musste ihn nicht fragen, sie sah ihm an, dass es schlimm gewesen war. Behutsam legte sie den Keks in seiner Umhüllung auf den Schreibtisch.

«Wie war dein Gespräch mit Plank?» Florin hatte die Arme hinter dem Kopf verschränkt und lehnte sich in seinem Stuhl zurück. Die Müdigkeit zeichnete die Kanten und Linien in seinem Gesicht schärfer als sonst. Diese Linien, denen Beatrice manchmal so gerne mit den Fingern folgen wollte.

«Sie hält es für ausgeschlossen, dass einer der Ärzte sich auf Maja eingelassen hätte. Und sie hat mir einige Dinge über die Mutter erzählt. Dass sie Maja nicht geschützt hat, weil sie eifersüchtig auf sie war. Ihr den Mann weggeschnappt hat.»

«Mein Gott.» Florin gab seine entspannte Haltung auf und stützte die Ellenbogen auf den Schreibtisch. Rieb sich mit beiden Händen übers Gesicht. «Eifersüchtig. Du hättest Majas Körper sehen sollen, Bea. Vogt wurde mit der äußeren Besichtigung fast nicht fertig, ich glaube, er hat eine halbe Stunde lang in sein Aufnahmegerät diktiert, nur um die ganzen Narben an den Armen und Beinen zu dokumentieren.» Er atmete tief durch. «Sie hat sich die Innenseiten der Oberschenkel geritzt, kannst du dir das vorstellen?» Er lachte auf, es klang bitter. «Und die Mutter war eifersüchtig? Ich glaube, ich hätte jetzt gern einen Schnaps.»

Beatrice ging zu ihm, stellte sich hinter ihn und legte ihm die Hände auf die Schultern. Schmiegte ihre Wange an sein Haar, atmete seinen Duft ein. Unterdrückte diesmal die bereits wieder aufkeimende Frage, was um Himmels willen sie da eigentlich tat.

Seine Hände griffen nach ihren, hielten sie fest. Sie glaubte zu hören, dass er ihren Namen murmelte, und für einen Augenblick fühlte sie sich federleicht.

Dann sprang die Tür auf, und Kossar platzte herein. «Die Gutachten zu Klements Studien –» Er erstarrte, mitten im Satz und in der Bewegung gleichermaßen. «Oh. Tut mir leid.»

Beatrices erster Impuls war es gewesen, sofort Distanz zwischen sich und Florin zu bringen, doch er war geistesgegenwärtiger gewesen. Hatte ihre Hände fester gehalten und so verhindert, dass aus der intimen Situation eine verfängliche werden konnte.

«Ich wollte nicht stören.» Kossar hatte sich ebenfalls gefangen und lächelte verbindlich. «Wir können das gerne später besprechen.»

«Nein.» Auch Beatrice hatte sich wieder im Griff. «Warten Sie, bitte. Ich möchte Ihnen etwas zeigen.»

Sie ließ Florins Hände los und ging an ihre Seite des Schreibtischs, wo sie Jasmins «Geschenk» aus seiner papierenen Umhüllung holte.

«Die Patientin, die nicht spricht, erinnern Sie sich? Sie hat heute zum zweiten Mal einen ihrer Lieblingskekse angebissen und dann vor mich hingelegt. Einer der Pfleger, der sie betreut, hat mir versichert, sie lässt von den Dingern sonst nie etwas übrig.»

Kossar nickte bedächtig. «Das ist wirklich interessant. Vielleicht will sie Ihnen damit ihre Freundschaft antragen.

Mit jemandem das Essen zu teilen, ist eine ganz ursprüngliche Art, Zuneigung zu signalisieren.»

Im ersten Moment klang das einleuchtend, aber je länger Beatrice darüber nachdachte, desto unwahrscheinlicher schien es ihr zu sein. Würde jemand wie Jasmin einfach einer Wildfremden ihr Vertrauen schenken? Von sich aus versuchen, eine Freundschaft anzubahnen? Obwohl es so etwas wie Freundschaft in ihrem Leben bisher gar nicht gegeben hatte?

Nein. Viel leichter zu glauben war doch, dass sie mit ihr als Polizistin kommunizieren wollte, in einer Form, die ihr möglich war. Und auf eine Art, die ihr logisch erschien.

Allerdings befürchtete Beatrice, dass sie Jasmins Logik kaum durchschauen würde. Ihre Assoziationen waren sicherlich völlig andere als die von Menschen mit einer normalen Lebensgeschichte.

Sie würde sich die Akten zu Jasmins Fall noch einmal ganz genau durchsehen. Vielleicht fand sich etwas, das in Zusammenhang mit angebissenen Keksen Sinn ergab. Oder in Verbindung mit Plastikmessern. Oder der Zahl sieben. Eine Aussage des Vaters oder ein Fund im Keller unterhalb der Scheune.

Nachdem sie an diesem Abend die Kinder ins Bett gebracht hatte, lümmelte sie sich auf die Couch und nahm sich noch einmal den Bericht der Polizisten vor, die Jasmin gefunden hatten. Ganz speziell achtete sie auf die Gegenstände, die in ihrem Kerker sichergestellt worden waren. Doch weder waren Kekspackungen dabei noch buntes Kinderbesteck.

Am nächsten Tag spürte Beatrice schon beim Betreten des Polizeigebäudes, dass die Atmosphäre anders war als sonst.

Auf eine merkwürdige Weise gedämpft. Im Stiegenhaus kam ihr Stefan entgegen, ohne das übliche schiefe Grinsen im Gesicht.

«Hast du es schon gehört?»

Also kein Irrtum, es war etwas passiert. «Nein. Was ist los?»

«Hoffmanns Frau ist vergangene Nacht gestorben. Er war vorhin kurz hier, und ich hätte ihn beinahe nicht erkannt. Völlig am Boden zerstört. Die nächsten zwei Wochen wird er nicht arbeiten.»

«Das ist traurig.» Die wenigen Male, die Beatrice die Frau ihres Chefs zu Gesicht bekommen hatte, ließen sich an zwei Händen abzählen. Sie war ihr immer unauffällig und ruhig erschienen, niemand, an den man sich erinnerte, aber Hoffmann hatte sie vergöttert.

Mit leiser Beschämung stellte Beatrice fest, dass die Erleichterung, die sie bei dem Gedanken empfand, ihn vierzehn Tage lang nicht sehen zu müssen, das Bedauern über den Tod seiner Frau überstieg.

Vor dem Büro traf sie auf Bechner, der ihr die Nachricht ein zweites Mal verkündete und seine Enttäuschung darüber, dass sie schon informiert war, kaum verbergen konnte.

Florin war bereits hier. Er hing am Telefon und hob nur grüßend die Hand, als sie hereinkam. Offenbar sprach er gerade mit jemandem von der Presse.

«Solange Hoffmann aussetzt, müssen wir uns mit den Medien herumschlagen», erklärte er, nachdem er aufgelegt hatte. «Ich lasse dir gern den Vortritt.»

«Oh, vielen Dank, aber – lieber nicht.» Sie legte die Mappe mit dem Polizeibericht, in dem sie gestern Abend gelesen hatte, auf den Schreibtisch und blieb dann stehen, unschlüssig. «Möchtest du Kaffee?»

Er schüttelte den Kopf und hob seine halbvolle Tasse. «Ist

schon meine dritte heute. Hunger hätte ich allerdings, ich habe noch nicht gefrühstückt.»

«Ich kann dir nur Jasmins angebissenen Keks anbieten.» Sie trug ihn immer noch mit sich herum, behutsam, in der Hoffnung, irgendwann seine Bedeutung zu begreifen. Falls es eine solche gab.

«Hast du Hoffmann gesehen, als er hier war?», fragte sie, bevor Florin sich wieder seinem Computer zuwenden konnte.

«Ja. Er ist kaum ansprechbar. Für ihn muss wirklich eine Welt eingestürzt sein. Ich habe ihm gesagt, wir schaukeln hier alles problemlos alleine, und er soll sich keine Sorgen machen. Keine Ahnung, ob er irgendetwas davon mitbekommen hat.»

Kurzes Klopfen, dann schwang die Tür auf, bevor jemand *Herein* sagen konnte. Bechner. Beatrice war insgeheim dankbar dafür, dass sie Florin doch nicht zur Begrüßung umarmt hatte, nur um dabei ein zweites Mal innerhalb von vierundzwanzig Stunden von Kollegen überrascht zu werden.

«Ich dachte, ihr könntet Hilfe brauchen. Meine aktuellen Projekte können warten, ich greife euch sehr gern unter die Arme. Jetzt, wo Hoffmann ausfällt.» Er lümmelte sich mit dem halben Hintern auf den Schreibtisch, wobei er Beatrice den Rücken zuwandte.

«Hat eigentlich dieser Brem noch etwas von sich hören lassen? Wegen des Kinnhakens?» Bechner wischte ein paar Krümel vom Tisch. «Ich hoffe ja, es kommt keine Dienstaufsichtsbeschwerde. Oder Anzeige.»

Allein der Ton. Die Besorgnis war so dick aufgetragen, dass man sie ihm beim besten Willen nicht abkaufen konnte. Er hatte wirklich Talent dafür, sich Freunde zu machen.

Beatrice sah, wie Florins Gesichtszüge sich spannten. «Nein. Bisher hat Brem sich nicht gemeldet. Ich habe allerdings Selbstanzeige bei Hoffmann erstattet. Die er zur Kenntnis genommen, aber nicht weitergeleitet hat.» Er wandte sich ab. «So weit der Stand der Dinge.»

Offensichtlich verstand Bechner diesen Wink nicht. «Wenn du unter diesen Umständen nicht in die Öffentlichkeit treten willst – das könnte ich gut verstehen. Ich mache gern die Pressearbeit statt Hoffmann, ich sage ihm schon ewig, wir bräuchten endlich einen richtigen Pressesprecher, aber er wollte ja immer alles alleine ...»

Beatrice hatte sich vorgenommen, den Mund zu halten und zu warten, dass Bechner sich von selbst wieder verzog. Aber das hier konnte ewig dauern, und sie sah, dass es Florin zusetzte. «Wir melden uns bei Ihnen, wenn wir Hilfe brauchen, gut?», unterbrach sie ihn. «Im Moment schaffen wir es noch zu dritt, aber vielen Dank für Ihre Hilfsbereitschaft.» Sie hatte eine gewisse Dringlichkeit in ihre Stimme gelegt, die ihm klarmachen sollte, dass sie weiterarbeiten mussten. Doch natürlich bekam Bechner das wieder in den falschen Hals.

«Dass ich Ihnen nicht willkommen bin, ist ja nichts Neues, Kollegin. Aber mit ein bisschen Professionalität könnten Sie vielleicht Ihre persönlichen Abneigungen hintanstellen, wenn es der Sache dient.»

Den Satz hatte er sich vorab zurechtgelegt, jede Wette, um ihn eindrucksvoll aus dem Hut zaubern zu können, sobald sie einen Einwand vorbrachte.

«Sehen Sie – wir schaffen es offenbar nicht, ohne Missverständnisse miteinander zu reden.» Diesmal bemühte sie sich darum, besonders freundlich zu klingen. «Das sind einfach keine guten Voraussetzungen für eine Zusammenarbeit. Ich habe nichts gegen Sie. Aber egal was ich sage, Sie fühlen sich auf den Schlips getreten.»

Nun beschränkte er sich auf ein Schulterzucken. Rutschte von der Tischkante. «Florin, du weißt, wo du mich findest. Viel Glück.»

Als er gegangen war, tat Beatrice in gespielter Verzweiflung so, als müsse sie ihren Kopf gegen die Tischkante schlagen. «Kannst du mir mal verraten, was ich falsch mache? Vielleicht sollten Bechner und Hoffmann einen Club gründen. Oder die Selbsthilfegruppe der Beatrice Kaspary-Hasser. Ich bin sicher, Achim tritt gern als Ehrenmitglied ein.»

Allein für den Ausdruck in Florins Gesicht hätte sie ihn küssen mögen. Für dieses Lächeln, in dem so viel mehr steckte als das Verständnis für ihr Verhalten Bechner gegenüber. Florin vermittelte ihr das Gefühl, nichts falsch machen zu können – in gewisser Weise war das immer schon so gewesen, doch in den letzten Wochen so deutlich wie nie zuvor.

«Ich glaube nicht, dass sie dich hassen, Bea. Du verzichtest nur auf ein paar Dinge, die dir das Leben viel leichter machen könnten. Gerade jemandem wie dir. Ich fürchte, das nehmen sie dir übel.»

«Wie? Worauf verzichte ich denn?»

Jetzt war sein Blick wie eine Berührung, federleicht und zärtlich. «Du könntest es so einfach haben, wenn du ihnen ein bisschen um den Bart gehen und sie mit deinem Lächeln einwickeln würdest. Du könntest ihnen das Gefühl geben, tolle Kerle zu sein; stattdessen kommen sie sich in deiner Gegenwart vor wie Idioten, und das gefällt ihnen nicht.»

Beatrice schwieg. Stimmte das tatsächlich? Ihrem eigenen Empfinden nach war sie meistens höflich, und wenn sie im Gespräch kurz angebunden war, dann aus Stressgründen.

«Na ja, zumindest Bechner ist wirklich ein Idiot», stellte sie fest. «Außerdem – du und Stefan habt dieses Problem ja wohl nicht, oder doch?»

Er schüttelte den Kopf, immer noch lächelnd. «Nein, Bea. Ich … also, das Problem, das ich im Moment mit dir habe, ist völlig anders gelagert. Wenn man es überhaupt ein Problem nennen kann.»

Ihre Blicke trafen sich, aber Beatrice sah schnell wieder weg. Sie wusste genau, was er meinte, weil es ihr ebenso ging. Dieses Gefühl, dass jeder unvorsichtige Schritt einer zu viel sein könnte, dass sie aus Unachtsamkeit etwas zerstören würden, bevor es noch wirklich existierte. Das Wissen, dass sie ab einem gewissen Punkt nicht mehr dorthin zurückkehren konnten, wo sie jetzt waren.

«Beim nächsten Mal werde ich es mit Lächeln versuchen», sagte sie. «Vielleicht. Aber ich schaffe es im Leben nicht, Bechner zu vermitteln, dass er ein toller Kerl ist.»

Eine halbe Stunde später hielt es sie nicht mehr an ihrem Schreibtisch. Jasmin ging ihr nicht aus dem Kopf. Mehr als alles andere wollte Beatrice ihre Signale deuten oder es wenigstens versuchen. Dazu musste sie in die Klinik … unter irgendeinem Vorwand. Vielleicht konnte sie Herbeck noch einmal befragen oder auch diesen Pfleger. Erlacher. Nachdem es Bechner beim letzten Mal nicht gelungen war, mit ihm zu sprechen.

Florin war einverstanden, er würde hier die Stellung halten und eventuell mit Drasche die Auswertung der Spuren durchgehen, die der rund um Majas Absturzort gefunden hatte. «Und versuchen, mit Majas Mutter in Kontakt zu treten.» Er seufzte. «Viel Glück, Bea. Lass es mich wissen, wenn es etwas Neues gibt.»

Sie hatte beinahe ein schlechtes Gewissen, ihn in den verstaubten Büroräumen zurückzulassen, denn draußen leuchtete eine unwiderstehlich goldene Herbstsonne, die ihre Laune schon auf den wenigen Metern bis zum Auto hob.

In ihrer Jackentasche trug sie immer noch den in das Taschentuch eingewickelten Keks, der allmählich zu bröckeln begann.

Wie sich herausstellte, war ein Gespräch mit Erlacher der perfekte Vorwand, um in Jasmins Nähe zu kommen, denn er führte sie, wie Vasinski Beatrice mitteilte, gerade mit zwei weiteren Patientinnen durch den Park spazieren.

Vasinskis tiefblaue Augen musterten Beatrice wieder mit der gleichen Intensität wie beim ersten Mal, und diesmal beschloss sie, das anzusprechen.

«Sagen Sie, durchbohren Sie jeden, dem Sie begegnen, derartig mit Ihren Blicken? Ich könnte mir vorstellen, dass manche Leute das unangenehm finden.»

Falls sie vermutet hatte, dass er sich abwenden und entschuldigen würde, war das ein Irrtum gewesen. Er behielt die gleiche Intensität im Augenkontakt bei, lächelte aber.

«Interessante Menschen beobachte ich so genau wie möglich. Wenn Ihnen das zu aufdringlich erschienen ist, tut es mir leid, es war nicht böse gemeint.»

Sie standen vor der Glastür, durch die man in den Park gelangte. Vasinski hielt sie für sie auf. «Ich würde sehr gerne wissen, was Sie dazu gebracht hat, zur Polizei zu gehen. Natürlich nur, wenn Sie es mir erzählen wollen.»

Beatrice, die bereits halb zur Tür hinaus war, drehte sich noch einmal um und musterte den Arzt irritiert. «Ich glaube nicht, dass ich das will.»

«Na dann.» Falls er enttäuscht war, ließ er es sich nicht anmerken. «Ich wünsche Ihnen, dass Sie finden, was Sie suchen.»

Sie dachte noch über seine Worte nach, als sie Robert Erlacher und seine Schützlinge bereits unter einem der großen Kastanienbäume auf Decken sitzen sah. Es würde vermutlich das letzte Picknick des Jahres sein – ein Tag wie dieser war ein Geschenk um die Jahreszeit.

Jasmin trug einen schneeweißen Jogginganzug, in dem sie wirkte wie eine zu Boden gesunkene Wolke. Sie saß ein Stück abseits von den anderen und hielt ihre Handflächen knapp über die Spitzen der Grashalme, als wolle sie sich bei jedem Windstoß kitzeln lassen.

Die beiden anderen Frauen unterhielten sich mit Erlacher. Eine schaukelte währenddessen pausenlos vor und zurück, die andere saß völlig entspannt an den Stamm der Kastanie gelehnt. Sie war die Erste, die Beatrice kommen sah, und sie stupste den Pfleger an.

Er sprang auf und ging ihr einige Schritte entgegen. «Frau Kaspary! Wollen Sie zu uns?»

Sie ergriff die hingestreckte Hand und schüttelte sie. «Ja. Ich hätte noch ein paar Fragen, aber ich weiß nicht, ob wir die nicht besser alleine …»

Er warf einen Blick über die Schulter zurück. «Wenn es nicht zu lange dauert, dann gerne hier. Ich muss nur die drei Damen dort im Auge behalten können.»

Sie wechselten den Platz. Beatrice hatte sich ein grobes Konzept gemacht, das sie mit Erlacher durchgehen wollte, aber sie würde sich kurz fassen und sich so schnell wie möglich Jasmin zuwenden.

«Kennen Sie Majas Eltern?» Beatrice holte Notizbuch und Kugelschreiber aus ihrer Tasche. Einige Stichworte würde sie zu Erlachers Aussagen jedenfalls festhalten.

«Ja, wobei kennen vielleicht zu viel gesagt ist. Ich bin ihnen mehrfach begegnet und weiß, dass Maja weder zu ihrer

Mutter noch zu ihrem Stiefvater ein gutes Verhältnis hatte. Was in Anbetracht der Geschehnisse kein so großes Wunder ist.» Immer wieder wanderte sein Blick von Beatrice fort zu den drei Patientinnen. Eine von ihnen hörte man ab und zu kichern.

«Und wie haben Sie sich mit Maja verstanden? Sie war ja nicht ganz einfach im Umgang.»

Er lachte auf. «O ja, das können Sie laut sagen. Anfangs war ich in ständiger Abwehrhaltung und jedes Mal ratlos, wenn sie wieder irgendwelche Geschichten darüber erzählt hat, was ich angeblich mit ihr angestellt hätte. Aber irgendwann gewöhnt man sich an alles. Eigentlich war sie ein nettes Mädchen.»

Beatrice wären alle möglichen Beschreibungen für Maja eingefallen, aber *nettes Mädchen* nie.

«Glauben Sie, dass sie sich umgebracht hat?»

Seine Augen weiteten sich. «Äh – glauben Sie das etwa nicht?»

«Na ja. Es ist durchaus denkbar, dass sie gestoßen wurde.»

So, wie Erlacher dreinsah, war der Gedanke ihm offenbar völlig neu. «Wozu, um alles in der Welt? Wer hätte denn etwas von ihrem Tod?»

Ja, dachte Beatrice. Und wer von Schlagers? Niemand, auf den ersten Blick. «Genau das versuchen wir herauszufinden», sagte sie. Ein Windstoß bewegte die Zweige des Kastanienbaums. Beatrice steckte die Hände in die Jackentasche. Erfühlte dort den im Taschentuch verpackten Keks.

«Ich möchte mich ein bisschen zu … Marie setzen.» Fast wäre ihr versehentlich der richtige Name herausgerutscht.

Erlacher blinzelte. «Wozu? Von ihr werden Sie ganz bestimmt nichts über Maja erfahren.»

«Ich weiß. Sie spricht nicht.» Beatrice holte den halben

Keks aus der Jackentasche und überprüfte seinen Zustand. «Aber das bedeutet nicht, dass sie nichts weiß.»

Jasmin hielt immer noch die Handflächen über die Grashalme; ihre Augen waren halb geschlossen und öffneten sich auch nicht, als Beatrice sich zu ihr setzte.

Die Reaktion der beiden anderen Frauen war deutlicher. Sie unterbrachen ihr Gespräch, bei dem es sich um Lasagnerezepte gedreht hatte, und musterten Beatrice ohne große Sympathie.

Mit einer von ihnen hatte sie im Zuge der Patientenbefragungen gesprochen, an ihren Namen erinnerte sie sich aber nicht mehr. Die Frau war bei einem Großbrand nur knapp mit dem Leben davongekommen und litt seit nunmehr fünf Jahren an schweren Angstzuständen. Sie war allerdings keine von denen, die monatelang hier behandelt wurden – wenn man sie stationär aufnahm, dann für maximal eine Woche.

Beatrice grüßte freundlich, bevor sie sich Jasmin zuwendete. Irrte sie sich, oder waren die Bewegungen, mit denen sie über das Gras strich, langsamer geworden?

«Hallo. Ich bin es, erinnerst du dich noch an mich?»

Keine Reaktion. Natürlich nicht.

«Beim letzten Mal hast du mir etwas gegeben. Ich habe es aufgehoben, siehst du? Hier ist es.» Behutsam legte sie das kleine Päckchen zwischen sich und Jasmin auf die Decke. Öffnete das Taschentuch, bis der Inhalt sichtbar wurde.

Heil war der Keks nicht mehr. An der Bissstelle hatte sich einiges gelöst, und eine der Spitzen war abgebrochen.

Wieder kam keine Reaktion. Jasmin fuhr mit ihren monotonen Bewegungen fort, aber nach etwa drei oder vier Minuten war Beatrice sicher, dass sie sich verlangsamt hatten. Etwas später hörten sie völlig auf, und Jasmin ließ ihre Hände ins Gras sinken.

«Wir gehen dann zurück, in fünfzehn Minuten gibt es Essen», rief Erlacher. Beatrice hätte ihn erwürgen können. Ein bisschen Zeit noch, dann würden Jasmins unendlich langsame Aktionen vielleicht zu einem sinnvollen, einem begreifbaren Ende führen.

Doch ihre beiden Mitpatientinnen waren bereits dabei aufzustehen.

Im selben Moment griff Jasmin nach dem Keks. In einer Bewegung, die für ihre Verhältnisse beinahe hastig war. Beatrice dachte, sie würde ihn in den Mund stecken, doch das tat sie nicht.

Sie zerquetschte ihn.

18. Kapitel

Auf dem Rückweg ins Krankenhaus blieb Beatrice neben Jasmin und beobachtete jede ihrer Regungen. Wie sie ihre herabhängenden Hände öffnete und schloss. Von der rechten fielen immer noch Kekskrümel.

Am liebsten hätte Beatrice sie bei den Schultern genommen und geschüttelt. Es gab so viele Möglichkeiten, das zu interpretieren, was sie getan hatte. War sie wütend gewesen, weil Beatrice den Keks nicht gegessen hatte? Hatte sie damit eine weitere Botschaft vermitteln wollen? Oder war es der bröckelige Zustand des Kekses gewesen, der sie veranlasst hatte, ihn ganz zu zerstören? Vielleicht hatte es auch gar keinen Grund gehabt, sondern war nur aus einem Impuls, aus dem Augenblick heraus passiert.

Alles denkbar. Nichts überprüfbar.

Am Eingang verabschiedete sie sich, wobei sie versuchte, ihre Frustration vor Erlacher zu verbergen, und ging in Richtung Parkplatz. War schon dabei, ins Auto zu steigen, als sie den gegenüberliegenden Supermarkt entdeckte.

Ihr Frühstück war nicht gerade opulent gewesen. Sie würde sich ein Häppchen kaufen und dann ins Büro zurückfahren. Zu Florin. Mit ihm sprechen, brainstormen, vielleicht kamen sie ja zu zweit auf eine Idee.

Sie kaufte eine Käsesemmel, eine Flasche Orangensaft und blieb sinnierend vor dem Süßigkeitenregal stehen. Da lagen sie, Jasmins Kekse. Rund und auf einer Seite mit Schokolade überzogen. Ohne lange zu überlegen, griff Beatrice nach einer Packung und stellte sich dann an der Kasse an.

Sie würde sich nicht geschlagen geben. Nicht so schnell.

Für ihr dürftiges Mittagessen suchte sie sich die gleiche Parkbank, auf der sie letztens mit Florin gesessen hatte. Vielleicht brachte sie ihr ja Glück.

Ihr Hunger war nicht allzu groß, trotzdem verschlang sie die Käsesemmel in ungesunder Geschwindigkeit. Spülte mit dem Orangensaft nach, aber die Kekse ließ sie unberührt.

Ob man in der Klinik bald mit dem Mittagessen fertig war?

Nach wie vor strahlte die Sonne von einem makellos blauen Himmel. Beatrice reckte ihr das Gesicht entgegen und beobachtete die zarten, schwimmenden Linien hinter ihren geschlossenen Lidern. Zehn Minuten würde sie noch warten, bevor sie sich wieder auf die Suche nach Jasmin machte.

Dieses Gefühl, dass sie knapp vor etwas wie einer Erkenntnis stand, war ihr nicht fremd – in drei von vier Fällen lag sie damit richtig, und sie hoffte verzweifelt, dass es auch diesmal so sein würde.

Das Bild, wie Jasmin diesen Keks in ihrer Hand zerdrückte, stand ihr so deutlich vor ihrem inneren Auge, als hätte sie mitgefilmt. Doch da war keine Mimik gewesen. Nichts, was man als Zusatzinformation vom Gesicht hätte ablesen können.

Fünf Minuten noch. Leichter Wind kam auf und streichelte ihr das Haar aus der Stirn.

«Frau Kaspary! Machen Sie ein Mittagsschläfchen?»

Die freundliche Stimme gehörte Erika Lackner, der vielseitigen Esoteriktherapeutin. Sie setzte sich neben Beatrice und breitete die Arme über der Lehne der Bank aus.

«Ist es nicht herrlich? Ich liebe ja meine Arbeit, aber heute würde ich sie viel lieber ins Freie verlegen.»

«Kann ich gut verstehen.» Beatrice rückte ein kleines

Stück zur Seite. «Welche Stunden stehen denn gleich auf dem Programm?»

«Tarottherapie. Und danach Musikmeditation, ich habe eine wunderbare neue CD mitgebracht. Da sind Melodien drauf, die die Chakren fast von selbst öffnen.»

Beatrice hatte nur eine sehr verschwommene Vorstellung, wovon die Frau sprach, nickte aber. «Wird Marie wieder dabei sein?»

«Oh, das vermute ich doch.» Lackner stieß einen genussvollen kleinen Seufzer aus. «Sie sind fasziniert von ihr, nicht wahr? Ich auch. Ein so starkes Wesen. Gefangen. Aber ich kann spüren, wie sie gegen ihre inneren Kerkermauern schlägt.»

So abstrus das auch klang, Beatrice teilte dieses Gefühl. Jasmin wollte etwas mitteilen, doch auf direkte Art schaffte sie es nicht, deshalb nahm sie Umwege, auf denen niemand ihr folgen konnte.

Lange brauchte Beatrice nicht nach ihr zu suchen. Sie saß an einem der Tische in der Besucherecke, nicht weit vom Speisesaal entfernt. Es musste Spaghetti oder Ähnliches gegeben haben, denn in ihrem linken Mundwinkel klebte noch ein wenig orangefarbene Soße.

Die Keksrolle in Beatrices Hand fühlte sich warm an, hoffentlich war der Schokoladenüberzug nicht geschmolzen. Sie setzte sich Jasmin gegenüber und öffnete die Packung. Zog den obersten Keks heraus und legte ihn vor Jasmin auf den Tisch.

Es dauerte, bis die Frau reagierte. Darauf war Beatrice gefasst gewesen, trotzdem spürte sie Nervosität in sich aufsteigen. Komm schon, dachte sie. Tu was.

Es waren höchstens drei Minuten, aber ihr schien es eine Ewigkeit zu sein, die verging, bis Jasmin nach dem Keks griff. Ihn zum Mund hob, vorsichtig hineinbiss und ihn zurück auf den Tisch legte.

Beatrice tat es ihr nach. Holte einen zweiten Keks aus der Packung und hinterließ die gleiche Bissspur, so exakt wie möglich, bevor sie ihn neben Jasmins platzierte.

Zwei Sicheln, parallel. Perfekt.

Würde Jasmin es schaffen, das zu interpretieren? Als ein *Ich verstehe dich, erzähl mir mehr?*

Ihre Hände lagen auf der Tischplatte, die Finger gestreckt, so fest, dass sie zitterten.

Ja. Beatrices Herz beschleunigte seinen Schlag. Da war er, der Kontakt. Es war, als hätten sie ein Wort ausgetauscht, oder einen Satz – nur leider in einer Sprache, von der Beatrice nicht einmal den Namen kannte.

Aber vielleicht würde jetzt Jasmin den nächsten Schritt tun, so wie sie den ersten gemacht hatte. Behutsam schob Beatrice ihr die Keksrolle hin.

Damit, dass Jasmin in ihrer üblichen Bedächtigkeit einfach aufstehen und gehen würde, hatte sie nicht gerechnet. Sie war versucht, ihr etwas nachzurufen, ließ es aber bleiben – über Sprache war nichts zu erreichen, davon war sie mittlerweile überzeugt.

Also folgte sie ihr. Hielt fünf Schritte Abstand, um sie nicht zu irritieren, doch schon nach kurzer Zeit ahnte Beatrice, wohin es Jasmin zog. Zum Therapieraum im Erdgeschoss. Zu Erika Lackner.

Von der Therapeutin war noch keine Spur zu sehen, aber Patienten waren schon da. Unter anderem Walter Trimmel, der Beatrice schüchtern zulächelte. «Sie sind in letzter Zeit oft da», sagte er.

Der Streit, den er mit Maja gehabt hatte, war ihr noch sehr präsent, doch so, wie er jetzt da stand, klein und leicht gebeugt, konnte sie sich nicht vorstellen, wie er die junge Frau aus dem Fenster gewuchtet haben sollte.

«Sie sind aber auch oft hier», entgegnete Beatrice. «Trommeln, Meditation, Tarot …»

Er nickte und warf ihr einen verschwörerischen Blick zu. «Es verwirrt sie», flüsterte er. «Die Verborgenen. Wenn sie verwirrt sind, sind sie still. Manchmal wenigstens.» Sein Lächeln verbreiterte sich zu einem Grinsen «Außerdem gibt es beim Tarot eine Karte, die bin ich.» Er kam zwei Schritte näher. «Sie heißt: der Narr. Jedes Mal, wenn sie gezogen wird, weiß ich, dass ich gemeint bin.»

Bevor Beatrice etwas dazu sagen konnte, kam Lackner um die Ecke. Sie hatte ihr graues Haar zu einem Pferdeschwanz gebunden und trug einen beachtlichen Schlüsselbund in der Hand, aus dem sie zielsicher den Schlüssel für den Therapieraum wählte. «Ich freue mich sehr auf die Stunde mit euch!»

Die ersten Patienten folgten ihrer einladenden Handbewegung. Beatrice wartete, bis alle drin waren. Nur die Therapeutin stand noch im Eingang und hielt die Tür auf. «Sie dürfen sehr gern wieder dabei sein.»

Ja, dachte Beatrice, aber nicht lange. Sie brauchte ihr Büro, ihre gewohnte Denkumgebung, um aus dem diffusen Gefühl, auf etwas gestoßen zu sein, vielleicht etwas Konkreteres machen zu können.

Bemüht darum, die Gruppe möglichst wenig zu irritieren, suchte Beatrice sich einen Platz in der hintersten Ecke des Raums, knapp neben der Tür. Links von ihr, nahe der gegenüberliegenden Wand, saß Jasmin. Wieder auf dem Boden. Ihre Finger beugten und streckten sich, im gleichmäßigen Rhythmus eines Uhrwerks.

Lackner holte eine Patientin in einer dunkelgrünen Latzhose nach vorne und ließ sie eine Karte aus dem aufgefächerten Stapel ziehen. Die Frau nahm sich Zeit, schwebte mit ihrer linken Hand über dem Spiel. Griff schließlich zu.

«Die Drei der Kelche», verkündete die Therapeutin. «Sehr schön, das ist eine interessante Karte. Danke, Melinda.»

Lackner suchte ein paar Sekunden etwas in den Dateien auf ihrem Notebook und warf schließlich das Bild der Karte als Projektion an die Wand

«Wir sehen hier die drei Kelche, zwei unten, einen oben. Sie sind so voll, dass sie überfließen. Sie werden immer weiter und weiter gefüllt – die Drei der Kelche steht also für Überfluss. Für Erfolg. Auch für Freundschaft und Glück.»

In Beatrices Augen wirkten die Kelche vor allem zu bunt. Sie waren mit roten Pusteln übersät, oder sollten das Edelsteine sein? Weiße Strahlen einer undefinierbaren Flüssigkeit ergossen sich aus gelben – Duschköpfen? Nein, aus Blüten, wie sie bei näherem Hinsehen feststellte.

Das Symbolbild für Glück hatte sie sich anders vorgestellt, aber immerhin waren die Kelche als solche zu erkennen, obwohl sie aus keinem davon hätte trinken wollen …

Da war etwas. Ein Gedanke, ein Bild. Eine Assoziation, die kurz aus ihrem Unterbewusstsein aufgetaucht war und sich sofort wieder verflüchtigte.

Krampfhaft versuchte sie, den Moment zurückzuholen, dieses Aufblitzen einer Erkenntnis noch einmal zu erleben, doch je mehr sie sich anstrengte, desto mehr zerfaserte das Gefühl. Vielleicht war es ja auch nur Einbildung gewesen.

Mittlerweile projizierte Lackner das nächste Bild an die Wand. Die Kaiserin, oder Herrscherin, wie sie erklärte. Sie stand für Mütterlichkeit, den Vorgang der Geburt – auch der kreativen Geburt. Und für das Erreichen von Zielen.

Also für so ziemlich alles, dachte Beatrice genervt.

Jasmin dagegen hatte ihren Blick auf die Projektion gerichtet, starr, wie die ganze Zeit über schon. Starr waren auch ihre Finger, so weit durchgestreckt, dass die Spitzen sich nach oben bogen.

Das Bild war deutlich gefälliger als das vorhergehende. Dominiert von Grün-, Gelb- und Blautönen, nur die Bluse der Kaiserin war rot. Zu ihrer Linken kauerte ein Schwan.

Lackner sprach weiter, über Intuition und Wachstum und richtige Entscheidungen. Kannte Jasmin diese Worte überhaupt? Wahrscheinlich kam es darauf nicht an. Sie betrachtete die Bilder. Vielleicht würde sie Freude an einem Fotoband haben? Beatrice hatte noch einen zu Hause, ein völlig sinnbefreites Hochzeitsgeschenk mit dem Titel *Naturwunder der Erde*. Wüsten, Berggipfel und Dschungelimpressionen – ziemlich unoriginell, aber farbenfroher als Lackners Kartenspiel.

Möglichst leise stand Beatrice von ihrem Stuhl auf und ging zur Tür. Trotzdem drehten sich drei Köpfe nach ihr um, allerdings nur kurz und ohne wirkliches Interesse. Erleichtert ließ sie den Therapieraum hinter sich und machte sich auf den Weg zum Ausgang.

Sie kam nur bis zu der kleinen Besucherecke, die gegenüber der Glastür zum Park lag. Ihr Blick fiel auf eine alte Frau, die Tee trank und dabei vor sich hin sprach. Zwischendurch stellte sie immer wieder den Becher ab, strahlte ihren imaginären Gesprächspartner an, nickte verständnisvoll und erzählte weiter, von einem gewissen Bruno. Bruno, der bei der Bahn arbeitete und günstigere Fahrkarten bekam. Manchmal sogar gratis.

Es war dieses eine, winzige Detail, das Beatrice plötzlich begreifen ließ. Was sie vorhin mit ihren Gedanken zu ertasten versucht hatte, war mit einem Mal so klar, dass sie keine Sekunde lang befürchtete, sich zu irren.

Sie hatten Jasmin unterschätzt, gewaltig sogar. Die Frau musste zu ungeheuer komplexen Gedankengängen fähig sein, die sie nur leider nicht nach außen kommunizieren konnte.

Oder doch. Aber auf erstaunlichen Umwegen.

Beatrice rannte zurück, sie musste mit Erika Lackner sprechen, in Ruhe. Erst als sie vor der Tür des Therapieraums stand, wurde ihr klar, dass von der Stunde noch zwanzig Minuten übrig waren.

Einfach reinplatzen wollte sie nicht, warten aber ebenso wenig. Also lief sie zum Auto, so schnell, als könne ihre Eingebung ihr wieder entwischen, wenn sie sich nicht beeilte. Sie brauchte einen Buchladen, einen großen, in dem sie hoffentlich finden würde, was sie suchte.

Walter Trimmel duckte sich auf der Treppe zusammen. Es war ein Fehler gewesen hierherzukommen. Verbotenes Terrain, und seine Verfolger kannten es viel besser als er. Sie würden sein Versteck aufspüren, und dann würden sie …

Wir wissen, was du getan hast.

«Hört auf», flüsterte er. Eines Tages würde ihn die ewige Wiederholung dieser Worte, die immer und immer wiederkehrten, in den Wahnsinn treiben.

Er fühlte, wie der Gedanke eine unkontrollierbare Welle verzweifelter Heiterkeit in ihm hochsteigen ließ. In den Wahnsinn. Genau. Als ob er dort nicht schon seit Jahrzehnten zu Hause wäre.

Nutzloser kleiner Hosenscheißer.

Findest du das witzig?

Ich kann nicht.

Ich kann dir nichts geben.

Er lehnte seine Stirn gegen die kühle Wand des Stiegenhauses. Schloss die Augen.

Gleich wird er heulen. Der Hosenscheißer.

Gift.

Geld.

Die Stimmen flossen ineinander. Manchmal kamen neue dazu, so wie heute, als hätten alle Unsichtbaren sich zusammengetan und sich gemeinsam auf die Suche nach ihm begeben.

Er wollte gerne aufstehen, aber er konnte nicht, sein Körper war wie mit Blei ausgegossen. Unbeweglich und schwer.

Gift.

Woher die Angst plötzlich kam, wusste er nicht. In gewisser Weise war sie immer da, doch jetzt bekam sie eine neue Qualität. So oft hatte er sich gewünscht, dass die Unsichtbaren sich zeigen würden. Nun fühlte er, dass sie in der Nähe waren ... näher als sonst.

Hör damit auf. Sofort.

Hör damit auf.

«Das möchte ich», wimmerte Trimmel. «Ihr auch, bitte.»

Zwing mich doch.

Jetzt hält er sich die Ohren zu.

Hosenscheißer.

Er begann zu summen. Wurde lauter und lauter, legte einen Klangteppich über die Stimmen. Holte zwischendurch schnell und hektisch Luft, bevor er weitersummte.

Nach ein paar Minuten wurde es besser. Sein Körper fühlte sich nicht mehr so schwer an. Gleich würde er aufstehen können.

Dann der Stoß. Als hätte ein Auto ihn angefahren. Nun riss er die Augen auf und versuchte sich festzuhalten, irgendwo, doch die Treppe bestand nur aus glatten Flächen und harten Kanten, auf denen sein Körper aufschlug. Seine Beine, seine Hüften, sein Rücken.

Sein Kopf.

Die Fotos, die Beatrice mit ihrem Handy geschossen hatte, hingen nebeneinander aufgereiht an der Pinnwand im Besprechungsraum. Sie selbst stand daneben, mit verschränkten Armen. Fast alle waren schon da, nur Stefan würde sich um einige Minuten verspäten und hatte darum gebeten, dass die anderen warteten.

Noch hatte sie niemandem von ihrer Theorie erzählt, nicht einmal Florin. Sie wollte seine Meinung spontan hören, ebenso wie die der anderen, und nicht in Versuchung geraten, ihn vorab auf ihre Seite zu ziehen.

Sogar Kossar hatte sie eingeladen. Er saß neben Bechner, der ungefragt erschienen war, aber Beatrice würde sich hüten, ihn hinauszuwerfen. Vielleicht war es sogar ganz gut, ihn dabeizuhaben – er würde sich auf jeden Fall Mühe geben, ihre Theorie zu entkräften. Schon aus Prinzip. Kossars wegen musste sie allerdings aufpassen, dass sie Jasmins Namen nicht erwähnte.

Laufschritte auf dem Gang. Unmittelbar darauf stürmte Stefan herein. Strähnen seines roten Haars klebten ihm nass an der Stirn. «Sorry! Kann losgehen.»

Beatrice blickte in die Runde. Fand es merkwürdigerweise irritierend, dass Hoffmann fehlte. Niemand hatte den Stuhl genommen, auf dem er normalerweise saß. Der leere Platz zog Beatrices Blick immer wieder an.

«Ich werde es kurz machen», begann sie. «Ich war heute in der Klinik, und dabei hatte ich eine Art … Erkenntnis. Jedenfalls glaube ich das. Konkret geht es um die Patientin, die nicht spricht. Marie.»

Sie deutete auf das Foto, das Schlagers Leiche zeigte, mit den auf ihm drapierten Plastikmessern, dem Kamm und dem Kugelschreiber. «Der Spurenlage nach war es Marie, die all diese Gegenstände auf dem Leichnam platziert hat. Als Täterin kommt sie allerdings nicht in Frage, wenn wir ihren Ärzten glauben wollen.»

Mit ihrem Bleistift tippte Beatrice auf das nächste Bild. Puddingbecher, Schnabeltasse, Brechschüssel, Schraubverschluss und so weiter. «Etwas Ähnliches hat Marie arrangiert, als Maja Brem starb. Das hier ist ein Foto, das ich in der gleichen Nacht aufgenommen habe, in Maries Zimmer. Sie hat die Sachen dort deponiert, nachdem sie zuvor gezielt im Haus danach gesucht hat.»

Beatrice stützte sich auf die Stuhllehne. «Ein kleines Ratespiel: Was haben diese Gegenstände alle gemeinsam?»

Sie erwartete nicht, dass jemand es sofort entdecken würde. Sie selbst hatte schließlich auch eine halbe Ewigkeit gebraucht, bis es ihr aufgefallen war.

Florin war schneller. «Es sind Gefäße, in gewisser Art und Weise», sagte er nach etwa einer Minute. «Obwohl man bei dem Schraubverschluss darüber streiten könnte.»

«Genauso ist es.» Sie widerstand der Versuchung, ihn anzustrahlen. «Und das auf dem anderen Bild sind hauptsächlich Messer – der Kamm und der Stift fallen zwar aus der Reihe, aber sie gehen von der Symbolik her vermutlich noch durch. Längliche Gegenstände, zumindest einer davon läuft spitz zu.»

Nun waren sie völlig ratlos. Bechner verzog bereits spöttisch den Mund, Kossar hatte seine Brille abgenommen und putzte sie akribisch.

«Marie hat ein – wenn man es so nennen will –, also, sie hat ein Hobby. Und zwar besucht sie gerne ganz besondere Therapien, die in der Klinik angeboten werden. Nicht von den Ärzten, sondern von einer externen Therapeutin. Der Klinikleiter duldet diese Dinge eher, als dass er sie unterstützt, was verständlich ist, wenn man sich vor Augen hält, wie die Angebote aussehen. Blumenmeditation, Klangschalentherapie, Qigong … und Tarottherapie.»

Sie hörten ihr aufmerksam zu, konnten aber sichtlich noch nichts mit dem anfangen, was sie erzählte.

«Tarot hat mit Kartenlegen zu tun. Wenn man eine Frage ans Schicksal hat oder einen Blick in die Zukunft werfen will, befragt man die Karten.»

Sie ignorierte Bechners verächtliches Schnauben, Kossars amüsiertes Auflachen und Stefans ungläubig aufgerissene Augen. «Jede Karte hat eine Bedeutung. Ich habe heute ein Buch gekauft, in dem das alles genau erklärt ist. Im Tarot gibt es nicht Kreuz, Herz, Pik und Karo, sondern es gibt Schwerter, Scheiben, Stäbe und Kelche. Hier –», sie deutete auf das Foto von Schlagers Leiche, «haben wir die Sieben der Schwerter. Sie steht für Verrat und Betrug, für Hinterlist und Falschheit.» Beatrice suchte nach Zustimmung in den Gesichtern ihrer Kollegen, fand aber nur Verwirrung. «Marie versucht, uns etwas mitzuteilen. Auf eine Art, die keiner Sprache bedarf. Ihre Ansammlung von Gefäßen», nun deutete Beatrice auf das zweite Foto, «steht meiner Ansicht nach für die Sieben der Kelche. Diese Karte symbolisiert Schwäche, Verderbtheit, Wahn und vielleicht auch Drogensucht. Dem Buch zufolge ist sie eine der übelsten Karten im ganzen Set.»

Stefans sommersprossige Stirn war in tiefe Falten gelegt. «Und du denkst, sie schickt uns auf diese Weise Nachrichten? Ist das nicht irrsinnig umständlich?»

Bevor Beatrice antworten konnte, erhielt sie Unterstützung von unerwarteter Seite. Kossar räusperte sich. «Wenn die Frau, also Marie, das Trauma, das sie ihrer Sprache beraubte, im frühen Kindesalter erlitten hat, dann ist es durchaus denkbar, dass sie sich ihre eigene Kommunikationslogik zurechtgelegt hat. Keine Sprache, nur Symbole. Sie wird auf einer Traumastation behandelt, und Traumata, die aus den ersten Lebensjahren stammen, verursachen oft Persönlichkeitsstörungen.» Er nickte Beatrice zu. «Keine sicheren Bindungen in der Phase, wo sie am nötigsten sind. Darauf würde ich tippen, dann ergibt das Bild einen Sinn. Gleichzeitig würde ich von einer hohen Intelligenz bei der Patientin ausgehen, denn obwohl sie sich keiner Sprache bedient, muss sie sie doch sehr gut verstehen. Auf einem Niveau, das es ihr erlaubt, Symbole in Worte zu übersetzen, deren Bedeutung sie begreift.»

Das hatte Beatrice sich bisher noch nicht vergegenwärtigt, aber es war natürlich wahr: Wenn Jasmin Erika Lackners Ausführungen so gut folgen konnte, dass sie sie für ihre eigenen Zwecke umsetzte – dann verstand sie auch, was sonst um sie herum geredet wurde. Anders war ihr Verhalten nicht zu erklären.

Also musste Hermann Matheis sich doch gelegentlich mit ihr unterhalten haben. Oder er hatte ihr ein Radio, einen Fernseher, irgendetwas gegeben, damit sie beschäftigt war.

Oder ... ihre Mutter war länger bei ihr gewesen, als Matheis ausgesagt hatte.

Für jede Frage, die Beatrice meinte, beantworten zu können, taten sich zwei neue auf. Sie blickte in die Runde. «Was haltet ihr davon?»

«Da könnte wirklich etwas dran sein», sagte Florin. «Meine Güte. Sag, ich habe ihr doch kürzlich eines dieser Messer vor die Nase gelegt – was hat das Maries Code zufolge bedeutet?»

Beatrice schlug nach. «Das As der Schwerter. Steht für die Möglichkeit zur Erkenntnis.» Sie grinste. «Für die Chance, sich Klarheit zu verschaffen. Falls es wirklich so ist, wie ich glaube, hast du damit eine ziemlich klare Ansage gemacht.»

Wie Beatrice vermutet hatte, war es tatsächlich Bechner, der missbilligend den Kopf schüttelte. «Ich halte das für ganz schönen Blödsinn, tut mir leid. Aber auch falls Sie recht haben, Frau Kaspary – was haben wir damit gewonnen? Diese Marie erzählt uns etwas von Verrat, Hinterlist, Schwäche und Verderbtheit, aber sie gibt uns keinen Hinweis darauf, wen sie meint.» Er klopfte mit seinem Stift auf den Tisch, offenbar hatte er ihn nur dafür mitgebracht, denn notiert hatte er sich noch kein Wort. «Oder zaubern Sie uns diese Information jetzt auch noch aus dem Ärmel? Vielleicht anhand einer verbogenen Büroklammer?»

Das nächste Mal würde sie Bechner rauswerfen, bevor die Besprechung begann, so viel war sicher. Und wenn er sich zehnmal über Mobbing beschwerte. «Nein, geschätzter Kollege.» Ihre Stimme war hart und kalt, das hörte sie selbst, aber es war ihr egal. «Was ich habe, ist ein Punkt, an dem ich meinen Hebel ansetzen kann. Begreifen Sie das denn nicht? Marie wird von allen Menschen in ihrem Umkreis für stumm und teilnahmslos gehalten. Niemand nimmt in ihrer Umgebung ein Blatt vor den Mund – vielleicht würde jemand auch vor ihren Augen einen Mord begehen, weil er weiß, dass sie ihn nicht verraten könnte. Sie würde nicht einmal mit dem Finger auf ihn zeigen.»

«Eben», gab Bechner zurück. «Das wird sie auch weiterhin nicht tun. Leider.»

Vielleicht war es ja die Tatsache, dass sie selbst um die Grenzen ihrer Entdeckung wusste, die sie so wütend machte. Natürlich würde Jasmin ihr keine Lösung präsentieren können, selbst wenn sie sie kannte. Aber sah dieser Idiot nicht, dass jeder noch so kleine Schritt das Team weiterbrachte?

«Gut.» Beatrice sah von einem zum anderen. «Kollege Bechner hält nichts von meinen Vermutungen, was sein gutes Recht ist. Wie steht es mit euch anderen?»

In Stefans Augen blitzte es angriffslustig. «Also, ich find's geil. Ein Zufall kann es einfach nicht sein, schon gar nicht, wenn du dir die Bedeutungen dieser Karten ansiehst. Verderben und so. Passt doch.»

Kossar hatte vorhin bereits kundgetan, dass er Beatrices Idee interessant fand, und von Florin würde sie hier, vor allen anderen, ohnehin nichts Negatives hören. Wenn er der Ansicht war, dass sie falschlag, würde er ihr das unter vier Augen sagen.

Aber allem Anschein nach schloss er sich ihrer Meinung ohnehin an. «Sehr interessante Schlussfolgerungen, Bea. Wie viel sie uns bringen, werden wir sehen, aber ich halte das, was du hier entdeckt hast, für einen Meilenstein. Zumindest für Marie und ihre Behandlung wird es einer sein.»

Behandlung war offenbar ein Stichwort für Kossar. «Sie sollten Ihre Beobachtung unbedingt den Ärzten mitteilen», meinte er. «Nicht zuletzt deshalb, weil sie Marie schon länger kennen und ...»

Das Klingeln von Florins Handy unterbrach ihn. Der warf einen Blick auf das Display und runzelte die Stirn. «Wie aufs Stichwort. Die Klinik.»

Er hob ab, kam aber kaum dazu, seinen Namen zu sagen, da wurde er von seinem Anrufer bereits unterbrochen. Beatrice spitzte die Ohren, die Stimme war aufgeregt und nicht leicht zu erkennen, aber vermutlich gehörte sie Klement.

«Ich verstehe.» Florins Blick verdunkelte sich zusehends. «Wir kommen. In zwanzig Minuten sind wir da.»

Jasmin ist etwas zugestoßen, dachte Beatrice. Das muss ja so sein, nachdem ich endlich eine Art Verbindung zu ihr hergestellt habe.

Doch sie irrte sich. «Walter Trimmel. Er ist eine Treppe hinuntergefallen, möglicherweise hat aber auch jemand nachgeholfen. Offenbar ist er schwer verletzt, alles deutet auf Schädelbruch hin, sagt Klement.» Mit einem Ruck stand Florin auf und schob seinen Stuhl nach hinten. «Bea und ich fahren hin, ihr haltet hier die Stellung. Wir melden uns.»

19. Kapitel

Er fuhr, sie saß daneben, schweigend. Trimmel und seine Unsichtbaren, vor denen er solche Angst hatte. Beatrice glaubte nicht an einen Unfall aus Ungeschicklichkeit, viel wahrscheinlicher fand sie es, dass jemand ihn die Treppe hinuntergestoßen hatte. Jemand sehr Sichtbares.

Ruckartig bremste Florin an einer roten Ampel ab. Er war wütend, so, wie er gerade fuhr. Und mit den Fingern gegen das Lenkrad klopfte.

«Klement», stieß er hervor. «Er macht sich Sorgen. Weißt du, worum? Nicht um seine Patienten, sondern um den Ruf seiner Klinik. Drei Zwischenfälle innerhalb kürzester Zeit, was wirft das denn für ein Licht auf sein Haus?»

Die Ampel sprang auf Grün, und er legte schwungvoll den ersten Gang ein. Trat aufs Gas, dass der Motor aufheulte. «Auf den internationalen Ruf. Der Mann hat mir allen Ernstes Vorwürfe gemacht, dass wir die Geschehnisse, die da ungerechterweise über ihn hereingebrochen sind, noch nicht aufgeklärt haben. *Soll das noch lange so weitergehen?*, hat er mich gefragt.»

Er setzte dazu an, einen Smart zu überholen. Beatrice legte ihm eine Hand auf den Arm. «Hey. Wir sind doch gleich da. Hat Klement wenigstens gesagt, wie ernst Trimmels Zustand ist?»

«Wusste er noch nicht genau. Jedenfalls war Trimmel nicht bei Bewusstsein, als sie ihn gefunden haben. Jetzt ist er auf der Radiologie, sie machen ein CT.»

Fünf Minuten später parkte Florin den Wagen vor dem Psychiatriepavillon. Klement stand schon in der Eingangshalle und redete auf Plank und Herbeck ein, die beide wirkten, als wären sie überall lieber als hier.

«Da sind Sie ja!» Mit hektischen Bewegungen winkte er Beatrice und Florin zu sich. «Wir haben einen ersten vorläufigen Befund von Trimmel – er hat eine laterobasale Schädelfraktur mit Dislokation der Bruchstücke. Muss also operiert werden. Die gute Nachricht ist, dass das Gehirn offenbar nicht mitbetroffen ist.»

Sein Blick wanderte zurück zu den beiden Ärzten. «Und niemand hat etwas gesehen oder gehört, geschweige denn verhindert.»

«Wer hat ihn gefunden?» Man musste Florin gut kennen, um den Ton in seiner Stimme richtig deuten zu können. Verachtung. Und Wut, immer noch.

«Das war Dr. Plank. Sie erzählt Ihnen sicher gerne alles, was sie weiß, obwohl das nicht sehr viel ist, fürchte ich.»

Leider stellte sich das als wahr heraus. Plank führte sie zu der Treppe, an deren Fuß sie Trimmel gefunden hatte.

«Ich bin zufällig vorbeigekommen und hätte ihn fast nicht bemerkt. Es war reines Glück, sonst hätte er noch Stunden da unten liegen können. Dieser Teil des Hauses ist nämlich nicht sehr belebt.»

Beatrice ging die ersten zwei Stufen hinunter. Entdeckte Blutspuren, feine Spritzer, an Treppenkanten und Wand. «Wohin geht es hier?»

«Dort unten werden ausrangierte Betten aus allen möglichen Abteilungen des Krankenhauses abgestellt.» Plank war Beatrice nachgegangen. Ihre Lippen waren blass. «Wissen Sie, die anderen Abteilungen bringen in den Kellern oft Labors und Ähnliches unter. Die haben wir nicht in der Psychiatrie, also werden bei uns die Sachen gelagert, die anderswo im Weg sind.»

Sie rieb sich die Augen. «Ich habe keine Ahnung, was Walter hier wollte. Er war ja immer auf der Suche nach dem Ursprung seiner Stimmen, vielleicht dachte er …»

«Dass er sie hier findet?», assistierte Beatrice.

«Genau.»

Die Treppe war nicht sonderlich steil, die Stufen hatten normale Breite. Es gab keinen ersichtlichen Grund für einen so schweren Sturz.

«Was hätte ihn auf die Idee bringen können, dass seine Unsichtbaren sich ausgerechnet hier verstecken?»

Sichtlich ermüdet lehnte Plank sich gegen die Wand. «Ich weiß es nicht. In all unseren Gesprächen hat er diesen Ort nie erwähnt. Aber … vielleicht hat er ja etwas gehört? Ob real oder nicht.»

Beatrice drehte sich zu Florin um. «Ich möchte gerne da runtergehen.»

Er nickte, hob fragend die Augenbrauen in Planks Richtung. «Brauchen wir einen Schlüssel oder Ähnliches?»

«Nein, es müsste alles offen sein. Wenn Sie möchten, begleite ich Sie gerne.»

Plank ging voraus. Das Untergeschoss war mit Neonröhren beleuchtet, die jedem Gesicht die Farbe nahmen. Die erste Tür zur Linken war nur angelehnt, und Beatrice stieß sie auf.

Betten, ja. Manche standen schief, weil eine der Rollen fehlte. Andere sahen aus wie Käfige, nur mit Netzen anstelle von Eisengittern. Auf einem großen Transportwagen stapelten sich alte Matratzen.

«Im Nebenraum sieht es ganz ähnlich aus», erklärte Plank. Es war nicht nur das Licht, sie hatte vorhin schon erschöpft gewirkt.

«Geht es Ihnen gut?», erkundigte sich Beatrice.

«Ja, natürlich. Aber danke, dass Sie fragen. Es ist nur … Walter geht mir nicht aus dem Kopf. Ich mache mir riesige Sorgen um ihn. Wie er vorhin da gelegen hat –» Sie zog die Schultern hoch. «Wissen Sie, für ihn fühle ich mich speziell verantwortlich. Ich habe so viele Stunden mit ihm gearbeitet, er ist mir sehr ans Herz gewachsen.»

«Denken Sie, Sie können ihn heute noch besuchen?»

Die nächste Tür öffnete sich, Plank winkte Beatrice und Florin hinein. «Das hoffe ich», sagte sie.

Auch in diesem Raum befanden sich hauptsächlich ausrangierte Krankenhausmöbel. Ein mannshoher Schrank, dem eine Tür fehlte. Drei kaputte Infusionsständer. Noch ein paar Betten, zwei davon mit Gittern an den Seiten.

«Was passiert mit den Sachen?», erkundigte sich Florin.

Die Ärztin zuckte die Schultern. «Nichts, weil niemand sich um sie kümmert. Ab und zu, wenn eine Abteilung sehr voll belegt ist und nirgendwo anders Betten aufzutreiben sind, wird eines von denen hier gereinigt und nach oben gebracht. Aber nie für lange.»

Prüfend legte Beatrice die Hand auf eines der Gitterbetten. Nein, hier war nichts Außergewöhnliches. Nur Gerümpel. Allerdings war es ein guter Ort, um sich zu verstecken, wenn man einen brauchte.

Sie öffnete die noch intakte Tür des Schranks und warf einen Blick hinein. Nichts. Keine Drogenvorräte, keine gestohlenen Medikamente und schon gar nicht die Propofolampulle, nach der sie so intensiv gesucht hatten.

Es gab noch einen dritten Raum, doch der war praktisch leer, von drei Kisten abgesehen, in denen sich alte Patientenakten befanden. Beatrice bezweifelte, dass das die korrekte Art der Archivierung war, doch darum würde sie sich jetzt nicht kümmern. Allerdings würde sie an diese Räume denken, wenn Jasmin wieder einmal unauffindbar sein sollte.

Als hätte sie gespürt, dass Beatrice an sie dachte, kam sie ihnen auf dem Weg zu Klements Büro entgegen, in Begleitung von Robert Erlacher. Keine gute Gelegenheit, ihr zu sagen, dass ihre Nachricht angekommen war, in gewisser Weise wenigstens. Aber beim nächsten Mal.

Sie legte all ihre Herzlichkeit in das Lächeln, das sie Jasmin schenkte, doch die sah durch sie hindurch. Fast schon automatisch warf Beatrice einen Blick auf ihre Hände, aber diesmal trug sie keine Keksrolle bei sich.

Klement erwartete sie bereits voller Ungeduld. «Können Sie mir verraten, wieso das so lange gedauert hat?» Er richtete seine Frage an Plank, aber es war klar, dass er sie alle drei meinte. «Ich dachte, ich hätte Ihnen begreiflich gemacht, wie dringend ich mit der Polizei sprechen muss. Kommen Sie, bitte.»

Sie nahmen wieder auf der cremefarbenen Couch Platz.

Florins Lächeln verhieß nichts Gutes. Seine Kiefermuskeln traten deutlich hervor. Er verbiss sich im wahrsten Sinn des Wortes eine Bemerkung. Klement hielt sich nicht mehr mit höflichen Einleitungsfloskeln auf. «Wie weit sind Sie mit Ihren Ermittlungen?»

Bevor Florin Luft holen konnte, hatte Beatrice schon das Wort ergriffen. «Sie werden verstehen, dass wir Sie darüber nur begrenzt informieren können. Wir machen gute Fortschritte, ich hoffe, das genügt Ihnen für den Moment.»

«Nein.» Klement war aufgesprungen. «Das tut es nicht, Frau Kaspary.»

Er stürmte zu seinem Schreibtisch und griff sich das Blatt Papier, das vor dem Computer lag. «Hier. Eine Mail von meinem Schweizer Kollegen, Professor Grogg. Er schreibt: Sehr geehrter Kollege, mit Sorge erfahre ich von den Vorgängen in Ihrer Klinik und möchte Ihnen mein Beileid zum tragischen Tod von Dr. Schlager ausdrücken und selbstverständlich auch zum Selbstmord einer Ihrer Patientinnen. Ich kann mir vorstellen, wie stresserfüllt und turbulent Ihre Tage derzeit sein müssen, und hoffe, dass sich alles in kürzester Zeit aufklärt und Sie Ihre ausgezeichnete Arbeit in gewohnter Weise fortsetzen können.»

Insgeheim bewunderte Beatrice diesen Professor Grogg für seine subtile Art, Klement seine eigene Misere vor Augen zu führen. Und er war garantiert noch nicht fertig damit.

«Meine größte Sorge gilt natürlich Jasmin Matheis, wie Sie sicher verstehen werden», las der Professor weiter vor. «Es wird sehr schwierig, wenn nicht gar unmöglich sein, sie von dem Trubel in Ihrem Haus abzuschirmen und vor allem ihr Inkognito weiter zu gewährleisten. Ich möchte Sie wissen lassen, dass ich jederzeit gerne bereit bin, Jasmin vorübergehend in Chur aufzunehmen. Seien Sie versichert, sie wird die beste vorstellbare Behandlung erhalten etc., etc.»

Mit einer Geste, die sich zwischen Wut und Resignation nicht entscheiden konnte, zerknüllte Klement die Mail und warf sie in Richtung Papierkorb, den er nur knapp verfehlte.

«Grogg ist nur der Erste, der sich meldet, aber er wird nicht der Einzige bleiben, darauf können Sie Gift nehmen. Überhaupt jetzt, wo auch noch Trimmel verunglückt ist.»

Er sah erst Florin, dann Beatrice an. «Sie verstehen mein Problem?»

«O ja.» Diesmal kam Florin ihr zuvor, leider. «Ich verstehe Ihr Problem sogar ganz genau. Sie machen sich Sorgen um Ihren Ruf als Klinikleiter, unter dessen Regie zwei Menschen gewaltsam ums Leben gekommen sind. Sie wollen, dass die Dinge so rasch wie möglich wieder in geordneten Bahnen laufen. Aber nicht um Ihrer Patienten willen, sondern weil Sie Ihren Namen nur mit gefeierten Publikationen in Verbindung gebracht wissen möchten, nicht mit dem Umstand, dass es möglich ist, dass jemand innerhalb kurzer Zeit zwei der Ihnen anvertrauten Menschen tötet.»

Beatrice dachte, er wäre fertig, doch er hatte nur Luft geholt. «Aber vor allem geht es Ihnen um Jasmin. Nicht so sehr um ihr Wohlbefinden, sondern um das Monopol, das Sie auf sie zu haben glauben. Als Studienobjekt. Professor Grogg streckt bereits die Finger nach ihr aus, und bald werden es auch andere sein. Das macht Sie besonders nervös, nicht wahr?»

Der Professor war blass geworden. «Sie überschreiten hier ganz klar Ihre Kompetenzen. Ich werde mich über Sie beschweren.»

Florin neigte einladend den Kopf. «Oh bitte, tun Sie das. Aber zuvor sollten Sie sich vielleicht bewusst machen, dass wir den Täter vor allem in dieser Abteilung suchen. Unter Patienten ebenso wie unter Personal, und das schließt Sie mit ein.»

Beatrices Einschätzung nach rührte die Erschütterung in Klements Gesicht weniger daher, dass man ihn für des Mordes fähig hielt, sondern eher, dass Florin ihn dem *Personal* zugeordnet hatte.

«Darf ich Sie dann bitten, etwas schneller zu suchen? Und endlich mit Erfolg?», gab er zurück. «Sie dürfen auch gern Ihre Zeit mit mir verschwenden, wenn Sie wirklich imstande sind zu glauben, ich würde meine eigene Abteilung durch eine Gewalttat diskreditieren.»

Nun war der Punkt erreicht, an dem Beatrice das Ruder wieder an sich riss. «Vielen Dank, Professor Klement, für Ihre Bereitschaft zur Zusammenarbeit. Dass wir gerade Zeit mit Ihnen verbringen, statt im Haus nach Zeugen von Walter Trimmels Sturz zu suchen, war Ihre Idee, Sie erinnern sich?»

Sie erhob sich und streckte Klement die Hand hin. «In Situationen wie diesen ist es kein Wunder, dass die Emotionen auch einmal hochgehen. Auf beiden Seiten.»

Er zögerte, bevor er ihre Hand ergriff. Schließlich rang er sich doch durch. «Mir lag und liegt nichts an Auseinandersetzungen. Aber ich trage die Verantwortung für diese Abteilung, und der Gedanke, dass die Ergebnisse all der Arbeit, die ich und andere hineingesteckt haben, zerstört werden könnten, schmerzt mich.»

In einer versöhnlichen Geste bot er auch Florin seine Hand an. «Ich kann verstehen, dass Sie mir ausschließlich berufliche Eitelkeit als Motiv unterstellen, aber glauben Sie mir – so ist es nicht.»

Sie machten sich auf die Suche nach Vasinski. «Du verlierst in den letzten Tagen ziemlich leicht die Geduld», bemerkte Beatrice zögernd. «Erst Brem, jetzt Klement. Irgendeine Ahnung, woran das liegt?»

Florin fuhr sich mit der Hand durchs Haar. «Du hast völlig recht, es tut mir leid. Unprofessionell ist das. Ja, mir geht vieles durch den Kopf, aber das darf kein Grund sein. Und eine Ausrede erst recht nicht.»

Sie bohrte nicht weiter, obwohl sie rasend gern gewusst hätte, was es war, das ihn nicht losließ.

Vasinski war nicht in seinem Dienstzimmer und reagierte auch nicht auf seinen Pager – vermutlich kümmerte er sich gerade um einen Patienten.

Dafür liefen sie erneut Plank über den Weg, die gestresster wirkte als je zuvor. «Auf der orthopädischen Chirurgie sagen sie, dass Walter schon im OP ist», rief sie ihnen über die Schulter hinweg zu. «Tut mir leid, ich muss weiter, ich …»

Mehr war nicht zu verstehen. Die Ärztin rannte förmlich den Gang entlang und um die Ecke, das Klappern ihrer Schuhe war noch lange zu hören.

«Es könnte ganz schnell gehen», meinte Beatrice. «Wenn Walter aufwacht, bestätigen kann, dass er gestoßen wurde, und auch noch weiß, von wem.»

«Ja. Wenn.»

Sie bogen um die Ecke, und da war sie: Jasmin, in ihrem weißen Jogginganzug. Sie hatte ihnen den Rücken zugewandt, eine ihrer Hände lag auf dem Ablagetisch vor dem Schwesternzimmer.

Beatrice wollte auf sie zugehen, aber eine der Krankenpflegerinnen war schneller. «Na, Mariechen?» Sie nahm sie am Arm. «Du solltest doch auf deinem Zimmer sein. Komm. Gleich gibt es Kuchen.»

Sie nahm sie am Arm und führte sie davon. Jasmin ließ es mit sich geschehen, wie immer.

«Fahren wir zurück ins Büro», schlug Beatrice vor. «Ich muss auch bald die Kinder …» Sie hielt inne. Auf dem Tisch, neben dem Jasmin eben noch gestanden hatte, lag etwas. Nein, es war keine Überraschung mehr, und trotzdem hatte Beatrice nicht damit gerechnet. Der übliche Schokoladenkeks, angebissen.

Ohne lange nachzudenken, griff sie danach und steckte ihn ein. Wenn Jasmin später wieder hier vorbeikam, sollte sie keinesfalls denken, dass Beatrice ihre Nachricht ignoriert hatte.

Allerdings war Jasmin spätestens ab dem Moment vergessen, als Beatrice mit den Kindern zu Hause ankam und den Briefkasten öffnete. Neben Werbung und Rechnungen fiel ihr ein weißer Umschlag mit altbekanntem Briefkopf entgegen.

Rechtsanwaltskanzlei Schubert.

Achims Anwalt.

Auf dem Weg hinauf in den dritten Stock versuchte sie sich zu beruhigen, vielleicht enthielt der Umschlag ja nichts Schlimmes, vielleicht ging es nur um die fällige Neuberechnung der Alimente …

Was machte sie sich da eigentlich vor? War Achims Drohung nicht deutlich genug gewesen? *Ich glaube, ich möchte nicht, dass meine Kinder bei so jemandem aufwachsen.*

«Mama, du musst noch das Informationsblatt für den Schulausflug unterschreiben.» Mina hielt ihr einen zerknitterten grünen Zettel unter die Nase. «Wir brauchen zwanzig Euro für den Bus und den Eintritt ins Freilichtmuseum und fünf Euro für Getränke und so Zeug.»

«Ja. Sicher. Okay.» Beatrice unterschrieb, ohne richtig hinzusehen, und wartete, bis die Kinder in ihrem Zimmer verschwunden waren. Streitend. Wie meistens.

Dann nahm sie eines der bunten Plastikmesser, die immer noch auf der Anrichte lagen, und schlitzte das Kuvert auf. Sie hätte das vielleicht ironisch gefunden, wenn ihr nicht so übel gewesen wäre.

Es war, wie sie gedacht hatte. Die Worte *Betrifft: Sorgerechtsklage* sprangen ihr förmlich entgegen. Sie wurde in dürrem Juristendeutsch davon informiert, dass der Vater der Kinder Mina und Jakob Kaspary die Mutter, Beatrice Kaspary, aufgrund ihrer beruflichen und privaten Verpflichtungen für überfordert und nicht imstande hielt, ihren Aufgaben als Erziehungsberechtigte in optimaler Weise nachzukommen.

Achim Kaspary sei aufgrund einer Reihe von Faktoren deutlich besser befähigt, den Kindern ein geregeltes Leben und ein liebevolles Zuhause zu bieten, weshalb er das Sorgerecht einklagte.

Beatrice starrte noch auf die Zeilen, als sie schon längst zu Ende gelesen hatte. Erst als Jakob aus dem Kinderzimmer rief, dass er Hunger hatte, legte sie das Blatt zusammen, schob es ins Kuvert und verstaute es in ihrer Handtasche.

Sie bereitete das Abendessen wie in Trance zu. Plötzlich mit dem Gefühl, dass sie das vielleicht nicht mehr lange machen durfte. Erst als eine Träne in das Pilzrisotto fiel, in dem sie gerade rührte, wurde ihr klar, dass sie weinte.

Falscher Zeitpunkt, ganz falsch. Sie ging zum Waschbecken, benetzte die Augen mit kaltem Wasser und setzte ein Lächeln auf, das schmerzte, als hätte sie es sich mit einem Messer ins Gesicht geschnitten.

Die Kinder merkten nichts. Sie aßen hastig, vergaßen, die Teller in die Geschirrspülmaschine zu stellen, und bettelten dann – in ungewohnter Einigkeit – darum, noch fernsehen zu dürfen. Kinderkanal.

Beatrice erlaubte es ihnen, setzte sich dazu und schlang einen Arm um Jakob, der sich sofort an sie kuschelte. Auch Mina ließ sich ihr Streicheln über den Rücken eine Zeitlang gefallen, bis sie außer Reichweite rutschte.

Selten war Beatrice so dankbar für die jahrelang eingespielten Abendrituale gewesen. Zähneputzen, Pyjamas an, noch eine Geschichte vorlesen, Licht aus. Die ganze Zeit über konnte sie den Brief fühlen, er verschwand keine Sekunde lang aus ihrem Bewusstsein.

Nachdem sie die Kinderzimmertür hinter sich geschlossen hatte, holte Beatrice ihn wieder aus der Handtasche. Las ihn noch einmal.

Sie würde heute Nacht kein Auge zu tun.

Ohne lange darüber nachzudenken, ging sie mit Brief und Handy ins Schlafzimmer und schloss die Tür. Setzte sich auf die Bettkante.

Florin hob nach dem dritten Läuten ab. «Bea? Hallo! Schön, dass du anrufst.»

«Hallo.» Ihre Stimme war winzig, wie die eines in die Enge getriebenen Kindes. Sie räusperte sich. Versuchte es noch einmal. «Hallo.»

Aber natürlich war es zu spät, er hatte es gemerkt. «Was ist los? Ist etwas passiert?»

Sie schluckte. Jetzt, wo es nicht mehr lebenswichtig war, sich zusammenzureißen, würden ihre Dämme brechen, einer nach dem anderen.

«Achim. Er will ... er will mir die Kinder wegnehmen.»

«Was?»

«Ich hatte heute einen Brief seines Anwalts in der Post. Achim klagt das Sorgerecht ein. Sie sagen, ich könne meinen Aufgaben nicht gut genug nachkommen.» Die drei letzten Worte waren nur noch erstricktes Krächzen gewesen. Und da kamen sie wieder, die Tränen. Diesmal waren sie gnadenlos.

«Das kann er so einfach nicht machen. Lass dich nicht von ihm ins Bockshorn jagen, Bea. Niemand nimmt dir die Kinder weg. Das wird nicht passieren.»

Sie wischte sich übers Gesicht. «Aber weißt du – wenn es so läuft wie jetzt gerade, dann denke ich mir, Achim hat recht. Ich sehe die Kinder kaum, ich hole sie auf den letzten Drücker ab und bin dann zu müde, um mich richtig mit ihnen zu beschäftigen. Meine Gedanken sind beim Fall und nicht bei ihnen, und das haben sie nicht verdient ...»

«Jetzt warte mal», unterbrach er sie. «Du sagst es doch selbst: Wenn es so läuft wie jetzt. Das sind Phasen, das wissen wir beide. Und zumindest ich weiß, wie sehr du unter normalen Umständen für deine Kinder da bist. Und wie sehr du sie liebst.»

Sie konnte nicht antworten, es war, als presse ihr jemand die Kehle zu, langsam, aber unerbittlich.

«Bea?»

Die Zärtlichkeit in Florins Stimme machte es nicht einfacher. «Ja?», brachte sie mühsam heraus.

«Du solltest jetzt nicht allein sein. Ich komme zu dir, gut? Wir reden in Ruhe über alles und trinken ein Glas zusammen.»

Sie schüttelte den Kopf, auch wenn er es nicht sehen konnte, aber es half ihr, wieder Worte zu finden.

«Danke. Das ist … unglaublich lieb von dir. Aber es ist wirklich nicht nötig.» Sie wollte nicht, dass er sie so sah. Mit verschmiertem Gesicht, knallroten Augen und verschwollener Nase. «Es hilft mir schon sehr, dich einfach nur zu hören. Herkommen lohnt sich nicht, ich bin todmüde, in spätestens zwanzig Minuten gehe ich schlafen.»

Er war nicht überzeugt, und seine Hartnäckigkeit tat ihr gut, aber sie ließ sich nicht auf Diskussionen ein. «Ich tue, was du mir empfohlen hast. Ich trinke noch ein Glas Wein, ja? Reden wir morgen.»

Am Ende gab er auf. Versicherte ihr aber, dass sein Handy die ganze Nacht neben dem Bett liegen würde, und bat sie, sofort anzurufen, wenn es nötig war, ohne Bedenken oder schlechtes Gewissen.

Sie versprach es ihm und legte auf. Wein war tatsächlich eine gute Idee. Ein halbes Glas.

Sie schenkte sich ein und trat auf den Balkon hinaus. Atmete tief durch und blickte zum Himmel. Eine klare Nacht. Wunderschön, eigentlich.

Die Erkenntnis kam schlagartig und ohne Vorwarnung.

Natürlich.

Zum ersten Mal an diesem Abend hatte Beatrice das Bedürfnis zu lachen.

Natürlich!

Da oben war er, in exakt der gleichen Form wie Jasmins angebissene Kekse. Nicht schokobraun, sondern gleißend silbern. Der Mond.

Sie stürzte den Wein hinunter und verließ den Balkon. In ihrer Handtasche, unter dem Brief, fand sie das Tarotbuch.

Der Mond war eine Karte, die zu den sogenannten großen Arkana gehörte. Zu den Hauptkarten. Er stand für Sorgen, Verlust und Trauer. Meine Karte, dachte Beatrice.

Sie las weiter. Zudem verkörperte der Mond den Abstieg in die Unterwelt und ins Unbewusste, wo man seinen eigenen Sehnsüchten und Abgründen begegnen konnte.

Wenn man Jasmins bisher zitierte Karten in Betracht zog, konnte man nur ein düsteres Resümee ziehen.

Hinterlist, Betrug und Lüge, symbolisiert durch die sieben Schwerter. Schwäche, trügerische Freuden und Drogensucht im Zeichen der sieben Kelche. Und nun – der Mond. Verlust. Trauer.

Welche Geschichte erzählte Jasmin da?

Obwohl – Moment. Tat sie das überhaupt? Oder überschätzte Beatrice sie völlig? Interpretierte sie mehr in die «Zeichen» der Patientin hinein, als drin war?

Nein. Sie konnte es nicht beweisen, aber sie war überzeugt davon, dass Jasmin genau wusste, was sie tat.

Als sich Beatrice endlich unter ihre Bettdecke verkroch, ließ der Schlaf noch lange auf sich warten. Doch schuld daran war nicht nur Achim, sondern auch Jasmins Trauer. Und der Mond.

20. Kapitel

«Ja, es sind drei eher negativ belegte Karten», erklärte Erika Lackner. Beatrice war schon frühmorgens in die Klinik gefahren, um die Therapeutin noch vor Beginn ihrer ersten Stunde abzufangen. «Aber jede hat auch ihre entgegengesetzte Seite, wissen Sie? Eine Art ... positive Aufforderung. Bei der Sieben der Kelche wäre das beispielsweise, dass man sich von unrealistischen Träumen abwenden und sich vernünftige Ziele stecken soll. Der Mond macht das sogar noch deutlicher: Er hat immer eine helle und eine dunkle Seite. Die helle Seite steht für Träumereien, Phantasien, Romantik.» Lackner strahlte. «Gar nicht negativ also. Es kommt immer ganz stark darauf an, wie man die Symbolik deuten möchte.»

Auf der Karte, die in Beatrices Buch abgebildet war, stand die Mondsichel auf ihren beiden Spitzen und wurde von Anubis in doppelter Ausführung bewacht. Der ägyptische Totengott mit dem Schakalkopf. Keine sehr aufmunternde Symbolik. Am unteren Bildrand hielt ein Insekt eine leuchtende Kugel zwischen den Vorderbeinen – die Sonne vermutlich. Alles in allem war es ein befremdliches Bild.

«Besprechen Sie alle möglichen Deutungsweisen mit den Patienten?»

Lackner nickte eifrig. «Natürlich! Es ist ja eine der zentralen Botschaften, um die es mir geht – dass sich hinter allem Schrecklichen auch etwas Gutes verbirgt. Ein Weg. Eine Möglichkeit zu lernen, sich zu entwickeln.»

Sie sah so überzeugt aus. Beatrice verabschiedete sich, dachte an Jasmin, an Dorothea Bauer, die ihre Kinder in den Tod gefahren hatte. An sich selbst und ihre eigenen Kinder, an Achim. Nein, sie fand es nicht leicht, in diesem ganzen Mist das Positive zu sehen. Vermutlich war sie für diese Art der Therapie nicht die Richtige. Sie würde Erika Lackner vermutlich schon nach einer halben Stunde ihre Karten vor die Füße werfen.

Diesmal dauerte es einige Zeit, bis Beatrice Jasmin fand. Sie hatte gehofft, sie in ihrem Zimmer oder im Park anzutreffen – an einem Ort, wo sie ohne fremde Zuhörer sagen konnte, was sie zu sagen hatte. Aber Jasmin saß mit zwei anderen Patientinnen vor dem Fernseher. Im Unterschied zu ihnen achtete sie nicht darauf, was über den Bildschirm lief. Ihr Blick ruhte auf der Wand zu ihrer Linken.

Es kostete Beatrice Überwindung, nach der großen, weichen Hand der Frau zu greifen und sie daran aus ihrem Stuhl zu ziehen, doch es ging überraschend leicht. Jasmin folgte ihr, wie sie jedem folgte, der sie mit sich führen wollte.

Zwei Gänge weiter stießen sie auf eine kleine Sitzecke, vermutlich gedacht für Patienten, die auf ihre Behandlung warteten. Beatrice drückte Jasmin auf einen der Sessel und setzte sich ihr gegenüber.

«Ich habe verstanden, was du mir sagen wolltest», begann sie und suchte Jasmins Blick. Vergeblich. «Der Mond, nicht wahr? Und auf Dr. Schlager hast du die Sieben der Schwerter gelegt.»

Keine Reaktion. Beatrice fühlte, wie ihr Mut sank, und kämpfte dagegen an. «Dann die Sieben der Kelche, in der Nacht, als Maja starb. Die Karte steht für Wahn, für Schwäche und Sucht … ich wüsste so gern, was genau du gemeint hast.»

Nichts, nichts, nichts. Oder – doch? Jasmin musste einen Haargummi in der Hand gehabt haben, der jetzt auf dem Tisch lag. Ein schwarzer Ring, ausgeleiert. Aber eine runde Form, vielleicht ein voller Mond diesmal.

«Ist das der Mond? Ja? Er kann Wut bedeuten, oder Unruhe. Bist du wütend?»

Mit einem Stein zu sprechen, hätte nicht frustrierender sein können. Falls Jasmin wütend war, gab es dafür nicht das geringste Anzeichen. Nicht einmal ihre Hände verrieten innere Anspannung, sie öffneten und schlossen sich locker auf ihren Oberschenkeln.

«Bitte.» Beatrice flüsterte jetzt. «Du zeigst mir diese Dinge doch nicht grundlos. Ich soll etwas verstehen, und ich will es verstehen! Wirklich. Aber – ich brauche deine Hilfe. Hilf mir bitte.»

Das Nichts blieb unverändert, bekam nicht einmal neue Schattierungen. Es war, als sei Beatrice für Jasmin überhaupt nicht anwesend.

Durchatmen. Neu ordnen. Gut, angenommen, der Gummiring lag nicht nur zufällig hier – welche andere Botschaft konnte Jasmin damit vermitteln wollen? Den Mond hatte sie bisher immer als Sichel dargestellt … doch da waren ja auch noch die Scheiben. Beatrice kramte ihr Buch aus der Handtasche. Ein einzelnes rundes Symbol – das Ass der Scheiben. Oder der Münzen, je nachdem, welches Kartenset man verwendete. Die Deutung war irgendwie schwammig: Es ging darum, sich zu erden oder auch sich selbst zu verwirklichen. Lebenskraft und Potenz kamen ebenfalls darin vor.

Nein, die Karte passte nicht zu den bisherigen. Vielleicht meinte Jasmin ja auch etwas ganz anderes …

Beatrice legte einen Finger auf das Gummiband. «Das Ass der Scheiben, ist es das, was du mir zeigen willst? Habe ich dich richtig verstanden?»

Hatte Jasmin sich jetzt noch tiefer nach innen zurückgezogen? War das überhaupt möglich? War an dem Gedankengebäude, das Beatrice sich zusammengezimmert hatte, in Wahrheit nichts dran?

Sie hatte nicht damit gerechnet, dass diese Begegnung so ablaufen würde, und wahrscheinlich war das dumm von ihr gewesen. Sie hatte geglaubt, mit dem Code auch den Zugang zu Jasmin selbst geknackt zu haben. Naiv.

Beatrice drängte ihre Enttäuschung beiseite. Dass Jasmin hörte und begriff, was sie sagte, war so gut wie bewiesen. Sie verstand ja auch Lackners Erläuterungen zu den Karten.

Aber warum konnte sie ihr nicht wenigstens mit den Augen Zeichen geben? Irgendetwas tun, aus dem Beatrice ihre Schlüsse ziehen konnte, und seien sie auch noch so vage.

Verzweifelt suchte sie nach Worten, die den Panzer dieser Frau aufbrechen würden. Irgendwie. Nach etwas, das einen Moment wie den mit dem zerquetschten Keks herbeiführen könnte.

Das Buch. In Gedanken schlug Beatrice sich gegen die Stirn. Sie suchte die Seite mit der Sieben der Schwerter und hielt sie so, dass Jasmins starrer Blick darauf fallen musste.

Beatrice ließ sie keinen Moment aus den Augen. Wartete auf irgendeine Veränderung im Ausdruck, eine Beschleunigung des Atems. Aber wieder: nichts.

Weiterblättern. Die Sieben der Kelche, das gleiche Spiel.

Das Ass der Scheiben. Der Mond. Keine Reaktion.

Verdammt. Das war doch nicht möglich. Sie konnte sich nicht so massiv geirrt haben.

In ihrer Ratlosigkeit blätterte Beatrice vom Mond ausgehend einfach zurück. Die großen Arkana, eines nach dem anderen. Der Stern. Keine Reaktion. Sie blätterte um. Der Turm. Nichts. Der Teufel. Nichts. Mäßigkeit. Der Tod.

Spätestens hier hatte sie sich ein Echo erwartet, und sei es auch noch so klein. Sie wartete etwas länger als sonst mit dem Weiterblättern. Vergebens.

Der Gehängte. Gerechtigkeit. Rad des Schicksals.

Nun blätterte Beatrice schneller. Innerlich hatte sie bereits resigniert, wollte die Sache aber zu Ende bringen.

Der Eremit. Die Kraft. Der Wagen. Die Liebenden.

Florin erwartete sie bestimmt schon zurück, das hier dauerte länger, als sie vermutet hatte. Und es brachte nicht das Geringste.

Der Hierophant. Der Kaiser. Die Kaiserin.

Da. Hatte sie es sich eingebildet? Nein. Jasmins Mund öffnete sich, langsam, und schloss sich dann wieder. Sie blinzelte und drehte ihren Kopf leicht nach rechts. Gerade so weit, dass sie das Buch nicht mehr im Blickfeld hatte.

Doch Beatrice rückte nach. Hielt ihr das Bild noch einmal hin.

Jasmin wich aus.

Beatrice blätterte noch einmal vor, schlug den Kaiser, die Liebenden, das Rad des Schicksals auf, doch all das ließ Jasmin völlig ungerührt. Die Kaiserin blieb die einzige Karte, auf die sie reagierte. Beatrice versuchte weiter, Jasmins Blick darauf zu lenken, bis am anderen Ende des Gangs Stimmen laut wurden.

«… werden immer Unsinn schreiben, oder? Und es ist doch kein Wunder, wenn du Journalist wärst, würdest du dich genauso auf die Ereignisse hier stürzen.»

Herbeck bog um die Ecke, einen dampfenden Becher in der Hand, der ziemlich sicher von dem Kaffeeautomaten im

Eingangsbereich stammte. Neben ihm gingen Erlacher, eine bunte Tageszeitung in Händen, und Plank, die aussah, als hätte sie vor drei Tagen zum letzten Mal geschlafen.

«Das ist aber eine echte Schweinerei», beschwerte sich Erlacher. «Psychiatrie des Todes! Die Schlagzeile allein ist eine Frechheit, und der Rest ist noch schlimmer. Meine Schwester ruft mich zweimal täglich an und will, dass ich an die Geriatrie wechsle. Klement hat schon recht, die ruinieren unseren …»

Er hielt inne, als er Beatrice und Jasmin entdeckte. «Was macht ihr denn hier? Marie, du wirst doch bei der Ergotherapie erwartet, ich glaube, ich muss ein ernstes Wort mit Tamara reden, die hätte dich hinbringen sollen!»

Auch ihm folgte Jasmin wieder ohne den geringsten Widerstand und ohne Beatrice auch nur einen einzigen Blick zuzuwerfen.

Die Ausbeute war zwar magerer ausgefallen, als sie sich das erhofft hatte, aber immerhin gab es etwas, wo sie einhaken konnte. Die Kaiserin – das war die Karte, die Lackner in ihrer letzten Stunde besprochen hatte. Vielleicht lag es auch nur daran? Dass Jasmin sich noch besonders gut an dieses Bild erinnerte?

Noch ein paar dieser deprimierenden Gedanken, und Beatrice würde sich zum ersten Mal in ihrem Leben schon am Vormittag einen Cognac genehmigen.

Die beiden Ärzte waren neben ihr stehen geblieben. Herbeck musterte voll Interesse das Tarot-Buch in ihren Händen. «Unsere spezielle Patientin scheint Sie auch ganz speziell zu faszinieren, stimmt's?» Er schlürfte an seinem Kaffee. «Ich verstehe das, aber Sie verschwenden Ihre Zeit. Selbst wenn Jasmin Schlagers Mörder direkt über die Schulter gesehen hat, kann sie Ihnen keinen Tipp geben. Glauben Sie mir. Ich kenne sie nun wirklich schon lang.» Er schlenderte weiter, winkte noch einmal zurück. Ein bisschen zu lässig in Anbetracht der Situation, aber er war zum Zeitpunkt von Schlagers Tod ja nachweislich in Barcelona gewesen. Unverdächtiger als er war niemand hier.

Beatrice steckte das Buch in ihre Handtasche zurück und stand auf.

«Sie sehen erschöpft aus», stellte Plank fest.

Sie auch. Die Replik lag Beatrice schon auf der Zunge, aber sie schluckte sie hinunter. «Ich arbeite viel in letzter Zeit.»

«Dann sind wir schon zwei. Wenn Sie möchten, erzähle ich Ihnen gern ein bisschen über Jasmin, denn Kollege Herbeck hat schon recht – sie selbst wird es nicht tun.»

Freundlich, aber entschlossen schüttelte Beatrice den Kopf. «Danke. Aber auch wenn Sie es nicht glauben, der Vormittag war ziemlich aufschlussreich.» Sie lächelte Plank zu. Stellte fest, dass das Gefühl, das in ihr aufstieg, Neid war. So ausgelaugt die Ärztin auch aussah, sie hatte keinen Exmann, der ihr das Kind wegnehmen wollte.

Offenbar konnte man ihr die Gedanken am Gesicht ablesen, denn Plank nahm sie behutsam am Oberarm. «Sie sehen aus, als könnten Sie eine Pause brauchen. Mir geht es genauso. Was halten Sie davon, wenn wir gemeinsam einen Kaffee im Dienstzimmer trinken?»

Es war das Wort *Pause*, das Beatrice überzeugte. Ein paar Minuten durchatmen und vielleicht über etwas anderes sprechen, bevor sie ins Büro zurückfuhr.

Das Dienstzimmer wirkte wie frisch aufgeräumt. Leonie Plank nahm zwei Tassen aus dem Regal und füllte sie aus einer Thermoskanne. Die angebotene Milch nahm Beatrice gern, den Zucker lehnte sie ab.

«Ich dachte, Sie würden vielleicht wissen wollen, dass es

Walter bereits etwas besser geht», sagte die Ärztin und setzte sich Beatrice gegenüber an den Schreibtisch. «Er liegt noch im künstlichen Tiefschlaf, aber er wird es wohl überleben.»

«Da bin ich froh.» Der Kaffee war nicht mehr allzu warm, doch er schmeckte erstaunlich gut. «Was denken Sie? Wer würde Walter die Treppen hinunterstoßen?»

Plank ließ sich mit ihrer Antwort Zeit. «Jemand, der ihn falsch einschätzt. Oder jemand, der einfach gern sehen möchte, was dann passiert. In einem Haus wie diesem nach einem Motiv zu suchen, das uns im herkömmlichen Sinn logisch erscheint, ist gewagt.»

Beatrice umfasste ihre Tasse mit beiden Händen, als wolle sie sie aufwärmen. «Außer, derjenige war ein Mitarbeiter.»

«Ja. Natürlich. Aber wenn das so sein sollte, ist mir völlig schleierhaft, aus welchem Grund». Plank stützte ihr Kinn auf die Hand, während sie mit der anderen den Kaffee umrührte. «Ich mache mir Gedanken um Jasmin», fuhr sie nach einer kurzen Pause fort. «Sie verändert sich in letzter Zeit. Geistert allein durchs Haus, auch nachts. Verraten Sie Klement nicht, dass ich das gesagt habe, aber vielleicht wäre es wirklich besser, wenn sie in eine andere Klinik verlegt würde. Wir kommen bei ihr keinen Schritt weiter, aber anderswo hat man vielleicht einen frischeren Zugang und damit mehr Glück.»

Dass Plank das so pragmatisch sah, überraschte Beatrice. «Halten Sie es wirklich für so hoffnungslos, zu ihr durchdringen zu wollen? Wahrscheinlich ist es ja vermessen, aber ich habe den Eindruck, mir … also, mir gelingt es allmählich.»

Planks Lächeln war entweder müde oder mitleidig. «Vermessen – nein. Aber Einbildung, fürchte ich. Jeder von uns Ärzten war schon einmal an diesem Punkt und musste sich wenig später eingestehen, dass es nur Wunschdenken gewesen ist.»

Die Pause hatte nicht den gewünschten Effekt auf Beatrice. Wenn es etwas gab, das sie im Moment nicht hören wollte, dann, dass die winzigen Fortschritte, die sie zu haben glaubte, nur Einbildung waren.

In einem Zug trank sie den restlichen Kaffee aus. «Ich muss jetzt wirklich los. Danke für Ihre Gesellschaft.» Sie stand auf. Plank erhob sich ebenfalls. «Ich begleite Sie noch nach draußen und gehe gleich weiter zum Kindergarten.»

Warum, wusste Beatrice nicht, aber auf dem Weg durch die Gänge und das Treppenhaus kehrte der Schatten zurück, den Achims Drohung auf ihr Leben warf, wurde plötzlich übermächtig und der Brief in der Handtasche bedrohlich wie eine Bombe mit kurzer Zündschnur.

Und mit einem Mal war es wieder da, das Gewicht auf Beatrices Brust, der beschleunigte Herzschlag, das Gefühl, nicht atmen zu können.

Hallo, Angst.

So lange war Ruhe gewesen, und ausgerechnet jetzt fiel die Panik über sie her wie ein hungriges Tier.

Sie fühlte, wie der Schweiß ihr ausbrach. Sah schwarze Punkte vor ihren Augen tanzen.

Stehen bleiben. Am besten auf die Treppe setzen, sonst würde sie noch hinunterstürzen. Wie Walter Trimmel.

Der Gedanke entlockte ihr ein hilfloses Lachen, das wie ein Keuchen klang. Plank drehte sich nach ihr um.

«Frau Kaspary! Geht es Ihnen nicht gut?»

Beatrice ergänzte ihr Kopfschütteln durch eine wegwerfende Handbewegung. «Gleich vorbei.»

Die Ärztin griff nach ihrem Handgelenk und fühlte ihren Puls.

«Nichts Organisches», erklärte Beatrice widerwillig. «Nur … eine Panikattacke. Hatte ich lange nicht. Ich dachte, ich wäre den Mist los.»

Plank setzte sich neben sie. «Wenn Sie Hilfe brauchen, sagen Sie es. Aber ich vermute, Sie haben längst Ihre eigene Strategie, das durchzustehen, nicht wahr?»

Ja. Beatrice nickte. *Du hältst es aus,* das war ihr Mantra. *Du hältst es aus, ganz bestimmt. Es geht vorbei. Du stehst es durch.*

«Ich bleibe bei Ihnen.» Planks Stimme war aufmunternd, und zum Glück griff sie nicht nach Beatrices Hand, berührte sie nicht. Machte es nicht schlimmer.

«Ich kann mir denken, was der Auslöser ist», murmelte sie. Sprechen half manchmal. «Mein Exmann hetzt mir gerade seinen Anwalt an den Hals.» Sie lachte auf, diesmal klang es kräftiger. «Er wäre bestimmt entzückt, wenn er sehen könnte, welchen durchschlagenden Erfolg seine Bemühungen jetzt schon haben.»

«Geht es um Materielles?», erkundigte sich Plank. «Oder um die Kinder?»

«Um die Kinder natürlich. Er klagt das Sorgerecht ein.» Sie wischte sich den Schweiß von der Stirn. Es wurde besser, keine Frage. Ihr Kampfgeist kehrte zurück. In zwei oder drei Minuten würde sie aufstehen können.

Einatmen. Ausatmen. Einatmen.

«Klement hat gerade einen Sorgerechtsstreit um seine Kinder verloren», sagte Plank leise. «Die aus zweiter Ehe, wohlgemerkt. Im Zweifelsfall haben die Mütter die besseren Karten.»

«Ja. Danke.» Beatrice richtete sich wieder auf und hielt sich dabei am Treppengeländer fest. Sie fühlte sich noch ein wenig zittrig in den Knien, aber ihr Herz schlug in normalem Rhythmus. *Durchgestanden. Hau ab, Angst.*

«Ich bin sicher, Sie wissen das, aber Panikstörungen sind nichts, dessen man sich schämen muss.» Plank nickte ihr freundlich zu. «Auch nicht als Polizistin.»

«Nein.» Vorsichtig setzte Beatrice ihren Fuß eine Stufe tiefer. «Ich wünschte nur, sie hätten ein besseres Timing.»

Am Ausgang verabschiedeten sie sich. Beatrice suchte, immer noch mit unsicheren Fingern, den Autoschlüssel in ihrer Handtasche. Ihre Hand streifte den Briefumschlag, und mit einem Mal war ihr Hass auf Achim so überwältigend, dass ihr beinahe wieder schwarz vor Augen wurde.

Er tat das alles nicht, weil er es ohne die Kinder nicht aushielt. Er liebte sie, keine Frage, doch die Zeit, die er jetzt mit ihnen verbrachte, genügte ihm völlig. Wenn sie bei ihm waren, brachte er sie meist überpünktlich zu Beatrice zurück.

Nein. Er wollte seine Exfrau verletzen, so brutal und tief, wie es ihm nur möglich war.

In ihrer Phantasie tauchte plötzlich und unerwartet das Bild eines toten Achim auf. Nackt und auf Vogts Seziertisch. Mit einer Mischung aus Erheiterung und Erschrecken stellte sie fest, dass sie diese Vorstellung beruhigend fand.

Da war der Autoschlüssel. Sie warf ihre Tasche auf den Beifahrersitz, setzte sich hinters Steuer und startete den Motor, während sie in Gedanken mit der Kreissäge in Achims Schädelknochen fuhr.

Irritiert schüttelte sie über sich selbst den Kopf. Bald würde sie mehr Verständnis für die Täterseite aufbringen können, als ihr lieb war.

21. Kapitel

«Wie geht es dir?» Florin war ihr schon am Gang entgegengekommen, jetzt schloss er die Bürotür hinter ihnen. «Danke für die Nachricht auf der Mailbox.»

«Ich war in der Klinik.» Seufzend betrachtete sie die Unordnung auf ihrem Schreibtisch und stellte ihre Tasche obendrauf. Auch schon egal. «Gestern Nacht hatte ich noch eine Idee, und die wollte ich heute gleich als Erstes auf ihre Tragfähigkeit überprüfen.»

«Und?»

Sie betrachtete das Durcheinander, das ihr Arbeitsplatz war und das so gut zum Rest ihres Lebens passte. «Keine Ahnung. Kann sein, dass ich richtigliege, aber vielleicht verrenne ich mich auch völlig mit dieser Tarotsache.» Sie nahm das Buch aus der Tasche. «Gibst du mir eine halbe Stunde? Ich versuche das Chaos in meinem Kopf zu sortieren, und dann schauen wir, was du davon hältst.»

Sie räumte Platz auf der Pinnwand frei, kopierte und vergrößerte einige Seiten aus dem Buch und suchte die dazu passenden Tatortfotos heraus. In chronologischer Reihenfolge nadelte sie alles fest, trat einen Schritt zurück und betrachtete ihr Werk.

Es fühlte sich gut an. Richtig. Auch wenn sie die Zusammenhänge bislang nicht wirklich begriff, sie hatte das Gefühl, dass nur noch ein Hinweis, ein Puzzleteil fehlte. Dann würde alles einen Sinn ergeben.

Unter den verstreuten Akten suchte und fand sie einen Post-it-Block und einen schwarzen Filzstift. «Okay, Florin. Ich bin so weit, wenn du es bist.»

Sie wartete, bis er die Mail, an der er schrieb, zu Ende getippt hatte und mit seinem Bürostuhl zu ihr rollte.

«Also. Der erste Tote, Max Schlager. Meiner Meinung nach erklärt Jasmin den Mord an ihm mit der Sieben der Schwerter. Die steht, grob gesprochen, für Hinterlist und Tücke. Was absolut zutrifft, wenn Schlager auf die Weise umgebracht wurde, von der wir ausgehen. Erst mit Äther betäubt, dann mit einer Überdosis Propofol getötet. Da erzählt uns Jasmin zwar nichts Bahnbrechendes, aber sie gibt uns einen guten Indikator dafür, dass ihre Hinweise mit dem jeweiligen Geschehen zu tun haben.»

Beatrice schrieb *Hinterlist* auf das erste Post-it und klebte es zu den beiden Bildern.

«Dann Majas Sturz aus dem Fenster. Dazu legt uns Jasmin die Sieben der Kelche. Die Interpretation dieser Karte ist ziemlich weitläufig, aber die Kernbedeutung ist Täuschung. Jemand baut sich entweder selbst unrealistische Luftschlösser oder macht anderen etwas vor. Bei dem Kartenset, das die Therapeutin verwendet, spielen auch Wahn und Drogensucht eine Rolle.» Sie tippte mit ihrem Stift auf das Bild, das sieben hängende Blütenkelche zeigte, aus denen grünes Gift tropfte. «Bei Wahn denke ich sofort an Walter Trimmel, bei Drogen wieder an Propofol, das ja angeblich auch sexuell stimulierend wirken soll. Das bringt mich wiederum zurück zu Maja und ihren Erzählungen, wer in der Klinik nicht alles Sex mit wem hatte. Und vor allem mit ihr.»

Täuschung und *Drogen* schrieb sie auf das nächste Post-it. «So. Dann haben wir Jasmins angebissene Kekse. Da ging mir gestern plötzlich ein Licht auf, kurz nachdem wir telefoniert hatten. Sie hat den Dingern eine bestimmte Form gegeben, jedes Mal wieder. Die des Mondes – und es gibt eine Tarotkarte mit gleichem Namen.»

Florin beugte sich vor, mit gerunzelter Stirn. «Sieht ägyptisch aus.»

Sie nickte. «Ja. Der Mond symbolisiert Dunkelheit, Wut und Unruhe. Außerdem das Unbewusste und nach manchen Lesarten auch den Abstieg in die Unterwelt. Deshalb wahrscheinlich der Totengott Anubis auf dem Bild.» Sie biss sich auf die Lippe, überlegte, ob die nächste Vermutung zu weit hergeholt war. Egal, Florin würde sie kaum auslachen.

«Ich musste dabei auch an die Treppe denken, auf der Trimmel verunglückt ist. An diese verlassenen Kellerräume mit den ausrangierten Betten – eine Art von Unterwelt. Vielleicht bezieht sie sich aber auch auf den Keller, in dem sie den Großteil ihres Lebens verbracht hat.»

Beatrice deutete auf das letzte Bild. «Darüber grüble ich noch am meisten nach. Ich habe Jasmin das Buch vor die Nase gehalten und ihr jede Menge Karten gezeigt – aber das hier war die einzige, bei deren Anblick sie den Kopf weggedreht hat. Immer wieder.»

«Dabei ist es das bisher hübscheste», meinte Florin.

Mit der Rückseite ihres Stifts fuhr Beatrice die geschwungenen Linien der abgebildeten Figur nach. «Das ist die Kaiserin oder Herrscherin. Sie steht für Wachstum und stellt den Ursprung allen Lebens dar. Eine Art große Mutter, die Quelle des Seins.» Beatrice schrieb *Mutter* und *verlorene Kinder* auf ein Post-it und klebte es auf das Bild.

«Mein Gedanke war, dass sie die Karte mit ihrer eigenen Mutterschaft in Verbindung bringt. Mit ihren toten Kindern, verstehst du? Deshalb kann sie kaum hinsehen.» Beatrice erinnerte sich noch an Jasmins Anspannung, als Lackner die

Karte erklärt hatte. An ihre durchgestreckten Finger. «Ich habe leider nicht die richtigen Schlüsse gezogen. Ich war dabei, als die *Kaiserin* in der Therapie besprochen wurde, aber ich fand es so langweilig, dass ich gegangen bin.»

Florin war aufgestanden und hatte sich neben sie gestellt. Aufmerksam betrachtete er das Arrangement an der Pinnwand. «Wenn Jasmin an ihre toten Kinder denkt», sagte er langsam, «dann bezieht sie die Karten vielleicht gar nicht auf das, was in der Klinik passiert. Sondern auf das, was als Kind und Jugendliche mit ihr selbst geschehen ist. Sie deponiert alle diese Dinge, um uns von ihrer Vergangenheit zu erzählen.»

Sie ahnte, worauf er hinauswollte. «Dann hätte ich meine ganze Zeit und Energie in etwas gesteckt, das mit unserem Fall überhaupt nichts zu tun hat, meinst du?»

Er wich ihrem Blick nicht aus. «Das wäre möglich. Ich hoffe es genauso wenig wie du, aber es wäre ...»

Kurzes Klopfen an der Tür, die aufgerissen wurde, bevor sie noch etwas sagen konnten. Kossar stürmte herein, und zwei Schritte hinter ihm, langsamer, folgte Vasinski.

«Florin, Beatrice. Schön, dass Sie beide hier sind. Dr. Vasinski kennen Sie sicher schon? Ja, nicht wahr?»

Seine Brille mit dem smaragdgrün funkelnden Gestell saß fast auf der Nasenspitze, über den oberen Rand funkelte er Beatrice an, lebhaft wie immer.

«Sie haben mir gar nicht verraten, was es mit der geheimnisvollen stummen Patientin auf sich hat.» Nur der Hauch eines Vorwurfs schwang in seinen Worten mit. «Das habe ich eben erst von Dr. Vasinski erfahren. Meine Güte, Jasmin Matheis! Ich hätte Ihnen doch viel besser helfen können, wenn Sie mich eingeweiht hätten!»

In Beatrices Innerem stellte sich das unmittelbare Bedürfnis ein, Christian Vasinski zu erwürgen.

«Ich wusste nicht, dass die Klinik so großzügig mit dieser Information umgeht», sagte sie eisig. «Dort behandelt man Jasmin unter anderem Namen, nicht einmal die Pflegekräfte wissen, wer sie wirklich ist.»

Vasinski hatte die Pinnwand entdeckt. Mit leicht schief gelegtem Kopf betrachtete er Beatrices Fotos und Notizen. «Die Pflegekräfte nicht, das stimmt», sagte er. «Aber die Ärzte natürlich schon. Und Dr. Kossar ist ja in gewisser Weise ein Kollege.»

Ein geschwätziger Kollege. Beatrice stellte sich mit verschränkten Armen vor die Wand, so, dass sie zumindest den Mond und die Kaiserin verdeckte.

«Wir waren gerade mitten in einer Besprechung.» Auch Florin klang nicht unbedingt erfreut. «Aber wenn wir Ihnen helfen können ...»

Kossar begann allen Ernstes, die Papiere auf Beatrices Schreibtisch zu sichten. «Ich bin auf der Suche nach der Akte Matheis, und Kollege Bechner sagte mir, dass sie hier sein müsste.»

«Ja, weil ich damit arbeite.» Brüsk nahm Beatrice Kossar die Mappe mit den Protokollen zu Hermann Matheis' Vernehmungen aus der Hand. «Und ich wäre Ihnen sehr dankbar, wenn sie meine Unterlagen liegen lassen würden.»

Durch ihr Einschreiten hatte Vasinski nun ungehinderten Blick auf die Pinnwand, den er ausgiebig nutzte.

«Entschuldigen Sie bitte.» Florin nahm seinen Arm und zog den Arzt sanft, aber bestimmt von der Wand fort. «Das hier ist nicht für Außenstehende gedacht.»

In gespielter Betroffenheit hob Vasinski die Arme, nur um mit der nächsten Bewegung auf die Espressomaschine zu deuten. «Ein tolles Gerät haben Sie da. Sagen Sie ... dürfte ich Sie um einen Kaffee bitten? Einen starken? Ich bin leider nicht halb so ausgeschlafen, wie ich es gern wäre.» Seine ungewöhnlich blauen Augen hefteten sich an Beatrice. «Aber ich will Ihnen keine Umstände machen.»

«Das tun Sie nicht.» Mit den üblichen geübten Handgriffen schaltete Florin das Gerät ein, stellte Tassen hin und justierte die Einstellungen für Bohnenmenge und Mahlgrad. «Ist Professor Klement darüber informiert, dass Sie die Identität seiner Patientin preisgeben?», fragte er wie nebenbei.

«Natürlich. Ich habe ihm gesagt, dass ich einen Kollegen von der forensischen Psychiatrie mit einbeziehen will, und er war einverstanden.»

Erstaunlich. Klement musste das Wasser gefühlt bereits bis zur Unterlippe stehen.

«Ich finde es übrigens interessant, auf welche Aspekte Sie bei den Ermittlungen Ihren Fokus legen.» Vorsichtig nahm Vasinski die Kaffeetasse von Florin entgegen. «Ermitteln Sie sehr intuitiv, Frau Kaspary?»

Sie hatte keine Ahnung, warum er immer wieder den Versuch unternahm, sie zu analysieren. «Ich ermittle nach Vorschrift», gab sie knapp zurück. Stimmte zwar nicht ganz, aber das brauchte Vasinski ja nicht zu interessieren. «Und ehrlich gesagt würde ich Sie bitten zu gehen, gerne mit Ihrem Kaffee. Wie bereits erwähnt, waren wir gerade mitten in einer Besprechung, deren Inhalt weder für Sie noch für Dr. Kossar bestimmt war.»

Ja, das mit der Diplomatie klappte leider immer noch nicht. Doch während Kossar unbehaglich zu blinzeln begann, schien Vasinski überhaupt nicht irritiert. Im Gegenteil.

«Danke für Ihre Offenheit, Frau Kaspary. Natürlich respektiere ich Ihre Wünsche, das ist doch selbstverständlich.» Er prostete ihr mit der Tasse zu, und Beatrice wurde den Eindruck nicht los, dass die Situation ihn amüsierte.

«Kommen Sie, Dr. Kossar. Ich würde sehr gern mehr über Ihre Erfahrungen beim FBI wissen. Haben Sie damals auch die Body Farm besucht?»

Er hielt seinem Kollegen die Tür auf, und Kossar folgte ihm, drehte sich aber noch einmal zu Beatrice um. «Sie machen einen wirklich gestressten Eindruck, Frau Kaspary. Wir sind doch ein Team, lassen Sie sich unter die Arme greifen.» Sein Lächeln war eine Spur zu breit, um echt zu sein. «Ich bin nicht nachtragend, und ich bin für Sie da, gut?»

Beatrice bekam erst wieder Luft, nachdem die Tür ins Schloss gefallen war. «Wie irre ist Kossar eigentlich? Schleppt uns ohne Vorwarnung jemanden her, der wer weiß wie tief in den Fall verwickelt sein kann!» Sie betrachtete die Fotos an der Pinnwand, mit einem unangenehmen Kribbeln im Magen. «Ich schätze, Vasinski hat kapiert, was er hier gesehen hat.» Sie fing Florins vielsagenden Blick auf und grinste. «Ja, schon gut, ich weiß. Aber immerhin habe ich niemandem einen Kinnhaken verpasst.»

Von ihrem Schreibtisch nahm sie den letzten Ausdruck, den sie vorhin nicht an die Pinnwand geheftet hatte. Sie war immer noch nicht sicher, ob dieser schwarze Haargummi tatsächlich eine Bedeutung gehabt hatte. Für das Ass der Scheiben war er einfach zu wenig Scheibe. Er war rund, aber eigentlich eher ein Ring. Trotzdem zeigte sie Florin auch diese Karte. «Aber sie passt nicht zu den anderen, meinem Gefühl nach. Sie stimmt nicht. Vielleicht fange ich allmählich an, jede von Jasmins Regungen zu Tode zu interpretieren.»

An diesem Abend schlossen sie ihr Büro ab, bevor sie gingen, völlig gegen ihre übliche Gewohnheit. Aber es war denkbar, dass Kossar zu späterer Stunde doch noch einen Blick in die Akten werfen wollte. Um anschließend sein Wissen mit seinem neuen Freund zu teilen.

«Er hält seine Menschenkenntnis für so unfehlbar, dass sie ihm als Referenz für die Vertrauenswürdigkeit eines Menschen reicht.» Florin begleitete Beatrice zum Auto, sie hatte den Eindruck, er wollte noch etwas loswerden, wusste aber nicht, wie.

Sie saß bereits im Wagen, als er sich endlich einen Ruck gab. «Wenn es dir nicht gut geht, Bea, oder wenn du einfach nur reden willst – du kannst mich anrufen, das weißt du, oder? Egal, ob um Mitternacht oder um drei Uhr morgens.» Er nahm eine ihrer Hände zwischen seine. «Es ist mir nie lästig. Nie.»

Da war etwas in seiner Stimme, das ihr beinahe Tränen in die Augen trieb. Sie nickte stumm und entzog ihm ihre Hand.

Es war spät, sie musste die Kinder abholen.

Sie hatte versucht, so viel Schönes wie möglich in den Abend mit Mina und Jakob zu packen. Nun, da sie im Bett waren, saß sie lange da, das Telefon vor sich auf dem Couchtisch. Allerdings galt ihre Unschlüssigkeit nicht der Frage, ob sie Florin anrufen sollte, sondern ob es einen Sinn haben würde, mit Achim zu sprechen.

Er würde sich die Gelegenheit, sie so fertig wie möglich zu machen, nicht entgehen lassen. Das war völlig klar. Aber wenn sie ihm die Chance gab, sich auszutoben, ihn reden zu lassen, wenn sie ihm nicht widersprach … vielleicht würde er dann so weit abkühlen, dass sie vernünftig miteinander sprechen konnten. Einen Weg finden. Sich einigen.

Sie versuchte, sich das Gespräch vorzustellen. Was er, was sie sagen würde. Wie er es sagen würde.

Nein. Es ging nicht. Allein die Tatsache, dass sie ihn anrief, würde ihm seine Überlegenheit klar vor Augen führen, und nichts liebte er mehr. Er würde sich an der Tatsache berauschen, dass er ihr verweigern konnte, was sie sich wünschte. Es würde ihm beweisen, dass er ihr Angst eingejagt hatte.

Kurz vor zehn Uhr ließ Beatrice Wasser in die Badewanne laufen und schüttete eine beträchtliche Menge des teuren Schaumbads hinein, das Richard ihr zu Weihnachten geschenkt hatte. Ihr Bruder, der wusste, wie sehr sie sich oft nach Wärme sehnte, und sei es nur die eines heißen Bades.

Das Handy legte sie auf den Hocker neben der Wanne. Nein, sie würde Florin nicht anrufen, aber insgeheim hoffte sie, dass er es vielleicht tun würde.

Doch das Handy blieb stumm, und das Wasser wärmte sie heute nur äußerlich.

Die nächsten beiden Tage verbrachte Beatrice zu einem großen Teil in der Klinik, obwohl immer offensichtlicher wurde, dass sie den Ärzten dort auf die Nerven ging.

«Sie können meine Patientin nicht ständig behelligen», blaffte Klement sie an, als er sie einmal mehr mit Jasmin an einem der Fenstertische sitzen sah, das aufgeschlagene Tarotbuch zwischen ihnen. Beatrice hatte Münzen mitgebracht, die Plastikmesser, die sie zu Hause hatte, außerdem Schraubverschlüsse, die Kelche, und Strohhalme, die Stäbe symbolisieren sollten.

Nichts davon rührte Jasmin an. Sie wirkte abwesender denn je; ein paarmal schienen ihr fast die Augen zuzufallen, während sie stumpf vor sich hin blickte. Ihre Hände lagen auf den Sessellehnen, bewegungslos.

«Es tut mir leid, aber ich muss das jetzt unterbinden.» Offenbar war auch Klement Jasmins Erschöpfung aufgefallen. «Sie setzen der Patientin zu sehr zu. Ich kann verstehen, wie wichtig der Fall für Sie ist, aber glauben Sie mir, über Jasmin werden Sie ihn nicht lösen.» Er unterbrach Beatrice mit einer Handbewegung, bevor sie noch etwas sagen konnte. «Ja, ja, ich weiß. Ihre Fingerabdrücke waren auf den Messern bei Dr. Schlagers Leiche. Was nicht zwingend heißt, dass sie sie dort auch hingelegt hat, allerdings verstehe ich, dass Sie das naheliegend finden.»

Er ließ Dr. Plank anpiepen, die wenige Minuten später erschien, ganz offensichtlich nicht darüber begeistert, dass Klement sie von ihrer aktuellen Arbeit wegholte. Sie widmete Beatrice nur einen flüchtigen Blick und ein kurzes Nicken, bevor sie Jasmin von ihrem Stuhl hochhalf und mit ihr den Weg zu ihrem Zimmer antrat.

Diesmal war es nicht so einfach, sie durch den Gang zu ziehen, wie Beatrice bemerkte. Jasmins Schritte waren unsicher, und zwischendurch blieb sie immer wieder stehen, als müsse sie sich ausruhen.

Plötzlich begriff Beatrice. Medikamente. Jemand hatte Jasmins Dosis erhöht.

Sie würde sich die Dokumentation zeigen lassen, war aber jetzt schon so gut wie sicher, dass dort nichts verzeichnet sein würde.

Jemand hatte die Zusammenhänge erkannt und dafür gesorgt, dass Jasmin keine Zeichen mehr geben konnte, und seien sie noch so klein. Die Frage, wer das gewesen war, stellte sich eigentlich nicht.

Das Bild von Vasinski vor der Pinnwand stand ihr wieder vor Augen, so deutlich, als wäre es ein Foto. Über Umwege hatten sie Jasmins aktuellen Zustand Kossar zu verdanken. Sie würde sich eine angemessene Art überlegen, ihm diese Tatsache unter die Nase zu reiben.

Bevor sie ins Büro zurückfuhr, besuchte sie Walter Trimmel auf der Intensivstation. Wobei *besuchte* zu viel gesagt war – sie stand hinter einer Glasscheibe und betrachtete sein schlafendes Gesicht, halb verdeckt von der Beatmungsmaske. Den verbundenen Kopf, die geschlossenen Augen, die entspannte Stirn.

Sie fragte sich, ob der künstliche Tiefschlaf ihm Ruhe verschaffte. Ob die Stimmen schwiegen.

22. Kapitel

Als sie aus der Klinik trat und die Klingeltöne an ihrem Handy wieder einschaltete, erwartete sie eine SMS von Florin.

Machen uns auf den Weg zum Begräbnis. Komme anschließend noch einmal vorbei. Bis dann, Bea

Sie hatte es völlig vergessen. Hoffmanns Frau wurde heute beerdigt. Es war von Beginn an vereinbart gewesen, dass sie die Stellung halten und Florin teilnehmen würde, aber die Tatsache, dass sie überhaupt nicht mehr daran gedacht hatte, versetzte ihr einen Stich. Sie wollte besser gar nicht wissen, was sie sonst noch alles ausblendete.

Am Kranz und der Karte hatte sie sich beteiligt, natürlich, aber sie war sicher gewesen, dass Hoffmann es vorziehen würde, sie nicht am Grab seiner Frau zu sehen. Vor jemandem zu weinen, den man verabscheute, machte die Dinge noch schlimmer.

Offenbar war sie eine der wenigen, die die Beerdigung verpassten. Weder Bechner noch Stefan waren in ihrem Büro, nur ausgerechnet Kossar lief ihr über den Weg. Sie überlegte kurz, ihren Ärger nicht anzusprechen, doch er war stärker als sie.

«Herzlichen Dank noch einmal dafür, dass Sie uns gestern Vasinski angeschleppt haben. Es kann gut sein, dass er genau die eine Information zu viel bekommen hat, die es ihm jetzt erlaubt, uns das Leben noch schwerer zu machen.» Sie lachte kurz auf. «Als ob das nötig wäre.»

Diesmal zuckte Kossar nicht zusammen, sondern setzte sein verständnisvolles Therapeutengesicht auf. «Liebe Beatrice, ist Dr. Vasinski denn des Mordes verdächtig?»

«Nein. Noch nicht. Aber ich habe heute etwas beobachtet, das bei mir alle Alarmglocken hat schrillen lassen. Und nein, ich werde Ihnen nicht erzählen, was es war. Sie sind eine undichte Stelle in unserem System, Dr. Kossar. Und Sie begreifen es nicht einmal.»

Kossar ließ sich überhaupt nicht aus der Ruhe bringen. «Ich habe ganz offiziell darum gebeten, einen Kollegen aus der Abteilung hinzuziehen zu dürfen. Jemanden mit Insiderwissen. Hoffmann hat es genehmigt, vor drei Tagen.»

Sie versuchte, nicht laut zu werden, und beinahe gelang es ihr. «Hoffmann hätte Ihnen auch die Haltung eines lila Nilpferds auf dem Herrenklo genehmigt, wenn Sie ihn darum gebeten hätten. Er ist im Moment nicht er selbst, und es ist ihm völlig egal, was hier passiert.»

Allmählich wirkte Kossars Lächeln angestrengt. «Ich halte Dr. Vasinskis Hilfe für eine große Bereicherung unserer Arbeit. Denn sehen Sie, Beatrice – Sie konzentrieren sich bei Ihren Ermittlungen fast ausschließlich auf die Ärzteschaft. Sie lassen die Patientinnen und Patienten als mögliche Täter außen vor, und das ist, mit Verlaub, nicht sehr umsichtig.»

Sie würde ihn nicht korrigieren, indem sie ihm verriet, dass sie sich in der letzten Zeit fast ausschließlich auf Jasmin Matheis konzentriert hatte. «Das medizinische Personal im Auge zu behalten ist naheliegend», sagte sie stattdessen. «Denken Sie an den Mord an Schlager. Der Mann wurde erst mit Äther betäubt und dann mit einer Überdosis Propofol ermordet. Das ist die Tat eines Menschen, der genau weiß, was er wo findet und wie er damit umgehen muss. Es ist die Tat eines Menschen mit medizinischer Ausbildung.»

«Oder eines guten Beobachters.» Kossars Gebaren wurde immer selbstsicherer. «Wussten Sie, dass Dorothea Bauer Pharmazeutin ist? Ja, sie ist seit Jahren in Frühpension, aber ich bin sicher, dass sie Äther und Propofol erkennen und einsetzen kann. Und Fahad El Shamari, der Patient aus dem Irak, war im Krieg lange Zeit Sanitäter.»

Sie sah Kossar an, stumm. Ja, Dorothea Bauers früherer Beruf war irgendwann zur Sprache gekommen, aber sie hatte, dem Pflegepersonal zufolge, in der Nacht von Schlagers Tod ihr Zimmer nicht verlassen. Über El Shamaris Vergangenheit war Beatrice nicht informiert gewesen. Sie hatte sogar seinen Namen vergessen.

«Ich finde es wichtig, dass jemand auch in anderen Bahnen denkt als in Ihren und Florins, Beatrice. Dabei ist Dr. Vasinski wirklich hilfreich, denn er kennt die meisten Patienten auf der Station sehr gut und sehr lange.»

Der versteckte Vorwurf war nicht zu überhören. Sie hätte sich lieber die Zunge abgebissen, als Kossar hier und jetzt zuzugestehen, dass er in manchen Punkten recht hatte. Seit Trimmel selbst zum Opfer geworden war und sie Jasmin als Täterin für sich ausschloss, waren die Patienten als Verdächtige für sie stark in den Hintergrund gerückt. Ihr Fehler, denn sie war diejenige, die ständig auf der Traumastation unterwegs war, während Florin nicht nur seinen Teil des Jobs erledigte, sondern auch Hoffmann ersetzte.

«Trotzdem», sagte sie. «Vasinski mit dem Stand unserer Ermittlungen vertraut zu machen, war unverantwortlich. Man könnte es auch blauäugig nennen. Wenn ich nicht völlig falschliege, haben Sie damit bereits Schaden angerichtet, Dr. Kossar.»

Das ließ er sichtlich nur ungern auf sich sitzen. «Ich habe ihn mit gar nichts vertraut gemacht, liebe Kollegin. Im Gegenteil, ich habe von ihm deutlich mehr Informationen bekommen als er von mir. Dass er Ihre Tarot-Kopien an der Wand gesehen hat, war Zufall, und ich bezweifle, dass er daraus großartige Schlüsse gezogen hat.»

Er ging und ließ Beatrice mit dem Gefühl zurück, sich völlig übertrieben aufgeregt zu haben. Und außerdem stur nur in eine Richtung zu sehen.

Sie erreichte ihr Büro und schloss die Tür hinter sich, eine Spur zu laut vielleicht.

Der zweite Punkt mochte stimmen – sie hatte sich so sehr auf Jasmin konzentriert, dass sie rechts und links eventuell etwas übersehen hatte. Aber was ihr unbehagliches Gefühl Vasinski gegenüber anging, irrte sie sich nicht. Davon war sie überzeugt.

Als Florin von der Beerdigung zurückkam, saß Beatrice über der Akte, die sich mit den Erkenntnissen aus der Spurenlage in und rund um Hermann Matheis' Hof befasste. Sie war zu gleichen Teilen mit Konzentration und schlechtem Gewissen bei der Sache – schon wieder drehte sich ihre Arbeit um Jasmin.

Um ihre beiden Kinder, um genau zu sein. Es gab umfangreiches Fotomaterial zur Fundstelle – dem abgepumpten Fischteich – und zu den Überresten der Babys selbst. Den Untersuchungen zufolge, die von der Gerichtsmedizin durchgeführt worden waren, waren beide Neugeborenen männlichen Geschlechts gewesen. Die DNA-Tests hatten eindeutig erwiesen, dass Hermann Matheis der Vater und Jasmin die Mutter gewesen war. Nur die Todesart war nicht mehr festzustellen. Ob Matheis die Kinder einfach in den See geworfen oder sie vorher erstickt hatte, ließ sich nicht feststellen.

Was die *Kaiserin* bedeutete, war völlig klar. Alle Interpretationen brachten sie mit Geburt, Wachstum und Leben in Verbindung. Sie symbolisierte die Mutter, die Quelle des Seins.

Also dachte Jasmin immer noch an ihre Söhne. Wusste sie, dass sie tot waren? Konnte sie sich das denken? Oder hoffte sie, dass Hermann Matheis sie nicht nur mitgenommen, sondern sich auch um sie gekümmert hatte?

Beatrice blätterte sich durch drei Mappen, fand aber bei oberflächlichem Durchsehen keinen Hinweis darauf, dass jemand mit Jasmin über ihre Kinder gesprochen hatte. Sie tippte darauf, dass bequemerweise alle davon ausgegangen waren, dass die stumme Frau ohnehin nichts verstand. Und solange sie nicht fragte …

Andererseits: Fragend hatte Jasmin letztens auch nicht gewirkt. Eher, als würde sie der Karte ausweichen, sich durch sie verletzt fühlen. Was darauf hindeutete, dass sie vom Tod ihrer zwei Babys doch erfahren hatte.

Vertrackt. Außerdem roch es verdächtig nach einer Sackgasse. Die Morde an den Kindern waren acht und sechseinhalb Jahre her, und es stand außer Frage, wer sie begangen hatte. Sie konnten nichts mit dem aktuellen Geschehen an der Klinik zu tun haben.

Florin hatte sich an seinen Platz gesetzt und wirkte in seinem schwarzen Anzug dort merkwürdig deplatziert. *Und schön*, dachte Beatrice. *Ich könnte ihn stundenlang ansehen.*

«Wie war die Beerdigung?» Sie schob die Akte zur Seite und stützte die Ellenbogen auf den Tisch. «Schlimm?»

Florin knöpfte sich das Sakko auf. «Für Hoffmann muss es die Hölle gewesen sein. Sein Sohn hat ihn die ganze Zeit über gestützt. Er war es auch, der alle begrüßt hat, ich glaube, Hoffmann hat niemanden wahrgenommen.» Nachdenklich rieb sich Florin die Stirn. «Er hat mir wirklich leidgetan. Uns allen, denke ich. Seine Frau muss ihm mehr bedeutet haben, als wir uns vorstellen können.»

Beatrice nickte und hoffte, er würde weitersprechen und sie nicht nach den Ergebnissen ihres Tages fragen. *Eine Meinungsverschiedenheit mit Klement, ein Streit mit Kossar und die ernüchternde Erkenntnis, dass Jasmins Tarot-Spielchen eine ermittlerische Sackgasse sein könnten.*

«Gibt es etwas, worum ich mich heute noch kümmern sollte?», fragte er stattdessen.

Beatrice tat, als würde sie nachdenken. «Nein, nichts Akutes.» Sie ertappte sich selbst dabei, wie sie Kringel auf einen ihrer karierten Notizblöcke malte, und legte den Stift weg. «Ich hatte einen kleinen Zusammenstoß mit Kossar, wegen gestern. Wundere dich also nicht, wenn er zickt», fügte sie widerwillig hinzu.

«In der Sache hast du recht, Bea. Vasinski hat keinen Einblick in unsere Ermittlungsunterlagen zu bekommen, auch dann nicht, wenn sie an der Wand hängen. Wenn Kossar eingeschnappt sein sollte, könnte das höchstens an deinem Ton liegen.»

Tja. Sie hatte ihn unverantwortlich und blauäugig genannt. Ihn als undichte Stelle im System bezeichnet. «Er meinte, wir hätten jede Menge blinder Flecken, was diesen Fall angeht, und würden die Patienten als mögliche Täter völlig außer Acht lassen.» Beatrice hatte eine Ecke des obersten Blatts von ihrem Block abgerissen und drehte es zwischen ihren Fingern zu einem winzigen Kügelchen. «Wahrscheinlich hat er damit recht, zumindest, was mich betrifft. Jetzt denkt er, er kann gemeinsam mit Vasinski Licht ins Dunkel bringen, dabei war es exakt Vasinski, der uns noch direkt neben Schlagers Leiche erklärt hat, dass psychiatrische Patienten unaggressive Menschen sind.»

Sie stand auf. Wenn sie jetzt ging, konnte sie Mina und Jakob ausnahmsweise einmal eine halbe Stunde früher aus der Betreuung holen. «Mir reicht es für heute, und ich bekomme auch nichts mehr zustande. Ist das okay für dich?»

«Klar.»

«Morgen hat Achim die Kinder, da bleibe ich länger.»

«Wenn es nötig ist.» Florin lockerte seine Krawatte und lehnte sich im Stuhl zurück. «Majas Vater hat sich nicht gemeldet, während ich fort war?»

Beatrice, die eben ihre Jacke vom Haken nehmen wollte, hielt in der Bewegung inne. «Nein, nicht bei mir. Wieso?»

Der Krawattenknoten löste sich endlich, und Florin öffnete seinen obersten Hemdkragen. «Weil ich heute Morgen wieder Tanja Brem hier hatte. Sie war weniger apathisch als beim letzten Mal. Zuerst hat sie das Alibi ihres Mannes bestätigt und mir dann erklärt, sie würde ihn in einer Anzeige gegen mich bestärken. Ich hätte ihn grundlos geschlagen, einen Tag, nachdem sie ihre Tochter verloren hatten.»

«Nein, weder sie noch er haben angerufen, seit ich hier bin», bekräftigte Beatrice. «Und weißt du, was? Ich glaube nicht, dass sie es tun werden. Dietmar Brem weiß genau, wie froh er über seinen Freispruch sein kann.»

Doch die Sache belastete Florin, es war ihm deutlich anzusehen. «Ich wünschte, Hoffmann hätte meine Selbstanzeige angenommen. Ich fühle mich so dreckig, Bea, schon allein, weil ich den Kerl überhaupt angefasst habe.»

Sie ging zu ihm, legte ihm eine Hand auf die Schulter, streichelte mit der anderen seinen Nacken. Fühlte, wie er es genoss, wie er sich entspannte, als würde ihre Berührung die Dinge wieder gut machen. Oder wenigstens besser.

Nach einigen Augenblicken drehte er den Kopf zur Seite und küsste ihre Fingerspitzen.

«Ich muss los», murmelte sie.

«Ja. Bis morgen.»

Auf dem Weg nach draußen versuchte sie, sich auf den Abend einzustellen, zu memorieren, was sie noch einkaufen musste, sobald sie die Kinder abgeholt hatte, doch es fiel ihr schwerer als sonst. Immer wieder kehrten ihre Gedanken zu Florin zurück.

Kossar betrat am nächsten Tag nur wenige Minuten nach ihr das Büro. Sie wappnete sich innerlich dafür, die Diskussion vom Vortag fortsetzen zu müssen – diesmal mit Florin als Zuschauer –, aber Kossar tat, als hätte sie nie stattgefunden. Was immer man von ihm halten mochte, nachtragend war er ganz sicher nicht.

«Wir wollten uns doch seit Tagen das Gutachten zu Klements Studien ansehen, nicht wahr? Wie wäre es mit jetzt? Haben Sie Zeit?»

Er hatte recht, das hatten sie bisher hintangestellt. Na gut. Warum nicht masochistischerweise den Tag mit Kossars ausschweifenden Erklärungen beginnen? Beatrice nahm sich vor, diesmal keinesfalls ungeduldig zu werden.

Erstaunlicherweise machte der Psychologe es ihr leicht. «Also. Um es kurz und bündig zu sagen: Professor Klement ist kein Betrüger, aber er frisiert seine Studien trotzdem, in gewisser Weise.» Kossar wedelte mit dem Gutachten. «Er fälscht keine Daten und unterschlägt keine Ergebnisse, auch wenn sie nicht so prächtig ausfallen, wie er sich das vielleicht wünscht.»

Florin hatte seinen Computer in Stand-by-Modus geschaltet und gesellte sich zu ihnen. «Wie kann er dann etwas frisieren?»

Kossar grinste. «Indem er das Risiko, unerfreuliche Resultate zu erhalten, schon im Vorfeld minimiert.» Er blätterte in dem Bericht und deutete dann auf eine mit grünem Marker angestrichene Stelle. «Hier zum Beispiel. Eine Studie zu einem atypischen Neuroleptikum, das bei Psychosepatienten eine höhere Ansprechrate aufweisen soll als das Medikament der Kontrollgruppe. Die Studie ist randomisiert und doppelt verblindet, das heißt, der Arzt selbst weiß nicht, welchem Patienten er welches Medikament verabreicht.» Kossar tippte mit dem Finger auf eine Tabelle mit haufenweise Prozentzahlen, die Beatrice überhaupt nichts sagten.

«Trotzdem kann man die Ergebnisse in die gewünschte Richtung beeinflussen, indem man gewisse Patienten einfach nicht in die Studie aufnimmt. Zum Beispiel solche, bei denen das Krankheitsbild dafür spricht, dass sie vermutlich besser auf den zweiten Wirkstoff ansprechen. Oder die, von denen man vermutet, dass sie bestimmte Nebenwirkungen entwickeln werden. Oder dass sie schon auf einige andere Therapien nicht oder nur schlecht angesprochen haben.» Er legte das Dossier auf den Tisch. «Klement hat seine Patienten nicht nur aus der Traumagruppe, sondern der ganzen psychiatrischen Abteilung rekrutiert. Und wie es aussieht, war er dabei ziemlich wählerisch. Entsprechend glücklich muss die Pharmafirma über seine Ergebnisse gewesen sein, die sind nämlich traumhaft.»

Das Gutachten nicht nur zu lesen, sondern aus ihrer Laienperspektive auch zu verstehen, würde Beatrice einen ganzen Arbeitstag kosten, wenn nicht mehr. Sie beschloss, sich auf Kossars Wort zu verlassen. «Wie schlimm wäre es für ihn, wenn das bekannt würde? Mit welchen Konsequenzen müsste er rechnen?»

«Mit keinen allzu schlimmen. Im Kollegenkreis würde man vermutlich die Nase rümpfen, mehr aber auch nicht, denn sehr viele wissenschaftlich tätige Ärzte machen es genauso.»

Also kein Grund, einen Mord zu begehen, falls es wirklich so war, wie Kossar sagte. Beim besten Willen konnte Beatrice sich nicht vorstellen, dass Klement einen jungen Arzt töten würde, nur um kollegialem Naserümpfen zu entgehen.

«Wie sieht es mit den Studien rund um Jasmin Matheis aus?», fragte Florin.

«Oh.» Kossar lächelte bei der Nennung des Namens genießerisch. Insiderlächeln. «Das sind eher Fallbeschreibungen als Studien. Beobachtungen. Und Austausch mit Kollegen, die Patientinnen mit ähnlicher Geschichte behandeln.» Aus all dem ließ sich kein brauchbares Mordmotiv für Klement zimmern. Zumindest noch nicht.

Vielleicht war es sinnvoller, sich vorerst auf Majas Missbrauchsvorwürfe zu konzentrieren? Und damit jeden Mann in der Klinik als potenziellen Täter zu betrachten?

Ja. Wunderbar. Sie hatten nicht mehr zur Verfügung als die provokativ hingeworfenen Anspielungen eines toten Mädchens und die symbolischen Mitteilungen einer stummen Frau, der man noch dazu die Medikamentendosis erhöht hatte. Dafür zumindest war Beatrice bereit, die Hand ins Feuer zu legen.

«Danke.» Sie lächelte Kossar zu und hoffte, dass es nicht so müde wirkte, wie sie sich fühlte. «Das war wirklich … interessant.»

Zu ihrem Erstaunen suchte er diesmal nicht nach einem Vorwand, um noch für einen längeren Plausch inklusive Kaffee bleiben zu können. «Gern geschehen, Beatrice. My pleasure. Wenn Sie Hilfe aus meinem Fachgebiet brauchen, melden Sie sich, ja? Und Sie natürlich auch, Florin.»

Er ging, und zum ersten Mal, seit sie ihn kannte, war Beatrice fast geneigt, ihn sympathisch zu finden.

An diesem Tag blieb sie im Büro und widerstand der Versuchung, in die Klinik zu fahren. Zu Jasmin. Es gab hier genug zu tun, der Fall produzierte Unmengen an Schreibarbeit, die erledigt werden musste, und es war sträflich unfair, sie allein Florin und Stefan zu überlassen.

Außerdem half ein wenig Abstand vielleicht dabei, den Kopf wieder frei zu bekommen. Neue Blickwinkel zu finden. Jedenfalls redete Beatrice sich das ein, während sie versuchte, sich auf das zu konzentrieren, was sie in den Computer tippte.

Die Mittagspause verbrachte sie mit Florin gemeinsam. Er verhielt sich ihr gegenüber … freundschaftlich. Man konnte es nicht anders sagen. Was gestern so greifbar in der Luft gelegen hatte, war heute verflogen, und Beatrice empfand es als Verlust. Hatte sie etwas falsch gemacht? Hatte sie ihm den Eindruck vermittelt, dass sie sich schnell aus dem Staub machen wollte, bevor einer von ihnen etwas Eindeutiges sagte oder tat?

Sie hätte ihn gern gefragt, aber sie fand keine Formulierung, die ihr nicht peinlich gewesen wäre. Also unterhielten sie sich über den Fall. Über Florins Bruder. Über Hoffmann.

Danach arbeiteten sie weiter, schweigend und jeder für sich. Nachdem Beatrice heute die Kinder nicht holen musste, würde sie länger bleiben. Länger als Florin, auf jeden Fall, hatte sie sich vorgenommen.

Es war bereits seit einer Stunde dunkel, als er seinen Rechner ausschaltete. «Was sagst du, Bea? Machen wir Feierabend?»

Sie schüttelte den Kopf. «Ich will das hier noch fertig machen. Mindestens. Aber geh ruhig, du hältst sowieso immer die Stellung, wenn ich wegmuss. Ist nur fair, wenn es einmal umgekehrt läuft.»

Er war in seine Jacke geschlüpft und zog langsam den Reißverschluss hoch. «Ich hatte ja eigentlich gehofft, wir könnten gemeinsam zu Abend essen.»

Ein Teil von ihr jubelte innerlich. Dem Rest graute es vor einem weiteren Essen, bei dem sie mühevoll alles umschiffen würden, was unausgesprochen zwischen ihnen stand.

«Ein anderes Mal, gut?», sagte sie und ignorierte das Gefühl der Leere, das ihre eigenen Worte in ihr hinterließen. «Ich muss die Gelegenheit wirklich nutzen …»

Er insistierte nicht, natürlich nicht, Florin würde ihren Willen immer respektieren. Ein bisschen zu sehr vielleicht.

«Na gut, dann bis morgen, Bea. Mach nicht mehr zu lange.»

Er ging, und sie hasste sich dafür, dass sie so feige gewesen war. «Ja. Bis morgen.»

23. Kapitel

Halb neun. Der Bericht war fertig, und Beatrice gähnte laut. Sie packte ihre Sachen zusammen und holte den Autoschlüssel aus der Tasche. Zu Hause hatte sie noch einen Rest Gemüselasagne, den würde sie sich genehmigen, bevor sie sich ins Bett legte. Vor drei Wochen hatte sie begonnen, ein Buch zu lesen, an dessen Titel sie sich nicht mehr erinnerte, aber sie hoffte, sie würde den Faden wieder aufnehmen können. Heute Abend.

Im Auto sang sie mit dem Radio mit.

I'm bulletproof, nothing to lose,
fire away, fire away
ricochet, you take your aim,
fire away, fire away,
you shoot me down, but I won't fall
I am titanium …

Es fühlte sich gut an. Wahr. Sie dachte an Achim und dass er sie kreuzweise konnte mit seinem Anwalt und seiner Klage. *Bulletproof.*

Immer noch summend, parkte sie den Wagen ein, stieg aus und ließ den Schlüsselbund um ihren Zeigefinger kreisen. Dass das Licht über dem Hauseingang nicht funktionierte, fiel ihr erst auf, als sie nach dem Schloss tasten musste – drei Versuche, bis der Schlüssel steckte. Morgen früh würde sie dem Hausmeister Bescheid geben. Sie drückte die Tür auf und streckte die Hand nach dem rot leuchtenden Schalter für das Minutenlicht aus.

Die Bewegung zu ihrer Linken spürte sie mehr, als sie sie sah. Ein Luftzug, ein Schatten, das Rascheln von Kleidung.

Es war ihr Instinkt, der sie zur Seite springen ließ. Ein Schlag streifte ihre Hüfte, keine Zeit nachzudenken, in ihrer Hand war noch der Schlüsselbund. Sie drosch ihn ihrem Angreifer direkt ins Gesicht, mit voller Wucht, hörte ihn aufjaulen, hörte etwas klirrend zu Boden fallen, schlug ein zweites Mal zu.

Er presste die Hände gegen die getroffenen Stellen, keine Chance, seine Züge zu erkennen, aber er trug einen Kapuzensweater und Jeans, und er wich zurück.

Alles war so schnell gegangen, dass die Eingangstür sich noch nicht wieder geschlossen hatte. Der Mann riss sie mit einer Hand weiter auf und rannte nach draußen. Beatrice war drauf und dran, ihm nachzulaufen, doch er war schon in der nächsten Quergasse verschwunden. Hatte die Lichtkegel der Straßenlaternen gemieden, doch sie glaubte erkannt zu haben, dass sein Sweater grau gewesen war.

Verdammtes Arschloch.

Sie zog die Tür zu, vergewisserte sich, dass sie wirklich geschlossen war, und kämpfte gleichzeitig gegen das Kichern an, das in ihr hochstieg. Ihre Hand fand den Lichtschalter, und die trübe Gangbeleuchtung erwachte hinter ihrem Milchglasschirm zum Leben.

Niemand im Haus schien etwas mitbekommen zu haben. Aber spätestens, wenn sie das Blut am Boden entdecken würden …

Wieder dieser unkontrollierbare Drang zu lachen. Schock? War das ein Schock?

Sie horchte in sich hinein, spürte ihren hektisch hämmernden Puls, sah ihre Hände zittern. Die Schlüssel, die sie immer noch in der Hand hielt, klirrten leise.

Hinsetzen. Schon mehr als einmal hatte sie Menschen unter Schock einfach umkippen sehen. Sie ließ sich auf die Treppe sinken und atmete tief durch, bevor sie das Handy aus der Jackentasche holte.

Ein Freizeichen. Ein zweites. Ein drittes.

«Bea? He, schön, dass du dich meldest.» Florin klang bestens gelaunt. «Möchtest du doch noch essen gehen? Es ist etwas spät, aber morgen ist Samstag, und eine Kleinigkeit könnte ich auch noch vertragen.»

Woher kam plötzlich der viele Speichel in ihrem Mund? Sie schluckte. «Florin?» Es hörte sich nicht an wie ihre Stimme. Sie versuchte es noch einmal, aber diesmal kam kaum mehr als ein Flüstern heraus.

«Was ist passiert? Bea? Was ist los?»

Ihr Puls hämmerte mit einem Mal an völlig falschen Stellen ihres Körpers. Im Magen, im Hals, in den Schläfen.

«Kannst du ... herkommen? Bitte?» Sie hasste es. Sie hasste die Tatsache, dass Zusammenreißen nichts half, dass sie noch schwächer klang, als sie sich fühlte.

«Ich bin sofort da. Bist du zu Hause?»

«Ja.»

«Gut. Bis gleich.»

Er hatte aufgelegt, aber sie hielt immer noch das Handy ans Ohr, musste sich bewusst dazu bringen, es sinken zu lassen.

Bis Florin da war, würde sie sich besser fühlen. Mein Gott, sie hatte schon wesentlich schlimmere Situationen durchgestanden, ohne zusammenzuklappen. Aber offenbar ließ sich das nicht steuern, es unterlag keiner nachvollziehbaren Logik.

Sie beugte sich vor, steckte den Kopf zwischen die Knie. Sog Luft ein, stieß sie wieder aus. Das flirrende Gefühl in ihrer Brust beunruhigte sie.

Ganz ruhig. Es würde besser werden, besser. Mit jeder Sekunde ein bisschen. Notfalls konnte sie um Hilfe rufen, irgendjemand im Haus würde sie hören. Falls ihre Stimme nicht wieder versagte.

So wie ihr Zeitgefühl. Wie lange saß sie schon hier? Eine halbe Stunde? Fünf Minuten? Auf jeden Fall zu lange.

Mit einer Hand hielt sie sich am Treppengeländer fest und zog sich langsam hoch. Ignorierte die schwarzen Punkte vor ihren Augen, obwohl sie sich rasend schnell vermehrten, wie bösartige kleine Tiere …

Sie stand. Bewegte sich auf die Tür zu, immer einen Fuß vor den anderen. Sie würde nicht zusammenbrechen und … keinesfalls die Blutspritzer berühren.

Dann lehnte sie sich gegen die Tür. Hinter der welligen Glasscheibe herrschte Finsternis, von ferne drangen Straßengeräusche heran.

Und das Geräusch von Schritten auf Kies. Die Silhouette, die sich verzerrt durch das Glas abzuzeichnen begann, war die von Florin. Beatrice öffnete ihm, bevor er noch klingeln konnte.

«Hast du hier unten gewartet? Wieso bist du nicht in der Wohnung?» Er nahm sie bei den Schultern, sah ihr ins Gesicht. «Was ist passiert?»

«Es war jemand … hier. Hat mir aufgelauert.» Kratzig und tief war ihre Stimme. Fremd.

«Im Stiegenhaus?» Florin sah sich um, entdeckte das Blut auf dem Boden. «O Gott, bist du verletzt?»

«Nein. Aber er. Ich habe ihn mit meinem Schlüsselbund erwischt. Im Gesicht.»

Er ließ sie los und warf einen prüfenden Blick in Richtung Kellertreppe. «Wo ist er hin?»

«Davongelaufen. Nach draußen. Ich wollte ihm zwar nachlaufen, aber –» Beatrice stützte sich an der Wand ab. Immer noch drang die Welt nur wie durch einen Filter zu ihr.

Florin hatte sich gebückt und etwas aufgehoben. «Hat er dich angegriffen? Damit?»

Eine Eisenstange, lang wie ein Arm und so dick wie ein Abflussrohr. Unwillkürlich tastete Beatrice nach ihrer linken Hüfte. Ja, da war Schmerz. Auch wie durch einen Filter. «Möglich. Es ging so schnell, ich habe nichts gesehen.»

Aber gehört. Sie erinnerte sich an das Klirren, das mehr ein Knall gewesen war, der durchaus vom Aufprall der Stange am Boden hatte stammen können. Und sie erinnerte sich, ausgewichen zu sein. Ihr Angreifer hatte nicht irgendwohin gezielt, sondern wahrscheinlich auf den Kopf.

Interessanterweise stimmte der Gedanke sie fröhlich. *Daneben. Ätsch.*

«Bea, du kannst heute Nacht auf keinen Fall hier bleiben. Die Kinder sind bei Achim?»

«Ja.» Gott sei Dank.

«Okay.» Florin hatte sein Handy bereits am Ohr. «Gerd? Bea ist überfallen worden. In ihrem eigenen Haus, es gibt ein paar Spuren. Blut vom Angreifer und die Waffe.»

Was Drasche sagte, verstand Beatrice nicht, aber Florin nickte konzentriert. «Gut, das bekomme ich hin. Schick die Kollegen bitte zu ...» Er nahm kurz das Telefon vom Ohr. «Wie heißt euer Hausmeister, Bea?»

«Novorsky. Ulrich Novorsky.»

Florin gab Drasche den Namen und die Wohnadresse durch. «Und sag ihnen, sie sollen sich anschließend darum kümmern, dass hier sauber gemacht wird.»

Er beendete das Gespräch, steckte sein Handy ein und nahm Beatrice am Arm. «Wir packen ein paar deiner Sachen, und du kommst mit zu mir. Auf gar keinen Fall bleibst du heute Nacht allein in deiner Wohnung.»

Es war die Vorstellung, jetzt noch packen zu müssen, die sie protestieren ließ. Sie war darauf eingestellt gewesen, einfach nur in ihr Bett kippen und den Tag ausknipsen zu können. Doch Florin war zu keinerlei Kompromiss bereit. Er schob sie die drei Stockwerke hoch, holte ihre Reisetasche vom Schrank und stellte sie geöffnet auf die Couch.

Dann ging er in die Küche und zog eine Schublade nach der anderen auf.

«Wo hast du die Gefrierbeutel?»

«Dritte Lade links.»

Er förderte die Packung zutage, nahm zwei der transparenten Beutel heraus und steckte in jeden davon ein Stück Küchenrolle. «Bist du fertig? Brauchst du Hilfe?»

Beatrice verneinte beides, merkte aber selbst, wie langsam sie war. Versuchte, sich zu konzentrieren. Zahnbürste, Shampoo, Kleidung zum Wechseln. Sie warf ein paar Sachen in die Tasche und folgte dann Florin wieder nach unten, ins Erdgeschoss, wo er Teile des Bluts mit Küchenpapier aufwischte und die fleckigen Tücher in den Gefrierbeuteln verstaute. Dann zog er sich einen Jackenärmel bis über die Hand und hob die Stange auf.

Würde sie jemals wieder das Haus betreten können, ohne an den Angriff von heute zu denken? Würde sie sich hier je wieder sicher fühlen? Konnte sie überhaupt die Kinder wieder hierherbringen, solange der Angreifer nicht gefasst war?

Du vernachlässigst sie nicht nur, du gefährdest sie auch noch. Manche ihrer Gedanken hatten Achims Stimme.

Florins Auto stand nicht weit entfernt, und daneben parkte

bereits der Streifenwagen, aus dem eine Polizistin und ein Polizist stiegen. «Es ist Haus Nummer vier», erklärte ihnen Florin. «Der Täter ist irgendwie reingekommen, ohne das Schloss zu beschädigen, vermutlich hat er geklingelt, und irgendwer hat auf den Öffner gedrückt. Versuchen Sie herauszufinden, wer das war und ob jemand den Mann gesehen hat.»

«Er trägt einen Kapuzensweater», warf Beatrice ein. Ihre Stimme klang wieder fest, dafür begann ihre linke Hüfte zu schmerzen. Sie hatte noch keine Gelegenheit gehabt, sich den Schaden anzusehen. «Grau, wenn ich mich nicht täusche. Und er ist etwa zwischen ein Meter achzig und ein Meter fünfundachtzig groß. Außerdem müsste er Verletzungen im Gesicht haben.»

Mit diskretem Klacken öffnete sich die Zentralverriegelung von Florins Auto. Er nahm Beatrice die Tasche ab, legte sie auf die Rückbank, und sie war froh, dass er nicht sah, wie vorsichtig sie sich auf den Beifahrersitz sinken ließ. Fehlte nur noch, dass er mit ihr ins Krankenhaus fuhr.

Sie war einige Zeit lang nicht in seiner Wohnung gewesen. Das Penthouse mit Blick auf die Festung erinnerte sie immer wieder daran, wie unterschiedlich die Verhältnisse waren, aus denen sie kamen. Gleichzeitig wusste sie, dass seine Wohnung ihm im Grunde seines Herzens ein wenig peinlich war. Geerbt, nicht selbst erarbeitet, und für einen alleinstehenden Kriminalbeamten ganz klar überdimensioniert.

Sie deponierte ihre Sachen im Gästezimmer. Vertrautes Terrain, hier hatte sie schon mehr als einmal übernachtet. Duschen. Ja, duschen war jetzt eine gute Idee. Sie schloss sich im Badezimmer ein und stieg langsam und vorsichtig aus ihren Jeans.

O verdammt. Ihre linke Hüfte war rot und blau verfärbt; ein frischer Bluterguss von der Sorte, die in ein paar Tagen schwarz sein würde. Die Stelle war so groß wie ihre Handfläche. Beatrice berührte sie vorsichtig und war erstaunt, dass das kaum schmerzte.

Hätte der Schlag ihren Kopf getroffen, der zweifellos das Ziel gewesen war, läge sie nun neben Walter Trimmel. Oder auf Vogts Tisch. Hätte der Angreifer die Stange nur ein wenig flacher geführt, hätte er ihr vermutlich die Hüfte gebrochen.

Das heiße Wasser tat ihr gut. Sie stand mit geschlossenen Augen unter dem Strahl und versuchte, sich das Gesicht des Mannes mit dem Kapuzenpulli zu vergegenwärtigen, doch im Haus war es zu finster gewesen. Jede Wette, dass der Ausfall der Außenbeleuchtung auch auf sein Konto ging.

Beatrice duschte ausgiebig, wusch sich das Haar und trocknete sich vorsichtig ab, bevor sie in frische Wäsche stieg.

Das Hochziehen der Jeans stellte sich als höllisch schmerzhaft heraus. Sie biss die Zähne zusammen und versuchte sich zu überwinden, es mit einem Ruck hinter sich zu bringen, bis ihr einfiel, dass sie noch eine andere Hose eingepackt hatte. Eine weichere, weitere.

Sie betrachtete ihr blasses Gesicht im Badezimmerspiegel und beschloss, sich wenigstens die Wimpern zu tuschen. Sie musste ja nicht schlimmer aussehen als unbedingt nötig.

«Bea?» Sie hörte ihn leise an die Tür des Gästezimmers klopfen. «Ich habe uns etwas zu essen gemacht. Nur eine Kleinigkeit. Wenn du richtig Hunger hast, hole ich uns noch etwas.» Der Gedanke an Essen rief bei ihr nichts als Widerwillen hervor. Aber sie kannte Florin gut genug, um zu wissen, dass sie gar nicht erst versuchen musste, die Nahrungsaufnahme zu verweigern. Es war ja auch vernünftig, zu Mittag hatte sie nur Salat gegessen, und unter normalen Umständen hätte ihr Körper längst nach Nahrung verlangt.

«Ich komme gleich.» Sie föhnte ihr Haar notdürftig trocken

und ging nach draußen. Musste lächeln, als sie den prächtig gedeckten Tisch sah.

Florins Vorliebe für Antipasti war wieder einmal zum Tragen gekommen. Eingelegte Tomaten, Oliven, gefüllte Weinblätter, Carpaccio. Gehobelter Parmesan und frisch aufgebackenes Weißbrot.

Sie setzte sich und schob einen der Kerzenleuchter ein Stück zur Seite. «Das sieht wunderbar aus, danke.»

Nun, da das Essen vor ihr stand, merkte sie, dass sie doch hungrig war. Und sie liebte Oliven, das war so, seit sie sich erinnern konnte. Schwarz und glänzend und bitter.

Florin hatte sich eine Scheibe Weißbrot und ein bisschen Parmesan genommen, aber sie sah ihm an, dass er das nur tat, damit sie nicht alleine essen musste. Es war fast zehn Uhr, und andere Menschen nahmen ihre Mahlzeiten regelmäßiger ein.

Sie plauderten, hauptsächlich über ihre Familien, über Maxim, dessen neue CD Florin im Hintergrund laufen ließ, und über Beatrices Bruder, dessen Frau ihr drittes Kind erwartete. Doch es war klar, dass das nur Beatrice zuliebe so lief. Sie wusste, was Florin tatsächlich gern besprochen hätte und dass er es nur deshalb nicht erwähnte, weil er ihr einen ruhigen Abend gönnen wollte.

Aber in seinen Augen war sie derzeit unter anderem auch Opfer. Und Zeugin. Sie nutzte die Gelegenheit zum Themenwechsel, als Florin die Teller in die Küche trug.

«Ich habe noch einmal versucht, mich an den Mann zu erinnern, der mich angegriffen hat, aber ich fürchte, es kommt nichts Verlässliches dabei raus. Es ging zu schnell und war zu dunkel.»

Wasserrauschen in der Küche. Kurz darauf kam Florin zurück und holte zwei Cognacschwenker und eine bauchige

Flasche aus der Glasvitrine in der Ecke. «Denkst du, es ist auszuschließen, dass es jemand war, den du kennst?»

Im ersten Moment war sie versucht, ja zu sagen. Aber das stimmte nicht. Insgeheim war sie fest davon überzeugt, dass der Vorfall mit den Morden in der Klinik zu tun hatte. Und dann war es sogar wahrscheinlich, dass sie den Angreifer kannte. Oder dessen Auftraggeber.

«Nein», sagte sie. «Ausschließen kann ich gar nichts. Tut mir leid.»

«Das muss es doch nicht.» Er stellte die Gläser auf dem Couchtisch ab und goss in jedes zwei Fingerbreit ein. «Wollen wir uns hierher setzen?»

Sie nickte und stand auf, schwungvoll und ohne an ihre Verletzung zu denken, doch die rief sich mit Nachdruck in ihr Gedächtnis zurück. Beatrice stoppte mitten in der Bewegung und hielt sich am Tisch fest.

«Alles in Ordnung?»

«Ja.» Kein schmerzverzerrtes Gesicht jetzt, Florin war nicht dumm und ein guter Beobachter. Sie ließ den Tisch los und ging die wenigen Schritte zur Sitzecke. Versuchte, die linke Seite nicht zu schonen.

«Du hast doch etwas. Tut dein Bein dir weh?»

Sie schüttelte den Kopf, doch er ließ nicht locker. «He, Bea, komm, sei nicht albern. Bist du vorhin gestürzt? Du bewegst dich völlig anders als sonst.»

Nach drei Schritten ging es wieder, die Schmerzen ließen nach. «Es ist überhaupt nicht schlimm. Nur ein blauer Fleck. Ich schätze, der Kerl hat mich mit dieser Stange erwischt.»

«Und das sagst du mir nicht?» Er kam ihr entgegen, nahm sie am Arm, doch sie schüttelte ihn ab.

«Es ist wirklich nichts. Ich habe es vorhin gar nicht gespürt. Jetzt zieht es ein bisschen. Kein Drama, ehrlich.»

Sie hoffte sehr, dass er sich damit zufriedengeben und sie nicht ins Krankenhaus schleppen würde. Der Abend war so entspannt verlaufen, damit hatte sie nach den Ereignissen in ihrem Treppenhaus nicht zu rechnen gewagt – sie wollte noch mehr davon. Noch ein paar Stunden so tun können, als wäre das Leben in Ordnung und unkompliziert.

Aber Florin würde nicht nachgeben, sie konnte es in seinen Augen lesen. «Lässt du es mich ansehen? Bitte?»

Unwillkürlich hatte sie ihre Hand über die Stelle gelegt. «Es ist nicht nötig. Okay?»

«Es würde mich beruhigen.»

Sie seufzte. Zog ihr Shirt ein paar Zentimeter hoch und öffnete den Knopf ihrer Hose, bevor sie sie seitlich ein Stück über die Hüfte nach unten schob.

«Mein Gott. Das nennst du einen blauen Fleck?»

Sie folgte seinem Blick. Die Stelle hatte sich dunkler verfärbt und ausgedehnt. Eine blauschwarze Gewitterwolke.

«Es sieht viel schlimmer aus, als es ist. Tut fast nicht ...»

Seine Fingerspitzen strichen sanft über den verletzten Bereich, kaum spürbar, wie ein Lufthauch. Ließen sie das letzte Wort ihres Satzes vergessen.

Er hatte den Kopf gesenkt, und als er ihn nun wieder hob, lag ein neuer Ausdruck in seinem Blick.

Sie schloss die Augen. Fühlte nur seine streichelnden Finger auf ihrer Haut. Ließ sich gegen ihn sinken, ihre Stirn an seine Schulter, atmete seinen Duft ein, vertraut und trotzdem neu, so nah, so intensiv.

Sein Mund war in ihrem Haar, seine Hände an ihre Taille gewandert, er umfasste sie, presste sie an sich, murmelte etwas. Ihren Namen.

Und dann war sie es, die mit ihren Lippen seine Halsbeuge streifte und fühlte, wie er reagierte. Sie noch fester an sich zog.

Bedenken, Vernunft und Scheu versanken im Geräusch seines Atems. Beatrice suchte Florins Blick und fand darin alles, was sie selbst empfand, und anderes, das fremd war.

Er strich ihr das Haar aus der Stirn, sein Mund ganz nah an ihrem, dann auf ihrem, der erste Kontakt wie ein sanfter Stromschlag durch den ganzen Körper, seine Zunge erst zärtlich tastend, dann besitzergreifend, seine Hände …

Kein Zurück mehr. Sie waren gesprungen, und nun fielen sie, eng umschlungen, sich aneinander festhaltend, schneller und schneller.

Beatrices Hände glitten unter Florins Hemd, über seine Haut, die festen Muskeln darunter, sie wollten mehr, wollten alles.

Ohne sie auch nur einen Atemzug lang loszulassen, zog Florin sie ins Schlafzimmer. Streichelte ihr das Shirt vom Körper, danach die Hose, vorsichtig bedacht darauf, ihr nicht weh zu tun. Dann legte er sie aufs Bett und ließ sich neben ihr nieder. Betrachtete sie. Mit Augen und Händen und einer Ernsthaftigkeit, die ihr die Kehle zuschnürte.

Wieder zog sie ihn näher, um voller Ungeduld sein Hemd aufzuknöpfen. Er half ihr. Auch dabei, es auszuziehen. Streifte es über die Schultern, ließ sich zurücksinken und schloss die Augen, als Beatrice begann, seine Brust mit Küssen zu bedecken, dabei immer tiefer glitt, die Hände bereits an seinem Gürtel.

Er ließ sie gewähren, erst als sie den Reißverschluss seiner Hose öffnete, richtete er sich auf, streifte sie selbst ab.

Seine Zunge an ihrem Ohr. Seine Hände auf ihren Brüsten. Sie hörte sich keuchen, spürte, wie sie unter seinen Berührungen zitterte. Konnte nichts dagegen tun, außer sich an ihm festklammern. An ihrem Oberschenkel fühlte sie sein hartes Geschlecht und schloss ihre Hand darum.

Sein Zusammenzucken, sein Stöhnen, die Art, wie er sie plötzlich fester packte … sie liebte es, so wie sie ihn liebte, ihn wollte, mehr als alles andere. Sie öffnete die Beine, zog ihn über sich.

«Langsam, mein Engel.»

Streicheln, beruhigend und erregend zugleich. Küsse, auf ihren Hals, dann seine Zähne sanft an ihren Brustspitzen und dann …

Sie bäumte sich auf, als er seinen Kopf zwischen ihren Schenkeln vergrub. Drängte sich ihm entgegen, einen Handrücken gegen den Mund gepresst, um ihre eigenen Laute zu dämpfen. Es war kein Gedanke mehr möglich, nur noch Gefühl, wunderbar und unerträglich zugleich, aber nicht mehr lange, nicht mehr …

Er zog sich ein Stück zurück. Streichelte die Innenseiten ihrer Schenkel mit den Händen. Den Lippen. Kniete sich vor sie, sah sie an.

Bitte, wollte sie sagen, *bitte*, doch sie traute ihrer Stimme nicht.

«Wie wunderschön du bist.» Er beugte sich über sie, küsste sie, sie spürte seine Härte zwischen ihren Beinen, wie er sich gegen sie presste, und dann … war er in ihr. Bewegte sich langsam, suchte und fand den Rhythmus, ihren Rhythmus, und Beatrice ließ sich fallen, endgültig. Ließ sich davontragen von der Welle, die sich in ihrem Inneren aufbaute, gewaltig und unaufhaltsam.

Und dann brach sie, die Welle, und riss alles mit sich. Alles, bis auf Florin, an dem Beatrice sich festklammerte und der sie hielt, auch noch, als der Sturm sich gelegt hatte und die Welt allmählich an ihren Platz zurückkehrte.

Erst jetzt begann er sich wieder in ihr zu bewegen, anders diesmal, härter. Beatrice fühlte ihre eigene Erregung neu erwachen, doch darauf kam es nicht an, das hier war für ihn, sie wollte nicht, dass er Rücksicht auf sie nahm.

Sie nickte ihm zu, immer noch außer Atem, und er verstand. Ließ sich gehen, so wie sie es getan hatte. Lieferte sich ihren Blicken aus, und sie nahm jedes Detail als Geschenk. Wie sein Gesicht sich veränderte, wie seine Muskeln sich spannten, sein Stöhnen und schließlich der Moment, in dem er die Kontrolle verlor, sich selbst verlor, einige kostbare Sekunden lang.

Sie ließen einander nicht los, auch danach nicht. Beatrice schmiegte sich an Florins Schulter, wollte ihm nahe sein, noch näher. Sie wehrte sich gegen die ersten klaren Gedanken, die sich wieder einzustellen begannen. Was diese Nacht für ihre gemeinsame Arbeit bedeutete. Wie sie von nun an im Büro miteinander umgehen sollten.

Ob Florin es vielleicht schon bald für einen Fehler halten würde.

Er roch so gut.

Sie schloss die Augen, ließ sich treiben, passte ihren Atem dem seinen an. Lange Zeit sagte keiner von ihnen ein Wort, und als Florin es dann doch tat, war es wirklich nur ein einziges. «Bea.»

Als wolle er sich durch das Aussprechen ihres Namens vergewissern, dass sie tatsächlich da war. Dass es ihr gut ging.

«Ja.»

Sie konnte sich nicht erinnern, wann sie das letzte Mal so viel Frieden empfunden hatte. Sie war ganz ausgefüllt davon, für anderes war kein Platz mehr. Nicht einmal, als Florin sich kurz aufrichtete und die Verletzung an ihrer Hüfte noch einmal in Augenschein nahm, brachte ihr das den Angriff allzu sehr zu Bewusstsein. Als läge er Monate zurück.

Sie schlief in Florins Armen ein und wachte dort auch wieder auf. Genoss es, dass sie ihn im Schlaf betrachten konnte, seine entspannten Züge, die dunklen Brauen, den halb geöffneten Mund – gleichzeitig wünschte sie sich, dass er erwachen und sie ansehen, anlächeln, berühren würde.

Na komm, Kaspary. Du bist erwachsen, neckte sie sich selbst, nur um sich im nächsten Moment zu widersprechen.

Will ich aber nicht sein. Bin ich also nicht. Basta.

Vorsichtig, um Florin nicht zu stören, drehte sie sich so weit, dass sie einen Blick auf den Radiowecker werfen konnte. 8:33 Uhr. Das war herrlich. Wenn sie noch einmal die Augen schloss, schaffte sie es vielleicht, selbst wieder einzuschlafen …

Es musste ihr gelungen sein, denn das Klingeln von Florins Handy schreckte sie aus einem verworrenen Traum. Er nahm sich Zeit, sie auf die Stirn zu küssen, bevor er mit der Rechten auf dem Nachttisch nach dem Telefon tastete und einen Blick aufs Display warf.

«Ach Mist.»

«Wer ist es?»

Er hielt ihr das Handy vors Gesicht. Stefan, der Wochenenddienst hatte. Florin berührte das Display und hielt sich das Gerät ans Ohr. «Ja?»

Obwohl Beatrice ihren Kopf wieder auf seine Brust gebettet hatte und das Telefon nur wenige Zentimeter von ihrem eigenen Ohr entfernt war, verstand sie nicht, was Stefan sagte. Aber es war zu befürchten, dass dieser wunderbare Samstagmorgen gleich zu einem hektischen Samstagmorgen werden würde.

«O Gott.»

Ja. Würde er. Wie zum Trotz schloss sie noch einmal die Augen, wollte die letzten Momente so dicht an Florins Körper genießen, speichern, bewahren und sich damit über den Tag helfen.

«Ich informiere Beatrice, wir sind gleich da.»

Sie küsste seine Achselhöhle, seine Schulter, seine Brust. «Na dann, informiere Beatrice.»

Sein Lächeln, mein Gott, allein dieses Lächeln. Wie hatte sie drei Jahre mit ihm im gleichen Büro sitzen können, ohne ihn küssen zu wollen, jedes Mal, wenn er lächelte?

«Guten Morgen, Bea.» Er zeichnete mit einem Finger ihre Augenbrauen, ihre Nase, ihre Lippen nach. «Obwohl, allzu gut ist er leider nicht. Es gibt wieder einen Toten in der Klinik, und ich denke, wir werden sie vorläufig sperren lassen müssen.»

Trimmel, war ihr erster Gedanke. Er hatte den Sturz doch nicht überlebt.

«Wer ist es?»

Florin setzte sich auf und fuhr sich durchs Haar. «Allem Anschein nach der Pfleger. Robert Erlacher, der mit dem blonden Zopf.»

Erlacher? Aber wieso denn der? An Erlacher hätte sie zuletzt gedacht. Beatrice rieb sich mit beiden Händen übers Gesicht, in der Hoffnung, dann schneller wach zu werden.

Statt endlich deutlichere Konturen zu entwickeln, wurden die Geschehnisse in der Klinik immer undurchsichtiger. Allmählich begann Beatrice zu glauben, dass wirklich ein völlig verwirrter Geist hinter den Taten steckte. Ein Mensch mit Wahnvorstellungen, jemand, der sich bedroht fühlte …

Es war eine sehr merkwürdige Abfolge von Opfern: ein Arzt, eine Patientin, ein Pfleger. Berufliche Hintergründe konnten da eigentlich keine Rolle spielen …

Das Schlimme war, sie hatte so gar keine Lust, sich den Kopf darüber zu zerbrechen. Ihre Konzentration auf diesen verdammten Fall zu lenken.

Musste sie aber, es half ja nichts. «Fahren wir gemeinsam hin?»

Florin, der dabei war, ihrer beider am Boden verstreute Kleidungsstücke einzusammeln, richtete sich auf, nackt und wunderschön. «Ja. Wir sagen, ich hätte dich abgeholt.» Er legte seine Stirn in nachdenkliche Falten. «Ich weiß nicht, wie du das siehst, aber ich will das, was zwischen uns ist, noch nicht mit der ganzen Welt teilen.» Er warf ihr einen schnellen Blick zu. «Nicht, weil ich nicht zu dir stehen möchte, Bea. Keinesfalls, das weißt du hoffentlich. Aber ich fände es schön, wenn es erstmal nur uns beiden gehört.»

Sie war froh, dass er das sagte, sie hatte ihn um das Gleiche bitten wollen. «Einverstanden. Ich hoffe, man sieht es mir nicht an. Ich fühle mich, als müsste man es mir ansehen …»

Er kam noch einmal zu ihr, zog sie in seine Arme. «Geht mir auch so», murmelte er. «Ich bin gerade so glücklich, ich glaube nicht, dass ich das werde verbergen können.»

Während Beatrice duschte, warf Florin die Espressomaschine an, und als sie fertig angezogen in die Küche kam, warteten dort eine große Tasse Kaffee und ein Croissant auf sie.

Wieder umarmten sie sich, obwohl klar war, dass die Zeit drängte. «Kommst du heute wieder mit zu mir? Heute Abend?», fragte er leise. «Denkst du, das geht?»

«Ja. Ganz sicher.»

War es in Ordnung, sich so federleicht und unbeschwert zu fühlen, wenn ein paar Kilometer weiter ein Toter lag? Vermutlich gewaltsam ums Leben gekommen?

Beatrice hatte darauf keine Antwort, sie wusste nur, dass sie es ohnehin nicht ändern konnte. Es war, als gehörte die Welt ihr, nein, ihnen beiden, und als wären die Dinge endlich an ihren richtigen Platz gerückt.

24. Kapitel

Zehn Minuten später saßen sie im Auto und fuhren durch den Salzburger Nieselregen. Hin und wieder griff Beatrice nach Florins Hand und verschränkte ihre Finger mit seinen, so lange, bis er das nächste Mal schalten musste. Sie hätte viel darum gegeben, den Tag heute mit ihm allein verbringen zu können. Ihm nahe zu sein, all das Neue auszukosten.

Zu ihrer Erleichterung – und in gewissem Maße auch zu ihrer Enttäuschung – stellte sich das Gefühl professioneller Fokussiertheit wie von selbst ein, sobald sie auf das Gelände der Klinik fuhren.

Der Bereich rund um den Psychiatriepavillon war abgeriegelt. Am Eingang stand Bechner und sprach mit Klement, den man offenbar vom Golfplatz geholt hatte, seiner karierten Hose nach zu schließen.

«Es ist eine Katastrophe», murmelte er, als Beatrice ihm die Hand schüttelte. «Ich weiß nicht, wie es weitergehen soll. Ich weiß es wirklich nicht.»

«Wo ist er?»

Der Professor wies auf den Gang, der nach rechts führte. «Da entlang, und dann die Treppen hinunter, da geht es in den Keller ...»

«... in dem die ausrangierten Betten aufbewahrt werden», unterbrach ihn Florin. «Danke, wir kennen den Weg.»

Der Mond. Abstieg in die Unterwelt. Beatrice schüttelte den Gedanken ab. Erst die Eindrücke, dann die Interpretation.

Bechner lief neben ihnen her. «Macht euch auf einen irren Anblick gefasst. Die Presse hat sich auch schon gemeldet, bei Stefan. Kann sein, dass die bald wieder hier auftauchen.»

«Dann sollten wir großräumiger abriegeln.» Florin nahm Bechner am Arm. «Organisieren Sie das, bitte? Niemand soll in die Nähe des Psychiatriepavillons kommen. Auch keine Angehörigen, so leid es mir tut. Holen Sie sich so viele Leute, wie Sie brauchen, und machen Sie die Zufahrtswege dicht.»

Bechner nickte eifrig und machte kehrt.

Schön wäre außerdem, wenn Sie selbst sich nicht zu intensiv mit den Journalisten unterhalten würden. Am liebsten hätte Beatrice ihm das noch nachgerufen, aber sie widerstand der Versuchung.

An der Treppe standen vier Uniformierte, die sich ihre Ausweise zeigen ließen. Gut so.

«Ist die Spurensicherung schon hier?», erkundigte sich Beatrice.

Einer der vier Männer nickte. «Seit einer halben Stunde. Und der Gerichtsmediziner auch.»

Sie hatten sich wirklich zu viel Zeit gelassen. Mit einem deutlichen Anflug schlechten Gewissens stieg Beatrice die Treppe hinunter. Die, über die Walter Trimmel gestürzt war.

Der Unterleib des Krankenhauses, dachte sie und schüttelte den Gedanken rasch wieder ab. Stattdessen konzentrierte sie sich darauf, nicht zu hinken. Treppensteigen tat ihrer Hüfte nicht gut.

An der zweiten Tür nahm Stefan sie in Empfang, und im Raum dahinter, auf einem der defekten Gitterbetten, lag Erlacher. Flankiert von zwei der kaputten Infusionsständer.

Das Erste, was Beatrice ins Auge sprang, war Blut. Auf dem Boden, an den umherstehenden Möbeln, ein wenig sogar an der Wand.

Das Zweite war Erlachers nackter Oberkörper. Die anderen Opfer waren alle voll bekleidet gewesen, aber der Pfleger trug nur noch eine Hose.

Im Hintergrund arbeitete Drasche, nahm systematisch Fingerabdrücke von den abgestellten Möbelstücken und drehte sich nicht einmal um, als Beatrice und Florin eintraten. Vogt war ebenfalls noch beschäftigt, er beugte sich über die Leiche und verdeckte dabei deren Kopf.

«Wer hat ihn gefunden?» Florin hatte Vasinski herangezogen, der mit verschränkten Armen und unbewegtem Gesicht neben der Tür gelehnt hatte. Diesmal war alle Lockerheit aus dem Gebaren des Arztes verschwunden.

«Das war ich.»

«Ah. Zufall? Oder was sonst hat Sie in diesen abgelegenen Teil des Hauses getrieben?»

Die Frage war Vasinski sichtlich unangenehm. «Ich habe jemanden gesucht. Leider vergebens. Stattdessen ... bin ich auf ihn gestoßen. Da war es kurz nach halb acht, ich habe extra auf die Uhr gesehen. Sieben Uhr fünfunddreißig.»

Vogt hatte sich aufgerichtet und war zur Seite getreten, damit gab er den Blick auf Erlachers Oberkörper frei.

Beatrice trat näher. Der metallisch-süßliche Blutgeruch war kaum wegzuatmen. Schlachthof.

«Guten Morgen.» Ja, Vogt klang tatsächlich fröhlich. «Diesmal haben wir eine klare Todesursache und eine Mordwaffe. Das wird uns das Leben sehr vereinfachen, liebe Frau Kaspary.» Er wies auf den Hals des Toten.

Jemand hatte Erlacher die Kehle durchgeschnitten. Die Wunde war tief und die Wundränder glatt. Sie hielt Ausschau nach der erwähnten Mordwaffe und entdeckte sie in einem von Drasches Beweissicherungsbeuteln.

Ein Skalpell.

«Ein Wechselklingenskalpell mit einer relativ großen Klinge. Nummer achtzehn, meiner Meinung nach. Bei der Schärfe war nicht viel Kraft nötig, aber der Schnitt ist extrem tief geführt worden. Mit großer Wucht und Schnelligkeit. Das ist jedenfalls mein erster Eindruck.»

Vogt hatte Reinigungstücher aus seiner Tasche geholt und begonnen, sich das Blut von den Händen zu wischen.

Bemüht, nur auf die sauberen Stellen am Boden zu treten, kam Beatrice einen weiteren Schritt näher. Wollte sich die tödliche Wunde ansehen, doch dann blieb ihr Blick an einem anderen Detail hängen.

Mein Gott.

Sein Gesicht.

Links befanden die blutigen Kratzer sich knapp unter Augenhöhe, rechts auf Kinnhöhe. Die oberflächlicheren waren bereits verkrustet, aber drei Wunden konnte man fast als Risse bezeichnen.

Sie musste Vogt nicht fragen, ein bisschen verstand auch sie von Gerichtsmedizin, zumindest wusste sie, dass Verletzungen nur am lebenden Organismus verheilten. Also hatte Erlacher diese Male vor seinem Tod erhalten. Und Beatrice hatte eine ziemlich genaue Vorstellung davon, auf welche Weise das passiert war.

«Doktor Vogt?» Er war gerade dabei gewesen, eine Dreierpackung Schokoriegel aus seiner Tasche zu ziehen. Als würde der Anblick von Toten ihn grundsätzlich hungrig machen. Sie würde es niemals, niemals begreifen.

«Ja?»

«Die Kratzer im Gesicht – wie alt, schätzen Sie, sind die?»

Er warf einen flüchtigen Blick darauf. «Ein paar Stunden. Ich muss sie mir erst genauer ansehen, das mache ich, wenn ich ihn auf dem Tisch habe.»

Eingehend betrachtete Beatrice den toten Körper. Es passte zusammen, alles. Nur das Warum begriff sie nicht.

«Haben Sie eine Idee, woher diese Gesichtsverletzungen rühren könnten?»

Er wiegte den Kopf hin und her. «Schwierig. Ich habe schon darüber nachgedacht, aber ...»

«Könnte er mit einem Schlüsselbund geschlagen worden sein? Mit einem schweren?»

Erstaunt hob Vogt die Augenbrauen. «Ja. Gute Idee. Das würde zum Verletzungsmuster passen.»

Beatrice öffnete ihre Tasche, holte ihre Schlüssel heraus und schnappte sich einen von Drasches Plastikbeuteln. «Gerd – untersuch das bitte auf Gewebespuren, die mit denen von Robert Erlacher übereinstimmen. Ich bin ziemlich sicher, du wirst welche finden.»

Sowohl Vogt als auch Drasche sahen sie mit großen Augen an.

«Ja», bestätigte sie. «Vermutlich stammen diese Wunden von mir. Von gestern Abend. Ich bin in meinem Hauseingang überfallen worden und habe dem Mann meinen Schlüsselbund ins Gesicht gedroschen, einmal links und einmal rechts.»

Die anderen Spuren, die sie gestern gesichert hatten – das Blut auf dem Küchenpapier und die Eisenstange –, befanden sich noch in Florins Auto. Sie würde sie später dem Beweismaterial hinzufügen, aber insgeheim war sie schon jetzt überzeugt, dass sie recht hatte: Der Angreifer vom vergangenen Abend war Erlacher gewesen. Allerdings hatte sie keine Ahnung, warum er sie hatte töten oder zumindest schwer verletzen wollen.

Florin hatte die letzten Wortwechsel mitbekommen und Vasinski stehen gelassen. «Er war das? Ist ja interessant. Alles klar, dann durchleuchten wir ihn von allen Seiten, checken noch mal sein Verhältnis zu Schlager und Brem … er muss das Gefühl gehabt haben, du kommst ihm auf die Schliche, Bea. Einen anderen Grund für sein Verhalten kann ich mir nicht vorstellen.»

Sie versuchte, sich an ihre letzte Begegnung mit Erlacher zu erinnern. Worüber hatten sie da gesprochen? Direkt miteinander eigentlich gar nicht – er hatte sich über die Berichterstattung in der Presse aufgeregt. Beatrice hatte er nicht mehr und nicht weniger beachtet als sonst auch. Was war seit damals und letzter Nacht passiert?

«Also hat Kollegin Kaspary dem Toten ein paar stählerne Ohrfeigen verpasst», konstatierte Vogt. «Das Leben steckt voller Überraschungen. Aber das Spannendste, Beatrice, haben Sie noch gar nicht gesehen.»

Noch etwas? Sie beobachtete Vogt, wie er mit Zellstoff die blutverklebte Brust des Toten reinigte.

«Jemand hat hier ein wenig geschnitzt. Sehen Sie?»

Florin und sie beugten sich beide über die Leiche. Sie standen so nah beieinander, dass ihre Oberarme sich berührten. Beatrice widerstand der Versuchung, sich an Florin zu lehnen.

«Nicht sehr kunstvoll, aber deutlich», erklärte Vogt fröhlich. «Vermutlich mit dem gleichen Skalpell gemacht wie der Halsschnitt.»

Jetzt erkannte sie es. Ein X und ein V.

Es waren keine Initialen, es waren römische Ziffern, so viel war Beatrice klar. Und sie wusste auch, wo diese Zahlen ihr in letzter Zeit immer wieder untergekommen waren. Auf den Tarotkarten, den großen Arkana. Die waren durchnummeriert – über jedem Bild befand sich eine Vignette mit einer römischen Zahl.

Das Buch hatte Beatrice nicht mit, ihr Smartphone aber schon, nur gab es in diesem Keller keinen Empfang.

Mit einer gemurmelten Entschuldigung stürmte sie aus dem Raum und die Treppen hinauf, so schnell ihre lädierte Hüfte es erlaubte, bis in den Eingangsbereich. Hier war das Netz gut. Zehn Sekunden und einmal googeln später hatte Beatrice die gewünschte Information auf dem Display.

Nummer fünfzehn der großen Arkana. Der Teufel. Verkörperung der dunklen und triebhaften Seite des Menschen.

Sie zweifelte keinen Moment daran, dass die eingeritzte Zahl eine weitere Nachricht von Jasmin war, nur dass sie sie diesmal weit blutiger hinterlassen hatte als bisher.

Hielt sie Erlacher für einen Teufel? War das möglich? Und wenn es so war ... hatte sie dann seinem Leben mit dem Skalpell ein Ende gesetzt?

Beatrices Inneres sträubte sich gegen diesen Gedanken, aber trotzdem durfte sie ihn nicht einfach beiseitewischen. Wenn sich Jasmins Fingerabdrücke auf dem Skalpell fanden, mussten sie sie als Täterin in Betracht ziehen, so unwahrscheinlich es auch war, dass sie die Morde an Schlager und Brem begangen hatte.

Langsam stieg Beatrice die Treppe zurück nach unten. War es denkbar, dass Jasmin ihnen allen etwas vorspielte? Dass sie in Wahrheit hellwach, kräftig und schnell auf den Beinen war, aber nur, solange niemand hinsah? Trotz der erhöhten Medikation, die sie beim letzten Mal so unsicher auf den Beinen hatte wirken lassen?

Moment. Dafür gab es keinen Beleg, nur Beatrices persönlichen Eindruck. Hatte Jasmin ihr bewusst etwas vorgespielt?

Unvorstellbar, dass sich jemand über Jahre hinweg so überzeugend verstellen konnte. Und das unter der ständigen Aufsicht von Experten.

Nein, irgendwann wäre Jasmin ein Fehler passiert, das war gar nicht anders möglich. Sie wäre aufgeflogen.

Beatrice blieb mitten auf der Treppe stehen. War es das? Ein potenzielles Motiv? Hatten Max Schlager, Maja Brem und Robert Erlacher Jasmins Spiel durchschaut und mussten deshalb sterben?

Aber warum dann die Tarot-Hinweise? Wenn sie dazu gedacht gewesen waren, die Polizei auf eine falsche Spur zu führen, war das ungeschickt, denn es zeigte, dass Jasmin durchaus imstande war, die Umwelt wahrzunehmen und auf ihre Art und Weise mit ihr in Kontakt zu treten.

Im Gegensatz dazu waren aber die Morde ganz und gar nicht ungeschickt gewesen. Nein, da passte etwas vorne und hinten nicht zusammen.

Noch bevor sie den Raum wieder betrat, kam Drasche heraus. «Sag mal, bis wann brauchst du deine Schlüssel zurück?»

Heute nicht mehr, hätte sie beinahe gesagt, bremste sich aber im letzten Moment. «Ich habe noch einen Ersatzschlüssel für die Wohnung. Aber wenn ich den Bund morgen im Lauf des Tages wiederhaben könnte –»

«Kein Problem.» Drasches Mundschutz hing ihm immer noch um den Hals, und Beatrice fühlte einen Moment lang den Drang, daran zu zupfen. Übermut. Einfach, weil sie gerade daran erinnert worden war, dass sie die nächste Nacht wieder bei Florin verbringen würde. Mit Florin. Egal, wie viel Mist bis dahin noch vor ihr lag.

«Du hörst von mir.» Drasche tippte sich salutierend mit zwei Fingern gegen die Stirn und marschierte vorbei, den Koffer mit dem gesammelten Untersuchungsmaterial in der Hand. Was Beatrice daran denken ließ, dass noch die Stange und das blutbefleckte Küchenpapier in Florins Auto lagen.

Er war ins Gespräch mit Vogt vertieft, bevor sie ihn, eine Entschuldigung murmelnd, zur Seite zog und ihn um den Schlüssel bat.

«Ich erledige das.» Er ging, bevor Beatrice widersprechen konnte, und ließ sie mit Vogt und Vasinski zurück. Der Psychiater trat zu ihr, wie sie erwartet hatte, und betrachtete über ihre Schulter hinweg den Leichnam.

«Was empfinden Sie beim Anblick von Toten, Beatrice? Sie bekommen sie doch häufig zu Gesicht.»

Am liebsten wäre sie einfach wortlos gegangen, aber es ging gerade nicht um sie. «Das muss Sie wirklich nicht interessieren, Dr. Vasinski. Sagen Sie mir lieber, wo ich Jasmin Matheis finde.»

Sie hörte ihn leise auflachen. «Das wüsste ich auch gerne.»

«Wie bitte?» Sie fuhr rechtzeitig herum, um noch mitzubekommen, wie er sich schnell sein Schmunzeln vom Gesicht wischte.

«Es ist eigentlich Professor Klements Sache», erklärte er, «und er wird nicht wollen, dass ich es Ihnen jetzt schon sage, aber: Jasmin ist verschwunden. Niemand weiß, wohin. Ich habe sie hier unten vermutet, aber das hat sich als falsch herausgestellt.» Mit dem Kinn wies er auf Erlacher. «Dafür habe ich ihn gefunden.»

Verschwunden? Das hatten schon bei Maja Brems Tod alle geglaubt, und da hatte sie sich nur versteckt. Vielleicht, dachte Beatrice, war sie gerade auf der Suche nach Stäben oder Kelchen. Obwohl, nein – diesmal hatte sie ihre Interpretation der Dinge ja auf andere Weise hinterlassen. Beatrice betrachtete die aufgeschlitzte Kehle und die in Erlachers Brust geschnittenen Zeichen. Der Teufel. Irgendetwas hatte sie übersehen.

Sie ging um das Bett herum, vor allem, um Abstand zwischen sich und Vasinski bringen.

«Sie hatten heute Nachtdienst?»

Er nickte. «Ich und Dr. Plank. Aber mir ist nichts aufgefallen, falls Sie das als Nächstes fragen möchten. Kein Lärm, keine Schreie, keine ungewöhnlichen Vorkommnisse. Bis zu dem Zeitpunkt, als wir feststellen mussten, dass Jasmin fort ist, lief alles seinen gewohnten Gang.»

Auf dieser Seite hing Erlachers Zopf über den Bettrand, es hatten sich etliche Strähnen gelöst, sein Haargummi saß locker und ... es war der gleiche, den Jasmin kürzlich auf dem Tisch hinterlassen hatte.

Ein absolutes Massenprodukt, sagte sich Beatrice. Gab es im Zehnerpack in jedem Drogeriemarkt. Trotzdem ...

«Sagen Sie, Dr. Vasinski – trägt Jasmin manchmal einen Zopf? Einen Pferdeschwanz? Ich habe sie bisher nur mit offenem Haar gesehen.»

Er stutzte nur kurz. «Nein. Nicht, dass ich wüsste.»

Dann war es zumindest unwahrscheinlich, dass sie Haargummis besaß. Es sei denn, sie hatte sie von jemand anderem bekommen. Oder genommen.

Als Florin zurückkam, betrachtete sie immer noch Erlachers Gesicht. War es möglich, dass sie ihn nie anders als lächelnd gesehen hatte? Seine Mimik war lebhaft gewesen, wahrscheinlich lag es daran, dass er jetzt, im Tod, so völlig verändert wirkte.

Da war etwas. Es blitzte einen Sekundenbruchteil lang in Beatrices Bewusstsein auf, nur um sofort wieder zu verschwinden. Sie schloss die Augen und konzentrierte sich, doch je heftiger sie sich bemühte, es zu erfassen, desto unumstößlicher entzog es sich ihr.

Widerstrebend gab sie auf und versuchte stattdessen, Erlachers Gestalt mit der des gestrigen Angreifers in Übereinstimmung zu bringen. Ja, das ging problemlos. Er musste sein Haar unter der Kapuze versteckt gehabt haben. Vielleicht fand sich der graue Sweater irgendwo hier im Krankenhaus … falls Erlacher direkt hergefahren war. Zum Beispiel, um seine Wunden zu desinfizieren.

«Dr. Vogt, können Sie irgendetwas zum Todeszeitpunkt sagen? Eine ungefähre Eingrenzung?»

Der Arzt zog eine Grimasse. «Sie wollen nicht warten, bis ich die Lebertemperatur bestimmt habe? Okay, nein, ich sehe schon, Sie wollen nicht. Also, wenn ich nur nach Rektaltemperatur, Totenstarre und -flecken gehe, dann sind seine Lichter irgendwann zwischen dreiundzwanzig und zwei Uhr ausgegangen. Reicht Ihnen das fürs Erste?»

Musste es wohl, obwohl Beatrice daraus leider nicht schließen konnte, wann Erlacher wieder in der Klinik gewesen war. Ob er zuvor noch zu Hause seine Wäsche gewechselt hatte.

Sie warf einen langen, letzten Blick auf ihn. Wenn wirklich er sie überfallen hatte, musste er mit den beiden anderen Morden zu tun haben. Oder er hatte sie sogar begangen und dachte, Beatrice würde ihm in Kürze auf die Schliche kommen.

Wenn es nur so wäre, dachte sie resigniert.

Aber darüber hinaus musste er sich von etwas bedroht gefühlt haben, das nur sie betraf und den Rest der Polizei nicht.

Da gab es eigentlich nur eines: ihre zaghaften Kommunikationsversuche mit Jasmin. Die nun verschwunden war.

25. Kapitel

Die Sonne schien durch die Fenster der Eingangshalle und malte zwei scharfrandige Schatten auf den gefliesten Boden. Einer davon gehörte Klement, der zweite Bechner.

Der Professor hatte sein Golf-Outfit gegen eine weiße Hose und einen Arztkittel getauscht. Er telefonierte, und Bechner hörte aufmerksam zu.

Florin wartete, bis Klement sein Gespräch beendet hatte. «Gibt es Neuigkeiten von Jasmin?»

«Nein. Mein Team durchkämmt das ganze Haus, aber bisher gibt es keine Spur von ihr.»

«Okay. Ich fordere ein paar zusätzliche Leute an, die Ihnen behilflich sein sollen.» Florin zückte sein Handy. «Ist es denkbar, dass sie das Krankenhausgelände verlassen hat? Hat sie das vielleicht schon einmal getan?»

«Nein!» Nun wurde Klement deutlich lebhafter. «Noch nie. Dazu ist sie doch überhaupt nicht imstande. Jasmin war noch nie auf sich allein gestellt, sie weiß nicht, wie man eine Straße überquert, ohne niedergefahren zu werden. Draußen würde sie innerhalb von Minuten in Schwierigkeiten geraten, und dann hätte längst jemand die Polizei informiert.» Er verschränkte die Arme vor der Brust. «Also Sie, um genau zu sein.»

Florin gab Bechner einen Wink, den der zu Beatrices mildem Erstaunen tatsächlich sofort verstand. Er ging ein paar Schritte zur Seite und rief die Zentrale an.

«Außer Dr. Vasinski hatte auch Dr. Plank Nachtdienst, stimmt das?», erkundigte sie sich.

«Ja. Aber damit Sie das richtig verstehen, sie waren zu zweit nicht nur für diese Station, sondern für die ganze Abteilung zuständig. Es gab heute Nacht in der geriatrischen Psychiatrie einen Todesfall, mit dem Dr. Plank mehrere Stunden lang beschäftigt war, vermutlich kann sie Ihnen nicht viel über die Geschehnisse auf dieser Station hier sagen. Sie ist um sieben Uhr nach Hause gefahren, um noch ein bisschen Schlaf zu bekommen, bevor ihre Babysitterin um zehn Uhr nach Hause geht.»

Ein bisschen Schlaf? Knappe zweieinhalb Stunden, schätzte Beatrice. Falls Plank überhaupt schlafen konnte, nach einer Nacht mit zwei Todesfällen.

«Wir müssen trotzdem so bald wie möglich mit ihr reden», insistierte Florin. «Auch wegen Jasmin. Weiß Dr. Plank überhaupt, dass sie verschwunden ist?»

Klement überlegte und schüttelte den Kopf. «Ich glaube nicht. Vasinski hat am frühen Morgen entdeckt, dass die Tür zu Jasmins Zimmer nur angelehnt war, und ist sie suchen gegangen. Das war etwa gegen fünf, da hat er sich aber noch nicht viel gedacht. Leider. Eine halbe Stunde später stieß er im Untergeschoss auf die Leiche von Robert Erlacher.»

Bechner hatte sein Gespräch beendet und kam zu ihnen zurück. «Nein», erklärte er. «Keine Meldung.»

Sie berieten sich kurz und beschlossen, die Suche auf das gesamte Krankenhausgelände auszuweiten, gleichzeitig aber den Salzburger Dienststellen eine Personenbeschreibung zu übermitteln und sie davon zu informieren, dass möglicherweise eine psychiatrische Patientin abgängig war, die Marie hieß und nicht sprach.

Das Durchkämmen des Krankenhauses erwies sich als

wahre Sisyphusarbeit. Durch jede Abteilung ließen sie sich von einem der dort Beschäftigten führen, sich jeden Untersuchungsraum und jede Abstellkammer zeigen. Sie warteten vor den Patientenzimmern, während der jeweilige Mitarbeiter sich darin umsah.

Keine Jasmin. Nirgendwo.

Um halb elf kam der Leichenwagen, um Erlacher in die Gerichtsmedizin zu fahren. Etwa zeitgleich rief Drasche an. «Also, das Wichtigste zuerst: Die Fingerabdrücke auf dem Skalpell sind die von Jasmin Matheis. Ohne Zweifel, und es sind die einzigen, die sich darauf befinden.»

Damit war zu rechnen gewesen, trotzdem hatte Beatrice gehofft, dass noch jemand anders Spuren darauf hinterlassen haben könnte.

Was, wenn sie Jasmin tatsächlich unterschätzten? Hätten sie in der polizeiinternen Mitteilung erwähnen sollen, dass die verschwundene Patientin eventuell gefährlich war?

Beatrices Instinkt protestierte, aber sich darauf zu verlassen, war verantwortungslos. Wenn Jasmin wirklich da draußen war und jemanden verletzte …

«Die zweite Nachricht», unterbrach Drasche Beatrices Gedankengänge, «ist, dass die Wunden in Erlachers Gesicht ziemlich sicher von deinen Schlüsseln stammen. Zumindest die Basisparameter der Gewebeproben stimmen überein, außerdem passen die Schlagmuster zu den Schlüsselkanten. Genau weiß ich es, wenn alle Tests abgeschlossen sind, aber … na ja, du weißt schon. Da wird sich nicht viel ändern.»

Wie erwartet also. «Danke, Gerd.»

Während sie ihre Suche in der Abteilung für Urologie fortsetzten, zermarterte Beatrice sich das Hirn, um sich möglichst lückenlos an alle ihre Gespräche mit Erlacher zu erinnern. Das, was sie noch wusste, erklärte den Überfall nicht.

Aber vielleicht hatte der Pfleger ja auch fremde Anweisungen ausgeführt. Gegen Geld. Das war nicht auszuschließen.

Um fünfzehn Uhr gab Beatrice sich geschlagen. Weder sie und Florin noch Stefan oder Bechner hatten bei ihrer Suche Erfolg gehabt, und für die drei anderen Teams, die nach und nach eingetroffen waren, galt das Gleiche. Jasmin blieb verschwunden.

«Wir müssen sie zur Fahndung ausschreiben», konstatierte Florin. Sie saßen auf einer der Parkbänke, jeder mit einem Becher Kaffee in der Hand. Florin sah so müde aus, wie Beatrice sich fühlte. «Wenn wir sie dann doch hier irgendwo finden, umso besser. Aber falls nicht …»

Beatrice unterbrach ihn. «Ich glaube, da drüben ist Plank. Kümmerst du dich um die Fahndung? Ich bin gleich wieder da.»

Sie lief der Ärztin entgegen. Noch jemand, der erschöpft aussah. Erst jetzt bemerkte Beatrice, dass sie Clara mitgebracht hatte, die ein Stück hinter ihr ging und einen Puppenwagen schob.

«Frau Kaspary.» Plank streckte ihr die Hand hin und quälte sich ein Lächeln ab. «Sie haben sich Ihr Wochenende auch anders vorgestellt, nicht wahr?» Für Sekundenbruchteile flimmerten Bilder der letzten Nacht durch Beatrices Kopf, wundervoll, aber im Moment völlig unpassend. «Wollen Sie auch einen Kaffee? Sie sehen aus, als könnten Sie ihn brauchen.»

Plank zögerte und warf einen schnellen Blick auf ihre Tochter. «Eigentlich ja, aber ich wollte lieber draußen bleiben. Ich nehme Clara fast nie mit nach drinnen. Es ist keine Umgebung für ein kleines Kind, wissen Sie, immer wieder schreit jemand oder weint … ich möchte sie nicht verstören.»

«Kein Problem. Ich bin gleich wieder da.»

Im Laufen fischte Beatrice zwei Euro aus ihrer Jackentasche, mit denen sie den Automaten im Eingangsbereich fütterte. Sie hatte vergessen, Plank zu fragen, wie sie ihren Kaffee wollte, hoffte aber, dass die Variante mit Milch und ohne Zucker okay sein würde.

Als sie zurückkam, saß Plank auf der Parkbank, und Clara war dabei, Florin zu zeigen, wie sie ihrer Puppe das Fläschchen gab.

Beatrice setzte sich neben die Ärztin und reichte ihr einen der Becher. «Ich will Sie nicht allzu lang aufhalten, aber Sie waren ja letzte Nacht hier. Können Sie mir Ihre Eindrücke schildern? Alles, was Ihnen einfällt?»

Mit sachten Bewegungen schwenkte Plank ihren Plastikbecher, als befände sich nicht Kaffee, sondern Cognac darin. «Bernhard Herbeck hat mich vorhin angerufen», sagte sie leise. «Stimmt es, dass Jasmin verschwunden ist?»

«Ja. Wir haben das ganze Krankenhausareal durchsucht und sie bisher nicht gefunden.»

«Mein Gott. Aber das ist doch nicht möglich. Sie kann nicht fort sein. Der Nachtdienst an der Schranke hätte sie sehen müssen.»

«Ja.» Je länger sie saß, desto schwerer fühlte Beatrice die Müdigkeit auf ihren Schultern lasten. Trotz Kaffee. «Die beiden Wachmänner haben wir natürlich schon gefragt, aber bei ihnen ist Jasmin nicht durchgekommen. Wenn sie das Gelände wirklich verlassen hat, dann über die Tiefgarage. Von dort aus kommt man direkt auf die Straße.»

Entschieden schüttelte Plank den Kopf. «Das halte ich für unmöglich. Jasmin hatte keine Chance, einen Orientierungssinn zu entwickeln. Sie kann sich nur in Bereichen frei bewegen, die sie gut kennt. In der Tiefgarage war sie meines Wissens noch nie.»

Umso schlimmer, war Beatrices erster Gedanke. Die Bilder, die sich ungewollt in ihrem Kopf einstellten, waren alles andere als beruhigend. Jasmin, die Zeugin des Mordes an Robert Erlacher wurde.

Oder ihn beging.

Die mit dem Skalpell die römische Fünfzehn in seine Brust schnitt und dann die Flucht ergriff. Vor dem Mörder oder den Konsequenzen ihres Tuns.

Die dann irgendwie in die Tiefgarage und von dort in die Außenwelt gelangte. Und nun unauffindbar war.

Oder …

Beatrices Herz begann, schneller zu schlagen. Vielleicht begingen sie einen gravierenden Fehler, indem sie nach einer lebenden Jasmin suchten. Wenn sie den Mörder überrascht hatte, dann konnte er sie ebenso aus dem Weg geschafft haben.

Nur: Warum ließ er dann die eine Leiche für alle sichtbar liegen und versteckte die andere, wesentlich schwerere? Wartete noch, bis Jasmin ihre Ziffern in Erlachers Brust geritzt und damit den Verdacht auf sich gelenkt hatte – nur um sie anschließend zu töten? Es ergab keinen Sinn.

«Frau Kaspary?» Plank sah sie fragend von der Seite an.

«Ja. Entschuldigen Sie bitte. Einen Moment.» Sie wählte Stefans Nummer. «Hör mal, könntet ihr die Tiefgarage noch einmal genauer unter die Lupe nehmen?»

«Da waren wir schon.» Auch er klang erschöpft. Hatte wahrscheinlich noch weniger geschlafen als Beatrice selbst.

«Ich weiß. Trotzdem, ich hätte sie gern bis in die letzte Ecke durchsucht. Eventuell sogar mit Hunden. Die müssen wir sowieso anfordern, wenn wir Jasmin nicht bald finden.»

Sie wandte sich wieder Plank zu. «Tut mir leid, aber vielleicht bringt das ja etwas. Gut. Erzählen Sie mir bitte, wann

Sie Erlacher zuletzt gesehen haben? Er hatte gestern keinen Nachtdienst, ist er Ihnen trotzdem im Haus begegnet?»

«Nein», antwortete sie, ohne zu zögern. «Unser letzter Kontakt muss vor zwei Tagen gewesen sein. Da war alles völlig normal.»

«Sie haben keine Ahnung, was er gestern noch in der Klinik gewollt haben könnte?»

«Absolut keine. Aber es sieht ihm nicht ähnlich, nach Feierabend noch einmal zurückzukommen. Ich kann mir nur vorstellen, dass er vielleicht etwas vergessen hatte.»

«Und Jasmin?», hakte Beatrice nach. «Wann haben Sie sie das letzte Mal gesehen?»

Diesmal musste Plank nachdenken. «Kurz nach dem Abendessen, glaube ich. Ja. Sie saß an einem der Tische in der Nähe ihres Zimmers. Dort, wo der Fernseher steht, aber der war nicht an. Ich habe eine der Schwestern gebeten, sie bettfertig zu machen. Es muss ungefähr sieben Uhr gewesen sein.»

Ohne große Hoffnung auf weitere Erkenntnisse ließ Beatrice sich von Plank ihren restlichen Abend schildern. Sie hatte den Großteil der Zeit auf der geriatrischen Psychiatrie verbracht. Einer neunundachtzigjährigen Patientin war es sehr schlecht gegangen, Plank hatte die Hilfe eines Internisten angefordert. Kurz darauf war die Frau auf die Intensivstation verlegt worden und verstorben. «Aller Wahrscheinlichkeit nach ein Herzinfarkt. Ich war dann noch eine Zeitlang im Pavillon der Internen Abteilung, bevor ich zurück in die Psychiatrie gegangen bin. Vasinski meinte, ich solle mich schlafen legen, es sei ohnehin eine ruhige Nacht.» Sie biss sich auf die Lippen. «Das war es dann auch. Ich war schon auf dem Weg nach draußen, als er mich bei der Tür abfing, mit der Nachricht, dass Erlacher tot sei. Da war es ungefähr halb acht.»

Die Zeitangaben stimmten mit dem, was Vasinski ausgesagt hatte, überein. Vorhin hatte Beatrice die Angaben des diensthabenden Pflegepersonals überflogen, und auch da ergab sich kein Widerspruch.

Also hatte Vasinski gut vier oder sogar viereinhalb Stunden freie Bahn gehabt. Von denen er angeblich auch den größten Teil verschlafen hatte. *Eine ruhige Nacht.*

Beatrices Blick blieb an Florin hängen, der sich immer noch mit Clara beschäftigte, sie ablenkte. Die Szene versetzte Beatrice einen Stich, ohne dass sie sofort begriff, warum. Dabei war es ganz einfach.

So hätte es sein können. Mit einem anderen Mann. Mit diesem Mann am besten. Sie vertrieb den Gedanken, bevor er zu übermächtig wurde.

«Sie haben den toten Erlacher noch gesehen?»

Plank schluckte. Sie warf ebenfalls einen Blick zu Florin und Clara hinüber, als wolle sie sich vergewissern, dass ihre Tochter auch sicher nichts mitbekam.

«Grauenvoll. Als Ärztin sehe ich immer wieder Tote, aber diesen Anblick werde ich nie vergessen. Ich hätte fast einen Unfall gehabt, als ich nach Hause fuhr, weil ich dieses Bild einfach nicht losgeworden bin.» Sie atmete geräuschvoll ein. «Das sind Dinge, von denen man hofft, dass sie einem im Leben erspart bleiben.» Mit einem winzigen, kaum sichtbaren Lächeln sah sie Beatrice an. «Sie haben meinen ganzen Respekt dafür, dass Sie so etwas tagtäglich ertragen.»

Es war sicher freundlich gemeint, klang in Beatrices Ohren aber zu sehr nach Mitleid, um angenehm zu sein.

«Sie haben sich auch nicht gerade die einfachste Aufgabe ausgesucht.» Sie stand auf. «Noch irgendeine Idee, wo wir Jasmin suchen könnten? Einen Ort, den sie besonders gern mag und den wir vielleicht übersehen?»

Man konnte Plank am Gesicht ablesen, wie sie Möglichkeiten erwog und wieder verwarf. «Der Therapieraum, in dem Erika Lackner arbeitet. Dort zieht es Jasmin regelmäßig hin, manchmal auch außerhalb der Stunden.»

Da waren sie schon gewesen, natürlich. Beatrice schüttelte der Ärztin die Hand. «Danke für Ihre Hilfe. Und bitte melden Sie sich, wenn Ihnen noch etwas einfällt, das uns weiterhelfen könnte.»

Clara, die gemerkt hatte, dass es wohl gleich weitergehen würde, stürmte auf ihre Mutter zu. «Bist du fertig, Mama? Jetzt?» Sie streckte Beatrice erst ihre eigene, dann die Hand der Puppe hin. «Auf Wiedersehen. Komm, Mama. Jeeetzt.» Sie schob den Puppenwagen vor sich her und blieb erst kurz vor der nächsten Weggabelung stehen. «Mama!»

Plank reichte Florin schnell die Hand und folgte ihrer Tochter. «Bitte informieren Sie mich, wenn Jasmin auftaucht», rief sie über die Schulter zurück.

Doch das passierte nicht. Um sieben Uhr abends waren sie noch kein Stück weiter, obwohl sämtliche Bereiche des Krankenhauses kontrolliert worden waren, die meisten sogar mehr als einmal.

Beatrice hatte das Gefühl, innerlich nur noch aus Kaffee zu bestehen, sich aber trotzdem kurz vor dem Zusammenbruch zu befinden.

«Schluss jetzt», befand Florin. «Jasmin ist nicht mehr hier, das müssen wir einfach zur Kenntnis nehmen. Wir lassen die Fahndung intensivieren und machen morgen weiter. Es passieren uns sonst nur Fehler.»

Er hatte recht, Beatrice wusste das, trotzdem nagte die Ergebnislosigkeit dieses Tages an ihr. Die Traumastation war gesperrt und die Patienten verlegt worden, zum Teil in andere Häuser. Immerhin das war erledigt. Aber spätestens morgen früh würde die Nachrichtensperre nicht mehr halten. Sie brauchten Kraft. Und Schlaf.

«Und etwas zu essen», ergänzte Florin. Während der Fahrt nickte Beatrice bereits ein und wachte erst auf, als sie seine Lippen auf ihren spürte. «Wir sind da, mein Engel.»

Sie fand sich nur mit Mühe wieder in Zeit und Raum zurecht. Florin hatte vor einem hübschen Italiener in der Rupertgasse geparkt.

Mit dumpfem Kopf und einem tauben Gefühl im ganzen Körper stieg Beatrice aus dem Wagen. Irgendwann in den letzten Stunden hatte sie Heißhunger gehabt, aber der war längst verflogen.

Florin bestellte Wasser und eine Flasche Pinot Grigio, nachdem Beatrice sich für gegrillte Scampi entschieden hatte. Die würde sie auf jeden Fall bewältigen.

Wie groß ihr Hunger in Wirklichkeit war, bemerkte sie erst, als sie ihre halbe Portion bereits vertilgt hatte. Florin trat ihr einen Gutteil seines Wolfsbarschs ab, und sie aß ihn mit schlechtem Gewissen, aber gutem Appetit.

Als sie danach noch einmal über das sprechen wollte, was Plank erzählt hatte, bremste Florin sie schon im Ansatz. «Nicht jetzt, Bea. Wir haben den ganzen Samstag lang gearbeitet, ein paar Stunden müssen uns gehören. Nur uns, nicht Leonie Plank oder Jasmin Matheis oder Christian Vasinski.» Er nahm ihre Hand und küsste die Innenfläche. «Erzählst du mir etwas von dir? Etwas, das du sonst nicht erzählst? Wie warst du zum Beispiel als Kind?»

Sie saßen bis nach zehn Uhr bei dem Italiener, und es war der schönste Abend, den Beatrice seit mindestens fünf Jahren erlebt hatte. Oder seit zehn. Sie redeten und lachten und berührten sich, immer wieder.

Danach, in Florins Wohnung, schliefen sie miteinander –

tastender, zärtlicher, forschender als in der Nacht zuvor, und weder Jasmin Matheis noch Robert Erlacher streiften Beatrices Bewusstsein auch nur ein einziges Mal.

26. Kapitel

Dafür nahmen sie am nächsten Tag umso mehr Raum ein. Obwohl Sonntag war, brummte das Büro vor Betriebsamkeit.

Jasmin war nicht aufgetaucht, ebenso wenig wie ihre Leiche. «Stell dir vor, wir hätten sie völlig unterschätzt», überlegte Beatrice, während sie sich gemeinsam mit Florin auf den Weg zum Besprechungszimmer machte. «Nur mal so als Gedankenspiel: Nach ihrer Befreiung spricht sie nicht, und ihre Medikation macht sie apathisch, aber allmählich schafft sie es, sich in der Welt zu orientieren. Zeigt das aber nicht. Verhält sich weiterhin so, als wäre sie tief in ihrem Körper vergraben, ohne nennenswerten Kontakt zur Umwelt.»

Florin nickte, und Beatrice fuhr ermutigt fort. «Sie täuscht alle Ärzte und sonstigen Experten – immerhin war ihr ganzes Leben eine einzige Extremsituation, da hält sie auch diese Anstrengung durch. Und dann, weiß Gott durch welchen Auslöser, tötet sie erst Schlager, dann Brem und zu guter Letzt Erlacher. Damit ist ihr Ziel erreicht, und sie flieht.»

Jetzt, da sie es laut aussprach, klang ihre Theorie nicht sehr realistisch. «Wobei ich keine Ahnung habe, was ihr Motiv gewesen sein könnte. Vielleicht etwas, das nur in ihrem Kopf existiert. Denk an Trimmels Stimmen.»

Sie waren vor dem Besprechungsraum angekommen. «Apropos – wie geht es Trimmel? Weißt du etwas?»

Er schüttelte den Kopf. «Gestern Nachmittag gab es noch nichts Neues. Sie rufen an, wenn er aufwacht. Oder stirbt.»

Der Besprechungsraum war gut gefüllt. Neben Stefan, Bechner und Drasche waren zwei der Uniformierten hier, die die letzte Nacht in der Klinik geblieben waren. Außerdem hatte sich Kossar angesagt, und diesmal hoffte Beatrice, dass er sich tatsächlich sehen lassen würde. Sie hielt es für möglich, dass Vasinski ihm in kollegialer Vertrautheit mehr über Jasmin erzählt hatte als jedem anderen aus dem Team.

Florin übernahm den Vorsitz der Besprechung, wie immer, seit Hoffmann fehlte. «Es wird heute vor allem darum gehen zu entscheiden, wie wir mit der Öffentlichkeit umgehen. Und zwar in zweierlei Hinsicht.» Er sah die beiden uniformierten Kollegen direkt an, die gestern praktisch nebenbei mitbekommen hatten, um wen es sich bei der Vermissten handelte. Originellerweise war es Klement gewesen, der sich in ihrer Gegenwart verplappert hatte.

Wie ernst es ihnen mit ihrem Versprechen war, diese Information vertraulich zu behandeln, konnte niemand sagen.

«Wir müssen Jasmin Matheis so schnell wie nur irgend möglich wiederfinden. Sie ist nicht fähig, sich in der Stadt zurechtzufinden, sie war noch nie auf sich allein gestellt. Alles außerhalb der Klinik muss für sie unendlich fremd sein, und jede befahrene Straße bedeutet für sie Lebensgefahr.»

Er blickte in die Runde. «Dass sie bisher nirgendwo aufgetaucht oder aufgefallen ist, spricht dafür, dass sie sich versteckt. Ich würde darauf tippen, dass sie sich in einen Keller oder Ähnliches zurückgezogen hat – in eine vertraute Umgebung. Das würde auch erklären, warum sie wie vom Erdboden verschluckt ist. Aber irgendwann muss sie herauskommen.»

Zustimmendes Gemurmel. «Deshalb», fuhr Florin fort, «halte ich es für richtig, die Bevölkerung zu informieren. Natürlich geben wir Jasmins wirklichen Namen nicht preis.

Aber wir lassen ihr Foto im Fernsehen übertragen und stellen es ins Internet, mit dem Hinweis, dass es sich um eine psychisch kranke und hilflose Frau handelt.»

Eventuell auch um eine brandgefährliche, dachte Beatrice. Ihr war nicht recht wohl bei der Sache. Schloss Florin die Möglichkeit völlig aus, dass Jasmin die drei Menschen getötet hatte?

Der Gedanke schien auch sonst niemandem zu kommen. «Wir müssen davon ausgehen, dass sie zusätzlich traumatisiert wurde, allein durch den Anblick des toten Erlacher», meinte Stefan. «Und dass sie vor dem Mörder geflohen ist. Dann ist es kein Wunder, wenn sie erstens den Tatort verlassen will und sich zweitens versteckt.»

Ja, dachte Beatrice. Ja, alles logisch. Aber trotzdem stimmt etwas daran nicht. Die Fünfzehn, der Teufel – wieso? Worauf wollte Jasmin damit hinweisen? Oder war das alles Quatsch, nur ein wirres Ideengebäude, das Beatrice sich zusammenbastelte?

Das Team war mit der Vorgehensweise einverstanden: Öffentlichkeit, aber nicht die ganze Wahrheit.

Die vermisste Frau hört auf den Namen Marie Berger. Zweckdienliche Hinweise bitte an die nächste Dienststelle, et cetera, der übliche Sermon.

Es klopfte an der Tür, und Kossar trat ein. «Habe ich schon viel verpasst?» Er setzte sich neben Stefan und stützte sein Kinn in die Hand. «Ich wollte auf keinen Fall unterbrechen.»

«Wir haben das Wichtigste besprochen», antwortete Florin. «Gerd wollte noch etwas zur Spurenlage sagen.»

Auch Drasche fasste sich kurz. «Dort unten im Keller wird offenbar viel seltener geputzt als in den oberen Stockwerken, deshalb habe ich einen bunten Strauß von Fingerabdrücken gefunden. Von praktisch allen Leuten, mit denen wir es im

Krankenhaus zu tun hatten, außer vom Professor. Aber Trimmels Abdrücke waren dabei, Planks, Vasinskis, Herbecks, natürlich die von Jasmin, mehr oder minder vom ganzen Pflege- und Reinigungspersonal …» Er ließ den Satz im Nichts enden. «Auf gut Deutsch: Sie lassen sich nicht interpretieren. Niemand hat in Blut gegriffen, leider. Dabei hätten wir davon jede Menge gehabt.»

Er nahm das Blatt Papier zur Hand, das die ganze Zeit über vor ihm gelegen hatte. «Wir haben mehrere Blutspurenkomplexe. Einerseits Schleuderspuren, die darauf hinweisen, dass der Schnitt durch die Kehle mit viel Schwung durchgeführt wurde. Andererseits, wie zu erwarten, eine große Menge Blut auf und unter dem Bett, auf dem Erlacher gefunden wurde. Alle diese Spuren weisen Bubbles auf. Also Gaseinschlüsse, die durch Ausatmen oder Aushusten entstehen. Damit ist hundertprozentig erwiesen, dass das Opfer noch lebte, als der Schnitt ihm zugefügt wurde.» Drasche sah von einem zum anderen. «Aber gut, das war ohnehin klar. Wichtiger ist vielleicht zu wissen, dass Erlacher stand, als ihm der Hals durchschnitten wurde. Der Täter muss sich hinter ihm befunden und relativ viel Kraft aufgewendet haben, laut Dr. Vogt ist die Carotis eröffnet, der Schildknorpel und der Oesophagus sind durchtrennt. Im Sterben hat sich das Opfer aufs Bett fallen lassen – oder wurde darauf gezogen, das lässt sich eindeutig aus den Spritzmustern an der Wand ablesen. Es gibt keine Abwehrverletzungen an den Händen. Erlacher hat seinen Mörder gekannt und ihm so weit vertraut, dass er ihm den Rücken zugewendet hat. Der Angriff kam von hinten.»

Drasche war diesmal nicht mit ausgedruckten Fotos, sondern mit einem iPad ausgerüstet, auf dem er nun ein blutiges Bild nach dem anderen herbeiwischte. Die klaffende Halswunde in Großaufnahme ließ er länger stehen.

«Kann man daran, wie das Skalpell geführt wurde, ablesen, ob es jemand war, der geübt im Umgang damit ist?», fragte Beatrice.

«Nur, dass er sehr zielsicher vorgegangen ist. Eine durchgezogene Bewegung, keine Unterbrechung im Schnitt. Kein Zögern. Aber vermutlich kann Vogt diese Frage besser beantworten.»

Florin beendete die Besprechung und zog sich mit Stefan und Bechner zurück, um einen Pressetext zu formulieren. Beatrice ließ sich Zeit damit, ihre Unterlagen zusammenzupacken. «Dr. Kossar, haben Sie noch ein paar Minuten? Ich würde Sie gern etwas fragen.»

Er strahlte, wie jedes Mal, wenn die Aussicht bestand, durch Expertenwissen glänzen zu können. «Aber selbstverständlich.»

Sie bemühte sich um eine möglichst unverfängliche Formulierung. «Könnten Sie sich vorstellen, dass jemand wie Jasmin Matheis im Lauf von fünf Jahren Fortschritte macht, ohne dass jemand es merkt? Dass sie ihre Störung als Fassade beibehält, als Schutzmauer, während sie dahinter dazulernt, sich orientiert, allmählich die Zusammenhänge der Welt begreift?»

Kossar überlegte länger, als Beatrice das von ihm gewohnt war, und als er antwortete, tat er es, ohne dabei die übliche Show abzuziehen. «Ganz ehrlich, für wahrscheinlich halte ich es nicht, aber es ist auch nicht unmöglich. Wenn sie ihr Schweigen und ihre Passivität als notwendig für ein Gefühl der Sicherheit erachtet, dann ist es denkbar, dass sie davon nicht abweicht, auch wenn sie es längst könnte.»

Immerhin. Beatrices Idee war nicht völlig abwegig.

«Christian sagte, sie verbringt viel Zeit vor dem Fernseher. Wenn man sich vor Augen hält, wie minimal die Außenreize waren, die sie während ihrer Gefangenschaft zur Verfügung hatte, kann man davon ausgehen, dass sie sich nun entweder von der Umwelt völlig überfordert fühlt oder jedes Detail hungrig in sich aufsaugt. Wie ein Schwamm.»

Es dauerte ein paar Sekunden, bis Beatrice begriff, dass es sich bei dem erwähnten Christian um Vasinski handelte. Bei so viel demonstrativer kollegialer Vertrautheit war es vernünftiger, nicht alle Karten auf den Tisch zu legen.

«Wie steht es mit aggressivem Verhalten?» Sie lächelte Kossar an. «Könnte sie das ebenso unterdrücken? Ich finde, sie hätte ja allen Grund, wütend zu sein.»

Wieder ließ Kossar sich mit seiner Antwort Zeit. «Sie wollen das wissen, um besser abschätzen zu können, ob Jasmin als Täterin in Frage kommt, nicht wahr?» Kossar nahm seine Brille ab, betrachtete sie eingehend und setzte sie wieder auf. «Wir wissen nicht, was die Jahre im Keller sie gelehrt haben, weil sie es uns nicht erzählen kann. Vielleicht hat sie sich Techniken angeeignet, um hohe Aggressionsenergien in sich einzuschließen. Aber damit steigt immer auch das Risiko eines unkontrollierten Ausbruchs.»

Er lächelte, als fühle er sich wohl in dem Bewusstsein, eben etwas gesagt zu haben, das Beatrices Theorien unterstützen könnte. «Dass Jasmin zu aggressivem Verhalten durchaus fähig ist, hat Christian übrigens erzählt. Sie soll über einige Monate hinweg immer wieder gewalttätig geworden sein, allerdings eher sich selbst als anderen gegenüber. Als würde sie plötzlich nicht mehr auf die Medikamente ansprechen. Nachdem die Medikation geändert worden war, stabilisierte sich ihr Zustand wieder und ist bis heute unverändert.» Der zufriedene Ausdruck in Kossars Miene vertiefte sich. «Wir können also als gesichert annehmen, dass Jasmin Matheis' Aggressionspotenzial nicht zu unterschätzen ist.»

Beatrice bedankte sich, schlug Kossars Einladung zu einem gemeinsamen Happen in der Kantine aus und verbarrikadierte sich in ihrem Büro. Florin war nicht hier, das Verfassen der Presseerklärung würde erfahrungsgemäß noch länger dauern, und danach würde die Hölle los sein …

Der Teufel. Die eingeritzte Fünfzehn ging Beatrice nicht aus dem Kopf. Hatte Jasmin etwas über Erlacher gewusst oder zu wissen geglaubt, das diesen Vergleich rechtfertigte?

Sie holte das Tarot-Buch aus ihrer Tasche. Unter anderem symbolisierte der Teufel Gier und ungezügelte Lust, und sofort hatte Beatrice wieder Maja Brem vor Augen. Was hatte sie zu Erlacher gesagt, als er sie nach ihrem Streit mit Trimmel eingefangen hatte? *Bleibst du wieder bei mir? Die ganze Nacht?*

Es hatte viel weniger plakativ und sexbetont geklungen als das, was sie Männern gegenüber normalerweise geäußert hatte. Bedeutete das, es war eventuell wirklich etwas dran?

Oder … war es gar nicht die Fünfzehn, die Jasmin hatte hinterlassen wollen, sondern eine Sechzehn oder Siebzehn? Möglicherweise war sie in ihrer Arbeit unterbrochen worden und weggelaufen.

Beatrice blätterte weiter in ihrem Buch. Die Sechzehn war der Turm, der für zusammenstürzende Welten und den Verlust der Sicherheit stand. Oder zumindest stehen konnte – die Interpretationsmöglichkeiten waren bei jeder einzelnen Karte so vielfältig, dass es zum Verzweifeln war. Auf jeden Fall hatte die Karte mit plötzlichen Veränderungen, wenn nicht gar Katastrophen zu tun.

Nummer siebzehn war der Stern. Hoffnungen, Sehnsüchte, aber auch Verantwortungslosigkeit. Nein, das war es wohl eher nicht, mutmaßte Beatrice.

Einige Sekunden saß sie regungslos da, absolut ahnungslos, was sie als Nächstes tun, auf welchen Aspekt des Falls sie sich fokussieren sollte.

Erlacher? Sie hatten ihn nach dem ersten Mord schon ebenso überprüft wie alle anderen Mitarbeiter der Station. Er war völlig unbescholten, hatte knapp über zehn Jahre an der Klinik gearbeitet, war beliebt gewesen …

Geldprobleme hatte er laut einer seiner Kolleginnen gelegentlich gehabt. Doch auch die hielten sich im Rahmen. Sein Privatleben? Wechselnde Freundinnen, nichts Ernsthaftes, keine Kinder.

Aber etwas musste da gewesen sein, sonst hätte er Beatrice ja kaum in ihrem Hauseingang aufgelauert. Waren die Geldsorgen der Schlüssel? Hatte jemand ihn gegen Bezahlung angeheuert, um eine unangenehme Polizistin zum Schweigen zu bringen, ohne sich selbst die Hände schmutzig machen zu müssen?

Ja, sie würden tiefer schürfen müssen und ja, am besten schnell. Aber vielleicht würde das auch jemand anders übernehmen können, Bechner zum Beispiel. Sie selbst hatte sich bereits wieder Jasmins Akte geschnappt, und allmählich fragte sie sich, ob sich die ständige Beschäftigung mit dieser Frau bei ihr zur Besessenheit auswuchs.

Nein. Ihre Fingerabdrücke waren, außer bei Maja Brem, jedes Mal am Tatort zu finden gewesen. Und dann die Sache mit den Tarotkarten. Das war keine Einbildung, das waren Hinweise, die sie nur endlich begreifen musste …

Beatrice öffnete den Ordner mit Jasmins Krankengeschichte und suchte nach den Ereignissen, die Kossar vorhin beschrieben hatte.

Ja. Vor etwa vier Jahren hatte sich Jasmins Verhalten innerhalb von einer Woche grundlegend geändert. Ihre Apathie war von Aggression und Agitiertheit abgelöst worden, wie es in der Akte hieß. Sie hatte mehrfach versucht, sich selbst zu verletzen, indem sie ihren Kopf gegen die Wand schlug, und hatte zweimal Pflegekräfte angegriffen. Außerdem hatte sie sich selbst gewürgt, wahrscheinlich um das Gefühl des Eisenrings um ihren Hals zu reproduzieren. All das stumm – auch damals hatte sie keinen einzigen Laut von sich gegeben. Ihr Zustand erinnerte laut Klements Aufzeichnungen an die Anfangszeit nach ihrer Befreiung, in der sie eine Phase dysphorischer Manie durchlaufen hatte, wie es hieß, extremer Reizbarkeit und Aggression also.

Man hatte sie mit Olanzapin und Lithium behandelt, das hatte bestens funktioniert, bis eben zu diesem Rückfall vor vier Jahren. Danach hatte man die Medikation geändert, seitdem liefen die Dinge glatt. Wenn man das so bezeichnen konnte.

Beatrice blätterte weiter. Krank war Jasmin nur selten gewesen; offenbar hatten die Jahre in dem unsäglichen Keller sie abgehärtet. Bis auf zwei fiebrige Infekte, starke Regelblutungen und die durch Psychopharmaka bedingte Gewichtszunahme war sie körperlich in bestem Zustand. Immerhin.

Nein, das half alles nicht weiter, schon gar nicht, wenn es darum ging, sie zu finden. Und das musste Vorrang vor allem anderen haben.

Sie klappte die Akte gerade zu, als die Tür aufging und Florin hereinkam. Er ließ sich auf seinen Stuhl fallen und schloss die Augen. «Wir haben die Pressemeldung eben hinausgeschickt. Bea, du kannst dir nicht vorstellen, wie schwierig es war, Erlachers Tod und Jasmins Verschwinden in eine Mitteilung zu packen, ohne dass es albern klingt.» Er schüttelte müde den Kopf. «Ich weiß, du magst ihn nicht besonders, aber diesmal war Bechner wirklich hilfreich. Hat genau den richtigen Ton getroffen.»

Nicht nur Bechners, auch Hoffmanns Arbeit lernte Beatrice in den nächsten Stunden zu schätzen, denn das Telefon läutete ununterbrochen. Kaum hatte Florin ein Gespräch beendet, war bereits der nächste Journalist in der Leitung. Parallel dazu trafen unzählige Mails ein, auch von ausländischen Medien, die Details zu der «Mordserie» in der Psychiatrie wissen wollten.

Das Spiel hätten wir schon vor einer Woche gehabt, dachte Beatrice, wenn wir Maja Brems Tod nach außen hin nicht als Selbstmord behandelt hätten.

Nach zwei Stunden leiteten sie ihre Telefone auf die Zentrale um. «Vielleicht sollten wir Bechner die Pressearbeit übertragen», überlegte Florin. «Ich glaube, er ist der Einzige, der das gern machen würde. Win-win-Situation. Wir könnten endlich weiterarbeiten, und er würde sich freuen.»

Sie hatte kein gutes Gefühl bei dem Vorschlag; ihrer Meinung nach stand Bechners Bedürfnis nach Wichtigkeit einer echten Professionalität im Weg. Andererseits ... vielleicht war es der richtige Zeitpunkt, um ihm eine Chance zu geben, und er würde sich endlich entspannen. «Fragen wir ihn. Ob er überhaupt will.»

Und ob er wollte. Noch nie hatte Beatrice Bechner so aufgeregt gesehen. «Ja, natürlich. Ich übernehme gern die Rolle des Pressesprechers, selbstverständlich. Wissen Sie, ich glaube, ich habe ein Händchen für Öffentlichkeitsarbeit, freies Sprechen fällt mir nicht schwer, und Journalisten machen mich nicht nervös ...»

Das mit dem freien Sprechen stellte er in den nächsten Minuten unter Beweis, in denen er ohne Punkt und Komma redete, bis Florin ihn unterbrach. «Gut, dann machen wir das so. Ich sorge dafür, dass die Presseleute an Ihre Nebenstelle weitergeleitet werden. Wichtig ist nur, dass Sie sich strikt an die Punkte halten, die wir abgesprochen haben, und dass keine Insiderinformation nach außen dringt.»

Beatrice sah, wie Bechners Blick sich verhärtete. Auch Florin entging es offenbar nicht. «Aber das wissen Sie natürlich alles», fügte er schnell hinzu.

Danach wurde es deutlich ruhiger. Als das Telefon das nächste Mal läutete, war es der Leiter der Suchhundestaffel. Sie hatten zwei Mantrailer auf Jasmins Spur angesetzt, aber kein klares Ergebnis erhalten. «Entweder die Geruchsprobe war kontaminiert, oder die Spur ist bereits zu alt. Die Hunde haben beide die Tiefgarage angesteuert, sind von dort aber wieder zurückgelaufen.»

Schuld daran, meinte der Mann, könne das ausgesprochen gute Belüftungssystem der Garage sein, das für einen ständigen Luftzug und damit für eine rasche Verwirbelung der Partikel sorge, an denen die Tiere sich orientierten.

«Wir starten einen zweiten Versuch», erklärte der Hundetrainer. «Mit einer neuen Geruchsprobe.»

Die Vorstellung, dass die Hunde Jasmins Weg einfach folgen und das Team direkt zu ihr führen könnten, war unendlich verlockend. Und wahrscheinlich ein wenig zu schön gewesen, um wahr sein zu können. Richtig gut ausgebildete Hunde folgten unter guten Bedingungen sogar Spuren, die ein im Auto fahrender Mensch hinterließ.

«Vielleicht klappt es doch noch», munterte Florin Beatrice auf.

«Und wenn nicht? Sie ist jetzt wie lange verschwunden? Mindestens dreißig Stunden, eher mehr. Niemand hat sie gesehen, oder wenn doch, hat er es nicht gemeldet. Ich habe einfach Angst, dass wir sie in ein paar Tagen tot aus dem Fluss ziehen.»

Falls Florin diese Angst teilte, ließ er es sich nicht anmerken. «Die Pressemitteilung ist gerade erst draußen, das Fahndungsfoto auch. Wobei das Bild leider erbärmlich ist. Nicht sehr scharf, und zu allem Überfluss hat Jasmin die Augen halb geschlossen. Aber es war das einzige, das einigermaßen aktuell ist.» Er seufzte. «Es fotografiert eben niemand Psychiatriepatienten einfach nur so. Ich wünsche mir wirklich, dass jemand sie anhand des Fotos erkennt, aber ich habe meine Zweifel.»

Das Schlimme an der Situation war, fand Beatrice, dass es nichts Konkretes gab, das sie tun konnte. Am liebsten wäre sie durch die Straßen Salzburgs gelaufen, in der Hoffnung, dass sie Jasmins Weg aus Zufall kreuzen würde. Was natürlich totaler Blödsinn war.

Und ... wenn jemand sie versteckte? Klement, zum Beispiel? Aus Angst, die Patientin zu verlieren, der er seinen internationalen Ruf verdankte, oder wenigstens das, was er dafür hielt?

Als theoretische Idee interessant, in der Praxis aber Unsinn. Als ob es von dort einen Weg zurück geben würde. Nein, mit einer solchen Aktion würde er sich unrettbar schaden. Dafür hatte er zu viel zu verlieren.

«Morgen oder spätestens übermorgen ist eine Pressekonferenz fällig», murmelte Florin. «Wenn wir bis dahin keine neuen Ergebnisse haben, wird es übel.»

Es war einer dieser Tage, die Beatrice hasste wie die Pest: hektisch, ohne dass sich Nennenswertes tat. Erlachers Obduktionsbericht traf ein, der nur das Offensichtliche bestätigte: dass der Pfleger an dem Schnitt durch die Kehle gestorben war und man ihm die Zeichen erst nach seinem Tod in die Brust geritzt hatte. Abwehrverletzungen gab es keine, die Toxikologie würde noch ein paar Tage auf sich warten lassen.

Mit dem Gefühl, keinen Schritt weitergekommen zu sein,

packte Beatrice am späteren Nachmittag ihre Sachen. Sie musste den Bus nehmen, ihr Auto parkte zu Hause, und Achim würde pünktlich um fünf mit den Kindern vor der Tür stehen.

Was für ein Wochenende. So berauschend und so bedrückend zugleich.

Florin begleitete sie bis zur Tür. «Rufst du mich später an? Oder soll ich mich melden?» Er küsste sie, bevor sie antworten konnte. Ließ sie nur widerstrebend los.

«Ich rufe an. Wenn die Kinder schlafen.»

Den Weg bis zum Bus legte Beatrice im Laufschritt zurück. Es war schön und es war ungewohnt, etwas zu haben, worauf sie sich heute noch freuen konnte.

27. Kapitel

Pünktlich, wenn auch etwas außer Atem, traf sie zu Hause ein. Beim Aufsperren der Haustür glitten ihr fast die Schlüssel aus der schweißnassen Hand. Der gleiche Bund, den sie vor zwei Tagen als Waffe benutzt und heute erst von Drasche zurückbekommen hatte.

Sie rannte durch den Eingangsbereich und die Treppen hinauf, bis zu ihrer Wohnung. Erst als sie drin war und die Tür hinter sich zugezogen hatte, ließ die Angst ein wenig nach.

Lächerlich, dachte sie. Es war Erlacher, der dich überfallen hat, und Erlacher ist tot.

Trotzdem. Das Gefühl alltäglicher Vertrautheit war verschwunden, das Wohnhaus zu einem potenziellen Tatort geworden. Beatrice hoffte von ganzem Herzen, dass sich das wieder ändern würde. Schnell.

Knapp zehn Minuten nachdem sie die Wohnung betreten hatte, klingelte es. Achim, pünktlich auf die Sekunde. Ein neues und gleichzeitig altbekanntes Gefühl stellte sich ein. Nervosität. Es war das erste Mal seit dem Anwaltsbrief, dass Achim und sie sich begegnen würden, und sie hatte sich nicht überlegt, wie sie sich ihm gegenüber verhalten sollte, es war einfach keine Zeit gewesen.

Mina und Jakob waren schneller oben, fielen ihr kurz um den Hals und rannten in ihr Zimmer.

Als endlich Achim in der Tür stand und ihr die Taschen mit den Sachen der Kinder entgegenhielt, wusste sie, dass sie sich ohnehin jede Taktik sparen konnte. Es herrschte Krieg. Kein kalter Krieg, so wie bisher, sondern offene Feindseligkeit.

«Danke», sagte sie betont höflich und nahm ihm das Gepäck ab. Erst jetzt wurde ihr eine weitere, schreckliche Möglichkeit bewusst. Was, wenn er den Hausmeister getroffen hatte? Oder jemand anders, der ihm erzählt hatte, was vorgestern Abend passiert war?

Dein Beruf ist ein unverantwortliches Risiko.

Du gefährdest meine Kinder, und es ist dir scheißegal.

Dagegen hatte sie keine Strategie. Alles andere konnte sie entkräften, wenn sie musste, aber da ...

Sie suchte in seinem Gesicht nach diesem ganz speziellen Ausdruck, der ein klares Zeichen dafür war, dass er einen Trumpf im Ärmel hatte.

Nein. Es war nur die feindselige Überheblichkeit, die sie so gut kannte.

«Hast du das Schreiben von meinem Anwalt bekommen?»

«Ja.»

«Gut so.» Er wartete ganz offensichtlich auf einen Kommentar von ihr oder auf Protest, doch sie sah ihn nur schweigend an. Stellte fest, dass sie innerlich summte, dieses Lied, das so gut zu den letzten Tagen passte.

I'm bulletproof, nothing to lose
fire away, fire away
ricochet, you take your aim
fire away, fire away
you shoot me down, but I won't fall
I am Titanium ...

«Du findest das also lustig, ja?»

Hatte sie gelächelt? Ja, hatte sie offenbar. «Nein, Achim, lustig finde ich das ganz und gar nicht, glaube mir. Aber du willst nicht wissen, welche Begriffe mir stattdessen einfallen.»

Nun hoben sich seine Mundwinkel, spöttisch. Er hatte sie aus ihrer einsilbigen Reserve gelockt.

«Ja, dass du in dieser Hinsicht einen großen Wortschatz hast, ist mir nicht neu. Jakob hat schon eine Menge davon übernommen. Aber ich sage dir, die Dinge werden sich ändern. Frag die beiden doch mal, wie wohl sie sich dieses Wochenende gefühlt haben. Wie schön sie es finden, jemanden zu haben, der sich mit ihnen beschäftigt.»

Sie hatte riesige Lust, ihm in sein selbstgefälliges Gesicht zu schlagen. Konnte nichts dagegen tun, dass jedes seiner Worte weh tat. *Bulletproof.* Von wegen.

Alles, was sie erwidern konnte, würde sie weiter in die Defensive drängen. Dass es nur so lief, wenn gerade ein so schwieriger Fall wie der aktuelle anstand. Dass auch Achim auf Dauer nicht volles Programm machen könnte, dass auch er oft an Wochenenden durcharbeitete …

Sie schaffte es, sich zu beherrschen. «Also war alles in Ordnung die beiden Tage, und die Kinder hatten eine schöne Zeit?»

Achim verzog den Mund. «Das habe ich doch eben gesagt. Und ich glaube nicht, dass sie dich vermisst haben. Jedenfalls nicht mehr als die übrigen Tage der Woche.»

Damit drehte er sich um und ging. Beatrice schloss die Tür so schnell hinter ihm, dass sie sie beinahe zuknallte. Einen Moment lang lehnte sie ihre Stirn an den Türrahmen und kämpfte gegen das Bedürfnis an, zu schreien oder etwas durch die Wohnung zu werfen.

Dann hatte sie sich wieder im Griff. Okay. Heute Abend

würde es keinen Gedanken an den Fall geben, nicht an Jasmin Matheis oder Robert Erlacher. Nicht einmal an Florin.

Sie gab sich Mühe mit dem Abendessen und schaffte es, sich selbst davon zu überzeugen, dass sie es nicht aus schlechtem Gewissen tat. Die Kinder waren aufgekratzt, Mina erzählte von Cinderella, der Katze, und Jakob von der Sommerrodelbahn, auf der sie gestern gewesen waren. «Diesmal habe ich meinen eigenen Schlitten gehabt, und ich war schneller als Papa! Und in den Kurven ...», er beschrieb mit beiden Händen wilde Schlangenlinien, «da habe ich überhaupt nicht gebremst. Einmal hätte es mich fast aus der Bahn geschmissen, das war echt total knapp!»

Außerdem – Attraktion – hatte Achim ihnen Pokern beigebracht, und sie hatten bis zehn Uhr abends gespielt. «Ich zeig dir, wie es geht, ja, Mama?»

Sie holten die Spielkarten aus der Kommode, setzten sich an den Couchtisch, und Jakob warf freudestrahlend mit Begriffen wie Big Blind, Small Blind, Turn oder River um sich. Zu Beatrices Überraschung verdrehte Mina nicht genervt die Augen, sondern ließ ihn reden.

Als sie zu spielen aufhörten, war es nach neun. Beatrice hatte das Handy mit ausgeschalteten Klingeltönen am Küchentisch liegen gelassen – zumindest einmal hatte sie es vibrieren gehört, das Spiel aber nicht unterbrochen, trotz kribbelnder Neugierde.

Jetzt, nachdem sie die Kinder zum Zähneputzen ins Bad geschickt hatte, ging sie nachsehen. Eine SMS, von Florin.

Das Kopfkissen duftet so wunderbar nach dir.

Ich vermisse dich.

Sie behielt das Smartphone in der Hand wie einen Talisman, während sie die Kinder zu Bett brachte. Wartete danach zehn Minuten, ob nicht doch eines von ihnen noch etwas brauchte, dann rief sie Florin an.

Die Freude in seiner Stimme wärmte sie innerlich.

«Du ahnst nicht, wie schwer es für mich heute war, dich den ganzen Tag über zu sehen, aber nicht berühren zu dürfen.»

«Ja.» Sie wusste genau, was er meinte. Es war schön und schwierig zugleich.

«Erzählst du mir, wie es vorhin mit Achim lief?»

«Wie immer. Ich bin schuld am Unglück der Welt und ganz besonders an dem meiner Kinder. Von seinem ganz zu schweigen.» Es tat gut, das auszusprechen.

«Und wie geht es dir jetzt?»

«Gut.» Was nicht gelogen war. Sie erzählte ihm von ihrem Pokerabend und der guten Laune der Kinder, hörte ihn lachen, und mit einem Mal wurde die Sehnsucht fast unerträglich.

«Ich würde viel dafür geben, wenn du jetzt hier wärst.»

«Wenn du möchtest, kann ich in fünfzehn Minuten bei dir sein.»

Es gab nichts, was sie sich im Moment mehr gewünscht hätte. Und wenig, was unvernünftiger gewesen wäre. «Nein, Florin. Ich will dich nicht vor den Kindern verstecken müssen. Und wenn ich es ihnen erzähle, weiß es Achim spätestens am Mittwoch. Ich möchte die Dinge steuern, nicht einfach passieren lassen. Verstehst du das?»

Kurze Pause. «Ja. Natürlich. Mir ist klar, dass es für dich viel schwieriger ist als für mich. Aber ich will, dass du weißt, wie wichtig du mir bist. Und dass du jederzeit mit mir rechnen kannst.»

Es war ein Gefühl, wie langsam und genussvoll in warmes Wasser zu gleiten. «Ja. Das weiß ich, Florin.»

Als hätte die Welt plötzlich neue Farben. Später, als Beatrice im Bett lag, vor sich die Vierecke aus dem blassem Licht der Straßenbeleuchtung, das durch die Fenster fiel, überlegte sie, wann sie sich das letzte Mal so gefühlt hatte. So leicht und unbekümmert, wider besseres Wissen.

Es war lange her. Und es hatte furchtbar geendet.

Beatrice drehte sich auf die Seite und schloss die Augen. Sie hatte es sich verdient, dass ihr wieder etwas Gutes passierte. Und sie würde es genießen, jeden Moment davon.

Sie spürte bereits, dass etwas nicht stimmte, als sie am nächsten Morgen das Polizeigebäude betrat. Es war knapp vor acht, und die Atmosphäre war mit etwas aufgeladen, das über Anspannung hinausging. Als hätte es wieder einen Toten gegeben. Oder … als hätte man Jasmins Leiche gefunden.

Sie lief die Treppen hoch, checkte währenddessen noch einmal ihr Handy – nein, keine Nachricht von Florin. Bei einem neuen Todesfall hätte er angerufen, das war bisher immer so gewesen.

Er stand mit Stefan auf dem Gang, vor der Bürotür. Beide strahlten eine Nervosität aus, die das ganze Haus erfüllte.

«Guten Morgen!» Sie bemühte sich, nicht nur Florin anzulächeln. «Was ist los? Irgendetwas stimmt nicht, oder?»

«So kann man es sagen.» Stefan schüttelte resigniert den Kopf und wandte sich zum Gehen. «Bis später.»

Wenn ihm einmal das Grinsen verging, musste es ernst sein. Beatrice folgte Florin ins Büro und schloss die Tür hinter ihnen. Er zog sie an sich und lehnte seine Stirn gegen ihre. «Wir haben einen Scheißtag vor uns, Bea. Bereite dich lieber schon einmal seelisch darauf vor. Es wird alles, nur kein Vergnügen. Du hattest übrigens recht und ich unrecht.»

Brem, dachte sie sofort. Er hat nun doch noch Anzeige erstattet. Aber womit hatte sie recht gehabt?

«Bechner hat gestern noch lange gearbeitet.» Florin stützte sich mit den Händen auf den Schreibtisch und sah aus dem Fenster. «Er sagt, es kamen Anrufe bis weit nach zehn Uhr. Er war mit Feuereifer bei der Sache, und eigentlich tut er mir entsetzlich leid, aber trotzdem … ist es eine Katastrophe.»

Sie wartete. Es war nicht Florins Art, so um den heißen Brei herumzuschleichen.

«Es ist auch meine Schuld, weißt du?», sagte er. «Ich habe Bechner autorisiert, die Pressearbeit zu übernehmen, obwohl er keine Schulung gemacht hat, und das wusste ich …»

«Jetzt sag schon. Was hat er denn getan?»

Immer noch starrte Florin aus dem Fenster. «Er hat nicht aufgepasst, und da ist ihm Jasmins Name herausgerutscht.»

Ach du Scheiße. Das war allerdings übel. «Und? Hat er dem Journalisten nicht sofort klargemacht, dass das ein Fehler war und die Information keinesfalls an die Öffentlichkeit gelangen darf?»

«Das hat er versucht, ja. Hat aber leider nicht geklappt. Die Nachricht war einfach zu heiß, und vermutlich hat er nur noch herumgestottert, nachdem ihm der Mist erst mal passiert war.» Endlich sah er sie direkt an. «Es ist zu spät, Bea. Es steht im Internet. Von dort kann man nichts zurückholen, das weißt du.»

Beatrice startete ihren Rechner und öffnete eines der großen Nachrichtenportale. Jasmins Foto war das erste, was sie sah. Das Foto, für dessen schlechte Qualität sie nun dankbar war.

Vermisste Frau in Salzburg – sieht so Jasmin Matheis aus?, lautete die Überschrift. Darunter folgte ein kurzer Abriss der

Geschehnisse von vor fünf Jahren und eine etwas längere Zusammenfassung der aktuellen Todesfälle in der Klinik.

«Ist Jasmin Matheis ebenfalls dem Irrenhaus-Mörder zum Opfer gefallen?», fragte der Schreiber am Ende. *«Oder wurde sie außer Landes gebracht? Ist sie der Grund für die schrecklichen Geschehnisse in der Psychiatrischen Klinik Salzburg-Nord?»*

Die anderen Berichte lasen sich ähnlich. Noch traute sich niemand, die Behauptung aufzustellen, dass die Frau auf dem Foto mit Sicherheit Jasmin Matheis war, aber überall wurde spekuliert. Das war um nichts besser, wenn man es genau nahm.

«Hat Klement sich schon gemeldet?»

«Nein.» Es war Florin anzusehen, dass er sich auf diese Konfrontation nicht freute. «Ich habe versucht, ihn zu erreichen, aber bisher hat es nicht geklappt. Ich könnte mir vorstellen, dass er ebenfalls damit beschäftigt ist, Schadensbegrenzung zu betreiben. Und er wird nicht gut auf uns zu sprechen sein. Zu Recht, leider.»

Etwas stimmte an dem Bild nicht. Genau, ihre Telefone läuteten nicht Sturm. «Hast du unsere Nebenstellen umgeleitet?»

Er nickte. «Die Zentrale wimmelt erst mal alle ab, aber nicht mehr lange. Wir müssen uns auf eine Version einigen, am besten mit Klement – den ich nicht erreiche.» Er legte die gefalteten Hände vor den Mund. «Ich könnte Bechner umbringen.»

Ohne ein weiteres Wort griff Beatrice zum Telefon und wählte direkt zu Klement durch. Zwei Freizeichen, dann die Warteschleifenmelodie. Bevor sich die Zentrale melden konnte, legte Beatrice auf.

Als Nächstes versuchte sie es bei Herbeck. Ihm traute sie

am ehesten zu, die Dinge nicht so tragisch zu nehmen. Tatsächlich hob der Arzt beim vierten Klingeln ab.

«Kaspary hier, gut, dass ich Sie erwische. Sie wissen natürlich schon, welcher Mist hier passiert ist, nicht wahr?»

In Herbecks Ton schwang ein gewisses Amüsement mit. «Es nicht mitzubekommen wäre eine außerordentlich reife Leistung gewesen.»

Immerhin, er klang weder hysterisch noch stinksauer. Mit ihm würde man vernünftig reden können. «Wir werden von der Presse belagert, genauso wie Sie, vermute ich. Bevor wir noch einen weiteren Ton sagen, würden wir uns gern mit Professor Klement abstimmen. Nur ist der leider nicht erreichbar.»

«Ich kümmere mich darum. Er ruft Sie in den nächsten zwanzig Minuten an.» Herbeck zögerte hörbar. «Gibt es schon Neuigkeiten von Jasmin?», fragte er dann. «Hat jemand sie gesehen?»

«Nein. Bisher noch nicht, aber natürlich halten wir Sie auf dem Laufenden.»

Sie legte auf. Beobachtete Florin, der sich auf einem Block Notizen machte, sie kurz betrachtete und dann wieder durchstrich. «Wir sollten Klement etwas vorschlagen können, wenn er sich meldet. Aber ich weiß wirklich nicht, was vernünftig ist. Wir werden uns auf die eine wie auf die andere Art in die Nesseln setzen.»

Ja, es war zum Verzweifeln. Eigentlich. Nur dass Beatrice sich trotzdem großartig fühlte, energiegeladen, unbezwingbar. Sie beobachtete Florin dabei, wie er neue Notizen niederschrieb, und das Bewusstsein, dass sie ihn wieder anfassen, streicheln, spüren würde, machte sie lächerlich glücklich. «Wo steckt eigentlich Bechner? Hat er sich auf dem Klo eingesperrt?»

Ein flüchtiges Lächeln huschte über Florins Gesicht. «Nein. Ich habe ihn nach Hause geschickt. Du kannst dir nicht vorstellen, wie fertig er war. Total am Boden zerstört, und die meiste Angst hatte er vor dir, Bea. Er war sicher, du würdest ihn fühlen lassen, dass du ihn für einen Riesenidioten hältst. ‹Was ich ja auch bin›, meinte er. ‹Sie hatte recht, die ganze Zeit.›» Mit einer resignierten Bewegung warf Florin den Stift auf den Schreibtisch. «Er tat mir leid, und ich wollte ihm für heute die Sticheleien im Haus ersparen, also habe ich ihn heimgeschickt. Gleichzeitig hätte ich ihn am liebsten aus seinem Hemd geschüttelt.»

Das konnte Beatrice sich vorstellen. Beides.

Sie überlegte kurz, zog ihr Smartphone aus der Tasche, suchte in den Kontakten nach Bechners Nummer und öffnete die Textnachrichten.

Machen Sie sich nicht fertig, das hätte jedem von uns passieren können, tippte sie. Betrachtete die Nachricht und schüttelte innerlich über sich selbst den Kopf. Was Liebe so alles mit einem anstellen konnte … Senden.

«Okay, also. Meiner Meinung nach ist es am vernünftigsten, wir stellen die Dinge wahrheitsgemäß dar. Wir sagen, dass es sich bei der Frau um Jasmin Matheis handelt. Sobald wir sie gefunden haben, sehen wir zu, dass sie in eine Klinik im Ausland gebracht wird.» Nun machte sich Beatrice ihrerseits Notizen. «Am besten, ins deutschsprachige Ausland, damit sie die Menschen, die sie umgeben, versteht. Ich glaube, es gab da einen Schweizer Professor, der Interesse an ihr bekundet hat.»

Florin war aufgestanden und hatte die Espressomaschine eingeschaltet. Gute Idee. «Ja», meinte er. «Und Klement …»

«Klement müsste sich sowieso erst mal von ihr trennen. Die Station ist im Moment geschlossen, und ob es sie weiterhin geben wird, hängt stark davon ab, was wir herausfinden. Für ihn macht es also keinen Unterschied. Schützen müssen wir Jasmin, zuallererst aber müssen wir sie finden.»

Wie auf ein Stichwort läutete das Telefon. Klement, und er ließ Beatrice nicht zu Wort kommen. «Dr. Herbeck sagt, Sie wollen mich sprechen? Das trifft sich gut, die ganze Welt will mich nämlich heute sprechen. Sagen Sie, haben Sie eine Ahnung davon, was Sie mit Ihrem Pfusch angerichtet haben? Wer war der Idiot, der Jasmins Namen an die Presse weitergegeben hat? Sie selbst? Rufen Sie an, um sich zu entschuldigen? Falls ja, sparen Sie sich bitte den Atem, denn ich bin gerade nicht in der Verfassung, mir Gründe oder Ausreden anzuhören. Und wenn Sie das nicht sehr professionell finden, haben Sie recht, aber das Kompliment kann ich nur erwidern!»

Beatrice nutzte seine erste Atempause. «Guten Morgen, Professor Klement. Nein, ich melde mich nicht, um mich zu entschuldigen, obwohl mir das, was passiert ist, tatsächlich sehr leidtut. Nichtsdestoweniger brauchen wir jetzt eine gemeinsame Vorgehensweise. Deshalb wollte ich Sie sprechen.»

Er atmete hörbar durch. «Was genau meinen Sie?»

«Eine abgestimmte Version für die Presse. Denn Jasmins Name ist jetzt draußen, plus Foto, daran ändern wir alle nichts mehr. Aber bei allem Bedauern darüber birgt das vielleicht auch etwas Gutes. Das Interesse an ihr ist ungleich höher als das an einer x-beliebigen Psychiatriepatientin. Jeder, wirklich jeder in Salzburg und Umgebung wird nach ihr Ausschau halten. Es wäre ein Wunder, wenn wir sie nicht innerhalb weniger Stunden finden würden. Aber dazu müssen wir die Meldung bestätigen. Sagen, dass die Frau auf dem Foto wirklich Jasmin ist. Und am besten ein paar Zusatzinformationen liefern, zum Beispiel erklären, dass sie nicht spricht.»

Jetzt hatte Beatrice seinem Redeschwall ihren eigenen entgegengesetzt. War er noch dran?

«Damit machen Sie alles zunichte, was wir über fünf Jahre hinweg aufgebaut haben. Jasmins Privatsphäre, ihr ruhiges Leben mit der Chance auf eine echte Verbesserung, auf jeden Fall aber auf ein Dasein in Würde, ohne Fotografen hinter jedem Busch. Ein großartiger Vorschlag, Frau Kaspary. Wirklich.»

Seine Angriffslust war verflogen, stattdessen war da jetzt nur noch Resignation.

«Haben Sie einen besseren?»

Stille am anderen Ende der Leitung. Kurz bevor Beatrice nachfragen wollte, antwortete Klement doch noch. «Nein. Die Salzburger Polizei hat sehr gründlich gearbeitet. Sämtliche Alternativen sind uns jetzt verschlossen, also werden wir mit offenen Karten spielen. Auf Jasmins Kosten, leider.»

Nein, auf deine, dachte Beatrice. *Das ist es, was du wirklich meinst.* «Okay», sagte sie, ohne auf seinen Vorwurf einzugehen. «Hier mein Vorschlag: Wir geben morgen eine gemeinsame Pressekonferenz, in der wir die Journalisten mit allem füttern, was sie wissen möchten. Sie bekommen Basisinformationen zu ihrem Allgemeinzustand und zu ihrer Therapie, aber sie bekommen keine schmutzigen Details. Nichts, was irgendeinen Voyeurismus befriedigt, und wenn sie sich noch so sehr bemühen. Im Vordergrund steht der Aufruf, Jasmin zu finden.»

«Ja. Wenn wir sie allerdings bis morgen gefunden haben …»

«… dann muss es die Pressekonferenz trotzdem geben», unterbrach ihn Beatrice. «Darum kommen wir nicht herum, glauben Sie mir.»

«Gut. Melden Sie sich bei mir mit den Einzelheiten.» Er legte auf, bevor sie antworten konnte.

Es war einfacher gewesen, als sie gedacht hatte, und sie schrieb das ihrer glückstrahlenden Grundstimmung zu. Sie baten Stefan, sich um einen geeigneten Ort für die Pressekonferenz zu kümmern, und hoben die Umleitungen ihrer Nebenstellen auf. Von da an klingelte das Telefon ohne Pause, den ganzen Vormittag lang.

Dass sie nun auf morgen verweisen konnten, erleichterte die Sache ungemein. Natürlich waren die Journalisten hartnäckig und versuchten alles, um schon jetzt eine konkrete Antwort auf die Frage «Ist sie es, oder ist sie es nicht?» zu bekommen, doch die meisten waren erfahren genug zu wissen, dass bohren nichts nutzen würde.

Gegen ein Uhr machten Beatrice und Florin Pause. Verließen das Polizeigebäude und drehten eine Runde an der frischen Luft.

«Hoffmann müsste bald zurückkommen», überlegte Beatrice. «Weißt du, wie es ihm geht? Hat er sich gemeldet?»

«Nein. Kein einziges Mal.» Florin kickte ein Steinchen aus dem Weg. «Aber vielleicht sollte ich ihn anrufen. Bechner einzusetzen war mein Fehler, und damit der ganze Schlamassel indirekt auch.»

Beatrice nahm seine Hand. «Je länger ich darüber nachdenke, desto weniger schlimm finde ich es. Die Aufmerksamkeit der Leute ist jetzt viel stärker geweckt ...»

Und es war höchste Zeit, dass etwas passierte. Jasmin war nun schon bedenklich lang verschwunden. Mit jeder Stunde, die verging, wuchs die Wahrscheinlichkeit, dass sie sie nicht lebend wiedersehen würden.

Am Nachmittag leitete Beatrice ihr Telefon wieder um. Sie war allein im Büro; Florin bereitete gemeinsam mit Stefan die Unterlagen für die Pressekonferenz vor, an der Beatrice nicht teilzunehmen gedachte.

Vogts Obduktionsbericht zu Robert Erlacher lag vor, und sie studierte ihn Wort für Wort. Der Todeszeitpunkt lag den Untersuchungen zufolge zwischen Mitternacht und ein Uhr dreißig. Erlacher waren sowohl die Carotis als auch die Luftröhre durchtrennt worden, die Todesursache stand außer Zweifel.

Sie hob sich die Fotos bis zum Schluss auf. Der tote Pfleger, so, wie sie ihn aufgefunden hatten. In Rückenlage auf dem alten Bett, dem Bericht zufolge waren untypisch viele ausgerissene Haare in seinem Zopf gewesen, also lag der Verdacht nahe, dass der Täter ihn dort gepackt hatte, von hinten, während er ihm die Kehle durchtrennte. Den Spritzmustern an Wänden und Boden nach konnte er ihn am Haar in Richtung Bett gezerrt haben, wo Erlacher dann starb.

Sie betrachtete die Fotos lange, jedes einzelne, und hatte dabei den süßlich-metallischen Geruch in der Nase, der die Luft des Raumes getränkt hatte.

Die Wunde am Hals, in Großaufnahme. Die eingeritzten Zeichen. Erlachers Gesicht, leicht zur Seite gedreht. Das Haar, zusammengebunden mit dem schwarzen Gummi.

Beatrice hatte den, den sie von Jasmin bekommen hatte, in ihrer Schreibtischschublade aufbewahrt und holte ihn nun heraus. Legte ihn auf den Tisch, neben das Foto von Erlachers Kopf.

Ja. Es musste das gleiche Fabrikat sein. An einer Stelle des Rings gab es ein silbriges Metallstück mit einer Einbuchtung in der Mitte, und auf der Innenseite war ein dünner, rötlicher Faden mit eingewebt. Diese Merkmale hatten beide Haargummis.

Wenn Jasmin ihr durch dieses eigenartige Geschenk etwas hatte mitteilen wollen … war das dann auf Erlacher bezogen oder ein Teil der Tarot-Symbolik?

Beatrice betrachtete den kleinen, schwarzen Ring auf ihrem Schreibtisch. In gewisser Weise war Jasmin bei ihren Botschaften immer sehr präzise gewesen: Die Kelche waren alle als Gefäße einsetzbar. Die Schwerter – na gut, da konnte man der Meinung sein, dass Kamm und Kugelschreiber aus dem Muster fielen, aber wenn man davon ausging, dass sie nur fünf Messerchen zur Verfügung gehabt hatte, waren die beiden anderen Gegenstände ein guter Ersatz.

Dann der Mond. So eindeutig, wenn man es einmal begriffen hatte.

Vertraute Beatrice auf Jasmins Präzision, dann hatte sie es hier keinesfalls mit dem Ass der Scheiben zu tun. Ringe gab es im Tarot allerdings nicht, ebenso wenig wie Kreise. Vielleicht bezog sie sich auf ein visuelles Element auf einer der Karten …

Beatrices Blick glitt zwischen dem Foto des toten Pflegers und dem Gummiring hin und her, um sich schließlich an einem Detail auf dem danebenliegenden Bild zu verhaken.

XV. Eine Zahl. Der Teufel.

Und analog dazu – 0. Auch eine Zahl.

Der Narr.

Es fühlte sich nicht an wie eine Vermutung, sondern wie eine Erkenntnis. Jasmin hatte ihr eine Null hinterlassen, einen klaren Hinweis auf die erste Karte des Tarot-Sets.

Das Buch war in Beatrices Tasche, sie hatte es auf einen Griff. Und sie hatte sich richtig erinnert. Die Null war die Zahl des Narren, sie symbolisierte den Beginn, den Ursprung, die Unbeschwertheit, die kindliche Seele.

Es ließ sie an Walter Trimmel denken, der sich mit dieser Karte identifizierte. *Es gibt beim Tarot eine Karte, die bin ich. Sie heißt: der Narr. Jedes Mal, wenn sie gezogen wird, weiß ich, dass ich gemeint bin.*

War das so? Hatte Jasmin auf Trimmel angespielt? Es war denkbar, dass er bei einer der Therapiestunden erzählt hatte, was die Karte ihm bedeutete, und dass sie sich das gemerkt hatte. Wenn sie, wie Kossar vermutet hatte, jede Information hungrig in sich aufsaugte.

Ohne lange zu zögern, griff Beatrice nach dem Telefon und rief in der Intensivstation an.

«Kaspary hier, LKA Salzburg. Ich wüsste gerne, ob Walter Trimmel wieder bei Bewusstsein ist.»

Man stellte sie zuerst zu einem Oberarzt, dann zum Leiter der Neurologie durch, dem sie ihre Nummer gab, damit er sie zurückrufen konnte. Sofort als sie die Umleitung ihrer Nebenstelle aufhob, begann das Telefon wieder zu klingeln. Zwei Journalisten musste sie abwimmeln, bevor sie endlich den Arzt in der Leitung hatte.

«Wir werden morgen damit beginnen, Walter Trimmel aus dem Tiefschlaf zu holen», erklärte er. «Sein Zustand ist so weit stabil, aber wann er wieder ansprechbar sein wird, lässt sich derzeit noch nicht sagen. Das kann seine Zeit dauern.»

Beatrice bedankte sich und legte auf. Mit Trimmel zu sprechen musste erst einmal warten, daran ließ sich nichts ändern.

Man konnte ja auch noch in andere Richtungen denken. Wenn der Narr für die kindliche Seele stand, meinte Jasmin vielleicht ihre eigene. Obwohl das sehr hoch gegriffen war, wer dachte schon so über sich selbst?

Eventuell war es aber auch wieder ein Hinweis auf ihre beiden toten Kinder. Eine zaghafte Frage nach ihnen.

Die Vorstellung, dass Jasmin sich seit so vielen Jahren um ihr Verbleiben sorgte, verbunden mit dem Wissen um ihr Schicksal, schnürte Beatrice die Luft ab.

Jemand musste es ihr sagen und davon ausgehen, dass sie

es verstand. Musste danach bei ihr sein, auch wenn sie den Eindruck erweckte, dass die Botschaft sie gar nicht erreicht hatte. Aber zuallererst mussten sie sie finden.

Frustriert drehte Beatrice den Haargummi zwischen ihren Fingern. In dieser Hinsicht brachten ihre Erkenntnisse überhaupt nichts. Nicht den winzigsten Hinweis darauf, wo Jasmin stecken könnte.

Sie rief in der Zentrale an und ließ sich die Gesprächsprotokolle und Kontakte der Leute geben, die sich bisher gemeldet hatten, weil sie die Frau auf dem Foto gesehen haben wollten. Nicht, dass dieser Schritt mit großer Hoffnung verbunden war – Beatrice staunte immer wieder, welch minimale Ähnlichkeiten manchen Menschen genügten, um Personen miteinander zu verwechseln.

Drei der «Sichtungen» konnte sie sofort ausschließen. Die Anrufer hatten Handyfotos der angeblichen Jasmins gemailt, und man konnte ihnen nur zugutehalten, dass das Fahndungsfoto wirklich übel war.

Die erste Frau war etwa sechzig Jahre alt und zwar dick, aber nicht einmal halb so sehr wie die wahre Jasmin. Die zweite wies tatsächlich eine gewisse Ähnlichkeit auf, maß aber höchstens einen Meter fünfundsechzig. Die dritte saß auf einem Motorrad, einer schweren BMW-Maschine, und hielt dem Fotografen den Mittelfinger entgegen.

Beatrice ging die Telefonprotokolle durch, vor allem auf der Suche nach Überschneidungen. Mehr als eine Beobachtung am gleichen Ort zu einer ähnlichen Zeit erhöhte die Wahrscheinlichkeit, dass etwas daran war. Doch davon konnte keine Rede sein. Jemand wollte Jasmin am Flughafen gesehen haben, in Begleitung eines älteren Mannes. Im Zoo, auf einer Parkbank an der Salzach, in einem Biergarten …

Ohne große Hoffnung rief sie eine der Nummern an; die

Frau hatte immerhin angegeben, dass die Person, die sie für die gesuchte hielt, verwirrt gewirkt hatte.

«Ja, sie war groß und dick. Ich werde ja nie verstehen, warum gerade solche Leute dann rosafarbene Leggins tragen müssen. Und irgendetwas hat mit ihr nicht gestimmt, sie hat die ganze Zeit über mit ihrem Hund geredet.»

Okay, klarer Fehlschlag. Beatrice bedankte und verabschiedete sich. Damit würde sie es für heute gut sein lassen. Es war ohnehin gleich Zeit, die Kinder abzuholen.

Sie bestanden darauf, wieder zu pokern, bis zum Schlafengehen. Beatrice verlor eine Partie nach der anderen, ihr Pokerface ließ vermutlich ebenso zu wünschen übrig wie ihre Konzentration.

Du fehlst mir, textete Florin. *Kommst du Mittwoch wieder zu mir?*

Sie schrieb ihm zurück, als die Kinder schliefen. Ja. Mittwoch. Unbedingt.

Bis dahin waren es nur noch zwei Tage.

28. Kapitel

Die Pressekonferenz begann um elf Uhr, was bedeutete, dass Florin bereits um neun das Büro wieder verließ, Stefan im Schlepptau, der sich sichtlich auf seinen Auftritt vor den Journalisten freute. Sie wollten Klement eine Stunde vor Beginn treffen, um sich noch einmal persönlich abzustimmen.

«Die Anrufe sollten sich heute in Grenzen halten», sagte Florin im Hinausgehen. «Ich hoffe, Klement hat doch noch ein besseres Bild von Jasmin gefunden. Sie ist heute den vierten Tag fort, wir brauchen jetzt wirklich einen schnellen Erfolg. Drück uns die Daumen.»

«Das tue ich.» Zum Beweis hielt sie beide Fäuste hoch. «Bis später.»

Sie verbrachte den Beginn des Arbeitstages damit, einige der Hinweise abzutelefonieren, die gestern Abend noch eingegangen waren. Das Ergebnis war genauso frustrierend wie am Tag zuvor, zum Teil waren die Geschichten haarsträubend.

Wir brauchen wirklich ein besseres Foto, dachte Beatrice resigniert. Vielleicht konnte man eines der vorhandenen älteren bearbeiten. Das musste theoretisch möglich sein, sie brauchten nur jemanden, der richtig gut mit Photoshop umgehen konnte, und einen zweiten, der Jasmins Aussehen genau kannte.

Das konnte sie selbst übernehmen. Falls Klement nicht doch noch brauchbares Bildmaterial rausrückte. Beatrice schnappte sich den Ordner mit den Unterlagen, die Jasmins erste Tage im Krankenhaus dokumentierten. Die Fotos waren zahlreich, aber größtenteils zeigten sie nur Körperteile. Den teils vernarbten, teils wunden Hals. Abschürfungen am Gesäß und an den Knien. Meine Güte, wie dünn sie damals gewesen war.

Erst am Ende kamen ein paar Bilder, auf denen Jasmins Gesicht zu sehen war. Ebenfalls viel schmaler als heute, man würde sie stark bearbeiten müssen ...

Und dann war da wieder einer dieser Momente. Klarheit, für den Bruchteil einer Sekunde. So ähnlich, wie Beatrice es schon vor Erlachers Leiche empfunden hatte. Doch diesmal, diesmal schaffte sie es, den Gedanken zurückzuholen, festzuhalten.

Ihr Verstand sträubte sich gegen die Idee, sie war einfach zu furchtbar, aber ihr Körper signalisierte ihr, dass sie einen Treffer gelandet hatte, sie fühlte ihren Pulsschlag im ganzen Kopf, ihre Hände zitterten, als sie umblätterte. Ja. Es konnte einfach kein Irrtum sein.

Hektisch griff sie nach der Mappe mit Jasmins Krankengeschichte, den Befunden aus der Zeit, als die Therapie plötzlich nicht mehr gegriffen hatte. Rechnete.

Es passte. Alles. Sie gab Lithium bei Google ein.

Noch ein Treffer.

Aber kein Beweis. Nichts davon ein Beweis.

Und erst recht waren die Tarotkarten, die Jasmin zitiert hatte, kein Beweis, aber sie erzählten eine Geschichte, die gleiche Geschichte, die Beatrice sich allmählich zusammenreimte.

Der Mond. Der Narr und der Teufel. Und die Kaiserin, deren Anblick Jasmin so unangenehm gewesen war.

Es war knapp vor elf, verdammt, sie konnte Florin jetzt

nicht mehr anrufen. Wenn sie recht hatte, dann würde die Lösung des Falls noch heute auf dem Tisch liegen, und dann würden sie auch wissen, wo sie Jasmin fanden. Hoffentlich lebendig.

Zuerst rief sie ihre Mutter an. «Mama? Es kann sein, dass ich heute länger arbeiten muss. Wenn ich mich bis vier Uhr nicht melde, kannst du dann die Kinder abholen?»

Es war über zwei Monate her, dass sie diese Bitte zum letzten Mal ausgesprochen hatte, und ihre Mutter freute sich sehr. «Mache ich. Notfalls können sie hier schlafen, mach dir keine Sorgen.»

Nein, Sorgen war nicht das richtige Wort, eher diffuse Vorwürfe, wieder einmal. Dann würden sie heute am Mooserhof übernachten und morgen bei Achim …

«Ich werde mich auf jeden Fall bemühen, sie noch rechtzeitig abzuholen. Danke, Mama.»

Als Nächstes schrieb sie eine SMS an Florin:

Ich habe eine Theorie, und ich glaube, sie stimmt. Fahre jetzt in die Klinik, komm bitte nach, so schnell du kannst!

Damit war fürs Erste alles erledigt. Klement würde nicht vor Ort sein, das war schade, aber Beatrice hoffte, dass sie Plank antreffen würde. Das hoffte sie sehr.

Das innere Vibrieren hatte nachgelassen, aber nur ein wenig. Erst aufs zweite Mal traf Beatrice mit dem Autoschlüssel das Zündschloss, und als sie kurz danach links abbog, übersah sie beinahe einen entgegenkommenden Wagen.

Das brachte sie zur Vernunft. Es ging jetzt nicht darum, Geschwindigkeitsrekorde zu brechen, auf fünf Minuten mehr oder weniger kam es nicht an. Wichtig war ein kühler Kopf. Oder zumindest einer, der klare Gedanken fassen und gleichzeitig den Verkehr im Überblick behalten konnte.

Wenn es so weit war, würde sie behutsam vorgehen müssen. Nicht sofort mit allen ihren Vermutungen herausrücken, sondern sich auf das Wichtigste konzentrieren. Und es wäre gut gewesen, noch jemanden dabeizuhaben. Hoffentlich dauerte Florins Pressekonferenz nicht zu lange.

Ja, mach dir nur Illusionen, dachte sie. *Sie verkünden gerade, dass es sich bei der vermissten Frau um Jasmin Matheis handelt. Die Fragen werden kein Ende nehmen.*

Das Verkehrsaufkommen verlangte Beatrice alle Geduld ab, die sie aufbringen konnte. Sie brauchte gut eine halbe Stunde bis zur Klinik, und in ihrer Erleichterung, endlich angekommen zu sein, hätte sie ihn fast übersehen.

Den metallicgrünen Toyota, der eben aus der Ausfahrt rollte. Planks Wagen, gar keine Frage.

Beatrice entschied sich innerhalb eines Sekundenbruchteils. Sie schwenkte von der Abbiegespur nach links und reihte sich hinter dem Toyota ein.

Fast zwölf Uhr. Um die Zeit ging Plank normalerweise in den Kindergarten, um gemeinsam mit Clara zu Mittag zu essen.

Heute offenbar nicht. Beatrice folgte ihr durch die Stadt und bis auf die Autobahn. Sie blieb auch hinter ihr, als Plank die Geschwindigkeitsbegrenzung um gut dreißig Kilometer pro Stunde überschritt und bei Eugendorf wieder abfuhr.

Dass die Ärztin ganz offensichtlich nicht nach Hause wollte, war klar; ihre Wohnung befand sich in Liefering und nicht außerhalb der Stadtgrenzen.

Durchs Industriegebiet. Danach wurden die Straßen schmaler und verlassener. Beatrice vergrößerte den Abstand zwischen ihrem und Planks Auto. Hoffentlich hatte sie nicht gemerkt, dass jemand ihr folgte, und schon gar nicht, um wen es sich dabei handelte.

Sie waren jetzt in einer reinen Wohngegend angelangt.

Keine Villen, aber nette, verstreut liegende Häuser. Manche davon gut fünfzig oder sechzig Jahre alt, andere so neu, dass sie noch nicht einmal verputzt waren.

Der schillernd grüne Toyota hielt vor einem kleinen, weiß getünchten Haus mit Obstgarten und einem schmiedeeisernen Zaun, der ihn umgab. Plank stieg aus, in einer Hand eine Sporttasche, in der anderen einen Schlüssel, mit dem sie das Gartentor aufsperrte. Sie blickte sich nicht um, hatte also offenbar nicht bemerkt, dass sie verfolgt wurde.

Das würde sich gleich ändern.

Beatrice stellte ihr Auto direkt hinter Planks Wagen ab. Die Ärztin war gerade dabei gewesen, die Haustür aufzusperren, doch nun drehte sie sich um. Ihre Augen hinter den Brillengläsern waren groß vor Erstaunen. «Frau Kaspary! Was ist denn … wieso … sind Sie mir gefolgt?»

Sie wirkte nicht sonderlich alarmiert, nur überrascht. «So viel Aufwand hätten Sie nicht betreiben müssen. Ich will nur schnell die Mittagspause nutzen, um die Katzen meiner Mutter zu füttern. Sie ist für zwei Wochen auf Urlaub.»

Mit leichtem Quietschen öffnete sich die Tür. «Wollen Sie reinkommen? Für einen Kaffee ist ganz sicher Zeit, und dann erzählen Sie mir, was Sie so dringend mit mir besprechen wollen.»

Beatrice nickte und trat ein. Ja, das war das Haus eines älteren Menschen. Eine Nussholzkommode mit gehäkelten Deckchen, an den Wänden gestickte Bilder zwischen Fotos aus mehreren Jahrzehnten. Die neuesten zeigten vor allem Clara. Clara auf dem Spielplatz, beim Entenfüttern, mit Schwimmreifen im See. Aber es gab auch Clara im Kinderwagen, im Gitterbett, in Mamas Arm.

Beatrice wandte sich ab. Eine rot-weiße Katze strich um ihre Beine, schnurrend und mit hocherhobenem Schwanz.

Sie brachte sie fast zu Fall, als sie Plank in die Küche folgen wollte.

Hier mischte sich ländliche Gemütlichkeit mit chromblitzender Haushaltstechnik. Ein schwerer Holztisch und Stühle mit geschnitzten Lehnen bildeten einen eigenartigen Kontrast zu der Jura-Espressomaschine und dem doppeltürigen Kühlschrank.

Plank holte eine Dose Katzenfutter aus ihrer Sporttasche, öffnete sie und verteilte den Inhalt auf zwei am Boden stehende Näpfe. Dann wusch sie sich die Hände und lächelte Beatrice zu. «Was darf ich Ihnen anbieten? Kaffee? Apfelsaft?»

«Wasser genügt mir voll und ganz.»

Plank holte eine Flasche Mineralwasser aus dem Kühlschrank und füllte ein Glas, das sie vor Beatrice auf den Tisch stellte. Sie selbst nahm sich einen Becher Joghurt heraus, öffnete ihn und begann zu löffeln. «Sie entschuldigen, ja? Das ist vermutlich mein ganzes Mittagessen heute. Aber wir können uns trotzdem unterhalten.» Ein Blick auf die Uhr. «Sollten wir auch langsam. Ich muss gleich wieder zurück.»

Sie war so ruhig. Beatrice beschloss, in die Vollen zu gehen.

«Dr. Plank, wo ist Jasmin?»

Der Löffel blieb ein Stück über dem Joghurtbecher in der Luft hängen. «Das wüsste ich genauso gern wie Sie. Aber ich habe keine Ahnung, leider. Sagen Sie mir, warum Sie denken, dass ich mehr weiß als alle anderen?»

Beatrice legte den Kopf schief. «Weil Sie die Einzige sind, die Angst vor ihr hat.»

«Angst? Vor Jasmin? Das müssen Sie mir erklären.»

Nein, jetzt würde Beatrice noch nicht ins Detail gehen. «Sie fürchten sich davor, dass sie beginnen könnte, sich anderen mitzuteilen. Oder dass sie schon damit begonnen hat. Ausgerechnet einer Polizistin gegenüber.»

Beatrice erwartete Stirnrunzeln, Lächeln, Kopfschütteln. Doch Planks Reaktion überraschte sie zutiefst.

In die Augen der Ärztin traten Tränen. Vereinzelt zuerst, da kämpfte sie noch dagegen an, dann immer mehr. Innerhalb kürzester Zeit krümmte sie sich und bebte vor unterdrückten Schluchzern. Versuchte etwas zu sagen, bekam es aber nur undeutlich heraus. Beatrice verstand kein einziges Wort.

Doch sie begriff, was in Plank vorging, auch wenn sie nicht so schnell mit einem Zusammenbruch gerechnet hatte. Der Druck musste noch größer gewesen sein, als sie gedacht hatte.

Beatrice stand auf, legte Plank einen Arm um die Schultern, versuchte, das Zittern zu dämpfen. Es war, als würde sie eine Freundin trösten.

Sie konnte ihr nicht sagen, dass alles wieder gut werden würde, das wäre eine Lüge gewesen. Aber sie konnte sie festhalten, mit ihr sprechen, ihr vermitteln, dass sie nicht allein war. Trotz allem.

«Kommen Sie», sagte sie leise. «Versuchen wir, es so wenig schlimm wie möglich zu machen. Wo ist Jasmin?»

Erst als die Frage draußen war, gestand Beatrice sich ein, dass sie Angst vor der Antwort hatte. Nach allem, was sie zu wissen glaubte, war die Wahrscheinlichkeit hoch, dass Jasmin schon seit Tagen nicht mehr lebte.

Plank versuchte, etwas zu erwidern, hatte aber keine Luft für Worte. Es dauerte gut fünf Minuten, in denen Beatrice beruhigend auf sie einredete und ihr immer wieder über den Kopf streichelte, bis sie sich straffte und aufrichtete. Ihr Gesicht war verschmiert und fleckig rot, ihre Augen geschwollen. «Es tut mir leid. Es ist nur ... was soll ich denn jetzt tun?»

«Sagen Sie mir zuerst, wo Jasmin ist.»

Mit bebender Hand wischte Plank sich über das nasse Gesicht. «Es geht ihr gut. Also, einigermaßen gut. Ich bringe Sie zu ihr.»

Wieder ein Keller, diesmal allerdings einer, dessen Zugang mit Bildern junger Kätzchen gesäumt war. Rot-grün gemusterter Treppenbelag dämpfte die Schritte, es roch nach Waschmittel.

«Ich habe dafür gesorgt, dass sie alles hat. Dass sie sich wohl fühlt. Dass sie ... an nichts denken muss.» Sie waren unten angelangt. Plank steuerte auf die mittlere von drei Türen zu, eine weiß lackierte Metalltür. Sie zog einen Schlüssel aus der Tasche und betrachtete ihn einige Sekunden lang. «Man wird mich einsperren, nicht wahr?»

Sie wartete Beatrices Antwort nicht ab. Steckte den Schlüssel ins Schloss und drehte ihn. «Ich nehme an, ich soll vorgehen.»

Beatrice nickte, und Plank betätigte einen alten Kippschalter außerhalb des Raumes. Innen flackerte eine Glühbirne in einer zerbrochenen Deckenlampe aus mattem Glas auf.

Da war sie. Jasmin. Sie lag auf einer löchrigen Ausziehcouch für zwei, deren Liegefläche sie problemlos allein füllte. Das Oberteil ihres rosa Jogginganzugs war voller bräunlicher Flecken, ab der Taille war sie von einer grünen Decke verhüllt. Die Schlinge eines transparenten Schlauchs lugte hervor, der in einen Urinbeutel mündete.

Atmete sie? Der riesige Körper lag völlig ruhig, wirkte wie aufgebahrt. Kein sichtbares Heben und Senken des Brustkorbs.

Voller Angst, zu spät gekommen zu sein, stürmte Beatrice in den Kellerraum. Erst als sie eine Bewegung hinter sich spürte, begriff sie, wie massiv der Fehler war, den sie begangen hatte.

Sie roch den Äther, noch bevor das Tuch ihr über Mund und Nase gepresst wurde. Verzweifelt versuchte sie, die Luft anzuhalten, wusste aber, dass sie den Kampf verlieren würde, sosehr sie sich auch bemühte, Planks Umklammerung zu entkommen. Bereits die kleinen Mengen Betäubungsmittel, die in ihren Körper gelangten, ließen ihre Knie weich werden.

Und dann atmete sie ein, weil es nicht anders ging, und in ihrem Kopf begann sich ein schwarzer Strudel zu drehen, der sie mit sich hinabzog ins Nichts.

29. Kapitel

Dunkel.

Schaler Geschmack im Mund, ziehender Schmerz in den Schläfen.

Kein Laut, nur der eigene Atem.

Dann, quälender als jedes körperliche Symptom, die Erinnerung an ihren Fehler. Ihre eigene Dummheit. Sie hatte Plank ihren Zusammenbruch abgekauft, hatte ihr geglaubt, dass sie bereit war aufzugeben.

Als ob sie selbst das an ihrer Stelle je in Erwägung gezogen hätte.

Beatrice öffnete die Augen, weit, aber es änderte sich nichts. Die Finsternis war undurchdringlich. Es gab kein Fenster in diesem Kellerraum.

«Jasmin?»

Kein Laut, natürlich nicht. Nie. Beatrice kam mühsam auf alle viere und versuchte, sich tastend zu orientieren.

Fliesenboden. Dann ein Teppich, richtig, den hatte sie gesehen. Grau und genoppt. Hier ganz in der Nähe musste das Bett stehen.

Sie stieß mit dem rechten Unterarm dagegen. Befühlte die Kanten, arbeitete sich daran vor, fand weichen, nachgiebigen Körper. Ein Schenkel wahrscheinlich. Und dann, kurz darauf, eine Hand. Die warm war und an deren Gelenk sich ein langsamer, gleichmäßiger Puls ertasten ließ.

Gott sei Dank.

Beatrice nahm die Hand und hielt sie fest. «Ich bin hier, Jasmin. Ich bin zwar eine fürchterliche Idiotin, aber ich bin hier. Wir stehen das zusammen durch. Mach dir keine Sorgen.»

Die Finger, die sie hielt, streckten sich. Beugten sich. Streckten sich.

«Ich verspreche dir, dass ich dich beschütze. Wir kommen hier raus, alle beide, und dann wird es besser für dich. Besser, als es bisher je gewesen ist.»

Sie redete weiter. Beruhigte sich selbst mit ihrer Stimme ebenso, wie sie hoffentlich Jasmin beruhigte.

Wartete.

Irgendwann kam ihr der Gedanke, dass Plank vielleicht nicht mehr zurückkehren würde. Dass sie einfach eine Woche vergehen lassen und dann zwei verdurstete Frauenleichen aus diesem Keller schaffen würde. Nachts. Bevor ihre Mutter aus dem Urlaub kam.

Nein, das war Unsinn. Jasmin würde sie nicht transportieren können. Jasmin musste selbst gehen. Die Idee hatte Beatrice nur deshalb gestreift, weil ihr bereits jedes Zeitgefühl abhandengekommen war. Sie wusste nicht, wie lange sie betäubt gewesen war. Vielleicht nur zehn Minuten, vielleicht fünf Stunden. In der fensterlosen Dunkelheit gab es keinen Hinweis auf die Tageszeit.

Mehr als alles andere wünschte sie sich eine Uhr herbei. Hoffnung war einfacher, wenn man sich vorstellen konnte, dass Hilfe unterwegs war. Florin zum Beispiel, der erfahren hatte, dass sie entgegen ihrer Ankündigung nie in der Klinik eingetroffen war. Der sie nun am Handy nicht erreichen konnte, der sich Sorgen machen und Himmel und Hölle in Bewegung setzen würde, um sie zu finden.

Möglicherweise war die Pressekonferenz aber noch gar nicht zu Ende, dann würde es länger, viel länger dauern, bis er begreifen würde, dass etwas nicht stimmte. Aber Beatrice trug keine Armbanduhr, schon gar keine mit Leuchtziffern. Sie verwendete immer ihr Handy, um nach der Zeit zu sehen. Vorhin hatte sie es in ihrer Jackentasche gehabt, aber dort war es nicht mehr. Das hatte sie längst überprüft. Möglicherweise … wenn sie unglaublich viel Glück hatte, dann war es herausgerutscht und lag noch am Boden.

Sie ließ Jasmins Hand los und legte sie auf die Decke. «Ich lasse dich nicht allein. Ich bin hier. Ich werde jetzt nur versuchen, etwas zu finden, aber ich werde die ganze Zeit über sprechen. Oder singen. Du wirst wissen, dass ich nicht fort bin.»

Keine Reaktion, natürlich nicht.

Wieder ging Beatrice auf alle viere und begann, systematisch den Boden abzutasten. Bemühte sich, keinen Fleck auszulassen. Sie war gerade an der gegenüberliegenden Wand angelangt, als plötzlich das Licht anging.

Sie war so konzentriert auf ihre Aufgabe gewesen, dass sie vor Schreck fast einen Schrei ausstieß. Aber Licht war gut, sehr gut, egal, wer es angeschaltet hatte.

Ein schneller Rundumblick – nein, da war kein Handy. Nirgendwo. Leider auch nichts, das man als Waffe hätte verwenden können.

Der Schlüssel drehte sich im Schloss, und Plank trat ein. Sie hatte eine Tasche bei sich und eine Spritze in der Hand, leer und ohne Nadel.

Ihre Ankunft war zu überraschend gewesen, als dass Beatrice sich ihre Chancen auf das Gelingen eines Angriffs hätte überlegen können. Sie wären nicht sehr gut gewesen, vermutete sie, denn als sie sich jetzt aufrichtete, stellte sie fest, dass sie immer noch unsicher auf den Beinen war.

Sorgfältig schloss Plank die Tür hinter sich ab und deponierte ihre Sporttasche auf dem Boden. Mit der Spritze in der Hand ging sie zu Jasmin, ans Kopfende des Bettes.

«Ich hoffe, Sie fühlen sich einigermaßen wohl, Frau Kaspary», sagte sie. Es klang besorgt und fürsorglich. «Für mich ist das alles eine wirkliche Katastrophe, wie Sie bestimmt verstehen werden. Ich mag Sie. Ich wünsche Ihnen nichts Böses. Aber das hilft uns leider beiden nicht weiter.»

Beatrice war versucht, sofort einzuhaken. Das abzuspulen, was ihr für solche Situationen eintrainiert worden war. Ruhige, vernünftige Worte. Beschwichtigungen. Ein hoffnungsvoller Ausblick darauf, dass alles gut werden würde, wenn niemand sich zu Dummheiten hinreißen ließ …

Doch die Frau war eine viel zu gute Psychologin, als dass sie sich von Beatrice belügen lassen würde. Also sagte sie nichts, erwiderte nur ihren Blick.

«Seit wann wissen Sie es?»

Der Moment im Büro tauchte in Beatrices Erinnerung auf. Das heiße Gefühl der Erkenntnis, das sie durchzuckt hatte wie Strom. «Erst seit heute Morgen. Erlachers Obduktionsbericht lag auf meinem Schreibtisch, und dann wollte ich besseres Material für die Fahndung nach Jasmin beschaffen … es hat sich alles zusammengefügt.»

Plank nickte. «Ja. Robert war einfach zu schwach. In vielfacher Hinsicht.» Sie hob die Spritze. «Ich möchte mich gern mit Ihnen unterhalten, Frau Kaspary. Aber ich möchte keine bösen Überraschungen erleben und will sichergehen, dass Sie tun, was ich sage. Deshalb ergreife ich ein paar Vorsichtsmaßnahmen.»

Sie zog einen Tupfer und ein Fläschchen aus der Jackentasche, desinfizierte eine Stelle an Jasmins Hals über der externen Halsvene und setzte einen Venenkatheter, den sie mit Leukoplast fixierte. Den Kolben der Spritze zog sie ein

Stück heraus, die Spitze schob sie vorsichtig, aber tief in den Katheter hinein. «Wenn Sie mich angreifen oder sich mir widersetzen, drücke ich den Kolben nach unten. Er wird Jasmin nichts als Luft in die Blutbahn injizieren, aber ich gehe davon aus, Sie wissen, was das bedeutet.»

Natürlich. Eine Luftembolie. Den sicheren Tod. Beatrice nickte.

«Gut. Dann setzen Sie sich doch bitte, Frau Kaspary. Lehnen Sie den Rücken gegen die Wand und legen Sie die Hände neben sich auf den Boden. Ja, genau so. Danke.»

Beatrice würde ihr folgen, in allem. Vielleicht gelang es ihr, Plank so sehr in Sicherheit zu wiegen, dass sie unvorsichtig wurde. *Umgekehrt hat es immerhin geklappt*, dachte sie bitter.

«Wie spät ist es?»

Die Ärztin hatte sich einen zerkratzten Holzstuhl herangezogen und sich gesetzt. Sie betrachtete prüfend die Spritze, die in einem übelkeitserregenden Winkel aus Jasmins Hals ragte. «Das spielt keine Rolle, Frau Kaspary. Ihr Kollege wird nicht kommen, Sie haben ihn informiert, dass Sie mit großer Wahrscheinlichkeit Vasinski als Täter identifiziert hätten. Endlich.»

«Ich habe …»

«Nein, natürlich nicht.» Mit der freien Hand rückte Plank ihre Brille zurecht. «*Ich* habe ihm eine SMS geschickt, von Ihrem Handy aus. Und ja, es war gesperrt, aber Sie haben Entsperrung per Fingerabdruck eingestellt. Glücklicherweise hatte ich Ihren rechten Daumen zur Verfügung.»

Ja. Und danach musste man nur die automatische Sperre deaktivieren und konnte das Telefon verwenden, bis der Akku leer war.

Plank war klug. Jede Wette, das Handy war nicht in der Nähe. Und Vasinski …

«Denken Sie wirklich, mein Kollege wird Vasinski einfach festnehmen, nur wegen einer Nachricht von mir?»

Das, was sich in Planks Gesicht abzeichnete, war nicht Triumph. Nur Hoffnung. «Er wird erst einmal sehr lange brauchen, um ihn zu finden. Vasinski hat heute frei und ist in München, Freunde besuchen. Oder eine Frau, was weiß ich. Bis Herr Wenninger das recherchiert und mit ihm geredet hat, vergeht viel Zeit. Gleichzeitig wird er herauszufinden versuchen, wo Sie stecken, Frau Kaspary. Man wird Ihr Handy orten und es in einem Mülleimer zwischen der Klinik und Vasinskis Haus entdecken.»

Sie verlagerte ihr Gewicht ein wenig zur Seite, sichtlich bedacht darauf, die Spritze nicht zu berühren. «Sie hätten Herrn Wenninger Ihre Vermutung gleich schreiben sollen. Explizit. Dann hätte ich jetzt kaum eine Chance. Aber Sie schreiben nur *Ich habe eine Theorie, und ich glaube, sie stimmt*. Ein Fehler, wie ihn hauptsächlich Frauen begehen. Besser gar nichts sagen als etwas Falsches.»

Sie musterte Beatrice mit einem warmen Blick, in dem ehrliches Bedauern lag. «Dabei haben Sie die Wahrheit herausgefunden, stimmt's? Als Einzige.»

Beatrice schluckte trocken. Sie hatte Durst, schon seit sie wieder wach war, aber Leonie Plank würde ihr kaum etwas zu trinken holen. «Die Wahrheit über Robert Erlacher, meinen Sie? Ich glaube schon. Zumindest zum Teil.»

«Erzählen Sie mir davon.» Interessiert, verständnisvoll. Plank wirkte, als befände sie sich in einer Therapiesitzung. «Ich bin fast sicher, dass Sie es wissen, und ich werde merken, wenn Sie sich ahnungslos stellen.» Sie lehnte sich zurück. «Wir haben Zeit, Frau Kaspary. Es ist noch nicht dunkel.» Ihr aufmunterndes Nicken gehörte ebenfalls zu ihrer professionellen Ausstattung, da war Beatrice sicher.

Noch nicht dunkel. Sie konnte sich gut ausrechnen, was Plank damit meinte, zumindest im Groben. *Ich wünsche Ihnen nichts Böses, aber das hilft uns beiden nicht weiter.* Die Drohung war unmissverständlich gewesen, aber Beatrice verbot sich, näher darüber nachzudenken.

Sie würde morgen mit ihren Kindern telefonieren, egal ob sie bei Achim waren oder nicht. Sie würde morgen Abend bei Florin sein, in seinen Armen. Sie würde das hier überleben.

Und vor allem würde sie die Zeit nutzen. Um mehr herauszufinden.

«Gut», sagte sie. «Ich erzähle Ihnen gerne, was ich zu wissen glaube. Robert Erlacher war mehr als nur ein beliebter Pfleger, wenn ich mich nicht täusche. Vor allem für Sie, Frau Dr. Plank.» Sie erwiderte den forschenden Blick, der auf ihr lag. «Ich denke, Robert Erlacher war Claras Vater.»

Die Ärztin antwortete nicht, legte nur den Kopf ein wenig zur Seite. Sie war wirklich gut im Zuhören, auf eine Art, die das Weitersprechen leicht machte.

«Die Ähnlichkeit ist nicht sofort augenfällig, aber sie ist da. Kinn und Mund, die hat sie von ihm. Und die Haarfarbe.»

Plank äußerte sich immer noch nicht. Wartete nur.

«Das war allerdings nicht das Geheimnis, das Sie so dringend schützen mussten. Ein paar Ihrer Kollegen hätten sich die Mäuler zerrissen, wenn sie es gewusst hätten, aber damit wären Sie zurechtgekommen, davon bin ich überzeugt.»

Plank lächelte, und erstmals, seit sie den Keller betreten hatte, wirkte sie müde. «Ja, das wäre ich wohl.»

«Was Sie dringend und um jeden Preis vor der Welt verbergen mussten», fuhr Beatrice fort, «ist etwas ganz anderes.» Sie konzentrierte sich auf jede Regung im Gesicht der Ärztin. «Dass nämlich Jasmin Claras Mutter ist.»

Gedankenverloren, wie nebenbei, begann Plank Jasmins

Kopf zu streicheln. «Sie hat es Ihnen gesagt, nicht wahr? Sie hat Ihnen alle diese Zeichen gegeben. Ich habe viel zu lange gebraucht, um das zu verstehen, dann habe ich ihre Medikamentendosis erhöht, aber Klement hat das nach zwei Tagen wieder rückgängig gemacht.» Sie fuhr damit fort, Jasmins Haar zu kraulen, behutsam.

«Armes Mädchen. Ich hätte dich besser schützen müssen, in unser aller Interesse.»

Beatrice sortierte ihre Gedanken. Suchte nach den verbliebenen blinden Flecken in ihrer Theorie. «Sie können keine Kinder bekommen, Frau Plank?»

«Nein. Eine angeborene Missbildung der Gebärmutter. Ich habe lange damit gehadert, glauben Sie mir. Habe mit der Idee einer Adoption gespielt, aber die Wahrscheinlichkeit, als alleinstehende Frau berücksichtigt zu werden, ist minimal.»

Beatrices Augen brannten. Sie lehnte ihren Kopf gegen die Wand und kniff die Lider zusammen. «Und dann kam Jasmin. Von der Sie wussten, dass sie schon zwei Kinder ausgetragen hatte. Und dass sie Sie nicht verraten würde, weil sie es gar nicht konnte. Wie haben Sie ...» Sie unterbrach sich, machte sich bewusst, dass Jasmin mithörte, jedes Wort. «Wie haben Sie Robert davon überzeugt, dass er Jasmin für Sie schwängern soll?»

Nun lachte Plank auf. «Da ist ja doch ein Denkfehler in Ihrem Muster! Sie glauben, ich war die treibende Kraft?»

Ja, das hatte Beatrice allerdings angenommen. Andernfalls ...

«Sie irren sich. Ich habe Robert während eines Nachtdienstes dabei ertappt, wie er Jasmin missbraucht hat. Im Untergeschoss, ziemlich genau dort, wo er dann gestorben ist. Natürlich hatte ich vor, ihn anzuzeigen. Er hat mich auf Knien angefleht, es nicht zu tun, hat mir geschworen, Jasmin nie wieder anzufassen.» Plank blickte Beatrice mit aller Direktheit in die Augen. «Er sagte, er genieße ihre Teilnahmslosigkeit. Besser konnte er es nicht beschreiben, aber der Reiz muss für ihn sehr stark gewesen sein. Robert hatte immer Freundinnen, aber er konnte die Finger nicht von Jasmin lassen. Ob trotz oder wegen dem, was sie war und was sie durchgemacht hatte, wusste er selbst nicht. ‹Es stört sie nicht, sie merkt es gar nicht›, sagte er damals zu mir.»

Plank tauchte sichtlich tief in die Erinnerung ein, leider ohne dabei ihre Wachsamkeit einzubüßen. «Ich weiß noch, wie er mir nachgelaufen ist, durch die Gänge. Ich wollte ungestört in meinem Dienstzimmer telefonieren. Er war völlig verzweifelt, aber das war mir egal. Bis zu dem Moment, als er mir sagte, sie sei vielleicht schwanger von ihm.»

Immer noch steckte der Katheter in Jasmins Hals, eine dünne Blutspur zog sich seitlich über die Haut bis aufs Bett. Der Anblick machte Beatrice zu schaffen, ebenso wie die Vorstellung, Plank könnte den Kolben aus Versehen ein Stück nach unten drücken.

«Ziehen Sie ihr die Nadel aus dem Hals. Bitte. Ich verspreche Ihnen, ich tue, was Sie von mir verlangen.»

Der Blick der Ärztin war nachdenklich. «Nein, das werden Sie nicht. Warum sollten Sie auch? Sie haben so viel zu verlieren – Ihre Kinder. Einen Beruf, für den Sie brennen. Und sogar eine neue Liebe, die man Ihnen von den Augen ablesen kann, jedes Mal, wenn Sie Florin Wenninger ansehen oder seinen Namen aussprechen.» Sie schüttelte bedauernd den Kopf. «Dafür werden Sie kämpfen, wenn ich Ihnen die Chance lasse, und das kann ich gut verstehen. Aber ich habe ebenso viel zu verlieren – allem voran meine Tochter.»

Plank zog Jasmins Decke ein Stück höher, als wolle sie sichergehen, dass die Frau nicht fror. «Ich habe in jener Nacht einen Schwangerschaftstest aus der Gynäkologie geholt, und er war positiv. Plötzlich gab es da eine Möglichkeit, verstehen Sie, was das für mich bedeutet hat? Ich habe Erlacher gesagt, er hätte eine Chance, wenn er genau das tut, was ich von ihm verlange. Zu dem Zeitpunkt hätte er alles versprochen. Er wusste, dass ich ihn immer noch ans Messer liefern konnte. Jederzeit.»

Die Ruhe, mit der Plank erzählte, und die offensichtliche Unverrückbarkeit, mit der sie Beatrices Schicksal beschlossen hatte, jagten ihr von Minute zu Minute mehr Angst ein. Keine laute Drohgebärde hätte das vermocht.

«Natürlich war all das ethisch mehr als fragwürdig», fuhr Plank fort. «Aber gleichzeitig war es für alle das Beste. Ganz besonders für das Kind. Es ist nicht ausgeschlossen, dass Klement einen medizinisch indizierten Abbruch angeordnet hätte. Das wäre notwendig gewesen, wenn er versucht hätte, den Missbrauch zu vertuschen.» Als sie Beatrice jetzt ansah, war ihr Blick beinahe verschwörerisch. «Und wir wissen beide, dass er das versucht hätte. Was wäre also das Ergebnis einer Anzeige gewesen? Robert wäre im Gefängnis gelandet und Clara vermutlich im Mutterleib getötet worden.»

«Und darum täuschten Sie eine Schwangerschaft vor.» Zu sprechen, ihre eigenen Erkenntnisse darzulegen, vermittelte Beatrice das Gefühl, wieder mehr Kontrolle über die Situation zu erlangen. «Die von Jasmin bekam keiner mit. Aufgrund ihres Körperbaus. Allerdings wäre es trotzdem fast schiefgegangen, denn Sie haben heimlich ihr Lithium abgesetzt. Weil es plazentagängig und potenziell fruchtschädigend ist. Das wollten Sie nicht riskieren, Sie wollten schließlich ein gesundes Kind.»

«Das will doch jeder.»

Seit Beatrice wusste, oder zumindest zu wissen glaubte,

was geschehen war, hatte sie sich gefragt, wie Plank die Geburt organisiert hatte. Wo sie stattgefunden hatte und wie es sein konnte, dass sie unbemerkt geblieben war.

«Haben Sie Jasmin für die Entbindung außer Haus gebracht? Sie müssen ja selbst offiziell im Mutterschutz gewesen sein.»

Diesmal antwortete Plank nicht sofort. Sie hatte Jasmins Hand genommen, deren Finger jetzt zuckten, als wollten sie nicht festgehalten werden, aber vielleicht verbarg sich auch hinter dieser Bewegung eine Botschaft. Eine, die Beatrice noch nicht durchschauen konnte.

Angst? Abscheu?

«Ich habe Robert angewiesen, die Geburt einzuleiten, zwei Wochen vor Termin», sagte Plank schließlich. «An einem Wochenende, da ist nur die Minimalbesetzung im Haus. Er hat sie dann nachts nach unten gebracht, wieder in den gleichen Raum. Dort haben wir gemeinsam Clara auf die Welt geholt.»

Erstmals zeigte sich etwas wie schlechtes Gewissen in Planks Zügen. «Ich habe es Jasmin so angenehm wie möglich gemacht. Am liebsten hätte ich ihr eine Vollnarkose gegeben, damit sie nichts mitbekommt, doch dann hätte sie nicht aktiv gebären können. Aber Lachgas stillt die Schmerzen und wirkt beruhigend. Vier Stunden, dann war Clara da.»

Und kaum war es so weit, hast du sie Jasmin weggenommen, dachte Beatrice. Erträgliche körperliche Schmerzen, vielleicht. Aber wie muss es sich für sie angefühlt haben, noch ein Kind hergeben zu müssen?

Nein, Jasmin hatte es nicht leichtgenommen, und schon gar nicht hatte sie es vergessen. Alle die versteckten Botschaften, die sie Beatrice hatte zukommen lassen, waren Hinweise auf das gewesen, was man ihr angetan hatte. Und auf ihre Kinder, vielleicht sogar speziell auf dieses eine Kind. Die Kaiserin, die alles Mütterliche symbolisierte – auch den Geburtsvorgang. Den Narren, der für den Ursprung und die kindliche Seele stand. Den Teufel, der Erlacher für sie gewesen sein musste.

Jasmin begriff so viel, wenn nicht gar alles, was um sie herum geschah. Wie schlimm musste diese Situation hier und jetzt für sie sein. Zu wissen, dass sie es geschafft hatte, sich verständlich zu machen, und nun miterleben zu müssen, dass das nicht helfen würde. Dass ihre sogenannte Ärztin die einzige Person töten wollte, die die Wahrheit kannte.

«Sie sagten vorhin, Erlacher sei immer schon zu schwach gewesen», fuhr Beatrice fort. Sie verlagerte vorsichtig ihr Gewicht, bedacht darauf, die Hände auf dem Boden zu lassen. «Aber nicht, weil er etwas ausplaudern wollte, stimmt's? Er konnte nur weiterhin seine Finger nicht von Jasmin lassen.»

«Nein.» Erstmals klang Planks Stimme hart. «Konnte er nicht. Und glauben Sie mir, ich habe alles versucht, um ihn von ihr fernzuhalten. Aber ich hatte kein Druckmittel mehr in der Hand. Ich konnte ihn nicht anzeigen, ohne dass er mich mit hineingezogen hätte. Und Clara.»

«Also haben Sie ihn weitermachen lassen.» Beatrice bemühte sich, keinen Vorwurf in ihre Stimme zu legen. «War ja für einen guten Zweck. Nur dass er eines Tages in flagranti erwischt wurde. Von Max Schlager, ausgerechnet. Dem korrektesten, pflichtbewusstesten und integersten Arzt, den die Abteilung zu bieten hatte.»

Es war nicht schwierig, sich vorzustellen, was dann passiert war. «Er hat sich sofort auf den Weg gemacht, um die Polizei zu rufen, schätze ich. Der Untersuchungsraum ist nicht weit entfernt von der Treppe zum Keller – aber dort hat Erlacher ihn erwischt.»

Plank rieb ihre Hände an der Hose, als wären sie feucht. «Er hat es mir lange nicht gestanden, erst, als klarwurde, dass

Propofol die Todesursache gewesen war. Da hat er es endlich zugegeben. Ich wusste, dass er immer wieder damit experimentiert hat, für den sexuellen Kick. Er hatte es bei sich, ebenso wie den Äther.» Sie zuckte die Schultern. «Auch ein Rauschmittel, wenn man ihn schnüffelt. Aber das wussten Sie vermutlich.»

Beatrice spürte die leichte Ungeduld, die bei ihrer Widersacherin immer deutlicher spürbar wurde. Dämmerte es schon, oder war es bereits dunkel?

Zeit, dachte sie, ich brauche mehr Zeit. Und einen Anhaltspunkt. Wenn ich wüsste, was genau sie vorhat …

«Leider war Robert in mancher Hinsicht nicht besonders klug. Er konnte das gut überspielen, aber wenn es darauf ankam, hatte er einen verhängnisvollen Hang zu naiven Lösungen. Schlager war tot, und Erlacher fand, es würde wie die Tat eines Patienten aussehen, wenn er ihm eine Stahlleiste in den Hals rammte.» Sie schüttelte den Kopf. «Als hätte er noch nie von einer Leichenöffnung gehört oder von toxikologischen Untersuchungen. Wenigstens Handschuhe hatte er angezogen. Dafür aber Jasmin einfach im Keller zurückgelassen.» Wieder streichelte sie die Hand der Frau, behutsam, als wolle sie sie beruhigen. «Ich weiß nicht, wann sie sich auf eigene Faust auf den Rückweg in ihr Zimmer gemacht hat. Vielleicht hat sie noch mitbekommen, wie Robert das Untersuchungszimmer verlassen hat. Dann hat sie dort ihre Nachricht hinterlegt.»

Die Sieben der Schwerter. Betrug, Hinterlist und Lüge. Beatrice hätte gern gewusst, ob Jasmin damit auf Erlacher hatte hinweisen wollen. Oder nicht doch auf Plank.

«Und Maja? Hat sie mitbekommen, was in dem Keller gelaufen ist? Oder hat sie nur den falschen Mann mit der falschen Sache provoziert?»

Leonie Plank holte eine kleine, noch halb volle Flasche Wasser aus ihrer Tasche und leerte sie auf einen Zug. Einige Sekunden lang betrachtete sie den Schraubverschluss in ihrer linken Hand, bevor sie ihn wieder auf die Öffnung drehte.

«Angeblich hat Maja es gewusst. Das war es, was Robert behauptet hat. Musste er ja, um sein Tun irgendwie zu rechtfertigen. *Du fickst Marie*, soll sie gesagt haben, und ein paar andere Dinge, die ich hier jetzt nicht wiederholen will. Er meinte, sie hätte versucht, ihn zu erpressen. Hätte ihn in dieses fremde Dienstzimmer gelockt und Geld von ihm verlangt. Sonst würde sie zu Klement gehen und ihm sagen, dass Robert Erlacher nicht nur mit ihr, sondern auch mit Marie schlafe, an der Klement doch so speziell viel liegt.»

Es war Plank deutlich anzusehen, dass sie dieser Geschichte nicht über den Weg traute, heute ebenso wenig wie damals. «Ich glaube, dass Maja einen Zufallstreffer gelandet hat und Erlacher panisch wurde. Er sah überall nur noch Polizei. Jedes Mal, wenn Sie oder Ihre Kollegen angefahren kamen, dachte er, es wäre seinetwegen. Und als er dann mitbekam, dass Jasmin sich Ihnen gegenüber anders verhielt, sich öffnete, und sei es auch nur minimal …» Sie blickte zu Boden. «Es tut mir sehr leid, dass er Sie überfallen hat. Das war es, was ich meinte, verstehen Sie? Panik ohne großes Nachdenken. Aber er dachte, er könnte das Problem aus der Welt schaffen, wenn er Sie aus der Welt schafft.»

«Und jetzt denken Sie das Gleiche.» Beatrice schluckte. Plank beim Trinken zuzusehen war fast mehr gewesen, als sie ertragen konnte. Sie spürte, wie ihre Konzentration nachließ, aufgesogen wurde vom Durst.

«Ich denke, dass ich Sie nicht gehen lassen kann», sagte Plank bekümmert. «Es ist eine ganz einfache Rechnung: Sie oder ich. So leid es mir auch tut.»

Diesmal war die Botschaft klar, ebenso wie der Grund. Es war Plank gewesen, die Erlacher getötet hatte, das war in Beatrices Augen erwiesen. Nach dem Überfall in ihrem Hauseingang war er in die Klinik zurückgekehrt – um sich Rat zu holen? Oder um sich unbegreiflicherweise an Jasmin abzureagieren? Sie musste bei der Tötung dabei gewesen sein. Diese braunen Flecken auf ihrer Joggingjacke waren getrocknetes Blut, aber vermutlich nicht ihr eigenes.

«Nein», sagte Plank, die Beatrices Blick gefolgt war. Ruhig, aber bestimmt, als hätte sie Beatrices Gedanken gehört. «Kein Skalpell. Es wird friedlich und schmerzlos, das verspreche ich Ihnen. Und ich werde es Ihnen nicht aufzwingen. Wenn es so weit ist, werden Sie gar nicht merken, was passiert.»

Unter anderen Umständen wäre ihr Ton beruhigend und tröstlich gewesen, doch in diesem Zusammenhang ließ er Beatrices Kehle eng werden. Er erlaubte keinen Widerspruch. Er machte deutlich, dass bereits alles beschlossene Sache war und dass sich irgendwo in Planks Sporttasche der Wirkstoff befand, der Beatrices Leben ein Ende setzen sollte. Plank würde warten, bis sie schlief, und sie einfach nicht mehr aufwachen lassen.

Sie musste wach bleiben, so lang wie möglich, und dazu musste sie bei Kräften sein.

«Kann ich etwas zu trinken haben?» Üblicherweise waren Frauen in Situationen wie dieser zwar mitleidsloser als Männer, aber hier handelte es sich um eine Ärztin.

Trotzdem schüttelte Plank bedauernd den Kopf. «Wenn ich das gewusst hätte ... dann hätte ich Ihnen mein Wasser gegeben. Tut mir sehr leid, aber ich kann nicht nach oben gehen und Ihnen etwas holen. Das verstehen Sie sicher.»

Dann würde sie es ohne aushalten müssen. Beatrice versuchte, sich auf etwas anderes zu konzentrieren. Auf die

Nacht von Erlachers Tod, die gleiche Nacht, die sie in Florins Armen verbracht hatte …

Auch das war jetzt kein hilfreicher Gedanke, er schnitt so tief in ihr Inneres, dass sie das Bedürfnis hatte, sich zu krümmen. Sie richtete ihre Aufmerksamkeit wieder auf den Fall. Auf den toten Pfleger mit der durchtrennten Kehle.

Plank war eben dabei, den Sitz der Spritze im Venflon zu prüfen; der Anblick machte es Beatrice fast unmöglich, ruhig auf ihrem Platz zu bleiben.

«Haben Sie Robert getötet, weil er sich an dem Abend wieder an Jasmin vergangen hat?», fragte sie hektisch. «Wirklich? In seiner prekären Situation hat er an nichts anderes gedacht?»

Die Ärztin klebte in aller Ruhe einen weiteren Leukoplaststreifen über den Venenkatheter, bevor sie antwortete. «Nein. Weil er vorhatte, sie aus dem Weg zu räumen. Bei Ihnen war ihm das nicht gelungen, also wollte er bei der anderen Seite des Problems ansetzen. Eine reine Kurzschlusshandlung. Er wurde zu einem unkontrollierbaren Risiko, für zu viele Menschen.» Sie verstaute Leukoplast und Schere in der Tasche, kopfschüttelnd. «Seit er Maja getötet hatte, habe ich die ganze Zeit damit gerechnet, dass ich das Opfer seiner nächsten Panikreaktion werden würde. Seitdem hatte ich auch immer ein Skalpell bei mir. Aber dass er Jasmin töten wollte …» Erneut zog sie die Decke über der massigen Frau zurecht. «Er wusste bis zum Schluss nicht, dass es Jasmin Matheis war, die er jahrelang missbraucht hatte. Für ihn war sie immer Marie.»

Zum Durst gesellten sich allmählich stechende Kopfschmerzen. Was war nur los mit ihr? Beatrice versuchte es noch einmal. «Können Sie mir wirklich nichts zu trinken geben? Bitte?»

Plank überlegte lange, neigte dann aber endlich den Kopf. «Gut. Ich werde die Tür absperren und das Licht ausschalten. Sie bleiben genau da sitzen, wo Sie sind. Versuchen Sie besser nicht, Jasmins Katheter aus der Vene zu ziehen, mit etwas Pech greifen Sie daneben oder stolpern … wir wollen doch beide nicht, dass Jasmin etwas zustößt.»

Bevor sie aufstand, nahm die Ärztin die Tasche an sich, überprüfte ihren Inhalt und warf Beatrice einen warnenden Blick zu. «Tun Sie nichts Unüberlegtes. Ich bin nicht dumm.»

Das Stechen in Beatrices Kopf nahm übelkeitserregende Ausmaße an. Sie holte Luft, versuchte, den Schmerz wegzuatmen. «Was wird mit Jasmin passieren, wenn Sie mich los sind?»

Diesmal musste Plank nicht lange überlegen. «Sie wird gefunden werden. Gesund, aber mit blutbefleckten Kleidern. Das wird Ihre Kollegen noch eine Zeitlang vor Rätsel stellen, aber nachdem erwiesen ist, dass sie die Zahlen in Roberts Brust geschnitten hat, wird man wahrscheinlich auch annehmen, dass sie es war, die ihn getötet hat. Glauben Sie nicht?» Plank warf einen Blick auf die Uhr. «Vielleicht weist man bei der Obduktion ja noch ein paar Spuren von Propofol in Roberts Gewebe oder seinen Haaren nach. Dann ergibt sich plötzlich ein ganz anderes Bild.» Sie zog den Schlüssel aus der Tasche. «Jasmin wird es jedenfalls besser gehen als vorher. Ich denke, man wird sie in eine andere Klinik verlegen. In einem anderen Land.»

Sie schloss die Tür auf, schlüpfte nach draußen, zog sie mit einem Knall wieder zu. Absperrgeräusche. Dann ging das Licht aus.

Neue Chancen. Beatrice wünschte, klarer denken zu können, um jetzt nur ja keinen Fehler zu machen. Was Plank gesagt hatte, stimmte. Im Dunkeln nach der Spritze zu tasten war zwar möglich, und mit Vorsicht wahrscheinlich risikofreier, als sie es dargestellt hatte – aber was brachte es? Außer vorübergehender Erleichterung für Jasmin?

Sie konnten nicht fliehen, nicht zu zweit. Allein konnte Beatrice die Frau vielleicht überrumpeln und wegrennen – gemeinsam mit Jasmin war es ein Ding der Unmöglichkeit.

Und dann waren da noch diese Kopfschmerzen. Pochen und Ziehen. Beatrice massierte sich die Schläfen, endlich konnte sie die starre Position aufgeben, die Plank ihr diktiert hatte.

Sie würde ihr Wasser bringen. Als wollte sie ihr einen letzten Wunsch erfüllen …

Nein. Den Gedanken durfte sie nicht zulassen. Trotz der tobenden Kopfschmerzen versuchte sie, sich eine Strategie zurechtzulegen. Das Handy hatte Plank ihr aus der Jackentasche genommen, den Autoschlüssel aber nicht. Wenn es Beatrice gelang, ihre Gegnerin zu überraschen –

«Jasmin?» Ihre Stimme war rau. «Dr. Plank wird dir nichts tun, das hast du vorhin gehört, oder? Sie wird dich einfach irgendwo in der Nähe einer Straße oder eines Hauses absetzen, und dort wirst du gefunden werden. Dir wird nichts passieren. Du bist nicht gefährlich für sie, und sie ist dir dankbar. Das habe ich genau gesehen.»

Sie holte tief Luft. Ihr Kopf brachte sie um. «Aber bei mir ist das anders, deshalb werde ich versuchen wegzulaufen. Wenn es eine Möglichkeit gibt. Und wenn ich es schaffe, dann schicke ich dir sofort Leute, die dir helfen werden. Dir wird nichts passieren, und ich lasse dich nicht im Stich.»

Es war, wie Beatrice erwartet hatte. Von Jasmin kam kein Ton. Kein Rascheln. Nichts.

Und auch Plank ließ sich quälend viel Zeit. Hätte sie schätzen müssen, Beatrice hätte darauf getippt, dass es eine halbe Stunde dauerte, bis der Schlüssel von außen wieder ins Schloss fuhr und das Licht anging.

Das Wasser war in einem transparenten Plastikbecher, gefüllt fast bis zum Rand. Beatrice streckte eine Hand danach aus, aber Plank wandte sich in die andere Richtung. Zu Jasmin. Sie stellte den Becher auf dem Stuhl ab und brachte Beatrice etwas anderes. Einen Papierblock und einen schwarzen Filzstift.

«Ich möchte, dass Sie einen Brief schreiben», sagte sie leise. «Einen Abschiedsbrief, oder jedenfalls etwas, das man so interpretieren könnte.»

Beatrices Blick musste völlig verständnislos sein, denn Plank setzte zu einer weiteren Erklärung an. «Schreiben Sie, dass Sie sich überfordert fühlen, dass Sie den Belastungen nicht mehr gewachsen sind. Schreiben Sie, dass die Klage Ihres Exmannes Sie völlig zur Verzweiflung bringt, dass Sie kaum noch schlafen können. Erschöpft sind. Und dann schreiben Sie, dass es Ihnen leidtut. Entschuldigen Sie sich bei allen, denen Sie weh tun, ich bin sicher, Sie finden persönliche Worte ...»

Völlig fassungslos starrte Beatrice Leonie Plank an. «Das wird niemand glauben. Ich würde mich niemals umbringen, ich habe Kinder! Und wie Sie vorhin richtig bemerkt haben, stehe ich gerade am Beginn einer neuen ... Beziehung. Im Moment ist mein Leben besser, als es irgendwann in den vergangenen vier Jahren war – ich käme niemals auf die Idee, Selbstmord zu begehen, und jeder, der mich ein bisschen kennt, weiß das.»

Plank drehte den Becher zwischen den Händen. «Ich habe in meiner Laufbahn schon einige Fälle erlebt, bei denen niemand begreifen konnte, warum jemand sich ausgerechnet dann selbst tötete, als es mit seinem Leben sichtbar aufwärtsging. Aber das passiert.» Sie stellte den Becher auf dem Boden ab. «Es wird sicherlich genügend Experten geben, die im Anschluss Erklärungen finden werden. Also schreiben Sie. Bitte.»

Beatrice setzte den Stift aufs Papier, konnte dabei aber kaum den Blick von dem versprochenen Wasser abwenden.

Und begriff.

Die Erkenntnis kam schnell und brutal. Was hatte Plank gesagt? *Es wird friedlich und schmerzlos, das verspreche ich Ihnen. Und ich werde es Ihnen nicht aufzwingen. Wenn es so weit ist, werden Sie gar nicht merken, was passiert.*

Fast hätte Beatrice es komisch finden können. Ja, sie würde tatsächlich Selbstmord begehen, wenn auch unbewusst, einfach nur, um ihren Durst zu stillen. Sie würde an dem sterben, was Plank ins Wasser gemischt hatte. Deshalb also ihre plötzliche Bereitschaft, doch nach oben zu gehen.

Beatrice warf den Stift hin. «Ich schreibe nicht. Und ich trinke auch nichts.»

«Sind Sie sicher?» Es lag nichts Sadistisches in Planks Frage. Eher besorgtes Interesse.

Einen Moment lang überlegte Beatrice ernsthaft, ob sie es nicht doch riskieren sollte. Sie konnte sich nicht daran erinnern, je so durstig gewesen zu sein.

«Mehr, als Ihnen Wasser zu bringen, kann ich nicht tun», stellte Plank freundlich fest. «Aber es wäre mir sehr recht, wenn Sie Ihren Brief schreiben würden, bevor Sie trinken.»

Das glaubte Beatrice aufs Wort. Sie wandte sich ab, vergrub den Kopf zwischen ihren Armen, hoffte, dass wenigstens die Kopfschmerzen ein wenig nachlassen würden.

Das Klingeln, das im nächsten Moment einsetzte, hielt sie zuerst für ein weiteres Symptom, doch dann erkannte sie Schwanensee. Ein Handy. Sie hob den Kopf. Planks Handy.

Die Ärztin betrachtete das Display mit besorgtem Blick, bevor sie eine Hand an Spritze und Kolben in Jasmins Hals legte. «Kein Ton, Frau Kaspary. Bitte. Einfach sitzen bleiben. Wenn Sie um Hilfe rufen oder mich zu überrumpeln versuchen, wird das Folgen haben.»

Sie wartete, bis Beatrice vorsichtig genickt hatte, dann nahm sie das Gespräch entgegen. «Ja? Ist alles in Ordnung?»

Offenbar war es das nicht, Planks Gesichtsausdruck nach zu schließen, der nun nicht mehr besorgt, sondern verstört war. «Aber … aber das ist doch nicht möglich, sie war doch völlig okay –»

Wieder lauschte sie dem- oder derjenigen am anderen Ende der Leitung. Ließ irgendwann die Hand sinken, die am Kolben der Spritze gelegen hatte. «O Gott. Ja. Ich bin … ich bin sofort da.»

Sie sprang auf und stieß dabei den Plastikbecher um, dessen Inhalt sich über die Fliesen ergoss. Sie merkte es kaum, hatte immer noch das Handy am Ohr.

Etwas ist mit ihrer Tochter, dachte Beatrice. Sie drängte ihre Schmerzen in den Hintergrund und beobachtete Plank genau – das hier konnte eine Chance sein, die sie sich nicht entgehen lassen durfte.

«Weint sie? Ja … ja, ich verstehe.» Mit fahrigen Bewegungen suchte Plank nach dem Kellerschlüssel, fand ihn schließlich und stürzte zur Tür, dann noch einmal zurück, um ihre Tasche zu holen. «Es wird zehn Minuten dauern, höchstens eine Viertelstunde. Ruf den Notarzt bitte, aber lass sie nicht allein …»

Beatrice hatte sich halb aufgerichtet und hockte geduckt an ihrer Wand. Sie hatte nicht den Eindruck, dass Plank ihr noch Beachtung schenkte. Aber sie würde sicher nicht vergessen, die Tür von außen abzuschließen.

«Was? Ja. Ja, ich kann sie hören.» Sie verfehlte mit dem Schlüssel das Schloss. Einmal. Zweimal. «Du findest alles, was du brauchst, im Badezimmer, ich habe dir doch gezeigt, wo.»

Jetzt steckte er. Beatrice richtete sich langsam auf. Ihr Kopf protestierte, aber sie achtete nicht darauf. Ging einen Schritt auf die Tür zu. Noch einen.

«In der blauen Schachtel, mittleres Regal ...» Planks Stimme war nun durchdringend und eine halbe Oktave höher, offenbar ging es Clara wirklich schlecht.

Sie öffnete die Tür und zog hastig den Schlüssel ab. Ließ ihn fallen.

Wenn es je eine Chance geben würde, dann war es diese. Beatrice stürzte nach vorne, während Plank sich nach dem Schlüssel bückte, stieß die Ärztin zu Boden, riss die Tür ganz auf und rannte die Treppen hinauf.

Sterne tanzten vor ihren Augen, wahrscheinlich würde ihr in Kürze übel werden, aber das war egal. Dann würde sie schon draußen sein.

Hinter sich hörte sie Plank rufen, sie solle stehen bleiben.

Sie wird Jasmin nichts antun. Sie hat jetzt andere Sorgen, sie wird zu Clara fahren, so schnell sie kann.

Vor Beatrice lag nun die Haustür, und sie flehte alle unsichtbaren Mächte an, sie möge nicht versperrt sein ...

War sie nicht. Beatrice drückte sie auf – ja, es war dunkel, wer weiß, wie lange schon – und tastete in ihrer Jackentasche nach dem Autoschlüssel, fand ihn, betätigte die Entriegelung.

Die Blinker leuchteten auf. Beatrice rannte auf den Wagen zu – war Plank schon hinter ihr? Wie weit noch entfernt?

Sie drehte sich nicht um, riss die Fahrertür auf und warf sich auf den Sitz. Tür zu, Zentralverriegelung ein. Durchatmen.

Ihre Hand mit dem Schlüssel zitterte. Von Plank war noch nichts zu sehen, hoffentlich tat sie Jasmin nichts an, o bitte …

Beatrice ließ den Wagen an. Wünschte sich ein Handy, um Florin zu informieren, oder Stefan, oder sogar Bechner. Egal. Sie brauchte Unterstützung, so schnell wie möglich.

Sie setzte zurück, wendete, trat aufs Gas. Jetzt, jetzt erst sah sie Plank durch den Rückspiegel, wie sie in der Haustür auftauchte und dort stehen blieb. Ganz ruhig stehen blieb.

Und dann sah Beatrice noch etwas und hätte beinahe laut aufgelacht.

Ihre Wasserflasche, die sie immer im Auto mit sich führte. Sie lag auf dem Beifahrersitz. Und sie war noch halb voll.

Die linke Hand am Steuer, drehte Beatrice den Verschluss mit den Zähnen auf, setzte die Flasche an die Lippen und trank.

Es war ein unfassbar befreiendes Gefühl. Das Wasser war abgestanden und schmeckte irgendwie seifig, doch es war Wasser und Lebensrettung und einfach nur göttlich.

Die leere Flasche warf Beatrice in den Fußraum des Beifahrersitzes, froh, wieder beide Hände am Lenkrad haben zu können. Die Cockpit-Uhr zeigte 21:47 Uhr, das war später, als Beatrice angenommen hatte.

Aber eigentlich war es logisch. Es gab eine Menge Dinge, die Plank hatte erledigen müssen, bevor sie in den Keller hatte zurückkehren können: ihren restlichen Dienst loswerden, eine Strategie entwickeln, wie sie sich Beatrice vom Hals schaffen konnte, und sich um Betreuung für Clara kümmern, der es jetzt offenbar so schlecht ging.

Ob es Asthma war, womit sie kämpfte? Epilepsie? Jedenfalls eine Krankheit, die sie schon seit längerem haben musste, wenn bereits alles zu ihrer Behandlung Nötige im Haus war.

Wer es wohl gewesen war, mit dem Plank vorhin telefoniert hatte? Eine Nachbarin? Eine Babysitterin? Einen Mann gab es ja offensichtlich nicht, aber irgendjemand musste auf Clara aufpassen.

Clara. Sie war die Verliererin in diesem furchtbaren Spiel. Man würde sie der einzigen Mutter wegnehmen, die sie je gekannt hatte, und sie in eine Pflegefamilie stecken. Und es gab nichts, nicht das Geringste, was sich dagegen tun ließ.

Die Straße, auf der Beatrice fuhr, kreuzte eine schmalere. Mist, sie hatte viel zu wenig auf den Weg geachtet. Sie schaltete das Navi an und gab das Polizeigebäude als Ziel ein. Wenn sie in fünfhundert Metern links abbog, würde sie auf die Bundesstraße und von dort auf die Autobahn kommen. Vertrautes Terrain. Im Gegensatz zu dieser verlassenen Gegend hier. Kein Haus, bei dem sie darum bitten konnte, telefonieren zu dürfen.

Davon abgesehen: keine Handtasche, kein Polizeiausweis. Möglicherweise musste sie drei oder vier Häuser abklappern, bis man ihr einmal half. Da war sie schneller, wenn sie die nächste Tankstelle ansteuerte.

Die Kopfschmerzen waren fast verschwunden. Dafür wirkten die Lichtkegel des Autos auf der schmalen Straße viel heller als sonst. Die Straßenschilder reflektierten das Licht nicht nur, sie strahlten geradezu. Beatrice fühlte, dass sie lächelte. Alles lief gut, nein, sehr gut, nein, hervorragend. Sie stieg aufs Gas, schaltete hoch. Da war die Bundesstraße, und in diese Lücke vor dem heranrasenden SUV würde sie problemlos noch hineinpassen.

Sie driftete um die Kurve, beschleunigte weiter. Frei sein war großartig. Auto fahren auch. Wie fliegen.

Mit einem schwungvollen Schlenker überholte sie den weißen Golf vor ihr, schwenkte zurück auf ihre Spur. Irgendetwas oder jemand hupte. Sie hupte zurück, zweimal lang, zweimal kurz. Einmal ganz, ganz lang.

Weit konnte die Autobahn nicht mehr sein, sie warf einen Blick auf ihr Navi. Stutzte. Wusste plötzlich nicht mehr, was die blauen und grauen und roten Linien bedeuteten.

Wieder Hupen, diesmal von vorne. Lichter, auf ihrer Seite, Lichter, die ihr entgegenkamen.

Sie riss den Wagen nach rechts, gerade noch rechtzeitig.

Wie war das passiert? Sie hatte nur einen Moment lang auf das Navi geschaut …

Denken. War auf einmal so schwer. So wie ihr Kopf, der auch. Da drehte sich etwas, innen. Etwas, das sie in die Tiefe zog, an einen Ort, den sie nicht kannte. Auch nicht kennen wollte.

Und da waren schon wieder Lichter, erst zwei, dann sechs, dann zu viele, um sie auf einen Blick erfassen zu können. Wohin sollte sie ausweichen, in welche Richtung?

Sie schluckte und schmeckte wieder etwas … Seifiges. Und da wusste sie es, begriff, aber die Gewissheit wurde sofort wieder von Schwärze verschluckt. Es blieb nur ein einziger Gedanke. Bremsen. Sofort.

Bremsen.

Ihr rechter Fuß fand das Pedal und trat es durch, bis zum Anschlag; etwas drehte sich – ihr Kopf, ihr Auto, die Welt? –, dann waren die Lichter überall.

Und dann waren sie fort.

30. Kapitel

Dunkel.

Stimmen.

So weit weg, alles.

Worte. Aber keine Bedeutung.

Bewegungen. Aber keine Richtung.

Berührungen.

Neue Stimmen.

Dann Ruhe. Und Dunkelheit.

Beatrice blinzelte gegen grelles Licht an. Kurz nur, dann schloss sie die Augen wieder.

Gleich. Gleich würde sie wissen, was passiert war. Wo sie sich befand. Und warum.

Gleich.

Sie konnte förmlich fühlen, wie ihr Erinnerungsvermögen sich in alle Richtungen dehnte, im Bemühen, etwas zu fassen zu bekommen. Ein Bild, einen Namen, ein Gesicht …

Es war, als würde sie versuchen, an einer Glaswand hochzuklettern. Wohin auch immer sie griff, sie rutschte ab.

Dann eben den Körper ausprobieren. Sie krümmte ihre Finger, ihre Zehen. Zog die Knie an.

Funktionierte. Alles.

Der rechte Arm. Etwas stach, in der Mitte.

Der linke Arm. Unbeweglich.

Waren da Schmerzen? Ja. Diffus, sehr weit weg. Im Arm, links. Im Kopf.

Noch einmal die Augen öffnen. Diesmal ging es besser, das Licht war nicht mehr so grell. Ein vertrautes Bild zeichnete sich ab.

Ein Dreieck, direkt über ihr schwebend. Nein, hängend. Befestigt an einem gebogenen Metallarm. Weißes Bettzeug. An der Wand gegenüber ein Aquarell, das eine Kirche zeigte, inmitten von grünen Hügeln.

Krankenhaus, meldete ihr Gehirn. Dann meldete es eine Berührung. Jemand hatte nach ihrer rechten Hand gegriffen. Sie drehte den Kopf.

«Sie sind wach, das ist gut.» Ein älterer Mann in weißem Kittel. Ein Arzt, wahrscheinlich. Mit grauem Haar. Nicht viel davon, es begann erst in Höhe seines Scheitels.

«Haben Sie Schmerzen?»

Noch einmal überprüfte sie ihre Verfassung. «Nein.» Mehr Krächzen als Sprechen.

«Sie hatten einen Unfall. Wir haben keine Papiere bei Ihnen gefunden. Können Sie mir Ihren Namen sagen?»

Natürlich kann ich das, dachte sie, nur um im nächsten Moment festzustellen, dass es nicht stimmte. Ihr Gedächtnis war leer. Ein weiß getünchter Raum.

«Was für ein Unfall?», brachte sie mühsam heraus.

«Autounfall. Sie sind auf die falsche Fahrbahn geraten, haben dann den Lenker verrissen und sind auf der anderen Straßenseite in den Graben gefahren. Das Auto ist zur Seite gekippt, es war gar nicht so leicht, Sie da rauszukriegen. Aber Sie haben Glück gehabt. Wie es aussieht, sind Sie nicht schwer verletzt.»

Tief durchatmen und ein Stück auf die Seite drehen. Auch das ging ohne Schmerzen. Erstaunlich, denn ihr linker Arm war über die ganze Länge geschient. Ein futuristisch wirkendes Stahlgestell, fixiert mit breiten Klettverschlüssen. «Mir fällt … mein Name nicht ein», sagte sie leise. «Auch sonst nichts.»

Der Mann drückte sanft ihre Hand. «Machen Sie sich keine Sorgen, das passiert manchmal nach solchen Ereignissen. Die Polizei überprüft gerade, wem der Unfallwagen gehört. Danach wissen wir bestimmt mehr.»

Polizei.

Sie senkte ihren Blick. Sah ihre Hand in der des Mannes. Und in ihrem rechten Arm – einen Venenkatheter, der mit einer Infusion verbunden war.

Ein anderes Bild legte sich darüber. Von einem viel dunkleren Raum. Dann war es, als ob sich eine innere Tür öffnete.

«Mein Name», sagte sie, «ist Beatrice. Kaspary.»

«Sehr gut!» Der Arzt tätschelte wohlwollend ihre Hand. «Beatrice. Sehen Sie, die Erinnerung kommt zurück, vielleicht nicht alles auf einmal, aber –»

Sie unterbrach ihn. «Ich bin vom LKA Salzburg. Bitte informieren Sie meinen Kollegen, Florin Wenninger. Dringend. Seine Handynummer …»

Hier stockte sie wieder. Die Nummer ließ sich nicht abrufen, egal, wie sehr sie sich bemühte.

Der Arzt ließ ihre Hand los und stand auf. «Wenninger, ja? In Ordnung, ich kümmere mich darum. Dann bin ich gleich wieder hier, und wir nehmen Ihre persönlichen Daten auf.»

Sie wollte protestieren, ihre Daten waren jetzt egal, wichtig war, dass jemand zu dem Haus fuhr, in dem Jasmin gefangen gehalten wurde. Aber der Arzt war schon aus der Tür, bevor Beatrice die richtigen Worte für ihren Einwand beisammenhatte.

Sie schloss wieder die Augen, aber nicht um zu schlafen,

sondern um so viel Information wie möglich zu sammeln. Fakten über ihr Leben und über die Ereignisse der letzten Stunden.

Plank. Der Name fiel ihr als Nächstes wieder ein. Und, o Gott, ihre kleine Tochter. Clara.

Was sie nicht mehr rekonstruieren konnte, waren die Geschehnisse nach ihrer Flucht aus dem Haus. Da herrschte totale Schwärze. War sie in ihr Auto gestiegen? Offensichtlich, zumal sie einen Unfall gehabt hatte. Aber wieso? War Plank ihr gefolgt? War sie in den Unfall verwickelt gewesen?

Als der Arzt zurückkehrte, hatte er einen uniformierten Polizisten dabei, so lang und schlaksig, dass er beim Eintreten unwillkürlich den Kopf unter dem Türrahmen einzog.

«Guten Abend.» Er nahm die Mütze ab. «Sie sind Kollegin, habe ich gehört. Herrn Wenninger haben wir schon angerufen, er ist auf dem Weg hierher.»

Sie unterdrückte das Aufwallen von Freude, das die Aussicht, ihn gleich zu sehen, in ihr auslöste. Etwas anderes war wichtiger. Dringender. «Würden Sie mir Ihr Handy leihen?»

Der Polizist stutzte kurz, dann zog er das Telefon aus seiner Hosentasche und entsperrte es.

Ja. Die letzte gewählte Nummer musste es sein, sie kam Beatrice sehr vertraut vor. Sie drückte auf Wählen und legte dann unter einigen Schwierigkeiten das Handy ans Ohr. Der Venenkatheter nahm ihr das Abbiegen ihres Arms schmerzlich übel.

«Wenninger.» Kurz, sachlich, abweisend. So erlebte sie ihn nur selten.

«Florin, ich bin's. Bea.»

«Bea! Gott sei Dank!» Er saß im Auto, die Motorengeräusche waren nicht zu überhören. «Wie geht es dir? Was ist passiert?»

Sie versuchte, das Handy zwischen Kinn und Schulter zu klemmen, um den Arm wieder strecken zu können. «Ich weiß es nicht genau. Aber das ist jetzt auch nicht so wichtig. Hör zu: Ich habe Jasmin gefunden. Nimm ein paar Leute und fahr zum Haus von Leonie Planks Mutter.» Das Sprechen machte ihren Mund trocken. Schon wieder Durst. «Jasmin war dort im Keller, als ich sie zum letzten Mal gesehen habe. Wenn man die Treppe hinuntergeht, gibt es drei Räume, sie ist im mittleren.»

Offenbar brauchte Florin ein paar Sekunden, um alle diese Informationen zu verarbeiten. «Plank? Sie ist bei Plank? Du hast doch geschrieben, Vasinski ...»

«Erkläre ich dir später. Das Haus der Mutter ist ...» Da war wieder eine Lücke, aber auch eine dunkle Erinnerung, in östlicher Richtung auf die Autobahn aufgefahren zu sein. «Ich glaube, in der Nähe von Bergheim oder Eugendorf. Vielleicht auch Seekirchen.»

«Okay. Ich kümmere mich darum, ich schicke Stefan und Bechner.»

«Nein. Nimm dir ein paar Leute und fahr selbst hin. Es ist wichtig, und du kennst Plank besser als die beiden. Aber sei vorsichtig, ja? Sie ist gefährlich, auch wenn sie nicht so wirkt.»

«Gut.» Eine kurze Pause. «Ich möchte dich sehen, Bea. Ich will wissen, wie es dir geht.»

Vor dem Arzt und dem Polizisten wollte sie nicht in den zärtlichen Ton verfallen, nach dem sie sich fühlte. Sie senkte nur ihre Stimme ein bisschen. «Später. Ich laufe nicht weg, versprochen.»

«Kann ich dich wenigstens erreichen? Das hier ist nicht deine Nummer – brauchst du ein Handy?»

«Ja. Das wäre gut. Meines liegt in irgendeinem Mülleimer zwischen der Klinik und Vasinskis Haus.»

«Ich schicke jemanden vorbei, der dir eines bringt.» Es fiel Florin hörbar schwer aufzulegen. «Ich melde mich bei dir, wenn ich etwas Neues weiß. Ist das okay? Oder möchtest du lieber schlafen?»

Nein. Sie wollte nachdenken. «Ruf mich an, wann immer du magst. Ich freue mich. Wenn du mich auf dem Laufenden hältst.» Den letzten Halbsatz hatte sie nur für die beiden Zuhörer im Zimmer angefügt.

Sie gab dem Polizisten sein Telefon zurück und verbrachte die nächste halbe Stunde damit, ein Anamnesegespräch mit dem Arzt zu führen. Zwischendurch klopfte es an der Tür, und eine Krankenschwester brachte das angekündigte Handy, auf dem ein Post-it mit dem PIN-Code und Florins Nummer klebte.

Es war nach Mitternacht, als sie endlich allein im Zimmer war und zum Durchatmen kam. Den Venflon hatte sie sich von der Armbeuge in den Unterarm verlegen lassen – dort tat der Einstich zwar mehr weh, dafür konnte sie problemlos die Hand zum Ohr führen.

Sie erinnerte sich an das, was im Keller passiert war, aber sie hatte Schwierigkeiten mit Zahlen und Orten. War das Haus in Eugendorf gewesen? Sie war sich beinahe sicher.

Erstmals fiel ihr Blick auf den Nachttisch. Eine Flasche, ein halb gefülltes Wasserglas. *Klinikum Salzburg-Nord*, war in orangefarbenen Buchstaben darauf gedruckt.

Sie war also wieder am Ausgangspunkt angelangt. Dem Ort, wo alles begonnen hatte. Vermutlich befand sie sich auf der Unfallchirurgie, nur ein paar Zimmer von Walter Trimmel entfernt.

Getrunken hatte sie genug, und zweimal war sie unsicher, aber ohne Hilfe zur Toilette gegangen. Es ging ihr nicht schlecht. Morgen wollte sie hier raus sein.

Das Handy klingelte, als sie gerade das Licht ausknipsen wollte. «Hallo, Florin. Gibt es etwas Neues?»

«Ja und nein.» Er klang müde. «Wir haben das Haus gefunden, aber es war niemand da. Weder Jasmin noch Plank. Aber in dem Keller, den du beschrieben hast, haben wir eine alte Ausziehcouch gefunden, und es muss kürzlich Wasser ausgeschüttet worden sein. Drasche ist noch bei der Arbeit.»

Sie lächelte unwillkürlich, weil das Bild ihr so plastisch vor Augen stand. Drasche, mürrischer noch als sonst, schon der späten Stunde wegen.

«Wir fahnden jetzt großräumig, Bea. Zu Planks Wohnung haben wir natürlich auch schon jemanden geschickt, aber dort ist niemand. Und ich komme jetzt zu dir.»

Halb eins. Sie lag in einem Einzelzimmer, sein Besuch würde niemanden stören. «Ja. Komm zu mir. Ich freue mich auf dich.»

Es dauerte kaum fünfzehn Minuten, dann klopfte es leise an der Tür.

Florin sah abgekämpft aus, gab sich aber Mühe, es zu verbergen. Er setzte sich auf den Stuhl neben Beatrices Bett und nahm ihre Hand. «Mein Gott, Bea. Ich habe nach der Pressekonferenz immer wieder versucht, dich zu erreichen, und mir dann gedacht, du hättest dein Handy leise gestellt. Dann kam deine SMS, dass du Vasinski verdächtigst, und ich habe wieder mindestens fünf Mal angerufen.»

Sie führte seine Hand an ihre Lippen, dann an ihre Wange. «Da war ich schon längst in diesem Keller. Die SMS hat Plank dir geschrieben. Die Frau ist wirklich clever.»

Beatrice schilderte Florin die Ereignisse des Nachmittags, brachte ihn auf ihren eigenen Wissensstand, so gut sie es konnte. Die Bedeutung der Tarotkarten, Erlachers Missbrauch an Jasmin. Clara. Dann die Morde.

«Plank war sehr deutlich, sie machte kein Geheimnis daraus, dass sie mich nicht leben lassen wollte. Jetzt denke ich, dass sie so offen war, um mir Angst zu machen. Ich sollte mit allen Mitteln die Flucht versuchen.» Beatrice schloss kurz die Augen und sah wieder Jasmin vor sich, die Spritze im Hals. «Irgendwann war ich unfassbar durstig und habe Plank um Wasser gebeten. Erst hat sie es mir verweigert, dann ging sie das Risiko doch ein, mir ein Glas voll zu bringen. Aber sie hat es mir nicht gegeben, sie wollte, dass ich vorher einen Abschiedsbrief schreibe. Da war mir klar, dass sie etwas ins Wasser getan hatte.» Beatrice lachte auf. «Was mir nicht klar war – sie muss auch die Wasserflasche in meinem Auto präpariert haben. Während ich bewusstlos war, hatte sie freien Zugriff auf den Inhalt meiner Jackentaschen, also Handy und Autoschlüssel. Den Schlüssel hat sie mir zurückgegeben.» Beatrice gähnte. «Und dann hat sie eine Gelegenheit geschaffen, damit ich abhauen kann. Ein gefakter Anruf, der sie nach außen hin völlig aus der Bahn geworfen hat. Es ging angeblich um Clara, und ich habe jedes Wort geglaubt.» Beatrice streichelte sanft über Florins Unterarm. «Ich schwöre dir, ich habe keine Sekunde lang Verdacht geschöpft. Es war meine Wasserflasche in meinem Auto. Und dann … ich hatte so entsetzlichen Durst wie noch nie in meinem Leben. Wahrscheinlich war das auch kein Zufall.»

Er blickte nachdenklich zur Seite. «Man hat dir Blut abgenommen, schon um den Alkoholwert zu bestimmen. Sie werden auch auf andere Substanzen testen.» Er rieb sich die Augen. «Tut mir leid, ich fürchte, ich muss nach Hause. Ein paar Stunden schlafen. Ich lasse dich nicht gern allein, aber ich falle gleich vom Stuhl.»

Beatrice ließ seine Hand nicht los, im Gegenteil. «Schlaf hier. Das Bett ist groß genug für uns beide.»

Der Vorschlag entlockte Florin einen prüfenden Blick und ein schiefes Grinsen. «Ist es nicht.»

«Doch, wenn wir uns seitlich legen. Du dich hinter mich.»

Er zögerte. «Ich könnte gerade in jeder Position einschlafen, aber für dich und deinen Arm wird das unbequem. Zu unbequem.»

Sie schüttelte den Kopf, spürte darin ein Echo des Schmerzes vom Nachmittag. «Quatsch. Los, komm schon, oder willst du dich noch lange bitten lassen?»

Am Ende gab er nach. Zog sich bis aufs T-Shirt aus und legte sich zu ihr. Sie fühlte seinen Atem in ihrem Nacken, gleichmäßig und ruhig, und nahm sich vor, wach zu bleiben, um seine Nähe zu genießen.

Dass sie diesen Kampf verloren hatte, wurde ihr bewusst, als Florins Handy auf dem Nachttisch zu vibrieren begann. Sie schrak hoch, und ihr eingeschienter Arm stieß mit metallischem Klirren gegen die Bettkante. Spätestens das weckte nun auch Florin.

Sogar unter diesen Umständen war es schön, mit ihm aufzuwachen. Er küsste sie auf den Hinterkopf, bevor er sich über sie beugte und das Handy vom Nachttisch holte.

«Ja?» Er versuchte, sich mit den Fingern das wirre Haar zu kämmen, während er zuhörte. «Ah. Das ging schneller, als ich dachte. Gut. Hat sie etwas über Jasmins Verbleib gesagt? Wie bitte? Ah. In Ordnung. Bis gleich.»

Draußen war es noch dunkel, stellte Beatrice mit einem ersten müden Blick fest.

«Sie haben Plank gefasst», erklärte Florin, während er in seine Hose stieg. «Am Münchner Flughafen. Sie war auf dem Weg nach Dubai. Was sie mit Jasmin gemacht hat, weiß noch niemand. Sie sagt nichts.»

So schnell. Beatrice setzte sich im Bett auf. «Und Clara?»

«War bei ihr. Genaueres weiß ich nicht. Ich fahre noch zu Hause vorbei, duschen und umziehen, dann bin ich im Büro. Sobald ich mehr erfahren habe, rufe ich dich an.»

Er ging. Beatrice hasste es, zurückbleiben zu müssen. Sich nutzlos zu fühlen. Ein Blick auf die Uhr: kurz nach sechs.

Die Nachricht, dass Plank gefasst worden war, erfüllte sie mit gemischten Gefühlen. Es war ein Erfolg, sicher. Aber lieber wäre es ihr gewesen, man hätte Jasmin gefunden. Planks Verhaftung, die Strafe, die ihr bevorstand, die Trennung von ihrer Tochter – das alles war richtig, aber gleichzeitig war es grauenhaft. Es machte die Dinge kein Stück besser.

Kurz nachdem Florin fort war, ging der Krankenhausbetrieb los. Fiebermessen, Frühstück, Waschen.

Beatrice hielt es nicht mehr im Bett. Sie fühlte sich gut, wenn man davon absah, dass ihr linker Arm so nützlich war wie ein Stück Holz, und sie würde heute nach Hause gehen.

Die Visite würde noch gut zwei Stunden auf sich warten lassen, also machte Beatrice sich auf die Suche nach der Intensivstation.

Sie war nicht weit entfernt, doch die türkisfarbene Stahltür ließ sich von außen nicht öffnen. Beatrice klingelte und stand Sekunden später einer zierlichen, aber sehr resoluten Krankenschwester gegenüber, die sich erst nach längerer Diskussion dazu bereit erklärte, Beatrice zu Walter Trimmel zu führen.

Beim Anlegen von Mundschutz, Häubchen und Mantel musste sie sich helfen lassen. «Ungünstige Zeit für einen Besuch», schnappte die Schwester. «Und ungünstiger Zustand.»

Trimmel lag in einem von acht Intensivbetten, er war intubiert und an vier verschiedene Monitore angeschlossen.

Ich habe Plank nicht einmal gefragt, was genau mit ihm

passiert ist, dachte Beatrice. Zur falschen Zeit am falschen Ort, vermutlich. Möglicherweise hatte Trimmel neben den Stimmen in seinem Kopf auch ein paar reale gehört, die verräterische Dinge sagten. Was hatte er ihr nach Majas Tod über die Stimmen erzählt? *Es sind auch neue dabei. Die hassen sich. Und mich.* Erlacher und Plank, die sich Jasmins wegen stritten?

Wenn Erlacher Walter Trimmel auf der Treppe ertappt und angenommen hatte, dass er etwas gehört hatte, etwas wusste, dann war ihm zuzutrauen, dass er Trimmel einen Stoß oder Tritt verpasst hatte. Aber was für ein Risiko! Wäre Trimmels Schädel nicht gebrochen und er nicht bewusstlos gewesen, hätte dieser Fall eine viel schnellere Aufklärung gefunden. Außer natürlich, der Pfleger hätte nachgeholfen, mit einem gezielten Tritt gegen den Kopf.

Vielleicht war es ja so gewesen. Was hatte Plank über ihn gesagt? *Er wurde zu einem unkontrollierbaren Risiko, für zu viele Menschen.*

Ja. Und trotzdem hatte sie ihn gedeckt.

Beatrice wusste nicht, ob und wo sie Walter Trimmel berühren durfte, also streichelte sie nur seine Fingerspitzen mit ihren und gab ihm das stumme Versprechen, ihn zu besuchen, wenn er wieder bei Bewusstsein war. Dann kehrte sie auf ihre Station zurück.

In ihrem Zimmer wartete Besuch. Dr. Vasinski saß auf dem Stuhl neben dem Fenster und blickte von seinem Smartphone auf, als Beatrice eintrat. «Guten Morgen.» Er lächelte. «Erstaunlich, wie schnell Sie schon wieder auf den Beinen sind. Wären Sie meine Patientin, hätte ich Ihnen zumindest noch zwei Tage Bettruhe verordnet. Wie geht es Ihnen?»

«Ich lebe.» Eigentlich hatte Beatrice vorgehabt, sich wieder hinzulegen, doch in Vasinskis Gegenwart widerstrebte ihr das. Sie zog sich den zweiten Besucherstuhl zum Tisch heran und setzte sich.

«Ich soll Sie von Professor Klement und Dr. Herbeck grüßen», sagte Vasinski. «Wir sind alle sehr froh, dass Ihnen nichts passiert ist.»

«Danke.»

Seine blauen Augen musterten sie mit der für ihn typischen Unverblümtheit. «Im Moment kann noch niemand von uns wirklich glauben, was passiert ist. Dass Erlacher und Leonie …» Er ließ den Satz unvollendet, als warte er darauf, dass Beatrice ihn fortsetzen würde.

Sie dachte nicht daran, sondern schwieg, in der Hoffnung, er würde gehen. Stattdessen rückte er seinen Stuhl ein Stück näher an ihren heran. «Sie hatten die ganze Zeit über mich im Visier, nicht wahr?» Er beugte sich vor, stützte die Ellenbogen auf den Knien ab. «Glauben Sie mir, das habe ich gespürt.»

Wollte er jetzt eine Entschuldigung von ihr? Oder wollte er ihr mangelnden Instinkt attestieren? Beatrice legte den eingeschienten Arm auf dem Tisch ab. «Ja, ich habe es tatsächlich für möglich gehalten, dass Sie hinter den Ereignissen stecken. Ich würde Ihnen einiges zutrauen.»

Er lachte auf, steckte das Smartphone in die Tasche seines Arztkittels und erhob sich. «Das nehme ich dann einfach als Kompliment. Gute Besserung wünsche ich Ihnen, Beatrice, und Gratulation zu Ihrem Riecher.»

Sie atmete auf, als er gegangen war, legte sich wieder hin und verbrachte die Zeit bis zur Visite damit zu überlegen, ob sie sich bei ihren Verdächtigungen zu sehr von persönlichen Abneigungen leiten ließ.

Erst kurz vor zehn Uhr war sie bei der ärztlichen Visite an der Reihe.

Der Oberarzt, ein Mittvierziger mit hellbraunem Vollbart, hatte bereits ihre Blutbefunde mit dabei. «Kein Alkohol bei Ihnen, dafür haben wir GHB nachweisen können. Kein Wunder, dass Sie von der Straße abgekommen sind.»

GHB. Liquid Extasy. K.-o.-Tropfen. Als Vergewaltigungsdroge zu trauriger Berühmtheit gelangt. In der Medizin wurde es als Narkotikum eingesetzt – Plank hatte sicher keine Schwierigkeiten gehabt, es aufzutreiben. Etwa zehn bis fünfzehn Minuten nach der Einnahme setzte die Wirkung ein, das wusste Beatrice von zwei anderen Fällen. Also hatte Plank fest damit rechnen können, dass das passieren würde, wenn Beatrice gerade auf der Autobahn war. Was tatsächlich gestimmt hätte, wenn sie gleich in die richtige Richtung gefahren wäre.

«Außerdem haben wir eine ungewöhnlich hohe Konzentration von Lithium bei Ihnen festgestellt. Nehmen Sie ein lithiumhaltiges Medikament ein? Gegen Depressionen?»

Beatrice schüttelte den Kopf. Nein, das musste ebenfalls Plank ihr verabreicht haben. Aber wozu?

Dann erinnerte sie sich, was sie über den Wirkstoff gelesen hatte. Dass er bei einer Schwangerschaft das ungeborene Kind eventuell schädigen konnte – und dass er verstärkten Durst hervorrief.

Ja. Plank war wirklich clever.

«Ich möchte, dass Sie mich entlassen», erklärte Beatrice. «Gleich. Es geht mir gut, ich kann nach Hause gehen.»

Der Arzt lachte zuerst, bis er begriff, dass Beatrice es absolut ernst meinte. «Das kann ich im Moment noch nicht verantworten.»

«Das müssen Sie auch nicht. Ich möchte auf eigenen Revers entlassen werden. Ich unterschreibe alles, was dafür nötig ist.»

Der Arzt bemühte sich noch eine gute Viertelstunde, sie davon zu überzeugen, dass das ein Fehler war. Er zeigte ihr die Röntgenbilder ihres gebrochenen Arms und verwies einmal mehr auf die Blutbefunde. Stationäre Beobachtung, meinte er, wäre durchaus angebracht.

Zwei Stunden später verließ Beatrice die Klinik. Auf eigene Gefahr. Sie wollte Florin nicht von der Arbeit abhalten, ihr eigenes Auto war vermutlich Schrott, und ein Taxi konnte sie ebenfalls nicht rufen, da ihr Portemonnaie gemeinsam mit der Handtasche in dem Haus in Eugendorf zurückgeblieben war. Also fuhr sie mit dem Bus und hoffte, dass nicht ausgerechnet heute die Fahrkarten kontrolliert werden würden.

Ihre Armschiene zog Blicke auf sich. Beatrice ignorierte sie, sie nutzte die Zeit, um aus dem Fenster zu sehen und darauf zu hoffen, dass sie aus purem Zufall Jasmin entdecken würde. Vergeblich.

Als sie ihr Büro betrat, hing Florin gerade am Telefon. Sein Blick sagte allerdings genug, und nachdem er aufgelegt hatte, waren auch seine Worte deutlich. «Bist du wahnsinnig, Bea? Du hattest gestern einen schweren Unfall. Gestern! Die Ärzte wollten dich nicht entlassen, habe ich recht?»

Sie gab es zu, ungern. «Es geht mir aber gut. Und ich habe nicht die Nerven, einfach nur herumzuliegen.»

Es fiel ihm sichtlich schwer, ihr nicht weiter ins Gewissen zu reden. «Ungefähr um drei Uhr wird Plank wieder in Salzburg sein», sagte er, ohne Beatrice dabei anzusehen. «Wir könnten sie gemeinsam vernehmen. Wenn du dich bis dahin noch fit genug fühlst.»

Das tat sie, und falls es am Nachmittag nicht mehr so sein sollte, würde sie das vehement abstreiten.

Sie blieb allein im Büro zurück, als Florin zu einem weiteren Treffen mit Presseleuten aufbrach. Telefonierte mit ihrer Mutter, der sie von dem gebrochenen Arm und dem kaputten Auto erzählte. Die Begleitumstände spielte sie so weit hinunter, wie es überhaupt nur vertretbar war.

Anschließend nahm sie innerlich Anlauf und rief Achim an. Sie konnte sich nicht erinnern, wann sie das letzte Mal von sich aus das Gespräch gesucht hatte.

«Ich möchte, dass du die Klage zurückziehst.»

«Warum sollte ich das machen?»

«Weil du niemandem damit etwas Gutes tust. Den Kindern ganz bestimmt nicht. Nicht einmal dir selbst. Du willst nur mir damit weh tun, und das schaffst du auch. Du tust mir weh. Die Frage ist, ob es sich lohnt, dafür einen Krieg anzuzetteln.»

Er antwortete nicht sofort. «Es geht mir nicht um dich, sondern ausschließlich um die Kinder. Für die du viel zu wenig Zeit hast.»

«Wenn ein großer Fall anliegt, das stimmt. Aber nur dann. Und bei dir ist es ähnlich: Es hängt von der Auftragslage ab.»

Sie hörte, wie er sich räusperte. «Ich will darüber nicht weiter mit dir diskutieren.»

Beatrice grinste. Den Satz kannte sie, und so unfreundlich er auch klang, bedeutete er gleichzeitig so etwas wie ein halbes Einlenken. «Ich habe übrigens einen gebrochenen Arm, seit gestern Nacht. Keine Sorge, es ist nicht schlimm, und ich brauche auch keine Hilfe.» *Jedenfalls nicht deine.* «Ich wollte nur, dass du informiert bist.»

Sie legte auf mit dem Gefühl, dass das Gespräch gut gelaufen war. Besser als die meisten mit Achim auf jeden Fall.

Sie wollte gerade einen Sprung in Stefans Büro machen und nachsehen, ob Bechner wieder da war, als ihr Telefon erneut klingelte. Die Zentrale.

«Ich weiß nicht, ob etwas dran ist», sagte die Frau. «Aber es haben in der letzten halben Stunde vier Leute angerufen, die alle Jasmin Matheis gesehen haben wollen. Am Makartsteg.»

Beatrices Puls beschleunigte sich. «Das wäre großartig. Hat jemand von ihnen ihre Kleidung beschrieben?»

«Ja. Zwei der Anrufer sagten, sie würde eine Art rosa Jogginganzug tragen, der ziemlich schmutzig aussieht.»

Treffer. «Danke! Vielen Dank!»

Sie sprang auf, wählte im Laufen Florins Nummer, vielleicht hatte er sein Handy ja angeschaltet ...

Nein. Aber die Mobilbox. Sie sprach ihm alles aufs Band, verhaspelte sich mehrmals, fragte sich gleichzeitig, wie sie jetzt am besten zum Makartsteg kommen sollte.

Mit Stefan, natürlich. Sie stürzte, ohne anzuklopfen, in sein Büro. «Kannst du mich fahren? Es sieht aus, als hätten wir Jasmin Matheis gefunden.»

«Klar!» Er griff nach Handy und Autoschlüssel.

Bechner war auch da. Er hatte Beatrice nur kurz gegrüßt und sich dann sofort wieder seiner Arbeit gewidmet. Sein Blick klebte förmlich an dem Dokument auf seinem Schreibtisch.

Sie gab sich einen Ruck. «Kommen Sie auch mit, Herr Bechner?»

Er blickte auf, sichtlich verblüfft.

«Zu dritt läuft es bestimmt besser. Es darf jetzt einfach nichts schiefgehen», fügte sie hinzu.

«Ja. Ja, natürlich.» Er sprang auf und war schon aus der Tür. «Ich kümmere mich um den Wagen», rief er über die Schulter zurück.

Stefans verblüffter Blick war unbezahlbar. «Du nimmst ihn mit? Freiwillig? Dein Unfall muss schwerer gewesen sein, als du es dir eingestehen willst.»

Sie stupste ihn mit ihrer Schiene an. «Los, Gerlach. Tempo. Heb dir deine Witze für später auf.»

Als sie ankamen, hatten sich bereits Menschentrauben gebildet. Oder auch nicht, so genau konnte man das nicht sagen, denn der Makartsteg war fast immer stark bevölkert. Die Liebesschlösser, die an den seitlichen Gittern zu Tausenden angebracht waren, zogen die Touristen ebenso an wie die Aussicht, die man von hier auf Stadt und Festung hatte.

Beatrice rannte den anderen voraus, sie glaubte, Jasmins Gestalt bereits vom Auto aus entdeckt zu haben. Unbeweglich an der Brüstung stehend, mit dem Blick auf das Wasser der Salzach.

Am Absatz der Fußgängerbrücke wurde sie von einer sehr aufgeregten jungen Frau mit Nasenpiercing abgefangen. «Sind Sie von der Polizei? Ich habe vorhin angerufen. Das ist sie doch, oder?»

Sie deutete vage nach hinten. «Ich habe ihr Bild im Internet gesehen. Das ist Jasmin, stimmt's?»

Beatrice presste sich durch die Menschen, die den Weg versperrten. Es waren nicht alles Schaulustige, manche wollten auch nur von einem Flussufer zum anderen und fluchten über die Passanten, die einfach stehen blieben und gafften. Grundlos, allem Anschein nach.

Nach zwei Minuten hatte Beatrice das dringende Bedürfnis, ihre Armschiene einzusetzen, um sich den Weg freizuschlagen, doch nun hatten auch Stefan und Bechner zu ihr aufgeschlossen, und Bechners unangenehme Art machte sich ausnahmsweise einmal bezahlt.

Dann konnte Beatrice Jasmin endlich sehen. Sie stand mit dem Rücken zu den Menschen, die sie mit einigem Respektabstand umringten, und hielt sich am Brückengeländer fest.

«Lassen Sie uns bitte durch und gehen Sie weiter!» Beatrice durchbrach den Ring und überließ den Rest Bechner, der die Menge offenbar gut im Griff hatte.

Trotzdem waren immer wieder die typischen Klickgeräusche der Fotohandys zu hören, ganz sicher filmten auch einige Passanten die Szenerie. Egal. Darum konnte sie sich jetzt nicht kümmern. Vorsichtig näherte sie sich Jasmin und legte ihr behutsam die rechte Hand auf den Arm. «Ich bin es. Ich bin sehr froh, dass wir dich gefunden haben. Geht es dir gut?»

Sie erwartete keine Antwort, und sie bekam keine. Jasmins Blick war weiterhin auf das fließende Wasser gerichtet, doch nun hob sie ihn. Langsam, aber immer weiter. Bis zum wolkenverhangenen Himmel.

Nach wie vor war die Brücke zu voll. Beatrice hatte keine Lust, Jasmin durch die Menschenmenge zerren zu müssen, aber Stefan hatte vorhin schon Verstärkung angefordert. Wenn die Kollegen in Uniform da waren, würde es schnell gehen.

«Ich wollte dich nicht allein bei Dr. Plank lassen. Aber es ging nicht anders.» Vielleicht war es albern, aber sie hatte das Bedürfnis, es ihr zu erklären. «Wenn du enttäuscht von mir bist, dann kann ich das verstehen. Und ich hoffe, du glaubst mir, dass ich dich nie mit ihr allein gelassen hätte, wenn die Gefahr bestanden hätte, dass sie dir etwas antut.»

Es klang alles nach elenden Rechtfertigungen. Im Grunde war es auch nichts anderes. Sie hatte Jasmin zurückgelassen, obwohl sie ihr versprochen hatte, genau das nicht zu tun.

«Es tut mir leid», sagte sie leise.

Immer noch war Jasmins Blick zum Himmel gerichtet. Erstmals dämmerte es Beatrice, dass die Situation wahrscheinlich eine ganz neue für sie war: über sich treibende Wolken, unter sich fließendes Wasser. Das war in Jasmins Leben vermutlich noch nicht vorgekommen.

Sie betrachtete die riesige Frau in ihrem schmutzigen rosa Anzug, hätte ihr gern über den Kopf oder die Wange gestreichelt. Stattdessen stellte sie sich neben sie. Legte den Kopf in den Nacken und ließ den Himmel auf sich wirken.

Florin traf gleichzeitig mit den uniformierten Kollegen ein. Wie Beatrice erwartet hatte, verschwanden die Menschen nun sehr schnell von der Brücke. Sie würde gemeinsam mit Jasmin unter den Letzten sein, die gingen – ganz in Ruhe und so unauffällig wie möglich. Jasmin war nicht von vielen Menschen erkannt worden, von einigen aber mit großer Bestimmtheit. Es hatten sich Grüppchen an der Flusspromenade gebildet, die sich angeregt unterhielten und immer noch fotografierten. Von ihrer Position aus hatten sie einen viel zu guten Blick auf Jasmins Gesicht.

Eine Berührung an Beatrices Schulter. Florin. «Wir sollten jetzt gehen. Gleich neben Bechners Auto wartet ein Wagen, der uns direkt zur Klinik fährt.»

«Okay.» Beatrice nahm Jasmins Hand. «Komm.»

Jasmin rührte sich nicht. Sie hatte das Geländer bereitwillig losgelassen, aber sie bewegte sich keinen Millimeter vom Fleck.

«Wir müssen hier weg.» Beatrice zog sanft an der Hand. Mehr war bisher nie nötig gewesen, damit Jasmin jemandem folgte. Wohin auch immer.

Es liegt an mir, dachte Beatrice traurig. Sie hat mir vertraut, ich habe sie enttäuscht. Ein zweites Mal wird sie mir nicht vertrauen.

«Versuch du es», bat sie Florin.

Er gab sein Bestes. Legte Jasmin einen Arm um die Schultern, sprach auf sie ein, erzählte ihr genau, was als Nächstes passieren würde. Sie reagierte nicht. Ihre Hände lagen wieder fest um den Handlauf des Brückengeländers. Kein Öffnen und Schließen diesmal.

Sie will nicht, dachte Beatrice. Zum ersten Mal zeigt sie, dass sie etwas nicht will.

Das war großartig – einerseits. Andererseits stellte es sie und Florin vor ein massives Problem. Keinesfalls würden sie Jasmin mit Gewalt hier fortzerren, das kam einfach nicht in Frage. Die einzige Alternative war … abwarten. Bis sie selbst wollte. Wieder stellte Beatrice sich neben sie, diesmal betrachtete sie den Fluss. Sie mussten vom Ufer aus ein interessantes Bild abgeben – drei Menschen, nah beieinander, auf einer ansonsten völlig leeren Brücke.

Fünf Minuten vergingen. Sieben. Sie hörten die Stimmen vom Ufer, die Automotoren von den andern Brücken her. Das Rauschen des Flusses.

«Du wirst nicht in dieser Klinik bleiben müssen», sagte Beatrice irgendwann. «Du wirst anderswo ein Zuhause finden. Nur im Moment noch keines für dich alleine. Das heißt aber nicht, dass das nie so sein wird.»

Sie merkte, dass sie in Versuchung war, Jasmin ihre Zukunft in unverantwortlich rosigen Farben zu malen. Keine Krankenhäuser mehr, keine Ärzte, dafür Flüsse und Himmel und Berge.

Nein. Wenn jemand Ehrlichkeit verdient hatte, dann war es Jasmin.

«Du wirst erstmal in eine andere Klinik kommen. Mit anderen Ärzten. Und es wäre gut, wenn du sie merken lassen würdest, wie klug du bist. Ich habe es bemerkt, aber du hast es mir wirklich nicht leicht gemacht.» Sie sah die Frau von der Seite her an. Ihr Gesicht war unbewegt wie immer.

«Es wird anders werden», fuhr Beatrice nach einer Weile fort. «Und vieles wird ganz bestimmt besser.»

Wieder vergingen Minuten. Irgendwann drehte Jasmin den Kopf vage in Beatrices Richtung. Ihr Blick glitt vom Fluss weg, über die Stadt und blieb dann an Beatrices Blick hängen. Eine, vielleicht zwei Sekunden.

Dann ließ sie das Brückengeländer los und machte sich langsam auf den Weg zum Ufer.

ENDE

Vorwort zum Nachwort

Liebe Leserinnen und Leser!

Letztens bin ich irgendwo im Netz – ich glaube, es war auf Facebook – über einen Thread gestolpert, in dem diskutiert wurde, wie Bücher gelesen werden. Was zuerst, was danach, was zuletzt. Eine erschreckend hohe Anzahl derer, die sich zu Wort meldeten, erklärten, dass sie zuerst Nachwort und Danksagungen lesen.

Meine erste, stumm-entsetzte Reaktion dazu: Bitte nicht. Das ist fast so schlimm, wie die letzte Seite zuerst zu lesen. Wenn nicht schlimmer. Und ich warne hier und jetzt ganz ausdrücklich: Es kommen gleich Spoiler. Ich werfe zwar nicht mit dem Namen des Täters um mich, aber ich gehe auf ein paar Dinge ein, die vielleicht den einen oder anderen Aha-Effekt zerstören, wenn man sie von Beginn an weiß.

So. Und damit kommen wir jetzt zum

Nachwort

Liebe Leserinnen und Leser!

Dieses Buch erfordert schon deshalb ein Nachwort, weil es ja kein großes Geheimnis ist, dass ich lange Zeit als Medizinjournalistin tätig war. Das und die Tatsache, dass die Ärzte in der Geschichte nicht allzu gut wegkommen, ließe theoretisch den Schluss zu, dass ich aus meinem Erfahrungsschatz geschöpft und quasi aus dem Nähkästchen geplaudert habe.

Habe ich nicht.

Natürlich bin ich in den über zehn Jahren, die ich so engen Kontakt zu dieser Berufsgruppe hatte, nicht nur sympathischen Ärzten begegnet. Der Großteil aber, das möchte ich betonen, war enorm entgegenkommend, kompetent, engagiert und wesentlich stärker um die Patienten besorgt als um die berufliche Karriere. Gerade diejenigen, mit denen ich immer wieder zu tun hatte, dürften sich in keinem meiner fiktiven Mediziner wiedererkannt haben.

Auch das Klinikum Salzburg Nord habe ich frei erfunden, ebenso wie die Traumastation, die es – zumindest in genau dieser Form – meines Wissens nirgendwo gibt. Aus den Gründen, die Dr. Plank irgendwann erläutert.

Die Beschreibung der Tarotkarten bezieht sich übrigens auf das Aleister-Crowley-Tarot, weil ich die dazugehörigen Abbildungen deutlich mystischer und vielschichtiger fand als die des Waite-Tarots. Was die Bedeutung und Interpretation der einzelnen Karten angeht, habe ich mich allerdings hemmungslos bei verschiedenen «Schulen» bedient, ich gestehe es und entschuldige mich bei allen Kartenlege-Experten dafür, dass ich die Lesarten dem Plot zuliebe nach Lust und Laune vermischt und auf die Aspekte reduziert habe, die mir besonders gelegen gekommen sind.

Danksagungen

Wieder einmal hatte ich das Glück, dass mir beim Schreiben dieses Buches von allen Seiten unter die Arme gegriffen wurde. Besonders bedanken möchte ich mich bei

Ruth Löbner, für die beste Text- und Plotkritik, die man sich vorstellen kann. Ich wünsche jedem Schriftsteller eine Ruth, gebe meine aber nicht her.

Dr. Melanie Metzenthin, die für mich aus ihrem reichen Erfahrungsschatz als Psychiaterin geschöpft hat; ihr zufolge hätten Maja und Walter niemals auf der gleichen Station behandelt werden dürfen – in Anbetracht dessen, was passiert ist, kann ich ihr da nur recht geben.

Dr. Natalie Mann-Borchert, die mit diesem Namen eigentlich hätte Schriftstellerin werden müssen, sich stattdessen aber für eine Laufbahn als Gynäkologin entschieden hat. Zu meinem Glück, denn so konnte sie mir wertvolle Tipps zu Geburtseinleitung und Analgesie geben; außerdem brachte sie GHB ins Spiel und peppte damit mein Finale auf.

Meiner Lektorin Katharina Naumann, für die angenehme gemeinsame Arbeit am Text, für brillante Titelvorschläge und für ihre Gelassenheit angesichts nach hinten verschobener Abgabetermine.

Meiner Familie und meinen Freunden, für die Anfeuerungsrufe, speziell im Endspurt.

Meinen LeserInnen, die immer wieder gefragt haben, wann es mit Bea und Florin weitergeht. Und wie es mit Bea und Florin weitergeht. Eine bessere Schreibmotivation kann man sich nicht wünschen!

Danke